Eudora Welty

Die goldnen Äpfel

Aus dem Amerikanischen
übersetzt von Tamara Willmann

Klett-Cotta

Für Rosa Farrar Wells
und Frank Hallam Lyell

INHALT

DIE WICHTIGSTEN FAMILIEN IN MORGANA, MISSISSIPPI

King MacLain
Mrs. MacLain (geb. Miss Snowdie Hudson)
Ran und Eugene

Comus Stark
Mrs. Stark (geb. Miss Lizzie Morgan)
Jinny Love

Wilbur Morrison
Mrs. Morrison
Cassie und Loch

Mr. Carmichael
Mrs. Carmichael (Miss Nell)
Nina

Felix Spights
Mrs. Spights (Miss Billy Texas)
Woodrow, Missie und Little Sister

Der alte Moody
Mrs. Moody (Miss Jefferson)
Parnell

Miss Perdita Mayo
Miss Hattie Mayo

Fate Rainey
Mrs. Fate Rainey (Miss Katie)
Victor und Virgie

Außerdem die Loomis', Carlyles, Holifields, Nesbitts, Bowles', Sissums und Sojourners.

Außerdem die Schwarzen Plez, Louella und Tellie Morgan; Elberta, Twosie und Exum McLane; Blackstone und Juba.

GOLDREGEN

Das war grade Miss Snowdie MacLain.

Die holt sich ihre Butter immer, will nicht, daß ich damit rüberlaufe, nur eben über die Straße. Ihr Mann ist damals auf und davon und hat seinen Hut am Fluß liegenlassen. – Das hätte vielleicht was werden können!

Das hätte regelrecht Mode werden können hier in Morgana, wenn man gewollt hätte. Denn was King auch anstellt, irgend jemand äfft das immer nach! Also, King MacLain läßt nen neuen Strohhut am Big Black liegen, und es gibt Leute, die meinen, er wär ab nach Westen.

Snowdie hat um ihn getrauert, aber mit Anstand, mehr so, wie man um Tote trauert, und daß er sie wirklich so behandelt hat, das will hier einfach keiner glauben. Wie lange man sich um so jemand kümmern kann? Tja, immer. Ich könnte schon über das Ganze reden – mit jemand, der zufällig vorbeikommt, der sie nie wiedersieht, und mich auch nicht. Aber sicher kann ich buttern und dabei erzählen. Ich bin Mrs. Rainey.

Sie haben ja selbst gesehen, häßlich ist sie nicht – und diese Blinzelfältchen an den Lidern hat sie, weil sie sich Mühe geben muß, wenn sie was sehen will. Sie ist Albino, aber kein Mensch hier in der Gegend würde behaupten, sie wär häßlich – mit dieser ganz, ganz zarten Haut, wie 'n Baby. Manche hier meinen, King hätte sich ausgemalt, wenn das mit den Babies losgeht, hätte er prima Aussichten aufn regelrechtes Nest voll Albinos, und das hätte ihn umgehauen. Ich allerdings nicht. Ich würde sagen, er war ganz einfach unberechenbar. Der und planen!

Unberechenbar und vollkommen unmöglich, für manche. Na ja – er hat Snowdie geheiratet.

Andere, schlechtere Männer hätten das nicht getan: nicht genug Grips. Die Hudsons hatten mehr als die MacLains, aber aufn Pfennig gucken oder sich Sorgen machen mußte keiner. Bis dahin nicht. Das

Haus ist mit Hudson-Geld gebaut, für *Snowdie*… mit den besten Segenswünschen. Aber nehmen Sie jetzt King: Für so nen Angeber hat Heiraten eben dazugehört – als hätte noch nie 'n Mann geheiratet, bevor er aufgekreuzt ist, und dann mußte er den andern auch gleich beweisen, was er außerdem alles anstellen konnte. Und als wenn er sagen wollte: »Alle mal hersehn, das ist es, was ich von Morgana halte und von der Kreisstadt MacLain und allem, was dazwischen liegt« – und weiter weg, soviel ich weiß – »ich heirate ein Mädchen mit roten Augen.« – »Donnerwetter!« sagt jeder. Genau wie er das von uns erwartet, der Schuft. Und Snowdie, so lieb und sanft, sowas findet man nicht alle Tage. Natürlich sind es nicht die Sanften, die man am besten rumkommandieren kann, das sollte er noch erfahren, der Pfiffikus. Mein lieber Mann, nein, sie wird ihm schon noch klarmachen, wer die Hosen anhat, mit Bockigkeit. Inzwischen werden Kinder von ihm im Bezirkswaisenhaus groß, sagt man, und Kinder, von denen man weiß und von denen man nicht weiß, überall, wie verstreut. Und wenn er dann mal kommt, ist er zu Snowdie sowas von nett. Und so höflich. Ist er immer gewesen.

Haben Sie das auch schon gemerkt, wie verbreitet das ist, ganz allgemein? Bei solchen Kavalieren muß man schwer aufpassen. Er ist ihr gegenüber nie laut geworden, aber auf einmal war er weg. Ha, was heißt hier einmal!

Damals war er ziemlich lange weg, bis er dann wiederkam. Sie hatte da ne kleine Geschichte parat, er würde eben das Wasser brauchen. Beim nächsten Mal war es übern Jahr, zwei – ach, drei! Ich hab selbst zwei Kinder gekriegt, so lange mußten wir das aushalten, daß er weg war, und ein Kind ist dann später gestorben. Ja, und diesmal schickt er ihr vorher ne Nachricht: »Wir treffen uns im Wald.« Er sagt ihr das nicht einfach, er lädt sie mehr so ein – »Schlage vor, wir treffen uns im Wald.« Und es ist nachts, was er ihr vorschlägt. Und Snowdie trifft sich mit ihm, ohne viel zu fragen »Wieso?«, und das hätte ich bei Fate Rainey schon wissen wollen. Immerhin warn sie ja verheiratet – sie hätten zu Hause sitzen und sich bei Licht gemütlich unterhalten oder sich bequem in ihr gutes Federbett legen können, alle zwei. Ich hätte mir sogar Gedanken gemacht, ob er womöglich gar nicht da wär, wenn ich hinkäm. Also, wenn Snowdie losgelaufen ist ohne jede Frage, dann kann ich ohne jede Frage drüber reden, so lange wie ich Snowdie gern hab. Snowdie behauptet, sie hätten sich im Wald getroffen und gemeinsam beschlossen, was das beste wär.

Das beste für ihn natürlich. Wir haben schon gewußt, wie der Hase läuft.

»Der Wald«, das ist der Morganwald. Wir würden alle die Stelle finden, die er gemeint hat, mühelos – ich hätte hinsausen können, wie mit dem Flitzebogen geschossen, ne einzelne, riesige Eiche steht da: am *Tage* wirklich 'n schattiges Plätzchen, soviel ist sicher. Sehn Sie das nicht förmlich vor sich, wie King MacLain da im Mondschein lang am Baum lehnt, wenn Sie durch den Morganwald gelaufen kommen, und Sie haben ihn drei Jahre nicht gesehen? »Schlage vor, wir treffen uns im Wald.« Ach, du liebes bißchen! Also ich weiß nicht, wie die arme Snowdie das ausgehalten hat, den ganzen Weg bis dahin.

Und später – Zwillinge.

Hier komm ich ins Spiel, ich konnte helfen, als es soweit war. Ich hab ihr mit der Milch 'n bißchen frischgeschlagene Butter hingebracht, und dabei sind wir dann geblieben. Ich war selbst noch nicht lange verheiratet, und Mr. Raineys Gesundheit war schon 'n bißchen angegriffen, deshalb hat er sich gedacht, er würde am besten mit der schweren Arbeit aufhören. Wir mußten alle beide schon ziemlich früh schwer arbeiten.

Ich hab mir immer vorgestellt, Zwillinge könnten was Hübsches sein. Und wär schon deshalb dafür gewesen, weil sich das so nett anhört. Die MacLains sind zum erstenmal als Brautleute von MacLain nach Morgana gekommen und in das neue Haus hier eingezogen. Er hatte irgendwo auswärts studiert, auf Rechtsanwalt – wird hier ziemlich gebraucht. Snowdie ist die Tochter von Miss Lollie Hudson, kennt jeder. Ihr Vater, Mr. Eugene Hudson, hat das Geschäft unten in Crossroads hinterm Gerichtsgebäude, ist abern netter Mann. Snowdie ist die einzige Tochter, und man hat dafür gesorgt, daß sie ne ordentliche Erziehung kriegt. Und ich glaube, alle haben mehr oder weniger erwartet, sie würde Lehrerin: nicht heiraten. Das Problem ist bloß, sie kann nicht besonders gut gucken, aber unser Mr. Comus Stark hier und die Inspektoren haben 'n Auge zugedrückt, weil sie die Familie kennen und gewußt haben, daß Snowdie wirklich prima mit den Kindern in der Sonntagsschule klargekommen ist. Und dann, bevor das Schuljahr richtig angefangen hat, bändelt ganz plötzlich King MacLain mit ihr an. Ich glaube, damals, als bei ihr der Kürbiskopf am Fenster war, da hab ich gesehn, wie er immer mit seinem Einspänner direkt bis vors Schulhaus gerollt ist und auf sie gewartet hat. Er hat ihr in Morgana den Hof gemacht und in MacLain, hier und drüben, tagtäglich.

Das ist nicht anders gelaufen – nicht schneller und nicht langsamer – als bei allen andern auch, ich brauch also keinem Menschen zu erzählen, daß sie in MacLain in der Presbyterianerkirche geheiratet haben, noch bevor jemand Hü sagen konnte, egal wie überrascht die Leute vielleicht auch waren. Und als Snowdie erst mal ganz in Weiß war, wissen Sie, da war sie weißer als 'n Traum.

Also – er hatte ja Rechtsanwalt studiert, und er war Vertreter für irgendwas, das war seine erste Anstellung – ich sag Ihnen gleich, was er verkauft hat, und sie ist zu Hause geblieben und hat gekocht und den Haushalt gemacht. Ich weiß nicht mehr, ob sie 'n Neger hatte, sie hätte sowieso nicht gewußt, wie sie dem was sagen soll, falls sie einen gehabt hat. Und sie hat sich fast die Augen aus dem Kopf geguckt, als sie angefangen hat, für jedes Zimmer Vorhänge zu nähen und all das. Sowas von fleißig! Zuerst hat es nicht danach ausgesehen, als wenn sie Kinder kriegen würden.

Das ist also genauso passiert, wie ich Ihnen erzählt hab, hat sich wirklich ganz harmlos eingeschlichen, die Leute haben's schon mächtig früh hingenommen, als wär das völlig normal – daß er geht und daß er zu Hause willkommen ist, daß er geht und daß er ne Nachricht schickt: »Wir treffen uns im Wald«, und daß er wieder geht und schließlich seinen Hut liegen läßt. Ich hab meinem Mann erklärt, ich würde jetzt damit Schluß machen, mich um Kings Kommen und Gehen zu kümmern, und nicht viel später hat er dann den Hut liegenlassen. Ich hab immer noch keine Ahnung, ob das nun nett oder gemein sein sollte. Ich glaub, eher nett. Kann aber auch sein, daß sie drauf und dran war, Oberwasser zu gewinnen. Warum geb ich mir bloß solche Mühe, mir da meinen Reim drauf zu machen? Vielleicht, weil es bei meinem Fate Rainey nicht die leiseste Überraschung gibt und er da auch noch stolz drauf ist. Fate sagt zum Beispiel: »Gebt doch endlich mal Ruhe, ihr Weiber, und kümmert euch 'n bißchen um uns hier.« Das ist alles, was er dazu zu sagen hat.

Na, Sie mußten ja nicht lange warten! Da kommt Snowdie über die Straße und will mir was erzählen. Wie sie damals über meine Wiese gekommen ist, da ist sie anders gelaufen, so, wie jemand in der Kirche den Gang entlang kommt. Die Bänder von ihrer Sonnenhaube sind um sie rumgehüpft: Frühling. Haben Sie gemerkt, was für ne schmale, zierliche Taille sie immer noch hat? Ich würde sagen, es ist schon 'n Wunder, wenn man sich vorstellt, daß sie mal so stark war. Gucken Sie mich bloß an.

Ich war in der Scheune beim Melken, und sie kommt rein und stellt sich da hin, bei der kleinen Jersey-Kuh, Lady May, am Kopf. Sie hat ne ruhige, ganz eigene Art, wenn sie einem was Wichtiges erzählen will. Sie sagt: »Ich werde ebenfalls ein Baby bekommen, Miss Katie. Gratulieren Sie mir.«

Ich und Lady May, wir beide müssen einfach aufhören und sie angucken. Sie sieht nach mehr aus, nicht, als wenn sie bloß das erfahren hätte. Es sieht aus, als wär 'n Regen auf sie gefallen, als wär sie irgendwie in Helligkeit getaucht. Es ist nicht bloß der Tag. Da steht sie, die Augen ganz zerknittert vom ewigen Kampf mit dem Licht, aber sie guckt stolz wie ne Löwin, damals unter ihrer Krempe, und starrt in meinen Eimer und in den Verschlag, als wenn sie hier fremd wär. Arme Snowdie. Ich weiß noch, das ist so um Ostern rum gewesen, und die Wiese hat ganz fleckig ausgesehen, da hinter ihrem niedlichen blauen Rock, von lauter Klee. Tee und Gewürze, das hat er verkauft.

Die Zwillinge sind fast auf den Tag genau neun Monate später gekommen, nachdem er sich durch die Wälder und Felder drüben davongemacht und seinen Hut am Flußufer liegengelassen hatte mit »King MacLain« drauf.

Ich wollte, ich hätte ihn gesehen! Ich glaube nicht, daß *ich* ihn aufgehalten hätte. Ich kann Ihnen nicht sagen warum, aber ich wollte, ich hätte ihn gesehen! Aber das hat keiner.

Die arme Snowdie – da kommen sie an und bringen ihr den Hut, und ein Spektakel geht los – sie durchkämmen den Big Black neun Meilen flußabwärts, oder auch nur acht, und schicken ne Nachricht nach Bovina und weiter, bestimmt bis Vicksburg, daß man auf alles achten soll, was angeschwemmt wird oder sich in den Bäumen im Fluß verfängt. Klar, da war nie was – bloß der Hut. Jeden andern aus der Nachbarschaft, der ehrlich im Big Black ertrunken ist, den hat man gefunden. Mr. Sissum vom Kaufhaus, der ist später ertrunken, und den hat man gefunden. Ich meine, er hätte zum Hut auch seine Uhr dazulegen sollen, das hätte noch besser ausgesehen.

Snowdie war munter und tapfer wie immer, sie wollte wohl nicht aufgeben. Sie muß schon ne Vorstellung gehabt haben, und das muß eine von zweien gewesen sein. Die eine, daß er tot war – warum hat ihr Gesicht dann so gestrahlt? Es hat gestrahlt –, und die andere, daß er sie verlassen hat und zwar endgültig. Und wie die Leute gesagt haben: Wenn sie *dann* lächelt, dann steht sie ganz klar drüber. Ich bin mir nicht sicher, ob ich dieses Strahlen leiden konnte. Warum hat sie nicht ein bißchen gewütet oder getobt – wenigstens vor mir, bloß vor Mrs. Rainey? Die Hudsons sind alle so ruhig. Mir kommt es allerdings vor, ich bin ja bei ihr rein- und rausgelaufen, als wenn man Snowdie nie richtig die Augen geöffnet hätte über das Leben. Wohl von Anfang an nicht. Sie weiß eben einfach nicht, wohin sowas führen kann. Nicht, wie man mir die Augen geöffnet hat, und schon als ich zwölf war oder so. Als wenn man mir was davorgesetzt hätte.

Sie macht einfach weiter mit ihrer Hausarbeit und wird immer runder von dem, was dann – wie ich schon erwähnt hab – Zwillinge sind, und es sieht so aus, als wär sie ganz zufrieden. Wie'n weißes Kätzchen in seinem Körbchen, bei dem man sich fragt, ob es einem nicht doch noch die Krallen zeigt und kratzt, falls man ihm zu nahe kommen sollte. Bei ihr ist es jeden Tag wie sonntags, schon frühmorgens, so aufgeräumt. Sie freut sich an ihren frischen, unberührten Zimmern und am dunklen, ruhigen, wirklich ruhigen Flur, der durch ihr Haus geht. Und ich mag Snowdie wirklich gut leiden. Wirklich.

Aber die ganze Zeit über hat ihr keine von uns besonders *nah* gestanden. Ich erklär Ihnen auch, wodurch sie so anders gewesen ist. Durch das Nicht-mehr-warten, außer auf die Babies, und das ist nur die eine Geschichte. Wir haben uns über sie geärgert und sie beschützt, beides gleichzeitig, wenn wir auch nicht mit ihr warm geworden sind.

Und sie kommt vors Haus in ihren netten, adretten Kittelkleidern und begießt ihre Farne, und ihre Blumen sind wirklich prächtig – sie hat natürlich 'n Händchen für Blumen, genau wie ihre Mutter. Und verschenken tut sie auch so viele, aber nicht so wie ich oder Sie. Sie ist völlig alleinstehend. Ach ja, ihre Mutter ist mittlerweile gestorben, und Mr. Hudson, vierzehn Meilen weit weg die Straße runter, ist gelähmt und führt seinen Laden vom Lehnstuhl aus. Wir sind wirklich alles, was sie hat. Alle haben versucht, ihr Gesellschaft zu leisten, wenn sich das nur irgendwie machen ließ, und nicht ein Tag ist vergangen, ohne daß eine von uns hingelaufen wär und mit ihr geredet und 'n Wort über irgendwelchen Alltagskram gewechselt hätte. Damals hat Miss Lizzie Stark ihr zu Weihnachten die Sammlung für die Armen auf dem Land übertragen, beispielsweise. Selbstverständlich haben wir alle die kleinen Sachen für sie genäht, solche Stiche hat sie schon lange nicht mehr hingekriegt. Es ist schon gut, daß sie so nen großen Stapel bekommen hat.

Die Zwillinge sind am ersten Tag im Januar gekommen. Miss Lizzie Stark – sie kann Männer nicht ausstehen und ist wirklich wichtig: da drüben sieht man ihren Schornstein – sie hat am Abend vorher zu Mr. Comus Stark, ihrem Mann, gesagt, er soll ihren Wagen fertigmachen und nach Vicksburg fahren und nen Vicksburger Doktor holen mit ihrem eigenen Einspänner, statt unsern Dr. Loomis hier zu bemühen, und hat ihn dann zum Schlafen in nem ungeheizten Zimmer in ihrem eigenen Haus untergebracht; sie war der Meinung, man könnte da fest drauf bauen, daß kein Doktor mit seinem Einspänner das schafft, über die Brücken hier zu kommen. Mrs. Stark ist dann gleich bei Snowdie geblieben, und 'n paar andere, und ich, sind natürlich auch dageblieben, aber Mrs. Stark hat sich nicht vom Fleck gerührt und das Kommando übernommen, als die Wehen eingesetzt haben. Snowdie hat ihre beiden Jungen gekriegt, und keiner war Albino. Alle beide sind ganz King, wenn Sie's wissen wollen. Mrs. Stark hatte so gehofft, es würde ein Mädchen, oder zwei Mädchen. Snowdie hat sofort gesagt, sie sollten Lucius Randall und Eugene Hudson heißen, nach ihrem eigenen Vater und dem Vater von ihrer Mutter.

Das ist der einzige Hinweis, den sie Morgana je gegeben hat, daß sie doch ihre Zweifel hatte, ob der Name King MacLain immer noch nen guten Klang hätte. Allerdings kein besonders deutlicher Hinweis; manche Frauen taufen ihre Kinder erst dann nach ihren Männern, wenn ihnen nichts andres mehr übrig bleibt. Ich denk mir, bei Snowdie sollten nicht mal *zwei* andere Namen bedeuten, daß sie sich geändert hätte, nicht gegenüber King, dem Schuft.

Die Zeit verfliegt wie im Traum, man kommt kaum noch mit, und immer wieder erfährt man Sachen aus der großen weiten Welt, die man sich zwar anhört, was aber nicht heißen soll, daß man sie auch glaubt. Sie kennen das bestimmt. Der Cousin von irgend jemand hat King MacLain gesehen. Mr. Comus Stark – der mit der Baumwolle und dem Bauholz – der kommt 'n bißchen rum, und der hat drei- oder viermal behauptet, er hätte ihn von hinten gesehen, und einmal hätt er ihn gesehen, wie er sich in Texas die Haare schneiden ließ. Sowas hört man ständig, wenn Leute weggehn, auf die Art und Weise kann man immer mal wieder nen Schuß ins Blaue abgeben. Vielleicht hat das was zu sagen – vielleicht auch nicht.

Die Zeit damals, als mein Mann nach Jackson gefahren war, das war der Gipfel. Er hätte nen Kerl gesehen, der wär King wie aus dem Gesicht geschnitten, in der Parade, hat mir mein Mann erzählt, bei seiner Vergnügungsreise, bei der Amtseinführung von Gouverneur Vardaman. Der wär ganz vorne bei den Großen gewesen und hätt auf nem feinen Tier gesessen. Von hier waren mehrere dabei, aber wie Mrs. Spights ganz richtig sagt, warum sollten die nicht den Gouverneur angucken? Oder das Neue Kapitol? Aber King MacLain kann ja jedem die Schau stehlen, seiner Meinung nach jedenfalls.

Als ich nachfrag, wie er denn ausgesehen hat, kann ich nichts aus meinem Mann rauskriegen, außer daß er seine Füße übern Küchenboden hebt, als wär er Pferd und Mann zusammen, und ich mit dem Besen hinter ihm her. Ich hab Bescheid gewußt, trotzdem. Wenn es

King gewesen ist, dann hat er ausgesehen wie: »Wundern sich denn nicht eigentlich schon alle, hat sich denn noch kein Mensch Gedanken gemacht und will wissen, wo ich mich rumtreibe?« Ich hab meinem Mann erklärt, meiner Meinung nach wär es Sache von Gouverneur Vardaman gewesen, King festzuhalten und was aus ihm rauszukriegen, aber mein Mann hat gesagt, warum sich nen Mann rauspicken, und außerdem hätte da grade ne Parade stattgefunden und was alles. Männer! Ich hab gesagt, wenn ich Gouverneur Vardaman gewesen wär und King MacLain aus Morgana wär mir unter die Augen gekommen, wie er in meiner Parade mitmarschiert, so groß wie ich und ohne jede Berechtigung dazu, ich hätte alles anhalten lassen und ihn zur Rechenschaft gezogen. »Und dann, was hättest du davon gehabt?« sagt mein Mann. »Viel«, sag ich. Ich hab mich aufgeregt damals, als das passiert ist. »Die Stelle wär so gut gewesen wie jede andere, um King aufzustöbern, direkt vorm Neuen Kapitol in Jackson, als die Musikkapelle gespielt hat, und auch der Mann hätte das genausogut wie jeder andere erledigen können.«

Sicher, Männer wie er haben es eben nötig, sich vor der Welt aufzuspielen, nehm ich an – nicht, daß sich hier irgendwer wundern würde. »Bist du losgegangen und hast 'n gesucht, als die Amtseinführung vorbei war, weil es dir dann besser in 'n Kram gepaßt hat?« frag ich meinen Mann. Aber er sagt nein, und dann ist es mir wieder eingefallen. Er hat nen neuen Eimer für mich besorgt; und mir die falsche Größe mitgebracht. Genau wie die bei Holifields. Aber er behauptet, er hätte King gesehen, oder seinen Zwillingsbruder. Welchen Zwillingsbruder!

Na schön, so im Laufe der Jahre haben wir dies und das von ihm gehört – auch schon mal aus zwei Orten gleichzeitig, New Orleans und Mobile. So ohne jeden Verstand gebrauchen die Leute ihre Augen.

Ich denk mir, er ist nach Kalifornien. Fragen Sie mich nicht, warum. Aber ich stell ihn mir da vor. Ich seh King im Westen, draußen, wo es Gold gibt und all das. Jeder hat eben so seine eigenen Ideen.

II

Also, es war zufällig Hallowe'en, als passiert ist, was passiert ist. Grade mal ne Woche her – und kommt einem schon vor, als könnte es überhaupt nicht passiert sein.

Meine kleine Tochter, Virgie, hat genau an dem Tag einen Knopf verschluckt – kurz danach –, und das ist tatsächlich passiert, kommt einem vor wie gerade eben, aber das andere nicht. Und da ist kein Wort drüber laut geworden, zum Glück für Snowdie, deshalb verlaß ich mich drauf, daß alle andern genauso vorsichtig sind.

Übern Baby, das vom Hemd weg nen Knopf verschluckt und das man mit dem Kopf nach unten halten und auf den Hintern hauen muß, da kann man drüber reden, und es klingt vernünftig, wenn man das Baby eben sehn kann – da vorne läuft sie –, aber wenn man anfängt, über was zu reden, was nur so ne *Fast*-Sache ist – aber immer der Reihe nach.

Also, am Hallowe'en-Tag, so gegen drei, bin ich drüben gewesen bei Snowdie, um ihr beim Zuschneiden zu helfen – sie näht immer noch selbst für ihre Jungs. Ich, ich hab 'n kleines Mädchen, für das ich nähe – das ist mit drüben gewesen und hat auf dem Bett im Nebenzimmer geschlafen –, und ich mach mir Gewissensbisse, daß ich auch dabei mehr Glück gehabt hab als Snowdie. Und die Zwillinge wollten damals nicht draußen im Garten spielen, sondern haben uns die Schnipsel und die Scheren weggenommen und das Papier mit den Stecknadeln und alles und unten auf dem Boden gespielt und sich als Gespenster und Kobolde verkleidet. In ihren kleinen Köpfen war Hallowe'en das Wichtigste.

Sie haben natürlich ihre Masken aufgehabt, die über ihren Pagenköpfen festgebunden waren und bei ihnen eine Rille um den Hinterkopf eingedrückt hatten. Ich war mittlerweile an den Anblick gewöhnt – aber ich kann Masken nicht ausstehen. Gekauft waren alle beide für nen Nickel bei Spights. Das eine war ne Chinesenmaske, ganz gelb und bösartig, so mit Schlitzaugen und nem scheußlichen dünnen Schnurrbart aus schwarzen Pferdehaaren. Das andere war ne Dame, mit nem fast ekelhaft süßen Lächeln auf den Lippen. An das

Lächeln könnte ich mich nie und nimmer gewöhnen, und wenn ich den ganzen Tag Zeit dazu hätte. Eugene Hudson wollte der Chinese sein, und deshalb mußte Lucius Randall die Dame sein.

Sie basteln sich also Schwänze zusammen und sowas wie Schniepel und allen möglichen Firlefanz und stecken sich das an die kleinen Bäuche und Hinterteile und grabschen sich jeden Schnipsel von den Hemden und Hosen, die ich und Snowdie auf dem Eßzimmertisch zuschneiden. Manchmal können wir uns einen von den Jungen schnappen und ihm was anheften, ob er will oder nicht, aber besonders kümmern tun wir uns nicht um sie, wir unterhalten uns über die Preise für Wintersachen und über die Beerdigung von nem alten Dienstmädchen.

Deshalb hören wir auch nicht, wie ne Stufe knarrt, und nicht, wie die Veranda nachgibt, nichts. Zum Glück. Und wenn nicht was von draußen gekommen wär, 'n Außenstehender, und davon erzählt hätte, ich wär nicht so überzeugt, wie ich bin, daß es passiert ist.

Aber zufällig ist an dem Tag gerade – wie jeden Tag – 'n wirklich vertrauenswürdiger Nigger auf unserer Straße unterwegs. Einer von den Niggern von Mrs. Starks Mutter, heißt bei allen der alte Plez Morgan. Lebt da drüben hinter meinem Haus. Einer vom ganz alten Schlag, kennt jeden schon seit Urzeiten. Der kennt mehr Leute als ich, wer sie sind, und die *vornehmen* Leute alle. Wenn man in Morgana mal irgendwen braucht, der sich ganz bestimmt nicht dabei vertut, wer jemand ist, dann geht man zum alten Plez.

Er ist also auf der Straße unterwegs, in Etappen. Er muß immer noch für'n paar Leute den Garten machen, wollen ihn nicht weglassen, so wie Mrs. Stark, weil er nichts rausreißt. Man kann unmöglich sagen, wie alt er ist, und er fängt früh an, und es dauert seine Zeit, bis er abends nach Hause kommt – weil er den ganzen Weg über immer wieder anhält, mit Leuten redet, sich nach ihrer Gesundheit erkundigt und nen schönen Abend wünscht. Bloß an dem Tag, sagt er, da hätte er *sonst* keine Menschenseele gesehen – bis auf, ich erzähl Ihnen gleich, wen – auf dem Weg, also nicht in einem von den Gärten oder auf ner Veranda. Wieso, das kann ich Ihnen nicht sagen, wenn nicht wegen dem scharfen Nordwind, der aufgekommen war. Den findet jeder unangenehm.

Aber ganz weit vor ihm ist ein Mann hergelaufen. Plez sagt, es wär der Gang von nem Weißen gewesen, und er hätte den Gang gekannt – es wär ihm allerdings so vorgekommen, als wenn das vor Jahren, in ner andern Zeit gewesen wär. Es wär einfach nicht der Gang von irgend jemand gewesen, von dem man annehmen würde, daß er gerade um *die* Zeit die Straße nach MacLain entlanggeht – und gleichzeitig eben doch – und wenn doch, dann hätte er sich immer noch nicht vorstellen können, was dieser Jemand da will. Das war die vorsichtige Art, wie Plez sich das in seinem Kopf zurechtgelegt hatte.

Wenn Sie Plez gesehen hätten, den würden Sie sofort erkennen. Er hat sich an dem Tag 'n paar Rosen an den Hut gesteckt, ich hab ihn gleich, nachdem es passiert ist, gesehen. Auf seinem alten schwarzen Hut sind 'n paar von Miss Lizzies Herbstrosen festgemacht, groß wie ne Männerfaust und rot wie Blut – die nicken da Kopf an Kopf aus dem Band, und um die Krempe liegt anderes Kleinzeug aus dem Garten, was Mrs. Stark so weggeworfen hat; an dem Tag hat er bei ihr die Beete gejätet, es sollte Regen geben.

Später hat er gesagt, er hätte es nicht besonders eilig gehabt, sonst wär er vielleicht schneller gegangen und hätte den Mann eingeholt. Dahinten ist er vor ihm hergegangen, denselben Weg wie Plez und gemächlich. Und 'n ausgesprochen vertrauter Fremder.

Also, sagt Plez, dann ist der vertraute Fremde stehengeblieben. Das ist vor dem MacLain-Haus gewesen – und er hat sein Gewicht auf ein Bein sinken lassen und ist ganz einfach dagestanden, in so ner Haltung wie'n Denkmal, mit einer Hand auf der Hüfte. Ha! sagt der alte Plez, da hätte er selbst sich eben einfach gegen das Kirchentor gelehnt und 'n bißchen gewartet.

Danach geht der Fremde – tja, es ist King! mittlerweile nennt ihn Plez bei sich selbst Mr. King – durch den Garten, und dann geht er nicht gleich ins Haus wie jeder andere. Er guckt sich erstmal um. Er guckt übern Garten und das Gartenhaus, und sein Blick hüpft von Zeder zu Zeder, die da, wo er wohnt, am Rand entlang stehn, und bis unter den Feigenbaum auf der Rückseite und bis unter die Wäsche (wenn er die mal gezählt hätte!) und kommt mit sowas wie Naserümpfen an der Vorderseite wieder raus, und Plez sagt,, auch wenn er nicht beschwören könnte, daß er von der Presbyterianerkirche aus genau erkannt hätte, was Mr. King gemacht hat, er wüßte trotzdem so genau, als wenn er direkt daneben gestanden hätte, der guckt durch die Jalousien. Dann wär das ja das Eßzimmer gewesen, in das er geguckt hat – Erbarmen! Selbstverständlich bewahren wir Snowdies Augen vor dem Blick nach Westen.

Zuletzt kommt er um die Blumen unterm vorderen Schlafzimmer herum wieder ganz nach vorne. Dann bringt er sich 'n bißchen in Ordnung und fängt an, die Vordertreppe hochzugehen.

Die mittlere Stufe quietscht, wenn man drauftritt, aber wir haben nichts gehört. Plez sagt, tja, er hat eben feine Tennisschuhe angehabt. Und auf die Weise ist er über die vordere Veranda gekommen, und was glauben Sie, was jemand da will, wenn nicht an die Tür klopfen. Warum hat er sich nicht zufrieden gegeben mit draußen?

An seine eigene Haustür. Er macht nen kleinen Probeklopfer in die Luft, als ob er ausprobieren will, wie das aussieht, und dann stopft er sein Geschenk unter den Mantel. Natürlich hat er 'n Päckchen dabei für sie. Wissen Sie, er hat immer solche Geschenke mitgebracht, die einem das Herz brechen, als wenn das so sein müßte. Er steht da, ein Bein zierlich vorgestreckt, und will sie überraschen. Und ich wette, mit nem reizenden Lächeln im Gesicht. Ach ja, mehr brauch ich wohl nicht zu erzählen!

Angenommen, Snowdie wär auf die Idee gekommen, nen Blick in den Flur zu werfen – das Eßzimmer liegt ganz am Ende, und die Türen waren zurückgeklappt – und hätte ihn gesehen, ganz so »Komm küß mich«. Ich weiß nicht, ob ihre Augen gut genug gewesen wären – *meine* schon. Aber ich war eben zu blöd und hab nicht hingeguckt.

Die Zwillinge, die haben ihn gesehen. Durch die klitzekleinen Löcher in der Maske, die Adleraugen! Die Zwillinge waren nicht zu bremsen. Allerdings ist er nicht mehr dazu gekommen, an die Tür zu klopfen. Er hält grade zum zweitenmal die Hand hoch, und die Knöchel stehen nach oben, da stürzen die Kinder aus dem Haus auf ihn zu und brüllen »Buh!« und schwenken die Arme auf und ab, so daß man sich zu Tode erschrecken kann, und sogar soll, wenn man nicht auf sie gefaßt ist.

Wir haben gehört, wie sie nach draußen gestürzt sind, aber wir haben gedacht, es wär bloß 'n Nigger vorbeigekommen, dem sie nen Schreck einjagen wollten, wenn wir uns überhaupt was gedacht haben.

Plez sagt – alle menschlichen Irrtümer inbegriffen –, er hätte gesehen, wie Lucius Randall auf der einen Seite von King ganz verkleidet nach draußen gerollt ist und Eugene Hudson ganz verkleidet auf der andern. Ich hab wohl vergessen zu erwähnen, daß sie Rollschuhe anhatten? Oh ja, den ganzen Nachmittag schon. Sie können wirklich gut Rollschuh fahren, die Bürschchen, so ohne Bürgersteig. Sie kommen aus der Tür gesegelt und kreisen ihren Vater ein, schwenken dabei die Arme und krümmen gruselig die Finger, und ihre kleinen Bubiköpfe sausen im Kreis rum.

Lucius Randall, sagt Plez, hätte was angehabt, das rosa war, und das stimmt auch, den zusammengehefteten Anzug aus Baumwollflanell, den wir bei ihm über den Kleidern anprobiert hatten und mit dem er uns entwischt war. Und Plez sagt, Eugene wär 'n Chinese gewesen, und das stimmt genau. Schwer zu sagen, wer von den beiden Ihnen schrecklicher vorgekommen wär, wenn er sich auf Sie gestürzt hätte, aber für mich wär das Lucius Randall gewesen mit seinem Mädchengesicht und seinen großen weißen Baumwollhandschuhen, die ihm von den Fingern baumeln, und ha! *meinen* Hut hat er aufgehabt. Den, mit dem ich immer melke.

Und es wär 'n wahnsinniger Radau gewesen, den sie mit ihren Rollschuhen veranstaltet hätten, sagt Plez, und damit hat er nicht Unrecht, denn ich erinnere mich, wie schwierig es den ganzen Nachmittag über für Snowdie und mich war, mitzukriegen, was die andere sagen will.

Plez sagt, ne Minute lang hätte King das ausgehalten – er hätte angefangen, sich mitzudrehn. Sie sind also mit ihren Rollschuhen um ihn rumgefahren und haben mit hohen Vogelstimmen gepiepst: »He, Sie da, Schwarzer Mann!« Sie wissen ja, wenn Kinder sich wie Affen benehmen *können*, dann tun sie das auch. (Trotzdem, diese beiden wärn ohne Masken wohl höflicher gewesen – dazu sind sie Hudsons genug.) Da sausen sie mit ihren Rollschuhen immer um ihren Papa rum, und alle gleich ahnungslos! Arme Bürschchen. Immerhin war ja Hallowe'en, und sie hatten den ganzen Tag noch niemand zum Erschrecken gehabt bis auf ein- oder zweimal, wenn zufällig 'n Nigger vorbeigekommen war, und den Bummelzug, der um viertel nach zwei vorbeipfeift, den haben sie erschreckt.

Aber diese Affen –! Einfach so um ihren Papa rumzufahren. Plez meint, wenn das schwarze Kinder gewesen wären, würde er frank und frei von der Leber weg behaupten, bei dem Anblick hätte jeder Christenmensch sofort an Kannibalenkinder im Dschungel gedacht. Als ihr Papa so mitten in dem Gekreisel festsaß und nicht rauskonnte, sagt Plez, wär einem bloß vom Zugucken schon ganz mulmig geworden, und er hätte das eine oder andere Stoßgebet zum Himmel geschickt. Und nachdem sie oben um ihn rumgefahren waren, haben sie sich hingehockt und sind unten um ihn rumgefahren, um seine Knie.

Dann war der Augenblick da, daß King einfach nicht mehr schnell genug rauskonnte. Aber so einfach war das nicht, und er hat dazu mehr als einen Anlauf gebraucht. Er rafft sich auf, und King ist 'n Mann von fast eins achtzig und schwer wie 'n Pferd, allerdings ist er total durcheinander, so hab ich das wenigstens verstanden. Aber er kommt frei und nichts wie weg, als wenn der Teufel hinter ihm her wär – oder als würde ihm der im Genick sitzen – endlich. Nichts wie weg übers Geländer und die Farne, und durch den Garten und übern Graben und auf und davon. Er pflügt sich durchs Gestrüpp in Richtung Big Black, und die Weiden winken hinter ihm her, und wo er dann hingerannt ist, das weiß Plez nicht, ich nicht, niemand nicht.

Plez sagt, King wär direkt an ihm vorbeigekommen, diesmal, aber er hätte ihn wohl nicht erkannt, und die Gelegenheit zum Reden wär verpaßt gewesen. Und wo er dann hingerannt ist, weiß keiner.

Er hätte eben wieder was Geschriebenes schicken sollen, statt einfach so zu kommen.

Also, die Kinder, denk ich mir, sind mit offenem Mund einfach hinter ihm stehengeblieben, und dann, als alles vorbei war, hat ihnen allmählich was gedämmert, und sie haben es mit der Angst zu tun gekriegt. Sie sind wieder ins Eßzimmer gelaufen. Da ist nun ne ahnungslose Dame zu Besuch bei der andern. Die Jungen müssen erst böse gucken und die Stirn krausziehen und mit den Rollschuhen über den Teppich schleifen und uns um den Tisch nachlaufen, wo wir gerade Eugene Hudsons Unterteil zuschneiden, und uns an den Röcken zupfen, bevor uns was auffällt.

»Also schön, erzählt«, sagt ihre Mutter, und sie erzählen, ein Schwarzer Mann wär auf die Veranda gekommen, und als sie rausgelaufen wären, um nachzugucken, hätte er gesagt: »Ich geh wieder. Ihr bleibt hier.« Deshalb hätten sie ihn die Treppe runtergejagt und ihn verscheucht. »Aber so hat er zurückgeguckt!« sagt Lucius Randall und hebt seine Maske hoch und zeigt uns sein kleines nacktes Gesicht mit den runden blauen Augen. Und Eugene Hudson sagt, der Schwarze Mann hätte sich ne Handvoll Pekannüsse mitgenommen, bevor er durchs Tor wär.

Und Snowdie läßt die Schere auf die Mahagoniplatte fallen, und ihre Hand bleibt einfach so in der Luft stehen, und sie guckt mich an mit nem minutenlangen Blick. Und zuerst rafft sie ihre Schürze zusammen, und dann fängt sie an, sie auszuziehen, im Flur, während sie zur Tür rennt – als wenn sie da nicht drin ertappt werden wollte – falls noch jemand da wär, nehm ich an. Sie rennt, und die kleinen Glastropfen im Salon zittern – ich kann mich nicht erinnern, daß das bei *ihr* schon früher mal passiert wär. An der Tür bleibt sie nicht stehen, sondern rennt durch, weiter und nach draußen auf die Veranda, und sie guckt in beide Richtungen und steht da und hält sich am Baum fest und guckt dabei über die Felder, aber schon an der Art, wie sie den Kopf hält, merk ich, daß da keiner mehr ist.

Als ich dann an die Treppe komm – ich wollte nicht gleich hinter ihr hergehen –, ist da nur der alte Plez, der näherkommt und dabei den Hut lüftet.

»Plez, hast du gesehen, ob gerade ein Herr auf meiner Veranda war?« hör ich Snowdie rufen, und Plez schlendert mit gelüftetem Hut näher, als wär er grade in der Minute vorbeigekommen, wie wir ja auch gemeint haben. Und Plez sagt natürlich: »Nei-en, Missis, weiß nich, hab niemand getroffen, nich von der Stadt bis hier.«

Die kleinen Burschen haben sich an mir festgehalten, ich hab gespürt, wie sie an mir rumzerren. Und meine kleine Tochter hat das Ganze verschlafen, im Haus, und dann ist sie aufgewacht und hat diesen Knopf verschluckt.

Und draußen rascheln die Blätter, anders als vorher bei meinem Kommen. Es würde bald Regen geben. Der Tag hat ein doppeltes Gesicht, wie das die Tage haben, wenn das Jahr zuende geht – dunkle Wolken und die Luft zwischen den Häusern immer noch golden und die Bäume heller als der Himmel. Und die raschelnden, scharrenden Eichenblätter wehen gegen den alten Plez und streifen ihn, den alten Mann.

»Du bist dir ganz sicher, Plez?« fragt Snowdie, und er antwortet, als wenn er sie trösten wollte: »Sie ham doch nich geguckt, ob jemand kommt?«

Später hat Mrs. Stark dann Plez zu fassen gekriegt und die Wahrheit aus ihm rausgebracht, und ich hab es 'n bißchen später erfahren, von den Frauen aus ihrer Gemeinde. Aber er hat natürlich nicht gewollt, daß Miss Snowdie MacLain gekränkt würde, jetzt, nachdem wir so lange auf sie aufgepaßt hatten. Deshalb hat er geschwindelt.

Als er weitergegangen war, ist Snowdie einfach stehengeblieben in der Kälte, ohne Mantel, hat über die Felder geguckt, und ihre Finger haben kleine Fäden von ihrem Rock gezupft und sie im Wind wegfliegen lassen, kleine Grüße draus gemacht, bis ich hingegangen bin und sie reingeholt hab. Sie hat nicht geweint.

»'türlich, hätte 'n Geist sein können«, hat Plez Mrs. Stark erklärt, »aber 'n Geist – mein ich – wenn der die Hausfrau besuchen will, der hätt auch gewartet.«

Und er hat gesagt, für ihn wär sonnenklar, das wär Mr. King MacLain gewesen, der hätte sich noch mal aufgemacht nach Hause, weil er da jetzt besser drüber denken würde. Miss Lizzie hat zu den Damen aus der Gemeinde gesagt: »Ich für mein Teil halte den Neger für vertrauenswürdig. Ich vertraue ihm so, wie Sie mir vertrauen, der alte Plez hat noch immer einen glasklaren Verstand. Ich halte seine Geschichte für unbedingt glaubhaft«, hat sie gesagt, »weil ich nämlich weiß, genau das ist es, was King MacLain tun würde – laufen.« Und hier bin ich ausnahmsweise mal vollkommen einer Meinung mit Miss Lizzie Stark, wenn sie auch nichts davon weiß, wie ich annehme.

Und ich hoffe inständig, daß *er* schon bald über nen Stein gestolpert und hingefallen ist beim Rennen und sich seine hübsche Nase aufgeschürft hat, der Satan.

Und deshalb kommt Snowdie sich jetzt ihre Butter holen und will nicht mehr, daß ich sie ihr hinbringe. Ich fürchte, sie nimmt mir das irgendwie übel, daß ich an dem Tag bei ihr gewesen bin, als er gekommen ist; und mein Baby kann sie auch nicht mehr leiden.

Und wissen Sie, Fate meint, King hätte wahrscheinlich sogar gewußt, daß Hallowe'en war. Aber glauben Sie etwa, der wär so weit gelaufen, bloß für nen Streich? Und wär dann selbst reingefallen dabei? Fate bleibt normalerweise mehr auf dem Boden der Tatsachen.

Bei Männern wie King kann man sich ewig Gedanken machen. Er wär gerannt wie der Wind, hat Plez Miss Lizzie Stark versichert; die Richtung könnt er aber nicht beschwören – er hätte so gewechselt, und das soll jetzt reichen.

Ich wette allerdings um mein Jersey-Kälbchen, daß King noch lange genug irgendwo rumgetrödelt hat, um 'n Kind zu machen.

Wie komm ich bloß dazu, solche Sachen zu sagen? Zu meinem Mann hätt ich sowas nie gesagt, vergessen Sie's also lieber wieder.

JUNIKONZERT

Loch hatte Krach mit seiner Mutter. Wenn es ihrer Nase nach ginge, würde sie ihn den ganzen Sommer über im Bett halten und ihm Kakao mit Chinin zu trinken geben. Er brüllte und ließ sie warten mit dem überfließenden Löffel in der Hand, und seine Augen nahmen dabei das ganze eherne Muster auf, das Schachbrett ihrer Schürze – bis ihm die Luft wegblieb und er den Schluck nahm. Seine Mutter legte ihm die Hand auf die Kappe, ruckelte an seiner Kopfhaut, statt ihn zu küssen, und ging, um ihr Schläfchen zu halten.

»Louella!« rief er matt, in der Hoffnung, sie würde nach oben kommen und, wenn er lange genug herumquengelte, für ihn zu Loomis rennen und ihm von ihrem Geld ein Eishörnchen kaufen, aber er hörte sie daraufhin bloß selbstgerecht in der Küche mit einem Topf knallen. Schließlich seufzte er, spreizte die Zehen – so sauber, daß er schon den Anblick seiner Füße verabscheute – und stemmte sich mit dem Ellenbogen zum Fenster hoch.

Nebenan war das leerstehende Haus.

In seiner Familie wären sie alle heilfroh, wenn es abbrennen würde; er hüllte es ein mit der Liebe des Sommers. Hinter den Blättern des Zürgelbaums vorm eigenen Haus und der Zedernreihe und dem weitläufigen Garten drüben dehnte es seine verwitterte Seite. Er ließ die Augen darauf ruhen oder unstet daran entlangwandern wie über etwas wirklich sehr Vertrautes. Den ungestörten Umriß, das sorglose Ausdehnen bis in den tiefen Garten dahinter kannte er auswendig. Die Seite des Hauses war wie die Seite eines Menschen, als würde da ein Mensch oder ein Riese liegen und schlafen, immer schlafen.

Ein roter und flaschenförmiger Schornstein hielt das Ganze oben zusammen. Die Dachfläche fiel nach vorne hin ab, die Veranda kam um die Ecke und neigte sich in der Kurve, an der sie mit abgebrochenem Geländer hing, wie eine Klippe in einem von diesen Filmen im Bijou. Statt Cowboys in Gefahr spazierten Miss Jefferson Moodys Hühner von der anderen Straßenseite drüben herum, flatterten über den Rand und fanden den Schatten kühler, den Staub zum Sitzen flockiger und die Würmer da fetter unter dem Fußboden, der langsam schwarz wurde.

In der Seite des Hauses waren sechs Fenster, zwei oben und vier unten, und ein kleines Treppenfenster hinter dem Schornstein, das aussah wie ein Schlüsselloch – eins, das man nicht aufmachen konnte; sie hatten auch so eins. Da gab es grüne, verschieden weit hochgerollte Jalousien, Vorhänge aber nicht. Im Eßzimmer war ein Tisch zu sehen, aber keine Stühle. Die Veranda und schmale, zitternde Bambusblätter warfen ihre Schatten über das Fenster zum Salon, das klar und dunkel war wie eine tiefe Stelle im Fluß, die er kannte. Im Salon stand ein Klavier. Außerdem standen da kleine verschnörkelte Stühle, wie die Stühle in der Sonntagsschule oder Kinderstühle im Drugstore, in alle Himmelsrichtungen gedreht, und der erste kräftige Mensch, der versuchen würde, sich hinzusetzen, würde sie einen nach dem andern zerbrechen. Statt einer Tür zum Flur gab es drüben einen Vorhang; der bestand aus Perlenschnüren. Ohne Luftzug hing der Vorhang reglos wie eine Wand, und trotzdem könnte man dadurch sehen, wenn jemand an der Tür vorbeikäme.

In dem Fenster drüben, das genauso lag wie sein Fenster, im hinteren Zimmer oben, stand ein Bett direkt gegenüber von seinem. Das Fußende war nicht mehr da, und eine Matratze war ein Stück nach unten gerutscht, hielt sich aber noch. Ein Schatten von einem Baum, ein Ast und seine Blätter, wanderte langsam über die Buckel und Dellen in der Matratze.

Nachmittags blendete das Fenster im vorderen Zimmer drüben; es war hochgeschoben. Bis auf einen hohen Pfosten mit einem Hut obendrauf war das Bett außer Sicht. Richtig, es war ein Mensch im Haus – früher oder später würde es Loch wieder einfallen –, aber das war bloß Mr. Holifield. Das war der Nachtwächter unten an der Baumwollentkernungsmaschine, tagsüber schlief er immer. An der Wand konnte man ein gerahmtes Bild hängen sehen, eben schief genug, daß es hin und wieder zurechtgerückt aussah. Das Glas im Bild spiegelte manchmal das Licht draußen wider und den Flug von Vögeln zwischen Baumästen, und während das Glas spiegelte, träumte Mr. Holifield.

Loch konnte zwischen den Zedern, von denen eine in der Reihe fehlte, durchgucken nach drüben und alles mit einem schweifenden Blick erfassen – als würde es ihm gehören – von der Veranda vorne bis zur stallähnlichen Rückseite und dem Gartenhaus im schwarzen Schatten – das eine ganz andere Liebe war mit seinem Geruch nach schwarzen Blättern, die zu Ruß zerbröselten; und dem Schatten unter den vier Feigenbäumen, von denen er die Feigen stehlen würde, falls es je Juli werden sollte. Und über dem ganzen Schatten, der dunkel war wie ein Boot, loderte der blaue Himmel – schoß hervor wie eine Schlacht und glühte wie Feuer. Die Jungen und Mädchen auf dem Heuwagen, mit denen seine Schwester heute abend mitgehen würde (mitgehen gegen den Willen des Vaters, aus dem Haus schlüpfen mit dem stillschweigenden Einverständnis der Mutter), würden abfahren mit dem Lied »Es wird nie wieder regnen«. Selbst unter geschlossenen Lidern waren dieses Licht und dieser Schatten noch getrennt, allerdings verkehrt herum.

Manchmal kam es ihm ganze Tage hintereinander so vor, in seinen Träumen oft Tag und Nacht, als würde er nebenan leben, ungebunden wie ein Cowboy, völlig alleine, ohne daß Mutter oder Vater ins Zimmer kamen, um seine Haut zu befühlen oder ihm mit einem Finger unter die Kappe zu fahren – ohne daß einer von ihnen den Ventilator anstellte und der andere ihn abstellte oder daß sie beide zusammen abends eine Zeitung um die Lampe hefteten, um ihn von ihrer Unterhaltung abzuschirmen. Und Cassie konnte ihm nie Bücher zum Lesen dahin bringen, erbärmliche Mädchenbücher und Märchen.

Es war die leckende Dachrinne drüben, von der Loch wachgeworden war, damals im Frühling, als es geregnet hatte. Sie platschte wie ein Wasserfall im Wald, und er erschauerte davon in einer Qual, wie man sie erlebt, wenn man aus tiefem Schlaf *geweckt* wird, um irgendwo hingebracht, weggeschickt zu werden. Sein Herz schlug schneller davon.

Sie konnten mit ihm anstellen, was sie wollten, aber sie durften ihm nicht seine Kappe wegnehmen oder sein Haus. Er faßte unters Bett und zog das Fernrohr hervor.

Das Fernrohr gehörte seinem Vater, und er durfte ruhig durchgucken, solange er Fieber hatte. Sie hatten es ihm als Ersatz für sein Katapult und seine Schreckschußpistole überlassen. Es roch nach Messing und nach der Schreibtischschublade, aus der es stammte, und war ein Gegenstand, den die Familie bis dahin bei Mondfinsternissen vorgeholt hatte; und damals, als das Flugzeug über sie weggeflogen war mit einer Dame drin und sie alle den ganzen Tag darauf gewartet hatten, gebogen und mit sehnsüchtigem Blick zum Himmel hoch; sein Vater hatte das Fernrohr mit der Hand umklammert wie einen großen Stock, eine Art Verteidigungswaffe gegen das, was da kommen sollte.

Loch drehte die langen Messingrohre fest und richtete das Fernrohr aus dem Fenster, wobei er das Fliegengitter nach außen wegdrückte und noch mehr Mücken ins Zimmer ließ, genau das, was man ihm verboten hatte. Er überprüfte die Größe der fernen Feigen: gestern wie Murmeln, wie Weinbeeren heute. Sich die zu holen, wäre eigentlich noch kein Diebstahl. Wenn er die Wut auf sein Eingesperrtsein hinter sich hatte, überkam ihn in seinem Bett manchmal eine angenehme Hemmungslosigkeit. Er bewegte das Glas zärtlich auf das Haus zu und berührte das Dach mit den kleinen Vögeln darauf, die keck die Köpfe hoben.

Mit dem Fernrohr am Auge konnte er das Haus sogar ganz deutlich riechen. Morgana hatte an diesem Nachmittag einen besonders starken Geruch; am Magnolienbaum bei Carmichaels an der letzten Ecke waren überall die Blüten aufgegangen. Wie Lampen funkelten sie in dem dichten, drohend aufragenden Baum, der aussah wie der Eingang zu einer Höhle neben der nah herangeholten Dachkante. Er besah sich das Drosselnest, Woodrow Spights alten Ball auf dem Dach, den verwehten Haufen verblichener Handzettel von irgendeiner Wahl auf der Veranda – wieder das leerstehende Haus, einen halben Porzellanteller tief im Unkraut; zu dem Teller liefen immer die Hühner, und er war trocken.

Loch richtete das Fernrohr auf die Rückseite und erwischte den Matrosen und das Mädchen genau in dem Augenblick, als sie über den Graben sprangen. Sie kamen immer über den hinteren Weg, schlenkerten mit den Armen und rannten geduckt unter den Blättern her. Das Mädchen war die Klavierspielerin aus dem Kino. Heute hatte sie eine Papiertüte aus Mr. Wiley Bowles Lebensmittelladen in der Hand.

Loch blinzelte; er wartete auf den Tag, an dem der Matrose die Feigen mitgehen ließ. Und er wollte sehen, wie weit das Mädchen ihn treiben würde. Sie hieß Virgie Rainey. Sie war die ganze Schulzeit über in Cassies Klasse gewesen, was hieß, daß sie sechzehn war; sie hatte immer jeden guten Einfall ruiniert. Sie sah aus wie eine Göre, aber das täuschte. Einmal hatte sie sich von dem Matrosen aufheben und tragen lassen, mit hochgereckten Fingern, um durch die Blätter zu streifen. Überhaupt war sie es, die dem Matrosen das Haus gezeigt hatte, sie, die ihn dazu angestiftet hatte, herzukommen. Die Feigenbäume waren alt und vom Rost befallen, aber die Feigen, das waren die kleinen, süßen, blauen. Wenn die mal aufplatzten, dann würde das rosige und goldene Fleisch zu sehen sein, ihr inwendiges Blühen, und in goldenen Blasen würde der Saft vorquellen, damit er als erstes von der Zunge berührt werden könnte. Loch gönnte dem Matrosen noch etwas Zeit, denn er war es, der hier Nachsicht üben konnte; er gönnte ihm einen Tag nach dem andern.

Er schwang auf die Knie hoch und sah, wie der Matrose und Virgie Rainey in einer klaren, blauweißen, kleinen Welt sprühend zur Hintertür des leeren Hauses rannten.

Und als nächstes kam dann immer der alte Mann in dem blauen Wagen vorbeigefahren, bis zu Starks und wieder zurück bis zur Ecke, wo die Carmichaels wohnten.

»Buttermilch?
Buttermilch.
Frische Steinbeeren und –
Buttermilch.«

Das war Mr. Fate Rainey mit seinem Lied. Es dauerte immer lange, bis er vorbeigefahren war. Durch das Fernrohr konnte Loch die täglich neue Blume am Hut des Pferdes genau erkennen. Er fuhr immer bei Starks vorbei und um den Friedhof und die Niggerstadt und kam dann wieder zurück. Sein Ruf, melodisch wie ein Lied, kam näher, entfernte sich und kam wieder näher. War das ein Echo – war ein Echo das? Oder war es der Ruf, der letzte, von jemand, der in einer tiefen Höhle herumsuchte: »Hier – hier! Ach, hier bin ich doch!«

Es gab ein Geräusch wie von einem schimpfenden blauen Eichelhäher, und das war die Hintertür; sie gingen gerade von der hinteren Veranda aus ins Haus. Als er sah, wie die Tür aufgestoßen wurde – dabei beulte sich das gespannte Fliegengitter aus, weil sich jemand zu achtlos dagegen lehnte – und die Leute ins Haus ließ, fühlte Loch, wie der alte Ärger in ihm hochstieg. Doch gleichzeitig empfand er Freude. Obwohl die Eindringlinge ihn nämlich nicht sahen, sah er sie, mit bloßem Auge und durchs Fernrohr; und jeden Tag, an dem er sie für sich behielt, gehörten sie ihm.

Louella tauchte unten auf der Treppe auf und schüttete mit einem Platschen das schmutzige Abwaschwasser schwungvoll aufs leere Haus zu. Aber sie würde nie reden, und er würde nie reden. Er hatte sein Lebtag noch nie mit jemandem geteilt, nicht mal mit Louella.

Nachdem die Tür hinter dem Matrosen zugefallen war und sie das obere Fenster mit Gewalt hochgeschoben und abgestützt hatten, schloß sich die Stille über dem Haus nebenan. Sie schloß sich wie die Stille über ihrem Haus um diese Tageszeit; doch wie der lärmende Wasserfall hielt sie ihn wach – behinderte den Schlaf.

Früher, als er noch niemanden gesehen hatte, hätte er schon bald genauso dagelegen und sich dabei vorgestellt, wilde Männer hielten sein Haus in ihrer Gewalt, oder hinter dem Fenster drüben, das seinem eigenen gegenüberlag, hockte zusammengekauert ein Riese. Der große Feigenbaum war viele Male ein Zauberbaum gewesen mit goldenen Früchten, die in und zwischen den Zweigen leuchteten wie eine Wolke aus Glühwürmchen – ein Baum, der über und über funkelte, brannte, an und aus, aus und an. Der süße goldene Saft, der hervorquellen würde – er streckte im Traum die Zunge aus, und da schob ihm seine Mutter diesen Löffel in den Mund.

Mehr als einmal träumte er, die Höhle wäre jetzt drüben im Haus, und der Buttermilchmann würde von einem Zimmer ins andere fahren, mit der roten Rose sein Pferd lenken und es mit einer Peitsche antreiben, die sich von alleine entrollte; im Traum sang er nicht. Oder das Pferd selbst, weiß und wunderschön, wäre auf dem Weg zu ihm und käme näher, um ihn um einen Gefallen zu bitten, eine Bitte, sanft und verständlich zu ihm hochgerufen, bei der er sich noch nicht schlüssig wäre, ob er sie erfüllen oder sie abschlagen sollte. Dieser Ruf durchs Fenster hatte noch nicht stattgefunden – noch nicht ganz. Aber es war jemand gekommen.

Er drehte sich um. »Cassie!« rief er.

Cassie kam an seine Zimmertür. Sie meinte: »Hab ich dir nicht gesagt, womit du dich beschäftigen kannst? Schneid die Octagon-Suppen-Coupons aus und zähl sie nach, wenn du das große Taschenmesser haben willst.« Dann ging sie wieder weg und knallte ihre Tür zu. Ihm war, als würde er sie mit Verzögerung wahrnehmen. Sie hatte sich für das, was immer sie auch in ihrem Zimmer treiben mochte, verkleidet wie jemand vom Zirkus, mit bunten Tupfen auf ihr, und sah fast nicht wie seine Schwester aus.

»Du hast komisch ausgesehen, als du reingekommen bist!« rief er.

Aber die reglose Stille im leeren Haus drüben kam nicht vom Weggehen und ihn Alleinlassen, sondern vom Näherkommen. Etwas kam sehr nah an ihn heran, etwas, das er lieber im Auge behalten sollte. Er hatte das Gefühl, als würde etwas gezählt. Dann mußte er auch zählen. Er konnte ziemlich aufmerksam sein, wenn er so in Einern zählte, in Fünfern zählte, in Zehnern zählte. Manchmal warf er die Arme über die Augen und zählte, ohne die Lippen zu bewegen, und stellte sich vor, wenn er bei einer bestimmten Zahl angelangt wäre, könnte er etwas rufen wie: »Ich komme, auch wenn ihr noch nicht fertig seid!« und nach unten gehen über den Ast des Zürgelbaums. Er hatte noch nie gerufen, und seine Arme waren ein schweres Gewicht auf seinem Gesicht. Oft schlief er in dieser Lage ein. Er wachte auf, naß bis auf die Haut vom nachmittäglichen Fieberanfall. Dann zerrte seine Mutter an ihm herum und schubste ihn, wenn sie kühle Bezüge auf die Kissen zog, und schubste ihn wieder gerade. Sie war eben dabei.

»Und jetzt dein Pulver.«

Seine Mutter, zum Ausgehen angezogen, hielt das kleine rosafarbene Papier schräg gegen seine vorgestreckte, widerstrebende Zunge und führte ihm das Glas Wasser in die tastende Hand. Jedesmal, wenn er sein Pulver zu schlucken kriegte, sagte sie ruhig: »Dr. Loomis verschreibt dir das nur, damit ich zufrieden bin, daß deine Krankheit auch behandelt wird.« Sein Vater, wenn der vom Büro nach Hause kam, sagte immer: »Na, wenn du nun mal Malaria hast, mein Sohn…« (und küßte ihn dann) »… du hast eben Malaria, weiter nichts. Ha ha ha!«

»Ich hab dir auch ein bißchen Buttermilch zurechtgemacht«, sagte sie mit unbewegtem Gesicht.

Er gab daraufhin ein Geräusch von sich, von dem ihr schlecht werden sollte, und sie lächelte ihm zu.

»Wenn ich von Miss Nell Carlisle zurückkomme, erzähl ich dir alle Neuigkeiten Morganas.«

Er konnte nicht anders, er mußte ihr zulächeln – mit geschlossenen Lippen. Sie war fast so etwas wie seine Verbündete. Sie schwang ihr Täschchen in seine Richtung und ging zu ihrem Damenkränzchen. Wenn er sich weit aus dem Fenster lehnte, konnte er so etwas wie eine unordentliche, flatternde Parade sehen, die Damen von Morgana unter ihren Sonnenschirmen, alle bemüht, auf dem Weg zu Miss Nell kühl zu bleiben. Seine Mutter ging unter in ihren schwimmenden, durchscheinenden Farben. Miss Perdita Mayo redete, und sie klapperten mit ihren sommerlichen Absätzen und übertönten dabei – übertönten etwas…

Eine kleine Melodie klang durch die Luft, und sie kam von dem Klavier im leerstehenden Haus.

Die Melodie kehrte wieder wie die Berührung einer kleinen Hand, die er aus Versehen weggestoßen hatte. Loch lehnte sich zurück und ließ sie andauern. Ganz plötzlich rollten ihm Tränen aus den Augen. Er öffnete vor Erstaunen den Mund. Dann war ihm so, als wäre die kleine Melodie das einzig Verläßliche am ganzen Tag, im ganzen Sommer, im ganzen Wechsel seiner Fieber und Fröste: sie war persönlich. Aber er hätte nicht sagen können, warum.

Sie kam wie ein Signal oder ein Gruß – in der Art, wie ein Horn draußen im Wald spielt. Er schloß halb die Augen. Sie kam und verklang und verlor sich in der Luft der Nachbarschaft. Er hörte sie und fragte sich dann, wie sie ging.

Sie versetzte ihn in die Zeit zurück, als seine Schwester noch so lieb war, in eine längst vergangene Zeit. In eine Zeit, als sie sich gern hatten in einer anderen Welt, einem grenzenlosen, vertrauten Land ganz für sich allein, wohin weder Vater noch Mutter kamen, weder aus Nettigkeit noch aus Ungeduld – vollkommen anders als diese einsame Welt jetzt, in der er Wache hielt, ganz Auge wie Argus, ständig auf der Hut.

Ein Löffel traf gegen eine Schüssel, dreimal. Cassie war immer noch in ihrem Zimmer mit irgendeiner Angelegenheit für Mädchen beschäftigt, die, jedenfalls für ihn, entsetzlich stank, so schlimm wie damals, als sie eine Haartüte mit Rosenknospen bemalt hatte, die dann beim Trocknen in Brand geraten war. Er hörte, wie Louella unten im Flur Selbstgespräche führte. »Louella!« rief er, flach auf dem Rücken, und sie rief zu ihm hoch, er solle doch bitteschön mal so nett sein und ihr ein bißchen Ruhe gönnen, oder sie würde auf der Stelle tot umfallen. Als er sich wieder zum Fenster hochzog, war das erste, was er draußen sah, jemand Neues, der den vorderen Weg entlangkam.

Es war eine alte Dame, die da kam. Nein, es war eine rundliche alte Frau, die einen unsicheren Eindruck machte – unsicher, wie er sich selber fühlte, wenn er aufstand –, nicht auf dem Weg zum Damenkränzchen. Sie war wohl zu Fuß vom Land in die Stadt gekommen. Er sah, wie sie vor dem leerstehenden Haus anhielt, sich umdrehte und vorne entlangging.

Daß sie so aussah, als wenn sie vom Land käme, war allerdings nicht das einzig Auffällige an ihr. Vielleicht lag es daran, daß sie nichts in der Hand hielt, kein Täschchen und auch keinen Fächer. Sie sah aus, als könnte sie es sein, die in dem Haus wohnte und nur eben mal für einen Augenblick nach draußen gegangen wäre, um nachzusehen, ob es regnete, und die jetzt eigentlich, ein bißchen angestrengt bei soviel Arbeit, nur ins Haus zurückging.

Doch als sie anfing, schneller zu laufen, kam Loch auf die Idee, es könnte sich um die Mutter des Matrosen handeln, die gekommen war, um ihren Sohn zu holen. Der Matrose gehörte sowieso nicht nach Morgana. Wer sie auch war, sie ging die Treppe hoch und lief über die schwankende Veranda und legte ihre Hand an die Haustür, die sie genauso mühelos öffnete, wie Virgie Rainey die Hintertür geöffnet hatte. Sie trat ins Haus, und er sah sie durch den Perlenvorhang, der ihren Umriß für einen Augenblick erzittern ließ.

Angenommen, Türen mit Schlössern und Schlüsseln wären immer abgeschlossen – dann gäbe es keine Gelegenheit, daß sich so etwas wie jetzt ereignete. Lochs Augen zogen sich zusammen, weil man so nahe daran sein konnte, Dinge zu versäumen, weil es möglich war, sie zu verhindern.

Drei verspätete, schnaufende Kränzchendamen eilten gemeinsam im Gänsemarsch vorbei. Sie verpaßten haarscharf den Anblick der alten Frau – Miss Jefferson Moody, Miss Mamie Carmichael und Miss Billy Texas Spights. Sie hätten dem Ganzen ein Ende gemacht. Dann, mitten in der leeren Luft hinter allen, kreuzten und kreiselten plötzlich Schmetterlinge, und ihre Flügel stießen und blitzten in der Leere wie Degenklingen bei einem Duell.

Auch wenn Loch hocherfreut war über den drohenden Skandal – drei Leute befanden sich mittlerweile im leerstehenden Haus – und überlegte, ob die alte Frau wohl gekommen war, um die beiden anderen aufzuscheuchen und ihnen die Leviten zu lesen, war er doch verblüfft, als der Kronleuchter im Salon aufleuchtete. Er schob das Fernrohr wieder aus dem Fenster und hielt sein mißbilligendes Auge daran. Er entdeckte die alte Frau, die sich von einer Stelle zur andern bewegte durch den ganzen Salon, zwischen den kleinen Stühlen hindurch und vorsichtig am Klavier entlang. Er konnte ihre Füße nicht sehen; sie benahm sich ein bißchen so, als wäre sie ein Spielzeug auf Rädern zum Aufziehen, rollte in die Ecken und gegen die Kanten von Sachen und wurde umgelenkt und weitergeschickt, aber nie aus dem Salon.

Er bewegte sein Auge zum oberen Stockwerk, ein paar Zentimeter höher mit dem Fernrohr. Da, auf einer angenehm leeren Matratze – wo er selbst gerne liegen würde, auf einer Schräge und nackt, wo die kleinen Baumwollpuschel ihn kitzeln könnten und er spüren könnte, wie die Matratze in Wellen unter ihm schaukelt, und er auf dem

Rücken liegen und eingelegte Gurken essen könnte – da lagen der Matrose und die Klavierspielerin und aßen Gurken aus einer offenen Tüte zwischen sich. Weil die Matratze so abschüssig war, mußte das Mädchen auf die Tüte aufpassen, und als die anfing, außer Reichweite zu rutschen, da lachten sie. Manchmal hielten die beiden ihre Gurken wie Zigarren im Mund und drehten sich um, um sich gegenseitig anzugucken. Manchmal lagen sie einfach vollkommen gleich da, die Beine zu einem M gespreizt und die Hände zwischen sich verschränkt wie die Papierfigürchen, die seine Schwester immer aus zusammengefaltetem Zeitungspapier ausgeschnitten und auseinanderfaltet hatte, damit er sie sich ansehen konnte. Wenn Cassie jetzt reinkäme, würde er aus dem Fenster zeigen, und es würde ihr wieder einfallen.

Und dann, so wie die Papierfiguren wieder zurückfederten, legten sie sich aneinander – die wirklichen Menschen. Wie bei einem großen Grashüpfer, der landet, zogen sich alle ihre Arme und Beine zu einem einzigen kleinen Körper zusammen, wie totgestellt, getarnt.

Er lehnte sich zurück und beugte den Kopf auf die kühle Seite des Kissens und schloß die Augen und fühlte sich völlig erschöpft. Er ließ das kühle Fernrohr an seiner Seite zusammenschnappen und schloß das kleine Auge mit einem Fingernagel.

»Armes altes Fernrohr«, sagte er.

Als er wieder nach draußen guckte, waren nebenan alle noch eifriger beschäftigt.

Oben rannten der Matrose und Virgie Rainey im Kreis durchs Zimmer und sprangen jedesmal mit ausgebreiteten Armen über das kaputte Bett. Wer wen jagte, spielte keine Rolle, denn der Abstand zwischen ihnen blieb gleich. Sie liefen immer rundherum wie Charlie Chaplin und der Polizist, beide mit der Absicht hinzufallen.

Unten trieb die Mutter des Matrosen etwas, das genauso merkwürdig war. Sie hängte Dekorationen auf. (Cassie würde sich freuen, wenn sie das sehen könnte.) Als wollte sie an dem Tag ein Fest geben, schmückte sie den Salon mit Bändern aus weißem Material. Es war Zeitungspapier.

Die alte Frau lief viele, viele Male aus dem Salon und tauchte wieder auf – hin und her durch die Perlen im Durchgang –, jedesmal mit einem Armvoll alter *Herolde*, die schon lange hinten auf der Veranda den Leuten im Weg gelegen hatten. Und an ihren Handbewegungen, so als wollte sie Krümel essen oder sich kleine Flusen vom Busen zupfen, erkannte Loch die mütterliche Gewohnheit: Sie hatte da Stecknadeln. Sie steckte lange Streifen aus Zeitungspapier zusammen, nachdem sie sie erst sorgfältig und gleichmäßig zurechtgerissen hatte wie eine Lehrerin in der Schule. Sie bastelte Girlanden aus Zeitungspapier, die sie überall im Salon aufhängte, und ging dabei vom Klavier aus, wo sie die Enden mit einer Figur beschwerte.

Wenn Loch keine Lust mehr hatte, das eine belebte Zimmer zu beobachten, beobachtete er das andere. Wie die beiden beim Spielen über dem Kopf der alten Frau herumwirbelten und herumsprangen! Dabei fiel dann erst einmal das Bett um.

Während Loch am Fenster das Kinn in die Hand stützte und zuschaute, war ihm merkwürdigerweise so, als hätte er das alles schon früher gesehen. Die alte Dame schmückte das Klavier, bis Strahlen von ihm ausgingen wie von einem Weihnachtsbaum oder einem Maibaum. Maibaumbänder aus Zeitung und Seidenpapier strömten vom Klavier zum Kronleuchter und kreuzten sich und schwangen sich wieder in die vier Zimmerecken, hier und da um die Stuhllehnen geschlungen. Wann würde es losgehen?

Bald kam Loch das Ganze ausgeschmückt und schön genug vor; er fand, daß sie aufhören könnte. Aber die alte Frau hörte nicht auf. Das hier war nur ein Teil von etwas in ihrem Kopf. Und in der Pracht, die sie aufhängte und zusammensteckte, war sie völlig alleine. Sie hatte keine Verbindung zu irgend etwas, zu irgend jemand. Sie war eine alte Frau in einem Haus, nicht darauf aus, jemanden zu bestrafen. Auch wenn sie natürlich einmal, als Woody Spights und seine Schwester auf Rollschuhen vorbeikamen, nach draußen ging und sie verjagte.

Einmal lief sie aus dem Haus, um gleich zurückzukommen. Mit ihrem unsicheren, aber entschlossenen Gang, als hätte sie Räder, die nicht richtig lenkbar waren, ging sie über die Straße in Carmichaels

Garten und kam mit ein paar grünen Blättern wieder und einer Blüte vom Magnolienbaum – die sie im Rock trug. Sie hatte die Rockzipfel gerafft wie ein Mädchen, und darunter war sie mager mit ihren alten Beinen. Aber sie kam im Zick-Zack über die Straße – was für ein auffälliges, hemmungsloses Benehmen für eine Mutter, aber Mütter waren manchmal so. Sie hob die Ellenbogen – als könnte sie jeden Augenblick loshüpfen! Aber niemand sah sie: seine Stirn war feucht. Er hörte Gekreisch vom Damenkränzchen bei Miss Nell hinten – es klang wie Miss Jefferson Moody, wenn sie bei Nacht und Nebel ausrückt. Niemand sah die alte Frau außer Loch – und er redete nicht darüber.

Sie brachte das Bündel Grünzeug in den Salon und legte es aufs Klavier, dahin, wo die Krone vom Maibaum hingehörte. Dann trat sie einen Schritt zurück und nickte mit dem Kopf, so voll Bewunderung, als hätte jemand anders das alles zustande gebracht.

Aber als sie das ganze Zimmer zu ihrer Zufriedenheit ausgeschmückt hatte, hörte sie nicht auf, sondern fing an, die Ritzen zuzustopfen. Sie schleppte noch mehr Papier ins Zimmer und stopfte es überall in die Fensterritzen. Jetzt fiel Loch auf, daß die beiden Fenster im Salon heruntergelassen waren, so daß er dicht war wie ein Kasten, und sie mittendrin in der erstickenden Hitze. Ihm lief eine heiße Welle über den Körper. Dann ging sie auch noch mit einer Ladung *Herolde* zum blinden Teil der Wand, wo sich, wie er wußte, der Kamin befand. Die ganze Ladung wanderte in den Kamin.

Als sie dann noch einmal aus dem Salon lief, kam sie wahrhaftig langsam zurück. Sie schob ein großes Mattenstück an der Seite entlang, sie schlängelte und bog sich und kämpfte dahinter, wie eine Spinne mit etwas, das zum Fressen zu groß ist für sie, und schob es in den Salon. Loch bekam plötzlich keine Luft mehr und drückte sich nach vorne gegen das Fliegengitter, innerlich verkrampft, und karierte sich dabei Stirn und Nase. Er wünschte sich gleichzeitig, der Plan sollte gelingen, und wünschte, er sollte danebengehen. Im nächsten Augenblick fielen die ganze Entrüstung und der ganze Anspruch, die er dem leerstehenden Haus gegenüber empfunden hatte, von ihm ab.

Das Haus da war etwas, das die alte Frau niederbrennen wollte. Und Loch konnte sich tausend Arten vorstellen, wie sie das geschickter anstellen könnte.

Sie könnte sich eine Matratze holen – die würde prima brennen. Angenommen, sie würde jetzt nach oben gehen, um sich die eine, auf der die beiden herumtobten, zu holen? Oder die andere unter Mr. Holifield vorziehen, mit Laken und allem (sein Hut auf dem Bettpfosten hatte sich unmerklich gedreht; er änderte seine Stellung wie ein Wetterhahn)? Als sie für einen Augenblick aus seinem Blickfeld verschwand, behielt er das kleine Fenster im Treppenhaus im Auge, aber sie ging nicht nach oben.

Sie brachte eine alte Steppdecke ins Zimmer, auf der früher die Hunde drüben geschlafen hatten, die hatte über der Leine auf der hinteren Veranda gehangen, bis sie zur Hälfte hell und zur Hälfte dunkel verfärbt war. Die alte Frau kletterte auf den Klavierhocker, wie Frauen eben klettern, mit Todesverachtung, und hängte die Steppdecke über das Fenster zur Straße. Die Decke fiel auf den Boden. Noch zweimal kletterte sie auf den Hocker damit, und beim drittenmal blieb die Steppdecke oben. Wenn sie bloß nicht das Fenster zu ihm hin verhängte! Aber falls sie das vorgehabt hatte, vergaß sie es. Sie hielt sich immer wieder den Kopf.

Alles, was sie machte, machte sie falsch, von einem gewissen Punkt an. Sie hatte den Faden verloren. Was sie eigentlich wollte, war ein Luftzug. Statt dessen hielt sie die Luft ab und gab sich Mühe, in einem luftlosen Zimmer ein Feuer brennen zu lassen. So etwas Abwegiges konnten auch nur Mädchen und Frauen versuchen.

Aber jetzt ging sie in die blinde Ecke des Salons, und als sie wieder vorkam, hielt sie einen neuen und geheimnisvollen Gegenstand in der Hand.

In diesem Augenblick hörte Loch, wie Louella über die Hintertreppe nach oben lief, hochkam, um kurz nach ihm zu sehen. Er warf sich auf den Rücken, streckte einen Arm aus, eine Hand auf dem Herzen und mit offenem Mund, wie er das immer tat, wenn er in einer Schlacht tot spielte. Er vergaß, die Augen zuzumachen. Louella blieb einen Augenblick stehen und ging dann auf Zehenspitzen wieder weg.

Loch sprang auf die Knie, krabbelte aus dem Fenster unter dem nach außen weggedrückten Fliegengitter hindurch, auf den Ast des Zürgelbaums, und ließ sich wie gewohnt in den Baum hinunter.

Er kletterte auf einen Ast, der weit nach außen ragte und ihn besonders dicht an das leerstehende Haus brachte. Als er vor ihrem Fenster war, sahen ihn der Matrose und das Mädchen und sahen ihn doch nicht. Er kletterte weiter nach unten. Er fand seinen Platz im Baum, eine raschelnde, vertraute alte Astgabel, in der er immer saß und seine Flaschendeckel zählte. Da hing er, mal an den Händen und mal an Knien und Füßen, und beobachtete.

Die alte Frau war schmutzig. Wenn sie stehenblieb, zitterte sie ein bißchen – mit ihren hängenden Wangen und ihren Händen. Er konnte jetzt gut erkennen, was sie da hielt wie eine Lampe. Aber er konnte nicht sagen, was es war – ein braunes Kästchen aus Holz, das aussah wie der Obelisk. Es hatte eine Tür – die machte sie auf. Es gab ein mechanisches Geräusch von sich. Er hörte es deutlich durch das verpackte Zimmer, das wie ein Resonanzboden wirkte; es tickte.

Sie stellte den Obelisken aufs Klavier, in die Blätterkrone da; sie schob eine Figur zur Seite. Er hörte zu, wie es weitertickte, und plötzlich wuchsen seine Hoffnungen für sie. Er hielt sich mit den Knien fest und tauchte mit dem Kopf nach unten, dann schwang er in der süßen freien Luft, und schwindelig wie ein Apfel auf dem Baum dachte er: in dem Kasten, da hat sie das Dynamit.

Er breitete die Arme aus und ließ sie nach außen hängen und flatterte mit den Wimpern im Junilicht, betrachtete Haus, Himmel, Blätter, einen fliegenden Vogel, alles und gar nichts.

Little Sister Spights, zwei Jahre alt, die er noch nie auf der Straße gesehen hatte, seit sie auf der Welt war, spazierte unter ihm herum und schleppte einen Drachen hinter sich her.

»Hallo, du putziger alter Winzling«, murmelte er aus dem Laub. »Du gehst lieber wieder dahin zurück, wo du hergekommen bist.«

Und dann streckte die alte Frau einen Finger aus und spielte die Melodie.

Er hing ganz still, zusammengefaltet wie eine Fledermaus.

II

Für Elise.

In ihrem Zimmer, als sie die zarte Einleitung hörte, das kleine Motiv, blickte Cassie auf von dem, womit sie gerade beschäftigt war, und sagte als Antwort: »Virgie Rainey, *danke schön.*«

Voller Staunen, aber so langsam, als würde sie es bedauern, unterbrach sie ihr Rühren im Smaragdgrün. Sie erhob sich von da, wo sie mitten auf dem Fußboden gehockt hatte, und stieg über die Schüsseln, die überall auf den Teppichmatten herumstanden. Sie ging leise ans Südfenster, wo sie einen Vorhang anhob, der dabei von ihren nassen Fingern fleckig wurde. Es war keine Menschenseele zu sehen im MacLain-Haus, bis auf den alten Holifield, der drüben schlief, mit den plumpen, halbhohen Schuhen an den Füßen und mit seinem Bauch, der prall war wie bei einem Rotkehlchen. Seine Anwesenheit – es handelte sich um den Holifield, der Nachtwächter in der Baumwollfabrik war und tagsüber hier schlief – hinderte Cassies Mutter nie daran, das MacLain-Haus rundweg als »das leerstehende Haus« zu bezeichnen.

Wie man es auch bezeichnete, das Haus war etwas, das man sah, ohne es zu sehen – es war wieder zu einem Teil der Welt geworden. Die ungestrichene Seite drüben veränderte sich im Laufe des Tages und des Jahres so passiv, wie sich ein natürlicher Ort, beispielsweise das Flußufer, verändert. Bei kälterem Wetter wurden seine Fenster so wie die Blätter des Balsambaums: kastanienbraun, wenn die späte Sonne aufging, und im Winter war das Haus nackt und glänzend, noch ungeschützter und einsamer als jetzt. Im Sommer war es ein überwachsener Ort. Blätter und deren Schatten bedrängten es, scharf umrissen wie unter einer Bogenlampe und den ganzen Tag über so still wie zur Mittagszeit. Und zu allen Zeiten verriet es, daß es keine Frau gab, die sich darum kümmerte.

In diesem regenlosen, windlosen Juni war die leuchtende Luft, war die Stadt Morgana, das Leben selbst, im Schein der Sonne und im Schein des Mondes, gelassen, still und wie aus Porzellan. Das fühlte Cassie jetzt. Aber im Schatten des leerstehenden Hauses, obwohl alles still aussah, herrschte Unruhe. Irgendein Leben rührte sich da. Vielleicht war es *altes* Leben.

Seit die MacLains fortgezogen waren, hatte das Dach drüben sich immer über den Köpfen von Leuten befunden (und geleckt), die nicht richtig dort wohnten, und es war, als würde ein ruheloser Strom es dunkel und ungehindert umfließen (immer wieder wurden die Vögel durch ein Geräusch oder eine Bewegung aufgeschreckt), ein Leben, hastiger als das Leben bei den Morrisons, getriebener vielleicht, dachte Cassie beklommen.

War das jetzt Virgie Rainey da drin? Wo versteckte sie sich, wenn sie drüben ins Haus geschlichen und ans Klavier gegangen war? Wann war sie gekommen? Cassie fragte sich, ob sie sich nicht getäuscht hätte. Sie zweifelte einen Augenblick daran, daß sie *Für Elise* gehört hatte – sie zweifelte an sich selbst, so schnell, und sie klopfte sich mit der Faust an die Brust, mit einem Seufzer, so wie Parnell Moody sich immer an ihre klopfte.

Eine Gedichtzeile taumelte an ihr Ohr, oder begann zu taumeln.

Wohl bin ich alt und Wandersmann...

Sie schlug sich mit den Händen auf die Hüftknochen, so hart, daß es weh tat, warf sich herum und beschäftigte sich wieder mit ihren eigenen Angelegenheiten. Sie stand, die Füße gekreuzt, auf einem bloßen Fuß und starrte auf die Töpfe und Schüsseln unter sich, in denen sie genügend Farben für ein Sonnenradmuster angerührt hatte. Sie hatte sich hier oben eingeschlossen, um einen Schal abzubinden und zu färben. »Alle draußenbleiben!!!« hieß es auf einem Briefumschlag, den sie an ihre Tür geheftet und mit Schädel und gekreuzten Knochen unterzeichnet hatte.

Man nimmt ein Stück Crêpe de Chine, man legt den Stoff in eine Spitze und bindet mit einer Schnur feste Knoten ab. Man rafft und bindet den Stoff immer weiter zusammen. Dann hängt man ihn in verschiedene Farben. Die Schnur sollte weiße Linien in der Farbe zurücklassen, ein Muster wie ein Spinnennetz. Man weiß nie, was dabei herauskommt, wenn man seinen Schal aufknotet; aber Missie Spights sagt, es hätte noch nie einen gegeben, der einen nicht umgeworfen hätte.

Für Elise. Diesmal waren es zwei Motive, das E beim zweiten Motiv ziemlich tief.

Cassie bewegte sich vorsichtig wieder zum Fenster, während ihr das Herz schwer wurde, und betete dabei, daß sie nicht Virgie Rainey zu sehen bekam, oder, vor allem, daß Virgie Rainey sie nicht zu sehen bekam.

Virgie Rainey ging schon zur Arbeit. Sie gab keinen Unterricht. Sie spielte Klavier im Kino, in beiden Vorstellungen jeden Abend, und erhielt sechs Dollar die Woche, und wurde nicht mehr besonders geschätzt. Schon in ihrem letzten Jahr in der Schule – gerade zuende – hatte sie gearbeitet. Aber als Cassie und sie noch klein waren, hatten sie zusammen Musikunterricht gehabt, im MacLain-Haus nebenan, bei Miss Eckhart. Virgie Rainey hatte die ganze Zeit *Für Elise* gespielt. Und Miss Eckhart hatte immer gesagt: »Virgie Rainey, *danke schön.*« Wo war Miss Eckhart jetzt überhaupt? Sie war Miss Snowdie MacLains Untermieterin gewesen.

»Cassie!« Loch rief schon wieder.

»Was denn!«

»Komm her!«

»Kann nicht!«

»Muß dir was zeigen!«

»Hab keine *Zeit*!«

Ihre Zimmertür war den ganzen Nachmittag geschlossen gewesen. Aber erst hatte ihre Mutter sie aufgemacht und war ins Zimmer gekommen, nur um aufzuschreien und sich nicht anfassen zu lassen und wieder zu gehen, wobei sie einen Duft nach Rosen-Pelargonien zurückgelassen hatte, den der Ventilator ihr immer wieder zutrug. Dann war Louella einfach, ohne zu fragen, zu ihr ins Zimmer gekommen und hatte eine Ewigkeit über ihr gestanden und ihr die Haare auf Zeitungspapier gewickelt, damit sie bauschig wurden für die Fahrt mit dem Heuwagen heute abend. »Muß mich ja drum kümmern, du tust das ja nich.«

Mit ihrem starren Blick, in sicherem Abstand zu den Farben, in die sie eintunkte, war Cassie jetzt für eine Weile weit fort, wohl schon im College später im September, wo Schals in Schnurbatik allerdings nicht mehr Mode wären, wenn man sie auch auseinanderfalten und vorzeigen konnte.

Aber beim drittenmal *Für Elise* kam das unstreitige Ich der entscheidenden Gegenwart, dieses Mittwochnachmittags, langsam hervor – als hätte es jemand gerufen. Cassie sah sich, auch ohne in den Spiegel zu sehen, denn ihre kleine, feierliche, schutzlose Gestalt stieg klar und deutlich in ihrem Innern auf. Da war sie jetzt, stand wieder ängstlich am Fenster in ihrem Unterrock, mit jeder Farbe des Regenbogens ein bißchen betropft – Oberteil und Volants – trotz gebührender Sorgfalt. Ihr bleiches Haar war mit eingedrehtem Papier bedeckt und beladen wie mit einem zu großen Hut. Sie balancierte den Kopf auf ihrem zarten Hals. In der rechten Hand hielt sie einen Löffel hoch wie eine kümmerliche Gerte, und ihre Füße waren nackt. Sie war offenbar beliebt und glücklich gewesen, und da stand sie nun, mitleiderregend – als ob sie kein Zuhause hätte – schrecklich. Alles Vergangene floß unversehens zusammen und schwappte wie eine Welle zu ihr hoch, beim nächstenmal vielleicht zu hoch. Das Gedicht umgab sie klar und deutlich von allen Seiten und wogte von einer Seite zur andern:

Wohl bin ich alt und Wandersmann
Durch hohles Land und hohes Land,
Doch will ich spähn wohin sie sprang

Dann schwoll die Welle an, türmte sich auf und kam über ihren hochgehaltenen Kopf herunter, als wollte sie sie ertränken.

In all den Jahren war Cassie direkt vor Virgie Rainey zur Klavierstunde gegangen, oder, hin und wieder, auch direkt nach ihr. Zu Anfang war Cassie in Musik so schlecht und Virgie so gut (genau andersherum als sonst), daß Miss Eckhart mit ihrem methodischen Verstand sie wohl mit Absicht so gepaart hatte. Sie kamen montags und donnerstags um halb vier und um vier Uhr, nach der Schule, und bis zum Konzert dann um halb zehn und um zehn Uhr vormittags. So pünktlich und so furchterregend war Miss Eckhart, daß all die kleinen Mädchen, die eine, die ging, und die eine, die kam, geziert durch die

Perlenvorhänge aneinander vorbeitrippelten wie Fremde. Nur Virgies Augen funkelten immer spöttisch.

Obwohl Miss Eckhart unermüdlich war wie eine Spinne, wartete sie so reglos auf ihre Schüler, daß es von hinten aussah, als wäre sie in ihrem Studio eingeschlafen. Wie viel später war es Cassie eigentlich erst aufgefallen, daß »das Studio« selbst, das einzige, von dem man in Morgana je gehört hatte, nichts als ein gemietetes Zimmer war? Gemietet, weil die arme Miss Snowdie MacLain das Geld nötig hatte.

Damals kam es ihr so vor, als wenn es ein geheiligter Ort wäre. Auf dem schwarz gestrichenen Boden lagen nicht einmal Matten, damit auch nicht ein Ton gedämpft würde. Genau in der Mitte stand ein dunkles, fast quadratisches Klavier (aus Ebenholz, wie sie alle meinten) mit Beinen, krumm wie Elefantenbeine, das pfundweise Notenblätter auf dem Rücken trug – bloß damit sie da schwer aussahen, dachte Cassie, denn für wen waren die Noten gedacht? Auf den gelben Tasten, manche gesplittert und andere, im Baß, kaffeebraun, lag stets ein leichter Schweißfilm. Es gab einen hochgedrehten Hocker mit einem schüsselförmig abgenutzten Sitz. Miss Eckharts Stuhl daneben war so ein altes Ding, wie es die meisten Leute sich neben ihr Telefon stellen.

Es gab goldene Stühle, mit zerbrechlichen Beinen und geschnörkelt wie Zuckerstangen, die bei jeder Berührung über den Boden glitten und tabu waren – sie waren für das Publikum beim Konzert bestimmt; ihre Zerbrechlichkeit war Absicht. Es gab Taburetts mit kleinen rosafarbenen Figuren darauf und hornähnlichen, hortensienfarbenen Schalen. Die Perlenschnüre im Durchgang bewegten sich und klickten manchmal während der Klavierstunde, als wenn jemand käme, doch das hatte nicht mehr zu bedeuten als das sinnlose Klikken, das die Kardinäle draußen im Freien von sich gaben, falls es nicht gerade Zeit für einen Schüler war. (Die MacLains wohnten hauptsächlich im oberen Stockwerk, bis auf die Küche, und betraten das Haus von der Seite her.) Die Perlen hatten einen schwachen süßen Duft und erinnerten an lange Ketten aus Weinbeeren und an winzige, mit violettem Zuckerwasser gefüllte Fläschchen und an Lakritzstangen. Das Studio war in gewisser Hinsicht wie das Hexenhaus in *Hän-*

sel und Gretel, meinte Cassies Mutter, »einschließlich der Hexe«. Auf dem Klavier stand an der rechten Ecke eine kleine pfefferminzweiße Beethovenbüste, ganz abgestoßen an den Kanten, mit abgewetzter Nase, als wenn eine Kuh daran geleckt hätte.

Miss Eckhart, eine schwere brünette Frau von unbestimmtem Alter, saß während der Stunden auf dem unscheinbaren Stuhl, den sie mit ihrem Körper vollständig verdeckte, offenbar mit gleicher Verachtung für Körper und Stuhl. Sie war abwechselnd sehr ruhig und sehr wachsam, und manchmal war das wohl deshalb so, weil sie Fliegen verabscheute. Sie hielt eine Fliegenklatsche in ihrem nach unten geneigten Schoß, anmutig und zart wie einen Fächer, und ihre harten, runden, kurzen Finger wirkten erstaunlich achtlos. Ganz plötzlich, während man gerade sein Stück spielte, ob man dabei nun Fehler machte oder ob es fehlerfrei lief, das war egal, patschte einem die Fliegenklatsche auf den Handrücken. Es fiel kein Wort, weder ein triumphierendes oder entschuldigendes von Miss Eckhart noch ein überraschtes oder klagendes von einem selbst. Und weh tat es. Virgie, deren Gesicht immer härter wurde, je weiter sie mit ihrem fortgeschrittenen Stück kam, brachte von allen die abwesendste Miene zustande, auch wenn Miss Eckhart womöglich immer fester nach den hartnäckigen Fliegen schlug. Alle ihre Schüler ließen Fliegen ins Zimmer, wenn sie zu ihren Stunden kamen und wieder gingen, ganz zu schweigen von den MacLain-Jungen, die ihre Tür dem ganzen Universum offenließen, wenn sie zum Spielen nach draußen rannten.

Miss Eckhart ging wohl auch unvermittelt in ihre kleine Einbauküche – sie und ihre Mutter hatten keinen Neger und nahmen den von Miss Snowdie nicht in Anspruch; sie sagte nicht »Entschuldigung« und erklärte auch nicht, was auf dem Herd stand. Und es gab Zeiten, vielleicht an Regentagen, da lief sie ununterbrochen im Studio herum, und man spürte, wie sie hinter einem stehenblieb. Gerade wenn man meinte, man wäre vergessen, beugte sie sich über einen, man befand sich dabei unter ihrem Busen wie ein Wanderer unter einer Klippe, sie führte ihren Finger mit dem Bleistift zu den Noten vor einem und schrieb langsam »Langsam« über den Takt, den man gerade spielte. Oder manchmal, wenn sie so bedrohlich über einem hing, machte sie einen welligen Kreis mit einem langen Schwanz, als ob sie eine Katze malen wollte, aber das war ihr »P«, und das Wort wurde dann zu »Proben!!«.

Wenn man ein Stück einmal spielen konnte, beachtete sie das kaum und äußerte sich auch nicht dazu. Ihre Manieren waren alle ungewöhnlich. Es war einfach Zeit für ein neues Stück. Wann immer sie das Schränkchen öffnete, entwich daraus sofort ein Geruch nach neuen Noten wie ein gefangener Geist, man konnte ihn förmlich greifen, wie einen zahmen Waschbären; Miss Eckhart hielt die Noten unter Verschluß, und den Schlüssel verwahrte sie unter ihrem Kleid, im Ausschnitt. Sie setzte sich und fügte der Rechnung mit einem eingetunkten Federhalter auf der Stelle »$. 25« hinzu. Cassie konnte die Rechnungen deutlich sehen, in ihrer kunstvollen Handschrift, mit einem Gleichheitszeichen durch das »z« in Mozart und mit »Y«s, die alle so kräftig geschwänzt wurden, daß sie durchs Papier gingen. Diese Schwänze brauchten eine ganze Klavierstunde zum Trocknen.

Was passierte noch, wenn man ohne Fehler spielte? Ach ja, sie ging hin und redete mit dem Kanarienvogel und klopfte dabei mit dem Finger an die Käfigstäbe. »Hör nur«, sagte sie zu ihm. »Von *dir* genug für heute«, rief sie einem über die Schulter zu.

Virgie Rainey kam durch die Perlen mit einer Magnolienblüte in der Hand, die sie irgendwo gestohlen hatte.

Sie kam von den Raineys auf einem Knabenfahrrad angefahren (das ihrem Bruder Victor gehörte), hatte die Noten für Fortgeschrittene nackt zusammengerollt an die Fahrradstange geschnallt (die Mädchen trugen normalerweise Aktenmappen), und sie fuhr rittlings auf dem Jungenrad mit ihrer Magnolie, die sie bei den Carmichaels vom Baum abgebrochen und in den Drahtkorb am Lenker gelegt hatte und die langsam fleckig wurde. Manchmal kam Virgie auch eine Stunde zu spät, wenn sie vorher die Milch ausliefern mußte, und manchmal kam sie durch die Hintertür und pellte beim Eintreten eine reife Feige mit den Zähnen; und manchmal versäumte sie ihre Stunde ganz. Aber wenn sie mit dem Fahrrad kam, fuhr sie damit immer bis in den Garten und sauste mit dem Vorderrad bums in das

Gitter, während Cassie den »Schleiertanz« spielte. (Damals sah das Haus hübsch aus, mit Spalieren und Pflanzen, die das Fundament verdeckten, und einem dreibeinigen Blumenständer an der Verandaecke, der Rollschuhfahrer abschrecken und kleine Jungen fernhalten sollte.) Miss Eckhart legte die Hand an die Brust, als spürte sie geradezu, wie das mutwillige Rad die Fundamente des Studios erschütterte.

Virgie Rainey hielt die Magnolienblüte wie eine heiße Suppenterrine und überreichte sie Miss Eckhart, denn keiner von ihnen wußte es besser: Magnolien rochen doch viel zu süß und schwer gleich nach dem Frühstück. Und Virgie hielt alles mit abgespreiztem Finger; sie war eingebildet auf ihr Überbein, das bei ihr auf dem vierten Finger wuchs.

Miss Eckhart nahm die Blume entgegen, aber Virgie mußte manchmal noch warten, während Cassie ihre Seite mit Prüfungsfragen aufsagte. Manchmal prüfte Miss Eckhart die übersprungenen Fragen, manchmal die beantworteten; aber jede Frage, die sie prüfte, wurde mit einem kräftigen »V« versehen, das die kleine Seite durchkreuzte wie ein Kometenschweif. Sie zog die schwarzen Brauen zusammen, um zu erkennen, ob Cassie etwas vergessen hätte, falls es nicht geschah, um sich an eine Sache zu erinnern, die sie selbst fast vergessen hatte. Pünktlich (der Wecker hatte eine Szenerie mit einem grünen und blauen Wasserfall auf dem Zifferblatt) entließ sie Cassie und neigte den Kopf in Virgies Richtung, als würde sie sie erst jetzt wahrnehmen, da sie für sie bereit war; doch die ganze Zeit über hielt sie die kräftige Magnolienblüte in der Hand, und der Geruch füllte das Zimmer.

Virgie schlenderte zum Klavier, breitete ihre Noten aus und kontrollierte, ob sie auch so auf dem Hocker saß, wie sie das wollte. Sie warf ihren Rock hinter sich, mit einer doppelten Schwimmbewegung. Dann, ohne ein Wort von Miss Eckhart, fing sie an zu spielen. Sie spielte sicher, genau, mit unbewegtem Gesicht, das Überbein, auf das sie so stolz war, wenn sie nichts zu tun hatte, kauerte wie ein Marienkäfer, ritt auf der Melodie. Sie spielte manchmal zart, manchmal energisch, nie laut.

Und wenn sie fertig war, sagte Miss Eckhart: »Virgie Rainey, *danke schön.*«

Cassie, so still, daß die Brust ihr eng wurde, wagte nicht, über den knarrenden Fußboden durch den Flur zu gehen, und wartete bis zum Schluß, um aus dem Haus und nach Hause zu laufen. Beim Rennen flüsterte sie – und es klang wie ein Maschinengeräusch – »*Danke schön, danke schön, danke schön.*« Es war nicht die Bedeutung, die sie vorantrieb; sie wußte damals nicht, was es bedeutete.

Aber damals wußte jahrelang niemand (bis zum Weltkrieg), was Miss Eckhart mit »*Danke schön*« meinte und »*Mein liebes Kind*« und all dem andern, und wer hätte gewagt, sie zu fragen? Es wäre ausgesprochen vorwitzig gewesen. Nur Virgie war mutig genug, sie allein hätte es für die anderen herausfinden können. Virgie sagte, sie wüßte es nicht, und es wäre ihr auch egal. Deshalb hängten sie es auf dem Schulhof einfach an Virgies Namen. Sie war Virgie-Rainey-Dankeschön beim Seilspringen oder wenn sie sich mit den Jungen prügelte, wenn sie sich als erste beim Buchstabierwettbewerb hinsetzen mußte, weil sie gesagt hatte: »B-l-a-u, blau, B-ä-r-e-n, Bären, Blaubeeren.« Sie hieß so für immer. Manchmal johlte ihr das sogar im Bijou jemand zu, wenn sie mit ihren hohen Absätzen das steile Gefälle des Bühnengangs herunterkam, um das Licht einzuschalten und das Klavier aufzuklappen. Als sie erwachsen war, hob sie dann das Kinn. Unbewegt wie eine Marmorbüste, verunstaltet durch einen ›Herrenwinker‹, trug Virgie ihren Kopf stolz an der Wand mit der Fahne vorbei, vorbei an jedem Wort von »Es ist kühl im Bijou, genießen Sie Taifune von Alaskafrische«, das unter dem Ventilator befestigt war. Wahrscheinlich rannten auch Ratten unter ihren Füßen herum; das Bijou war früher Spights Mietstall gewesen.

»Virgie bringt mir gutes Glück!« sagte Miss Eckhart immer, mit einem runden Lächeln im Gesicht. Glück, das nicht gut war, das war wieder so ein neuer Gedanke für sie alle.

Virgie Rainey hatte, als sie zehn oder zwölf war, Naturlocken, seidig und dunkel und das meiste davon – ungekämmt. Sie wurde nicht oft genug zum Friseur geschickt, um den Müttern anderer Kinder zu gefallen, die behaupteten, das Haar wäre höchstwahrscheinlich auch schmutzig – was konnten die Kinder auch von ihrem Hinterkopf sehen, wo die arme Katie Rainie doch immer so gehetzt war? Ihre Matrosenbluse war mit einem kleidsamen Rot gepaspelt, der Anker war ständig lose, und ihre roten Seidenbänder waren eigentlich in Kermesbeerensaft getauchte Damenschuhriemen. Sie war voller Ungestüm, sie war launisch und ließ jedem Anfall von Heiterkeit und Wut seinen Lauf, jedem eigenen und jedem fremden mit gleicher Freiheit – nur nie bei Miss Eckhart natürlich.

Die Schule konnte Virgies Energie nicht bremsen; einmal, an einem Regentag, als sie in der Pause im Erdgeschoß bleiben mußten, sagte sie, sie würde mit dem Kopf gegen die Wand rennen, bis das Gehirn rauskäme, und die Lehrerin, die alte Mrs. McGillicuddy, meinte, »Dann klopf es dir nur heraus«, und sie versuchte es tatsächlich. Alle andern aus der vierten Klasse standen voller Erwartung und Bewunderung um sie herum, und die dichte Luft war süßlich schwer vom Duft offener Thermoskannen. Virgie kam mit merkwürdigen Butterbroten an – jeder wollte mit ihr tauschen – mit Pfirsichkompott oder vielleicht auch Banane. In den Augen der anderen Kinder war sie interessant wie eine Zigeunerin.

Wegen dieser Ungebärdigkeit, durch die Virgie so seltsam gewinnend wirkte, machte sich selbst die Klasse in der Sonntagsschule Gedanken über ihre Zukunft – sie würde irgendwo hingehen, irgendwohin weit weg, meinten sie dann und hatten beim Reden das Kinn in die Hand gestützt – sie würde Missionarin werden. (Parnell Moody war früher auch wild gewesen, und *die* war jetzt fromm.) Miss Lizzie Starks Mutter, Mrs. Morgan, die alte Unke, meinte, Virgie würde erster weiblicher Gouverneur von Mississippi, das wär's, wo sie landen würde. Das klang schlimmer als die ewige Verdammnis. Für Cassie war Virgie eine heimliche Liebe, aber auch ihr heimlicher Haß. Für Cassie sah sie aus wie die Illustration aus einer Serie von Reginald Birch mit dem Titel »Der glückliche Stein« in Etta Carmichaels *St. Nicholas Magazin*. Ihr tintenschwarzes Haar fiel ihr in den gleichen offenen Locken auf den Rücken – weil es schmutzig war. Sie nahm oft genau die gleiche Haltung an wie die einfallsreiche, verfolgte kleine

Heldin, die mit Leuten fertigwurde, von denen sie meinte, es wären Hexen und Menschenfresser (schade! es waren keine) – die Beine gegrätscht, den Kopf gesenkt, mit einem Blick schräg aus den Augenwinkeln nach oben, die Ohren gespitzt, aber man konnte nicht wissen, ob Virgie ihre Feinde keck unterbrechen oder mit einem abwesenden Lächeln auf den Lippen wegrennen würde, um sich wieder mit ihren eigenen Angelegenheiten zu beschäftigen.

Und sie roch nach Gewürzen. Sie trank Vanille-Essenz aus der Flasche, wie sie erzählte, und bei ihr würde es kein bißchen brennen. Sie wußte, ihre Mutter wurde Miss Eiskrem-Rainey genannt, weil sie bei Veranstaltungen Eishörnchen verkaufte, deshalb machte Virgie das.

Für Elise war immer Virgie Raineys Stück gewesen. Jahrelang war Cassie der Meinung, Virgie hätte es geschrieben, und Virgie hatte nie widersprochen. Es war eine Art Signal, daß Virgie aufgetaucht war; sie spielte das kleine Einleitungsmotiv auf den Tasten, wenn sie irgendwo an einem Klavier vorbeikam – selbst an dem im Cafe. Sie gab *Für Elise* nie auf: Auch als sie schon längst zu den schwierigen Stücken übergegangen war, spielte sie es noch immer.

Virgie Rainey war begabt. Alle sagten, das könne man nicht bestreiten. Um ihr zu beweisen, daß es nicht bestritten wurde, erlaubte man ihr die ganze Schulzeit über, für die anderen Kinder beim Einmarschieren zu spielen. Manchmal übten sie zu »Dorothy, ein alter Englischer Tanz«, und manchmal zu *Für Elise* – keiner so richtig im Takt.

»Meines Erachtens haben sie das Geld für die Klavierstunden irgendwie zusammengekratzt«, meinte Cassies Mutter. Wenn Cassie hörte, wie Virgie nebenan ihre Tonleitern übte, hatte sie in ihrer Phantasie das Eßzimmer bei Raineys förmlich vor Augen – ein Zimmer, das sie noch nie im Leben von innen gesehen hatte, weil sie nach der Schule nicht mit den Raineys nach Hause ging – und Miss Katie Rainey und den alten Fate Rainey und Berry und Bolivar Mayhew, irgendwelche Vettern, und Victor, der dann später im Krieg fallen sollte, wie sie alle am Tisch saßen, und Virgie, wie sie wartete; wie Miss Katie die Nickel und Pennies mit einem alten Messer mit beinernem Griff zusammenkratzte und sie in Form klopfte wie ihre Butter, und jedesmal – wenn die Tonleiter nach oben ging – gerade genug zusammenbekam oder – wenn sie abwärts ging – nicht ganz.

Cassie war Miss Eckharts erste Schülerin, und der Grund, daß sie Klavierstunden »nahm«, war, daß sie direkt nebenan wohnte, aber sie erntete nie irgendwelche Lorbeeren damit. Als Virgie anfing, Stunden zu »nehmen«, war sie es, die Sachen ans Tageslicht brachte, über Miss Eckhart, ihren Unterricht und alles. Miss Eckhart hatte, trotz ihrer Strenge und Unerbittlichkeit und trotz ihres steifbeinigen Gangs, eine empfindliche Stelle in ihrer Seele. Es gab da einen winzigen schwachen Punkt, einen verwundbaren, und Virgie Rainey bekam ihn heraus und führte ihn den Leuten vor.

Das Metronom war Miss Eckharts Heiligtum. Sie verwahrte es, als ob es das Kostbarste und Geheimnisvollste am ganzen Musikunterricht wäre, in einem Tresor in der Wand. Jinny Love Stark, die erst sieben oder acht Jahre alt war, aber ein ziemliches Mundwerk hatte, meinte, es wäre das einzige von Miss Eckharts Sachen, das die richtige Größe hätte, um es da einzuschließen. Warum im Salon überhaupt ein echter Tresor eingebaut war, wußte anscheinend niemand; Cassie erinnerte sich, daß Miss Snowdie gesagt hatte, das wüßte Gott allein in Seiner unendlichen Weisheit, und eines Tages würde jemand nach Morgana gefahren kommen und diesen Tresor benötigen, wenn sie einst dahingegangen wäre.

Die Tür in der Wand sah aus wie eine Blechplatte, wie die Abdeckelung von einem alten Rauchabzug. Miss Eckhart begab sich gemessenen Schrittes dorthin. Theoretisch war der Tresor natürlich versteckt, und nur sie wußte, daß er sich da befand, weil Miss Snowdie ihn ja vermietet hatte; eventuell hatte nicht einmal Miss Eckharts Mutter die Möglichkeit hineinzukommen. Stimmt, ihre Mutter wohnte bei ihr.

Cassie, aus einem Gefühl der Nettigkeit heraus, guckte immer in eine andere Richtung, wenn der Tresor morgens geöffnet wurde. Sie fand es schrecklich, wenn auch kaum zu vermeiden, daß sie, Cassie Morrison, weil sie von den Schülern als erste kam, möglicherweise diejenige sein könnte, die die Aufmerksamkeit darauf lenken würde, was für eine absurde Idee ein Tresor war, in dem sich keine Juwelen befanden, in dem sich geradezu das Gegenteil von einem Juwel befand. Und dann verkündete Virgie eines Tages, als das Metronom vor ihr in Gang gesetzt wurde – Cassie war gerade im Begriff zu gehen –, schlicht und einfach, mit dem Ding vor der Nase würde sie keinen Ton mehr spielen.

Bei Virgies Worten – es sah fast so aus, als hätte sie genau das hören wollen – hielt Miss Eckhart hastig den Zeiger an und schlug die kleine Tür zu, bum. Das Metronom wurde nie wieder vor Virgie hingestellt.

Alle andern bekamen es natürlich auch weiterhin. Es wurde jeden Morgen aus dem Tresor geholt, genauso pünktlich, wie der Kanarienvogel in seinem Käfig aufgedeckt wurde. Miss Eckhart hatte bei Virgie Rainey eine Ausnahme gemacht; erst hatte sie vor Virgie Rainey Respekt gezeigt, und jetzt wurde sie demütig vor ihrer Frechheit.

Ein Metronom ist eine Höllenmaschine, sagte Cassies Mutter, als Cassie das von Virgie erzählte. »Erbarmen, und du mußt dich weiter von dieser Höllenmaschine antreiben lassen. Ich habe es gerne, wenn ein Lied *tupft.*«

»Was meinst du damit, tupft? Hättest du denn Klavierspielen können, Mama?«

»Kind, ich hätte *singen* können«, und sie schleuderte ihre Hand von sich weg, als könnte die ganze Musik ruhig von der Brücke springen.

Im Laufe der Zeit benahm sich Virgie Rainey Miss Eckhart gegenüber immer schlimmer, nachdem sie beim Metronom den Sieg davongetragen hatte. Einmal spielte sie ein kleines *Rondo* auf ihre Art, und Miss Eckhart war darüber so aufgeregt, daß die Stunde überhaupt keine richtige Stunde war. Einmal rollte sie die neue *Etude* auseinander, und als die sich immer wieder zusammenrollte, wie das bei *Etuden* so geht, schleuderte sie sie auf den Boden und trampelte darauf herum, bevor Miss Eckhart etwas merkte; das war gemein. Wenn sie sich derartig aufgeführt hatte, strich Virgie sich die Haare hinter die Ohren und legte die Hände zart auf die Tasten, als wenn sie eine Puppe aufheben wollte.

Miss Eckhart saß da wie immer auf ihrem Stuhl, der unter ihr verschwand, aber innerlich lauschte sie auf jede Note. Für solches Lauschen hätte Cassie manches vergessen. Und meistens war das Stück nur *Für Elise*, das Miss Eckhart wahrscheinlich auch mit verbundenen Augen hätte spielen können oder im Stehen mit dem Rücken zu den Tasten. Jeder merkte, daß Virgie Miss Eckhart etwas antat. Sie machte aus der Lehrerin etwas Minderwertigeres. Und wenn Miss Eckhart keine Lehrerin war, was war sie dann?

Manchmal brachte sie es nicht fertig, eine Sommerfliege totzuschlagen. Und so wenig sich gerade Virgie darum scherte, ob ihr auf die Hand gehauen wurde, Miss Eckhart hob dann ihre Fliegenklatsche und versuchte, sie herabsausen zu lassen und schaffte es nicht. Man konnte in ihrem Blick auf die Fliege die Qual erkennen. Die sanfte klare Musik floß dahin wie Wasser, schön und ungetrübt, unter der schwebenden Fliegenklatsche und Miss Eckharts rotgerändertem Daumen. Dabei wurde Virgie sogar von Jungen gehauen, weil sie sich gerne prügelte.

Es gab Zeiten, in denen die Tatsache, daß Miss Eckhart aus den Nordstaaten stammte, wenn nicht ihre eigentliche Herkunft, irgendein letztes Merkmal, das noch verblassen konnte, fast verblaßte. Vor irgendeiner Laune Virgies verlor sie ihre Courage. Das Kind hatte sie an der Kandare. Für Cassie war Miss Eckharts Courage eine entsetzlich gutmütige Wasserbüffel-Kuh aus der Lesebuchgeschichte von »Erbschen und Böhnchen«. Und früher oder später, wenn Virgie ihre Lehrerin gezähmt hatte, würde sie sie schikanieren. Die meisten rechneten mit irgendeinem großen Auftritt.

Im Haus selbst gab es fast täglich einen Vorfall, der Miss Eckhart Kummer machte. Miss Snowdie hatte mittlerweile einen zweiten Untermieter. Während Miss Eckhart einem Schüler zuhörte, lief Mr. Voight über ihren Köpfen herum und kam nach unten an die Biegung der Treppe, öffnete den Bademantel und flatterte mit den Schößen wie ein alter kollernder Truthahn. Alle wußten, Miss Snowdie hatte nicht den geringsten Verdacht, daß sie so einen Mann unter ihrem Dach beherbergte: Er war Vertreter für Nähmaschinen. Wenn er seinen kastanienbraunen Bademantel flattern ließ, hatte er darunter überhaupt nichts an.

Für Miss Eckhart war es genauso klar wie für alle andern, er wollte hauptsächlich, daß die Klavierstunde aufhörte. Sie konnten die Tür nicht zumachen, es gab keine Tür, da waren die Perlen. Sie konnten nicht einmal Miss Snowdie erzählen, daß er etwas dagegen hätte; sie hätte darunter gelitten. Alle die kleinen Mädchen und der kleine Junge hatten jede Stunde Angst, Mr. Voight würde auftauchen, und waren kribbelig, bis es passiert war und sie es hinter sich hatten. Der eine kleine Junge war Flitzer MacLain, der Zwilling, der die Gratisstunde bekam, der hielt den Mund.

Cassie sah, daß Miss Eckhart, die früher vielleicht einmal einen bedrohlichen Eindruck gemacht hatte, besonders auf irgendwelche Mr. Voights, ihm und seinen Mätzchen gegenüber hilflos war – genauso hilflos, wie es Miss Snowdie MacLain gewesen wäre, hilflos wie Miss Snowdie es ihren eigenen kleinen Zwillingssöhnen gegenüber war – alles, seit sie Virgie Rainey gegenüber nachgegeben hatte. Virgie behielt selbst dann die Oberhand über Miss Eckhart, wenn Mr. Voight aus seinem Zimmer kam, um sie zu erschrecken. Sie spielte nur noch lauter und deutlicher weiter, und tat nie so, als wenn er nicht aufgetaucht wäre und sie es nicht mitbekommen hätte oder nicht darüber reden würde, ganz egal, wie sehr die arme Miss Eckhart auch flehte.

»Erzähle einer Menschenseele, was du gesehen hast, und ich klopf dir auf die Finger, daß du heulst«, hatte Miss Eckhart gesagt. Ihre runden Augen öffneten sich weit, ihr Mund wurde klein. Das war alles, was ihr dazu einfiel. Bei Cassie war das so zwecklos wie die Warnungen von Zauberwesen in den Märchen; sie bemängelte die Ausdrucksweise. Sie selbst hatte beim Frühstück von Mr. Voight erzählt, war vom Tisch aufgestanden und hatte mit den Armen gewedelt, aber ihr Vater hatte nur gesagt, er würde das nicht glauben; Mr. Voight wäre Vertreter für eine große Firma und zuständig für sieben Staaten. Zu Miss Eckharts Drohung kam seine noch dazu: kein Geld fürs Kino.

Das Lachen ihrer Mutter hinterher war sanft und schelmisch wie immer, allerdings nicht sehr aufschlußreich. Ihr Lachen, wie das Morgenlicht, das im Sommer zur Frühstückszeit immer um den länglichen Kopf des Vaters herum zum Fenster hereinfiel, verlieh ihm nach und nach seinen festen Umriß dort, wo er vorm Hintergrund des Tages saß. Er blätterte seine Zeitung um, so wie Douglas Fairbanks große Tore öffnet; es war tatsächlich seine; er gab den *Morgana-MacLain Herold* heraus, und darin hatte ein Mr. Voight keinen Platz.

»Leben und leben lassen, Cassie«, sagte ihre Mutter und meinte das im Scherz. Sie ließ keinerlei Schuldbewußtsein erkennen, wie Cassie es empfand, wegen ihrer Widersprüche. Hin und wieder hatte sie leidenschaftlich gesagt: »Oh, ich hasse dieses alte MacLain-Haus direkt nebenan! Ich finde es abscheulich, daß es die ganze Zeit da ist! Ich habe Miss Snowdies Kreuz satt!« Später, als Miss Snowdie schließlich das Haus verkaufen und wegziehen mußte, sagte ihre Mutter: »Nun, ich sehe, Snowdie hat aufgegeben.« Wenn sie schlechte Nachrichten verkündete, war ihr Gesicht vollkommen ausdruckslos dabei, und ihre Stimme klang hilflos und mechanisch, als würde sie eine Lektion aufsagen.

Virgie erzählte ebenfalls von Mr. Voight, aber sie hatte niemanden, der ihr glaubte, und deshalb verlor Miss Eckhart auch keinen Schüler dadurch. Virgie wußte sowieso nicht, wie man etwas erzählt.

Und für das, was Mr. Voight anstellte, gab es keinen fertigen Begriff – wie sollte man es nennen? »Nenn es Selbsterhitzung«, meinte Cassies Mutter. Wie manche Leute sich benahmen, blieb zum Teil nur deswegen unerzählt, weil es keine Bezeichnung dafür gab, meinte Cassie, und außerdem aus Mangel an Leuten, die einem glaubten. Mr. Voight wurde vor langer Zeit – es passierte, als Mr. MacLain einmal zu Hause war, fiel ihr ein – versetzt, um andere sieben Staaten zu bereisen, und damit war das Problem erledigt; und doch hatte Mr. Voight etwas getan, das mehr zu bedeuten hatte, als nur nackt unterm Mantel herumzulaufen und Warnschreie auszustoßen wie ein kollernder Truthahn, es war aggressiver; und das Unbeschreiblichste an dem Ganzen war sein Gesichtsausdruck gewesen; es war merkwürdig. Als sie jetzt daran dachte, und hier in ihrem Zimmer, merkte Cassie, daß sie die Zähne gefletscht hatte und die fiebrige Miene ausprobierte. Sie konnte Mr. Voight auch jetzt nicht, genausowenig wie damals, richtig beschreiben, aber ohne besonders nachzudenken, konnte sie Mr. Voight *sein*, und das war noch erschreckender.

Wie ein Träumer, der mit Vorbehalt träumt, ging Cassie hin und wechselte die Farbe für ihren Schal und ging zurück ans Fenster. Sie griff hinter sich nach einem Stück Himmlische Mischung in der Schale und biß in das Marshmallow.

Es gab noch einen Mann, vor dem Miss Eckhart sich fürchtete, bis zuletzt. (Nicht Mr. King MacLain. Sie gingen immer aneinander vorbei ohne jede Berührung, wie zwei Sterne, vielleicht brachten sie sich gegenseitig zum Verschwinden wie der Mond die Sonne bei einer Sonnenfinsternis.) Sie war verliebt in Mr. Hal Sissum, der in Spights' Warenhaus Schuhe verkaufte.

Cassie erinnerte sich an ihn – wer kannte Mr. Sissum nicht und die ganzen Sissums? Sein sandfarbenes Haar mit dem Seitenscheitel wippte über dem Ohr wie eine Russenmütze, wenn er mit seinen langen trägen Schritten angeschlendert kam, um die Leute zu bedienen. Er zog die Leute auf, die zum Schuhekaufen kamen, als gäbe es dabei einen Preis zu gewinnen für die dümmste, ausgefallenste Idee, auf die ein Mensch kommen konnte.

Miss Eckhart hatte hübsche Fesseln für eine so schwere Dame. Mrs. Stark meinte, welche Überraschung es wäre, daß ausgerechnet Miss Eckhart so hübsche Fesseln vorweisen könnte, was auf das gleiche hinauslief, als wenn sie sie nicht hätte. Wenn sie in den Laden kam, nahm sie Platz und stellte ihren Fuß ernst auf Mr. Sissums Schemel wie alle andern Damen in Morgana auch, und er redete sehr nett mit ihr. Normalerweise forderte er stämmigere Damen wie Miss Nell Loomis oder Miss Gert Bowles auf, sich in den Kinderstuhl zu setzen, aber bei Miss Eckhart hielt er sich zurück und redete sehr nett mit ihr über ihre Füße und behandelte sie als echtes Anliegen; er brachte ihr sogar eine Auswahl an Schuhen. Den meisten Damen brachte er einen einzigen Karton und sagte: »Das ist Ihr Schuh«, als wenn Schuhe etwas Vorherbestimmtes wären. So gut kannte er sie alle.

Miss Eckhart hätte häufiger in seine Abteilung kommen können, aber sie hatte die unbegreifliche Angewohnheit, zwei oder sogar vier Paar Schuhe gleichzeitig zu kaufen, um sich das Wiederkommen zu ersparen oder vorzusorgen, falls sie nicht mehr zu bekommen wären. Sie wußte überhaupt nicht, wie sie sich wegen Mr. Sissum verhalten sollte.

Aber was hätten die beiden auch unternehmen können? Sie konnten nicht zusammen zur Kirche gehen; die Sissums waren seit Urzeiten Presbyterianer, und Miss Eckhart gehörte irgendeiner fremdartigen Kirche an, von der man bis dahin noch nie etwas gehört hatte, der lutherischen. Sie konnte nicht mit Mr. Sissum ins Kino, weil er schon im Kino war. Nach Ladenschluß machte er jeden Abend da Musik – er mußte; damals hatte sich das Bijou noch kein Klavier geleistet, und er konnte Cello spielen. Er konnte es Mr. Syd Sissum nicht abschlagen, der den Stall gekauft und das Bijou gebaut hatte.

Miss Eckhart kam immer zu den Wahlveranstaltungen im Garten bei Starks, auf denen Mr. Sissum mit dem Gastorchester zusammen spielte. Dann konnte jeder ihn ansehen, den ganzen Abend lang, oben auf der frischen Bretterbühne hinter seinem Cello. Miss Eckhart, die wahre Musikerin, saß auf dem nachtfeuchten Rasen und lauschte. In Wirklichkeit hatte sie keiner jemals dichter zusammengesehen als so. Woher wußte man also, daß sie in Mr. Sissum verliebt war? Man wußte es aber.

Mr. Sissum ertrank an einem Sommertag im Big Black – fiel aus seinem Boot, ganz allein.

Cassie erinnerte sich recht gut an die milden, romantischen Vortragsabende bei Starks im Garten. Bevor es mit den Reden losging, während die Musik spielte, rannten Virgie und ihr älterer Bruder Victor überall wild herum, attackierten die Menge, wenn Leute sich zu zweit und zu dritt und zu fünft an der Hand hielten wie die Figurenketten aus Papier und lachend im Kreis herumwanderten unter blühenden, vom Geißblatt überwucherten Zedrachbäumen und dem schweren Indischen Flieder. Wie köstlich alles duftete! Virgie ließ sich völlig gehen, wie das jeder gern täte. Alle durften auf Jinny Starks Schaukel, und Virgie rannte unter den Schaukelnden her oder sprang hinter ihnen auf, trat und pumpte. Sie rannte unter den verschlungenen Armen von Liebespärchen durch, und niemand, nicht mal ihr Bruder, war in der Lage, sie zu fangen. Sie rollte den Bauern die Wassermelonen weg. Sie fing Leuchtkäfer, riß ihnen die Lichter aus und schmückte sich damit. Sie ruhte sich nie aus, solange die Musik spielte, nur zum Schluß warf sie sich hart und keuchend auf den Boden und lächelte mit offenem Mund dem zertretenen Klee zu. Manchmal stiftete sie Victor dazu an, auf die Statue bei Starks zu klettern. Cassie erinnerte sich an ihn, ein weißes Gesicht vor dunklen Blättern, die Baseball-Kappe nach hinten gedreht, so daß der Schirm im Nacken war, wie er die langen Beine in den schwarzen Strümpfen um die schneeigen Glieder der Göttin wand, um dann langsam, stolz herunterzurutschen.

Aber Virgie sah ihm nicht einmal zu. Sie wirbelte so lange in eine Richtung, bis sie betrunken umfiel, oder drehte sich langsamer, wenn *Geschichten aus dem Wiener Wald* gespielt wurde. Sie schubste Jinny Love Stark ins eigene Lilienbeet. Und sie aß ununterbrochen. Sie aß soviel Eis, wie sie wollte. Manchmal, an den ruhigen Stellen von *Carmen* oder vor dem Sturm in *Wilhelm Tell* – sogar in den dramatischen Pausen bei den Reden – konnte man Mrs. Eiskrem-Raineys Stimme hastig rufen hören: »Eis?« Sie hatte einen oder zwei Kühlschränke auf Mr. Raineys Wagen ans untere Ende des Gartens gebracht. Um diese Jahreszeit war es wahrscheinlich Feige. Manchmal hatte Virgie beim Herumsausen in jeder Hand ein Hörnchen Feigen-Eis, das wie ein Dolch durch die Luft schwebte.

Virgie rannte in immer engeren Kreisen um Miss Eckhart, die allein (ihre Mutter ging nie so weit aus dem Haus) auf einem *Herold* saß, alle vier Seiten ausgebreitet auf dem Gras, und lauschte. Oben über ihnen leuchtete Mr. Sissum – der sich im Bijou jeden Abend über sein Cello beugte wie eine alte Näherin über ihre Maschine, wie ein Schuhverkäufer bei der Anprobe über noch einen Fuß – in einem leichten Sommerjackett und spielte mit geradem Rücken im Gastorchester mit und genauso schnell wie sie. Augen und Nase waren nicht mehr hinter der Haarlocke verborgen; er sah sich um wie ein Bewerber für eine Stellung als Aufseher.

Virgie ließ Miss Eckhart eine Schlinge aus Klee über den Kopf gleiten, ihren Hut – ihren einen Hut – und alles. Sie behängte Miss Eckhart mit Blumen, während Mr. Sissum über ihr die Saiten zupfte. Miss Eckhart blieb sitzen, ganz still und ergeben. Sie gab keinen Mucks von sich. Sie nahm hin, daß die Kette aus Klee herunterkam und auf ihrer Brust liegen blieb.

Virgie lachte erfreut, und mit ihrer langen Kette in der Hand rannte sie immer um sie herum und fesselte sie mit dem Klee. Miss Eckhart ließ den Kopf nach hinten rollen, und da spürte Cassie, daß die Lehrerin von Schrecken erfüllt war, vielleicht auch von Kummer. Sie fand, es war so leicht – seit Virgie ihr das vorgemacht hatte –, Kummer und Schrecken bei einem Außenstehenden zu spüren; bei jemandem, den man gar nicht gut kannte, Kummer ließ einen ganz wunderbar mitleidig werden. Es war nicht so leicht, Bedauern zu empfinden bei Leuten, die einem nahestanden – es kam unwillkürlich; und wie seltsam – in solchen Nächten konnte man sich Kummer bei sich selbst – auch Augenblickskummer – nicht vorstellen.

Selbstverständlich war immer Cassies ganze Familie bei den Veranstaltungen, wobei ihr Vater meistens in der Menge unterwegs war oder manchmal auch auf dem Podium saß mit Mr. Carmichael und Mr. Comus Stark, der immer mit dem Kopf wackelte, und Mr. Spights. Cassie bemühte sich dann, in Sichtweite ihrer Mutter zu bleiben, aber auch wenn sie kaum herumstrolchte und Virgie bloß durch den Garten hinterm Haus folgte, um im Gras nach Croquetbällen zu suchen, oder den Hügel hinunter, um ein Hörnchen umsonst zu bekommen, wenn sie dann wieder an ihren Platz kam, war ihre Mutter weg. Sie verlor ihre Mutter ständig. Sie fand nur den schlafenden Loch in seinem Matrosenanzug, zu einer Kugel zusammengerollt, mit dem Gesicht auf dem Band des Hutes, den ihre Mutter behutsam abgenommen hatte. Wenn sie wieder da war, sagte sie: »Ich war nur eben dahinten, um mit meinem Kandidaten zu sprechen. Du bist es, die verschwindet, mein Käfer, du läufst immer weg.«

Cassie hatte den Eindruck, nur Miss Eckharts Gestalt, wie ein riesiges Gefäß drüben auf seiner Insel im Raum, bewegte sich nicht von der Stelle oder schwankte nicht, als das Orchester *Hoffmanns Erzählungen* spielte.

Einmal hatte Miss Eckhart von Mr. Sissum etwas geschenkt bekommen, einen Billikin. Ein Billikin war eine komische, häßliche Puppe, die man Kindern in Spights' Warenhaus gratis zu jedem Paar Billikinschuhe dazugab. Noch nie hatte Miss Eckhart so heftig gelacht und mit einem derartig ungewohnten Klang, wie damals, als sie Mr. Sissums Gunstbeweis zu Gesicht bekam. Jedesmal rannen ihr Tränen über die leuchtenden, verzerrten Wangen, wenn eins von den Kindern, die ins Studio kamen, den Billikin in die Hand nahm. Wenn sie ausgelacht hatte, seufzte sie immer matt und bat um die Puppe und setzte sie dann nüchtern auf einen kleinen Intarsientisch, als wäre es eine Vase mit frischen Rosen. Ihre alte Mutter packte ihn eines Tages und zerbrach ihn über ihrem Knie.

Als Mr. Sissum ertrunken war, kam Miss Eckhart zu seiner Beerdigung wie alle andern auch. Die Loomis' luden sie ein, bei ihnen mitzufahren. Sie sah ganz genauso aus wie immer, rund und stämmig, der Rücken so gerade, als hätte sie einen Besen verschluckt, in ihrem Kleid, das die falsche Länge hatte für die Saison, und mit ihrem immergleichen Hut, dem selbstgemachten, mit den hochragenden Batistblumen. Aber als man den Sarg in Mr. Sissums Grube hinabließ, in das Familiengrab der Sissums unter einer riesigen Magnolie, und während Mr. Sissums Pfarrer, Dr. Carlyle, die Trauerfeier abhielt, brach Miss Eckhart aus dem Kreis aus.

Sie drängte sich nach vorne, zwischen Sissums von überallher und zwischen allen Presbyterianern hindurch, und trat dicht ans Grab, um einen Blick zu erhaschen; und wenn Dr. Loomis sie nicht aufgefangen hätte, wäre sie kopfüber in das rote Lehmloch gestürzt. Die Leute sagten, sie hätte sich womöglich auf den Sarg geworfen, wenn man sie gelassen hätte; genau wie später Miss Kate Rainey auf Victors, als man ihn aus Frankreich zurückbrachte. Aber Cassie hatte den Eindruck, daß Miss Eckhart nur gucken wollte – gucken wollte, was mit Mr. Sissum passierte.

Während sie kämpfte, wirkte ihr rundes Gesicht mehr in die Breite als in die Länge gezogen von einem Gefühl, das den Gefühlen aller andern widersprach. Es war nicht dasselbe wie Trauer. Miss Eckhart, eine Fremde auf diesem Friedhof, auf dem keiner von ihren Angehörigen lag, drängte sich nach vorne mit ihrer altmodischen Winterhandtasche, die ihr vom Arm baumelte, und fing an, mit dem Kopf zu nicken – ruckartig, erst zur einen Seite und dann zur anderen. Sie sah beinahe klein aus unter dem Baum, aber Mr. Comus Stark und

Dr. Loomis wirkten noch geschrumpfter neben ihr, als die beiden Herren – von den Damen geschickt – sie an den Ellenbogen ergriffen. Miss Eckharts energisches Nicken schloß die beiden ebenfalls ein und nahm an Dringlichkeit zu. Es war die Art, wie sie Schülern zunickte, wenn sie aus dem Takt gekommen waren, um das Metronom zu unterstützen.

Cassie erinnerte sich, wie Miss Snowdie MacLains Griff um ihre Hand fester wurde und fest blieb, bis Miss Eckhart es hinter sich hatte. Aber Cassie erinnerte sich besser an ihr Verhalten, als man nach dem einen Blick, mit dem sie Miss Eckhart beobachtet hatte, vermuten konnte; sie hielt die Augen auf ihre Billikinschuhe gesenkt. Und ihre Mutter war davongehuscht.

Es war merkwürdig, daß Miss Eckhart, solange Mr. Sissum noch am Leben war, nie gewußt hatte, was sie tun sollte, wie alle meinten; und jetzt benahm sie sich so. Ihr ruckartiges Nicken sah aus, als wollte sie sie alle ermutigen – als wenn sie sagen wollte, sie wüßte jetzt, was sie zu tun hätte, und daß niemand sie anzusprechen oder sie anzufassen brauchte, man könnte sie höchstens, falls man das für das beste hielt, so leicht an den Ellenbogen fassen, so aus Höflichkeit führen.

»*Pizzicato.*«

Einmal wurde das Wort von Miss Eckhart genannt, damit man es in der Prüfungsstunde erklärte.

»*Pizzicato* war, wie Mr. Sissum Cello gespielt hat, bevor er ertrunken ist.«

Das war sie selbst: Cassie hörte ihre eigenen Worte. Sie hatte herausfinden wollen – sie war dazu so fest entschlossen, als wäre es eine Mutprobe –, wie es klang, wenn man das Miss Eckhart einfach ins Gesicht sagte. Sie erinnerte sich, wie Miss Eckhart ihr zugehört und nur still dagesessen hatte wie ein Denkmal, so wie sie dagesessen hatte, als ihr die Blumen von oben über den Kopf geglitten waren.

Nachdem sie auf dem Friedhof so geweint hatte – denn man kam schließlich zu der Auffassung, es wäre wohl Weinen gewesen, was sie getan hatte –, hörten einige Damen auf, ihre kleinen Mädchen zum Klavierunterricht zu schicken; Miss Jefferson Moody behielt Parnell zu Hause.

Cassie hörte Geräusche – einen Knall nebenan, wie damals den Klang des Donners. Sie konnte nichts erkennen – nur den Hut vom alten Holifield, der träge eine halbe Drehung auf dem Bettpfosten vollführte, als ob etwas, mit einer langen Ranke, ihm einen Stoß versetzt hätte.

An einem Sommermorgen hatte sich unversehens ein Unwetter zusammengebraut, und drei Kinder saßen im Studio fest – Virgie Rainey, die kleine Jinny Love Stark und Cassie – die beiden größeren Mädchen hätten allerdings mit einer Zeitung überm Haar den ganzen Weg nach Hause rennen können.

Miss Eckhart, ohne mitzuteilen, was sie vorhatte, fuhr mit dem Finger resolut am Notenstapel auf dem Klavier entlang, fischte ein Stück heraus und setzte sich selbst auf den Hocker. Es war das einzige Mal, daß sie in Cassies Gegenwart jemals etwas vorspielte, außer wenn sie bei Duetten die zweite Hälfte übernahm.

Miss Eckhart spielte, als wenn es Beethoven wäre; sie schlug die Noten mittendrin auf, und sie waren in Fetzen, sanft und gelb wie alter Satin. Der Donner grollte, und Miss Eckhart runzelte die Stirn und beugte sich vor, oder sie lehnte sich beim Spielen zurück; manchmal schwankte ihr kompakter Körper von einer Seite zur andern wie ein Baumstamm.

Das Stück war dermaßen schwierig, daß sie sich verspielte und Stellen wiederholte, um sich zu verbessern, so lang und aufwühlend, daß es ihnen bald länger vorkam, als der Tag selbst lang war, und beim Spielen bekam Miss Eckhart ein völlig anderes Gesicht. Ihre Haut wurde glatter und spannte sich über den Wangen, die Lippen veränderten sich. Das Gesicht hätte jemand anders gehören können – nicht einmal unbedingt einer Frau. Es war ein Gesicht, wie ein Berg es haben könnte, oder wie es vielleicht hinter dem Schleier eines Wasserfalles erscheinen könnte. Es war ein blickloses Gesicht in dem regnerischen Licht damals, eins nur für die Musik – auch wenn sich die Finger immer noch verspielten und Fehler machten, die sie verbessern mußten. Und wenn die Sonate an irgendeinem Ort der Welt einen Ursprung hatte, dann war es ein Ort, wo selbst Virgie nie gewesen war und wohl auch nie hingelangen würde.

Die Musik erklang mit größerer Lautstärke – mit weniger Pausen –, und Jinny Love trat auf Zehenspitzen vor und begann, die Noten umzublättern. Miss Eckhart nahm sie nicht einmal wahr – als sie einen Lauf spielte, traf sie das Kind mit dem Arm. Weil die Musik von Miss Eckhart kam, machte sie alle Schüler beklommen, fast unruhig; etwas war hervorgebrochen, ungebeten, erregend, aus dem Leben der falschen Person. Es war etwas Strahlendes, zu herrlich für Miss Eckhart, das die Luft um sie herum durchstieß und durchschlug, so wie ein Feuerwerk zu Weihnachten, das jedes Jahr aufs neue ungewohnt war, einem fast aus der Hand springen kann.

Dieses Stück mußte Miss Eckhart gelernt haben, als sie noch jung war, vermutete Cassie. Dann hatte sie es fast vergessen. Aber es war nur ein Sommerregen nötig, um es wieder ans Licht zu bringen; es hatte ihr einen Stich versetzt, und die Musik quoll hervor wie rotes Blut unter dem Schorf nach einem vergessenen Sturz. Die kleinen Mädchen, die im Studio standen bei dem strömenden Regen draußen, sahen sich an, alle drei ganz plötzlich irgendwie auf gleichem Fuß. Sie machten sich alle ihre Gedanken – überlegten vielleicht, ob sie weglaufen sollten. Eine Stechmücke umkreiste Cassies Kopf, sirrend, und heftete sich auf ihren Arm, doch sie wagte nicht, sich zu rühren.

Was ihnen Miss Eckhart vor langer Zeit hätte erzählen können, war, daß es mehr gab, als Ohren zu hören oder Augen zu sehen bereit waren, auch in ihr. Die Musik war zuviel für Cassie Morrison. Die Töne lagen mitten im Herzen des stürmischen Morgens – so ein Unwetter am Morgen hatte etwas fast zu Gewaltsames. Sie stand hinten im Zimmer, den Körper völlig abgewandt, als wollte sie Hiebe abwehren von Miss Eckharts kräftiger linker Hand, die Augen auf dem matt blinkenden Rund des Wandtresors. Sie begann, sich in Gedanken mit einem Vorfall zu beschäftigen, der Miss Eckhart zugestoßen war, statt mit der Musik, die sie spielte; das war eine Möglichkeit.

Einmal, um neun Uhr abends, war ein verrückter Neger aus der Hecke an der Schule gesprungen und hatte Miss Eckhart gepackt, sie zu Boden gezerrt und gedroht, sie umzubringen. Das war lange her. Sie war nach Einbruch der Dunkelheit alleine spazierengegangen; sie wußte es nicht besser. Als Dr. Loomis sie wieder gesund gemacht hatte, waren die Leute erstaunt, daß sie und ihre Mutter nicht wegzogen. Sie hätten es gerne gesehen, wenn sie weggezogen wäre, alle, bis auf die arme Miss Snowdie; dann hätte man nicht immer wieder daran denken müssen, daß ihr einmal etwas Schlimmes zugestoßen war. Aber Miss Eckhart blieb, als wäre für sie das eine nicht viel schlimmer als das andere. (Schließlich wußte keiner, warum sie hergekommen war!) Jedenfalls lag es daran, daß sie von so weit herkam, sagten die Leute, um zu erklären, daß sie offenbar nicht begriff; Miss Perdita Mayo, die Schneiderarbeiten erledigte und für alle die Aussteuer nähte, meinte, Miss Eckharts *Unterschiede* wären schuld, daß sie nicht schon vor Scham gestorben wäre und ihre Mutter auch nicht; daß Unterschiede Gründe wären.

Cassie dachte, als sie der Musik zuhörte, zuhören mußte, daß es wohl mehr als alles andere das Schlimme war, das über sie hereinbrach, was die Leute Miss Eckhart nicht verzeihen konnten. Doch Vorhergesagtes und Erlittenes, aufregende Momente, grauenhafte Ereignisse wie der schwarze Fremde, der um neun Uhr aus der Hecke sprang, es kam Cassie vor, als würde alles nach eigenem Gesetz – und ganz ähnlich – aufsteigen und den Himmel durchqueren und untergehen wie die Planeten. Oder eher noch wie ganze Sternbilder, die sich um ihren Mittelpunkt drehen, wie Perseus und Orion und Cassiopeia in ihrem Stuhl und der Große Bär und der Kleine Bär, zwar oft mit dem Kopf nach unten, aber schrecklich deutlich. Es waren nicht einfach nur Sonne und Mond, die sich bewegten. Im Tieferwerden der Nacht hob der aufsteigende Himmel sich wie eine Decke, die Louella beim Bettenmachen hochfliegen läßt.

In ihrem eigenen Leben würde mancherlei aufgehen und untergehen, man könnte jetzt schon damit anfangen, danach Ausschau zu halten, den Kopf nach hinten legen und fühlen, wie von oben die Strahlen kamen und in die offenen Augen trafen.

Beim Vorspielen war Miss Eckhart unerbittlich. Selbst als das Schlimmste vorbei war, zerrten ihre Finger am preisgegebenen Teil des Stücks mit ungestillter Beharrlichkeit, Schamlosigkeit, Gewaltsamkeit wie der Schaum an Felsen.

Dann ließ sie die Hände fallen.

»Spielen Sie das noch mal, Miss Eckhart!« riefen sie alle mit Schaudern und Schrecken und baten um das letzte, was sie wollten, und sahen dabei ihren großen Klumpen von Körper an.

»Nein.«

Jinny Love Stark warf ihnen einen erwachsenen Blick zu und schloß die Noten. Dabei merkten die beiden andern, daß es gar nicht die richtigen Noten waren, es waren nämlich gesammelte Lieder von Hugo Wolf.

»Was war das, was Sie da gespielt haben?«

Das war Miss Snowdie MacLain, die in der Tür stand und mit beiden Händen Ströme von Perlenschnüren hielt.

»Ich weiß nicht«, sagte Miss Eckhart und stand auf. »Ich hab es vergessen.«

Die Schüler rannten alle ohne jedes weitere Wort nach draußen in den nachlassenden Regen und liefen in drei Richtungen auseinander beim Mimosenbaum mit den Blüten wie nasses Fell, der früher im Garten vor dem jetzt leerstehenden Haus wuchs.

Für Elise. Es kam wieder, aber in einer mühsamen, komischen Art. War das ein Mann, der nur einen Finger benutzte?

Virgie Rainey hatte sofort nach dem Musikunterricht angefangen, Klavier bei Filmvorführungen zu spielen. Mit ihrer üblichen Flinkheit und Unbekümmertheit hatte sie es fertiggebracht, eine Pause zu überspringen, eine Zwischenwelt, in der Cassie und Missie und Parnell lebten und ihre Schals färbten. Virgie war direkt in die Welt der Macht und des Gefühls übergewechselt, die ihnen allmählich größer vorkam, als sie sich hatten träumen lassen. Sie gehörte jetzt zu den Gish- und den Talmadge-Schwestern. Mit ihrem gelben Bleistift klopfte sie auf den Blechteller, wenn das Zelt aufging, in dem Valentino lebte.

Virgie saß abends am Fuß der Leinwand, war bereit für alles, was im Bijou passierte, und hielt damit Schritt. Wie sich herausstellte, war nichts zu viel für sie oder so schnell, daß sie nicht mitgekommen wäre, wie ganz bestimmt für Mister Sissum. Wenn überall gleichzeitig der

Damm brach, oder wenn Nazimova sich lieber mit dem Säbel beide Füße abschnitt, als ein Leben mit Sinji zu ertragen, spielte Virgie prompt *Kamennoi-Ostrow*. Missie Spights meinte, nur eins wäre nicht richtig daran, daß man Virgie im Bijou spielen ließ. Sie würde nicht hart genug arbeiten. An manchen Abenden lehnte sie sich auf ihrem Stuhl zurück und ließ in tödlicher Stille einen ganzen Wald auf der Leinwand abbrennen, und wenn die Liebenden sich gefunden hatten, knipste sie mit lautem Klicken ihre Lampe an und begann mit kriechenden, leichten Läufen – wahrscheinlich *Anitras Tanz*. Mit harter Arbeit hatte das allerdings nichts zu tun.

Die einzige Gelegenheit, bei der sie jetzt *Für Elise* spielte, war bei der Werbung; sie spielte es lustlos, wenn das Dia für Bowles' Lebensmittel mit dem großen weißen Hähnchen vor dem wassermelonenroten Himmel erschien oder wenn das gelbe Horn für den *Herold* aufleuchtete vor dem streifigen blauen Himmel mit dem Jugendbild von Cassies Vater, das man in den welligen Klangstrahl eingefügt hatte. *Für Elise* wurde nie mehr zuende gespielt; es begann, erklang für ein Weilchen und wurde von Virgies eigener lärmender Hand unterbrochen. Manchmal machte sie das mit »Du mußt Mama jede Nacht besuchen gehn« und »Avalon«.

Aber es war mittlerweile unwahrscheinlich, daß sie noch den Anfangssatz von ihrem Liszt-Konzert spielen konnte. Ein Stück, von dem kein anderer hoffen durfte, daß er je in der Lage wäre, es zu spielen. Man würde in der Welt von Virgie hören, wie sie es spielte, behauptete Miss Eckhart und offenbarte den Kindern mit einem leidenschaftlichen Aufschrei ihren Mangel an Welterfahrung. Wie könnte man in der Welt von Virgie hören? Und »die Welt«! Was glaubte Miss Eckhart, wo sie jetzt wäre? Virgie Rainey, wiederholte sie immer wieder, besäße eine Gabe, und sie müßte Morgana verlassen. Sie alle. Ihr Studio. In der Welt müßte sie ihre Musik studieren und ihr Leben lang dafür üben. Und Miss Eckhart litt dabei, wenn sie das alles immer wieder sagte.

Und die ganze Zeit über war es Miss Eckharts Klavier, auf dem Virgie üben mußte. Das alte, geliehene Klavier bei Raineys war eines schönen Sommertages von den Ziegen umgestoßen und halb aufgefressen worden; etwas, das nur bei den Raineys passieren konnte. Aber alle wußten ganz genau, Virgie würde nie irgendwo hingehen oder irgendwo studieren oder üben; wie man Virgie kannte, würde sie nicht einmal irgendwann ein eigenes Klavier besitzen. Das wußte man selbst dann nicht weniger genau, wenn man Virgie Rainey bei jedem Konzert, jeden Juni, etwas immer Schwierigeres immer besser spielen hörte oder beobachten konnte, wie Miss Eckhart dabei starr wurde vor Entzücken, von neugieriger Qual erfüllt. Das geeignete Feld, um zu beweisen, daß Miss Eckhart verrückt war, war ihr eigenes Thema, Klavierspielen: Sie hatte keine Ahnung, wovon sie sprach.

Als die Raineys, nachdem ihnen bei einem kräftigen Wind die Scheune weggeflogen war, kein Geld mehr hatten, um es für Klavierstunden aus dem Fenster zu werfen, sagte Miss Eckhart, sie würde Virgie umsonst unterrichten, denn sie dürfte auf keinen Fall mit dem Lernen aufhören. Später gab sie ihr allerdings den Auftrag, im Sommer im Garten hinterm Haus die Feigen von den Bäumen zu pflükken und im Winter die Pecannüsse vom Boden im Vorgarten aufzusammeln, für ihren Unterricht. Virgie behauptete, Miss Eckhart würde ihr nie eine einzige abgeben. Aber sie hatte immer Nüsse in der Tasche.

Cassie hörte ein Knallen und Rennen nebenan, ein Geräusch, als wenn jemand hingefallen wäre. Sie schloß die Augen.

»Virgie Rainey, *danke schön.*« Einmal war das mit böser Stimme gesagt worden, als Verwünschung. Es kam im Studio manchmal vor, daß Miss Eckharts Mutter ins Zimmer gerollt kam; sie hatte einen Rollstuhl. In den ersten Jahren war sie für sich geblieben, war nicht näher gerollt als bis zum Eßzimmer, mit einem quietschenden Rad immer im Kreis herum. Sie war alt und hell wie eine Puppe. Ihr kurzes, gelbliches Haar war so pudrig wie Goldrute, die man in der Vase vergessen hat, ihre Locken von weißen Strähnchen durchzogen wie bei Miss Snowdie. Sie hatte ausgezehrte Beine, die sich messerähnlich unter ihrem langen Rock abzeichneten, und plumpe, schmerzende Füße, die sie auf der Stufe des Stuhls vor sich ausstellte, als wollte sie, daß man sie hübsch fand.

Im Laufe der Zeit rollte die Mutter dann bis ins Studio, wann immer sie wollte; sie wippte sich mit ihren Schäferinnenlocken durch die Perlen, die vor ihr leichter aufgingen als eine Tür. Sie rollte immer eine gewisse Strecke weit ins Zimmer, hielt dann die Räder an und wartete. Eigentlich hörte sie dem Unterricht nicht zu, sie beobachtete ihn eher, und sie hielt zwar nicht den Takt, dafür fiel es dann um so mehr auf, wenn sie mit den Händen ständig auf dem Stuhl herumtippte und -tappte; auf einem Finger hatte sie einen Messingfingerhut.

Normalerweise sah es nicht so aus, als würde sich Miss Eckhart durch die plötzlichen Besuche ihrer Mutter gestört fühlen. Sie wirkte noch sanfter, geistesabwesender als sonst, wenn die alte Mrs. Eckhart Parnell Moody zum Weinen brachte, bloß dadurch, daß sie Parnell zu genau ansah. Sollten Töchter ihren Müttern verzeihen (wenn die Mütter ihnen immer auf den Fersen waren)? Cassie sah die beiden lieber nachts, getrennt durch die Dunkelheit und durch die Entfernung zwischen sich. Denn wenn man vom eigenen Tisch aus durchs Fenster die Eckharts im Lampenlicht sah und wie Miss Eckhart in lautlosem Überschwang aufsprang, um ihre Mutter zu bedienen, konnte man sie sich manchmal wieder da vorstellen, wo sie herstammten, weit weg von Morgana, bevor sie Schwierigkeiten hatten, und bevor sie hergekommen waren – plump, freundlich und irgendwie nett.

Einmal, als Virgie auf Miss Eckharts Klavier übte und noch nicht fertig war damit, kreischte die alte Mutter: »*Danke schön, danke schön, danke schön*!« Cassie hatte das selbst gehört und gesehen.

Sie kreischte und hatte dabei immer noch einen scheuen Ausdruck im Gesicht, als würde sie in Virgie Rainey die ganze Welt ankreischen, wenigstens alle Musik auf der Welt, und war das vielleicht nicht richtig so? Dann saß sie da und blickte aus dem Fenster zur Straße, mit einem halben Lächeln, weil sie ihre Tochter nachgeäfft hatte. Virgie übte natürlich weiter – es waren Schumanns »Waldszenen«. Sie trug eine Granatapfelblüte (die marmorierte Sorte, von Moodys) an ihrer Bluse, und die bewegte sich nicht einmal.

Doch als das Lied glatt zuende gegangen war, bahnte sich Miss Eckhart zwischen den kleinen Tischen und Stühlen einen Weg durchs Studio. Cassie glaubte, sie wollte einen Schluck Wasser holen oder etwas für sich. Als sie bei ihrer Mutter angekommen war, versetzte ihr Miss Eckhart einen Schlag auf den Mundwinkel. Sie blieb noch einen Augenblick über den Stuhl gebeugt stehen – Cassie kam es so vor, als müßte es eigentlich die Mutter gewesen sein, die die Tochter geohrfeigt hatte –, und der Schlüssel, der Miss Eckhart aus dem Ausschnitt gerutscht war, begann an seiner Kette zu schaukeln, vor und zurück, und fing dabei das Licht ein.

Dann bat Miss Eckhart, mit verdrehtem Rücken, Cassie und Virgie, zum Essen dazubleiben.

Alles, was die Schüler taten – das Haus betreten, die Vorhänge teilen, die Noten umblättern, das Handgelenk zur »Pause« hochwerfen –, war eingehüllt in Essensgeruch. Aber der Geruch stimmte nicht, so wie manchmal eine Note nicht stimmt. Es war der Geruch nach Essen, das niemand sonst je gekostet hatte.

Da wurde Kohl gekocht, nicht von einem Neger und nicht so, wie man ihn in Morgana kochte. In Wein. Den Wein brachte Dago Joe ihnen zu Fuß, und an die Vordertür. Manchmal, an schönen Tagen, roch das Studio vormittags wie ein Bratapfel. Aber man wußte von Mr. Wiley Bowles aus dem Lebensmittelladen, daß Miss Eckhart und ihre Mutter (die den Mund immer noch schief hielt von der Ohrfeige) Schweinehirn aßen. Arme Miss Snowdie!

Cassie hatte sich das so sehr gewünscht – sie wollte den Kohl wirklich probieren – dazu mußte man sich am meisten überwinden, und sogar das Schweinehirn hätte sie damals in den Mund genommen. Damit hätte sie Missie Spights eins ausgewischt. Aber als Miss Eckhart sagte: »Bitte – bitte, wollt ihr nicht zum Essen bleiben?« hakten sich Virgie und Cassie ein und sagten wie aus einem Mund »Nein«.

Der Krieg brach aus, und solange er dauerte und sogar noch nach 1918 behaupteten die Leute, Miss Eckhart wäre Deutsche und wollte immer noch, daß der Kaiser siegt, und daß Miss Snowdie auch ohne sie zurechtkommen könnte. Aber die alte Mutter starb, und Miss Snowdie meinte, Miss Eckhart hätte ein freundliches Heim dringender nötig als sie selbst. Miss Eckhart erhöhte den Preis für ihre Stunden auf sechs Dollar im Monat. Miss Mamie Carmichael ließ ihre

Töchter keine mehr nehmen, entweder deshalb, vielleicht aber auch aus andern Gründen, und dann hielt Miss Billy Texas Spights ihre Missie davon ab, es ihr nachzumachen. Virgie hörte mit ihren Gratisstunden auf, als ihr Bruder Victor in Frankreich gefallen war, aber das kann auch Zufall gewesen sein, weil Virgie nämlich Geburtstag hatte: Sie wurde vierzehn. Möglicherweise war es Virgies Aufhören, das Miss Eckharts Unglück besiegelte.

Als sie aufhörte, wurde Virgies Anschlag schlechter – das wurde jedenfalls behauptet. Vielleicht wollte in Morgana niemand, daß aus Virgie Rainey mehr wurde, als man Miss Eckhart zu sein gestattet hatte, und es bestand immer noch eine Verbindung zwischen ihnen, weil die Leute so redeten. Wieviel hängt wohl davon ab, daß man Leute miteinander in Verbindung bringt? Selbst Miss Snowdie ging es noch ein bißchen schlechter, als es ihr mit Ran und Flitzer, ihren schlimmen Jungen, sowieso schon ging, weil man sie mit Untermietern und Klavierstunden und Deutschen in Verbindung brachte.

Schließlich hatte Miss Eckhart fast gar keine Schüler mehr. Da hatte sie bloß noch Cassie.

Ihre Mutter, das wußte Cassie im Grunde ihres Herzens schon lange, konnte gar nicht anders, als Miss Eckhart zu verachten. Einfach deshalb, weil sie so dicht neben ihr wohnte, oder vielleicht auch nur, weil sie am Leben war, eine arme, unerwünschte Lehrerin und unverheiratet. Und Cassie wußte instinktiv, daß ihre Mutter sich wegen ihrer Verachtung selbst verachtete. Deshalb ließ sie Cassie eben noch ein paar Stunden nehmen, als alle andern Mütter Miss Eckhart schon im Stich gelassen hatten. Darum ging es wohl eher, als um das Geld, das mit der Miete bei Miss Snowdie ankommen würde. Das Kind mußte den Ausgleich schaffen für den Abscheu der Mutter, damit die Mutter so liebenswürdig blieb, wie sie im Grunde war. Während Miss Snowdie freundlich bleiben konnte, weil sie mit dem Herzen immer ganz woanders war.

Cassie selbst erhielt viel Beifall, wenn sie ein Stück vorspielte. Bei ihr klatschte das Konzertpublikum immer lauter als bei Virgie; aber bei der kleinen Jinny Love Stark klatschte man dann noch lauter. Es war Cassie, nicht Virgie, der man in diesem Jahr vor dem Wechsel aufs College das Musikstipendium der Prebyterianergemeinde zusprach. Cassie kam das »natürlich« vor; sie war nicht besonders überrascht darüber, daß sie das Stipendium vor Virgie gewonnen hatte. Der einzige Grund dafür, den sie in Worte faßte, um nicht unbescheiden zu sein, war der, daß die Raineys Methodisten waren; und doch begriff sie im Grunde genommen nicht, daß es eine Kränkung war. Und jetzt dehnten sich vor ihr, so weit sie sehen konnte, diese gelben Schirmer-Bände; für den Rest ihres Lebens.

Miss Eckhart aber ließ Virgie holen und überreichte ihr ein Geschenk, das Cassie noch tagelang mit geschlossenen Augen vor sich sehen konnte. Es war eine kleine Schmetterlingsbrosche aus Filigran, wie aus silberner Spitze, die man auf der Schulter tragen konnte; der Sicherheitsverschluß taugte überhaupt nichts.

Aber das war für Virgie kein Anlaß, zu sagen, sie fände Miss Eckhart nett, oder weiterzuüben, wie sie das von ihr forderte. Miss Eckhart schenkte Virgie einen Armvoll Bücher in deutscher Sprache über das Leben der großen Meister, und Virgie konnte kein Wort lesen; und Mr. Fate Rainey riß die Bilder vom Venusberg heraus und verfütterte sie an die Schweine. Das alles versuchte Miss Eckhart und war unbeirrbar bis zum letzten in der Art und Weise, wie sie Virgie Rainey ihre ganze Liebe schenkte und sonst keinem, so wie sie bei der Musik unbeirrbar war, und für Miss Eckhart war Liebe ebenso willkürlich und parteiisch wie Musikunterricht.

Ihre Liebe hat keinem Menschen je etwas Gutes gebracht.

Dann mußte Miss Eckhart eines Tages ausziehen.

Das Problem war, daß Miss Snowdie das Haus verkaufen mußte. Sie zog mit ihren beiden Jungen nach MacLain zurück, wo sie herkam, sieben Meilen weit weg, und wo auch die Familie ihres Mannes herkam. Sie verkaufte das Haus an Mrs. Vince Murphy. Und bald wurde Miss Eckhart aus ihrer Wohnung geworfen, Mrs. Vince Murphy behielt allerdings das Klavier und alles, was Miss Eckhart gehörte oder was Miss Snowdie für Miss Eckhart zurückgelassen hatte.

Nicht lange danach wurde Mrs. Vince Murphy vom Blitz getroffen und das Haus weitervererbt an Miss Francis, die nie den Vorsatz aufgab, das Haus instandsetzen zu lassen und Pensionsgäste aufzunehmen, sich dann aber einen Liebhaber zulegte. Als Übergangslösung ließ sie Mr. Holifield einziehen, der aufpassen sollte, daß niemand sich mit den Badewannen davonmachte, oder welche Möbel es da sonst noch gab. Und das Haus war »heruntergekommen« – wie man von Häusern und von Menschen sagt, überlegte Cassie, um so die Wertlosigkeit und auch die Verwahrlosung und wachsende Hoffnungslosigkeit, und zwar endgültig, zu besiegeln.

Und dann fing man an, Geschichten zu erzählen, was Miss Eckhart ihrer alten Mutter in Wirklichkeit angetan hätte. Man behauptete, die alte Mutter hätte seit Jahren unter Schmerzen gelitten, und das hätten sie keinem erzählt. Was für Schmerzen das waren, sagte man nicht. Aber man behauptete, daß Miss Eckhart während des Krieges, als sie Schüler verlor und es nicht besonders viel zu essen gab, ihrer Mutter Opiumtinktur verabreicht hätte, damit sie nachts auch bestimmt durchschlief und die Straße nicht mit Toben und Schreien weckte, weil sie befürchtete, daß man ihr dann noch mehr Schüler wegnehmen würde. Manche Leute meinten, Miss Eckhart hätte ihre Mutter mit Opium umgebracht.

Miss Eckhart, in ihrem Zimmer draußen im alten Holifieldhaus an der Straße zum Morganwald, wurde älter und schwächer, wenn auch nicht merklich schlanker, und man sah sie manchmal, wenn sie nach Morgana spaziert kam, auf einer Straßenseite hin, auf der andern zurück und dann nach Hause. Die Leute meinten, man könnte ihr ansehen, daß sie innerlich gebrochen war. Doch sie besaß immer noch Autorität. Sie war immer noch in der Lage, junge, ahnungslose Kinder wie Loch auf der Straße anzuhalten und ihnen strenge Fragen zu stellen: »Wohin habt ihr den Ball geworfen?« – »Wollt ihr etwa den Baum abbrechen?« … Natürlich waren von Anfang bis Ende Kinder ihre einzigen Verbündeten; von Miss Snowdie einmal abgesehen.

Woher stammte Miss Eckhart, und wo war sie schließlich hingekommen? In Morgana waren die meisten Lebensgeschichten allgemein bekannt und offenbar selbstverständlich. Es war unwahrscheinlich, daß irgend jemand außer Miss Perdita Mayo Miss Eckhart gefragt hatte, woher die Eckharts stammten, woher genau in der Welt, und dann eine Antwort erhalten hatte. Und Miss Perdita war dermaßen unzuverlässig: Sie hätte es einem jetzt nicht mehr sagen können, und wenn es um Leben und Tod gegangen wäre. Und Miss Eckhart war verschwunden.

Einmal, bei einem Sonntagsausflug, meinte Cassies Vater, er würde einen Nickel verwetten, wenn das nicht die alte Dame Eckhart wäre, da draußen auf der County Farm beim Erbsenhacken, und er würde einen weiteren Nickel darauf verwetten, daß sie immer noch arbeiten könnte wie zehn Neger.

Wo sie auch sein mochte, sie hatte keine Verwandten. Ganz bestimmt hatte sie inzwischen überhaupt niemanden mehr. Und die einzige, die sie jemals haben wollte, war Virgie-Rainey-*Danke-schön.*

Missie Spights meinte, wenn Miss Eckhart erlaubt hätte, daß man sie beim Vornamen nennt, daß sie dann wie die andern Damen gewesen wäre. Oder wenn Miss Eckhart zu einer Kirche gehört hätte, die bekannt gewesen wäre, und die Damen hätten etwas gehabt, wozu man sie einladen könnte, damit sie dazugehörte... Oder wenn sie wenigstens mit irgendwem verheiratet gewesen wäre, mit dem schlimmsten Kerl – wie Miss Snowdie MacLain, die jeder bemitleiden konnte.

Cassie kniete sich hin und knüpfte mit flinken Fingern alle Knoten in ihrem Schal auf. Sie hielt das Quadrat hoch. Obwohl sie mit den Gedanken nicht bei ihrem Schal war, verblüffte er sie wirklich; man konnte tatsächlich nicht mehr erkennen, wie er zustande gekommen war. Genau, wie man ihr gesagt hatte. Sie hängte ihn zum Trocknen über zwei Stuhlpfosten, und als er weich über die Leiter der Lehne fiel, da fragte sie sich, ob es nicht möglich gewesen wäre, daß sich irgendwo, auch ganz zum Schluß noch, ein winziger Riß aufgetan hätte für Miss Eckhart – ein Türspalt...

Aber wenn ich es gewesen wäre, die gemerkt hätte, wie er sich öffnet, dachte sie langsam, vielleicht hätte ich ihn dann endgültig zugeworfen. Vielleicht.

Ihre Augen gingen nach oben zum Fenster, wo sie einen dünnen grauen Strich hinunterlaufen sah, wie eine Streichholzspur. Der Kolibri! Sie kannte ihn, es war einer, der jedes Jahr wiederkam. Sie stand auf und sah ihm von oben zu. Er war eine kleine smaragdgrüne

Spule, die wie immer vor den aufbrechenden Wunderblumen hing. Metallisch und milchig zugleich, berührbar und unberührbar, leuchtend und feenhaft, der Schimmer der unsichtbaren Schwingen so geheimnisvoll wie der Ring um den Mond – hatte schon jemand versucht, ihn einzufangen? Sie nicht. Mochte er da hängen, einen Augenblick lang in jedem Jahr für Jahrhunderte – unglaublich durstig, gierig nach jedem einzelnen Tropfen in jedem einzelnen Wunderblumenkelch im Garten, als hätte er sie numeriert – dann davonschießen.

»Wie ein militärischer Einsatz.«

Cassies Vater behauptete immer, so würde das Konzert geplant, mit der ganzen Taktik und dem ganzen Pomp. Die Vorbereitungen zogen sich über viele heiße, geheimnisumwitterte Wochen hin – über den ganzen Mai. »Und daß ihr ja keinem erzählt, wie das Programm aussieht«, mahnte Miss Eckhart in jeder Stunde und bei jeder Probe, als wenn es noch andere Musiklehrer gäbe, Rivalen, noch andere Klassen, und als würde das Programm nicht jedes Jahr mit »Das bockige Schaukelpferd« vom einzigen Jungen beginnen und mit dem »*Marche Militaire*« für acht Hände enden. Was Virgie in dem einen Jahr beim Konzert vorspielte, mit dem war Cassie (die langsam, aber sicher Fortschritte machte) dann im nächsten an der Reihe, und Missie Spights war noch einen Schritt zurück.

Miss Eckhart hatte schon im Vorfrühling entschieden, welche Farbe jedes Kind tragen sollte zu welcher Farbe für Schärpe und Haarschleife, und hatte das der Mutter schriftlich mitgeteilt. Sie erklärte den Kindern, daß es wichtig wäre, welche Farbe auf welche folgte. »Denkt an Gottes Regenbogen und seine Ordnung«, und sie bewegte dann ruckartig ihren Bleistift im Bogen über ihrem Kopf; ihnen fiel dabei allerdings Spights' Warenhaus ein. Das Quartett, bei dem vier Farben gleichzeitig in enger Nachbarschaft zu sehen waren, aufeinander stießen, bereitete Miss Eckhart besondere Sorgen.

Über die Farbe, die für jedes Kind vorgesehen war, wurde in einem Schreibheft Buch geführt; Miss Eckhart malte als Zeichen für das Einverständnis der Mutter ein kleines »v« neben den Namen und faßte das als Versprechen auf. Wenn verkündet wurde, daß das Kleid fertig, gestärkt und gebügelt war, wurde eine Linie durch den betreffenden Namen gezogen.

In dieser Zeit zitterten die Mütter alle vor Miss Eckhart. Miss Lizzie Stark machte sich zwar lustig darüber, aber sie zitterte genau wie alle andern. Miss Eckhart ging davon aus, daß jede Schülerin für den Konzertabend ein neues Kleid bekam, daß es von Miss Perdita Mayo genäht wurde, oder wenn nicht von Miss Perdita, die auch zusammen mit ihrer Schwester nicht alle nähen konnte, dann von der Mutter der Schülerin. Das Kleid mußte so gearbeitet sein, daß die Zipfel und die Kanten der Volants an Kragen und Rock mit kleinen Schlingen verziert waren, ebenso die Schärpe; und komme was da wolle – man mußte das Kleid für den Konzertabend aufheben. Und das war etwas, das sahen Miss Perdita und auch die meisten Mütter sofort ein.

Und man konnte es kaum ein zweites Mal tragen; bestimmt nicht bei einem andern Konzert – ein mittlerweile »altes« Kleid. So ein Konzertkleid war fülliger und hatte mehr Besatz als ein Sonntagskleid. Es war wie die Kleider für die Blumenkinder bei Hochzeiten; einmal hatte Klein-Nina Carmichael tatsächlich ihr Kleid als Blumenkind getragen, bei Ettas Hochzeit, aber das war eine ganz besondere Ausnahme. Das Kleid mußte aus Organdy sein, mit Rüschen am Rock, am Kragen und an den Ärmeln; dazu gehörte eine Satin- oder Taftschärpe, die hinten zu einer Schleife gebunden war, mit langen Zipfeln, pfeilspitz, die über den Hocker hängen und bis zum Boden reichen sollten, wenn man sich das leisten konnte.

Den ganzen Mai über fragte Miss Eckhart immer wieder nach, wie weit die Kleider wären. Cassie fühlte sich unbehaglich, denn ihre Mutter sprach normalerweise zu spät bei Miss Perdita vor, um noch bei ihr auf die Liste zu kommen, und wollte das Kleid dann in letzter Minute selber nähen; aber Cassie mußte Miss Eckhart bei Laune halten. »Sie gleicht gerade den Saum aus«, berichtete sie dann, obwohl der Stoff noch zusammen mit dem Schnitt aus Zeitungspapier, den sie sich bei Miss Jefferson Moody ausgeborgt hatte, gefaltet im Kleiderschrank lag.

Was das Programm anging, so war das kein Problem; es stand ohne Diskussion bereits fest. Schon lange vorher, im Winter, hatte Virgie

Rainey ein Stück zugeteilt bekommen, das schwierigste, das Miss Eckhart im Musikschränkchen finden konnte. Manchmal war es nicht so eindrucksvoll wie das, was Teensie Loomis immer haben mußte (bevor sie älter wurde und mit den Stunden aufhörte), aber es war immer das schwerste Stück von allen. Es war jedesmal ein Test dafür, was Virgie zu leisten vermochte, damit sie es lernte; jedes Jahr mußte sie eine Prüfung hinter sich bringen, und jedes Jahr meisterte sie sie, ohne daß Virgie auch nur andeutungsweise zugegeben hätte, daß sie sich anstrengen mußte. Der Rest des Programms war darauf abgestimmt und nicht wichtig genug, daß man ihn von einem Jahr zum andern ernstlich abgeändert hätte. Jeder hatte eben ein Stück zu spielen und mußte rechtzeitig ein neues Kleid fertig haben und die Geheimnisse für sich behalten, man konnte nichts weiter tun, als den Mai hinter sich zu bringen.

Eine Woche vor dem Abend wurden die goldenen Stühle in einer dichten Reihe quer durch den Raum aufgestellt, so daß es aussah, als wenn alles aus Gold wäre, und die zusätzlichen Stühle tauchten dann einer nach dem anderen dahinter auf, bis das Zimmer voll war. Miss Eckhart holte sie wohl zuerst aus dem Eßzimmer, und dann, so, wie sie ihr in die Hände fielen, woandersher. Sie schleppte sie aus Miss Snowdies Wohnung nach unten, natürlich umsonst, und dann sogar aus Mr. Voights Zimmer, denn ganz gleich, was Miss Eckhart auch von Mr. Voight hielt, für das Konzert würde sie ohne zu zögern in sein Zimmer gehen und sich Stühle bei ihm holen.

Man mußte sich bei der Presbyterianischen Sonntagsschule ein zweites Klavier ausleihen (über die Starks), es rechtzeitig herübertransportieren, damit das Quartett gemeinsam üben konnte, und natürlich stimmen lassen. Man mußte Programme drucken lassen (über die Morrisons), so umfangreich, daß sie die Opusnummern, die ersten und zweiten Vornamen und die Nachnamen der Schüler enthielten, und oben über die Seite lief in einer Schrift, die, als wenn das Absicht wäre, so aussah wie Miss Eckharts Schrift auf den monatlichen Rechnungen, Miss Lotte Elisabeth Eckharts voller Name. Irgendein kleiner unbegabter Malony an der Tür verteilte die Programme immer von einem rosa Obstteller.

An dem Tag selbst trafen erwartungsgemäß für jedes Kind Gladiolen oder Nelken in Henkelkörbchen ein, die man über irgendwelche Loomis'schen Blumenhändler-Bekanntschaften zeitig in Vicksburg bestellt hatte und in Wassereimern auf der schattigen Veranda hinter dem MacLain-Haus frisch hielt. Im passenden Augenblick – unmittelbar nach der Verbeugung – würde Miss Eckhart sie überreichen. Die Schülerin mußte den Korb so lange halten, wie man bis drei zählen konnte – das war mit einem schwarzen Schirm geprobt worden –, danach mußte sie die Blumen wieder zurückreichen an Miss Eckhart, die ein Mondsichelmuster im Kopf hatte, das sie am Abend Korb für Korb auf dem Boden ausfüllen wollte. Jinny Love Stark erhielt immer einen Strauß Parmaveilchen mit einem Herz aus Blättern drumherum, und man mußte ihr gestatten, ihn zu behalten. Sie sagte: »Pah!« Sie verzichtete nie darauf, auch nicht ein einziges Jahr, was die Wirkung beeinträchtigte.

Denn das Konzert war schließlich ein festlicher Akt. Mehr noch als der Unterrichtsausfall – weil Prüfungen angesetzt waren – oder als die politischen Feuerwerke, die ihn einläuteten, feierte das Konzert den Juni. Es war Schrecken und Wonne zugleich, was kleine Mädchen übermannte in dieser besonderen Nacht, in der auf jeden Fall nur ganz bestimmte Schärpen und bestimmte Blumen erlaubt waren und nur feingemachte, hübsche kleine Mädchen etwas aufführen durften.

Und Miss Eckhart stieß dafür in völlig andere Sphären vor. Eine errötende Empfindsamkeit brach in ihr auf, jedes Jahr pünktlich wie eine Blume zu ihrer Jahreszeit, wie die Herbstzeitlosen, die ohne Blätter und über Nacht in Miss Nells Garten aus der Erde kamen. Miss Eckhart tummelte sich überall und nirgends, völlig hingerissen von Angelegenheiten, die sie zu anderen Zeiten nicht im geringsten interessiert hätten – Kleidern und Schärpen, Bekanntheit und Rang, Lächeln und Verbeugungen. Es war befremdlich, erregend. Man dachte dabei unwillkürlich an die Bilder auf diesen kleinen quadratischen Party-Einladungen, den braunen Teddy in Rüschen und den schwarzen Pudel, der auf dem Stuhl stand, um sich vor dem Spiegel zu rasieren…

Wenn der Konzertabend vorbei war, war es mit der Empfindsamkeit und dem Schwung ebenfalls aus und vorbei. Aber damit waren dann alle Prüfungen überstanden. Der grenzenlose Teil der Ferien war gekommen. Mädchen und Jungen durften am Vormittag allesamt barfuß laufen.

Am Abend des Konzerts war es stets klar und heiß; alle kamen. Das interessierte Publikum drängte sich.

Miss Eckhart und ihre Schüler sollten noch unsichtbar bleiben. Es war Miss Snowdies Aufgabe, an der Tür zu stehen, und sie war an der Tür, standhaft, als hätte sie seit eh und je dazugehört. In vollkommener Ahnungslosigkeit begrüßte sie dort das gesamte weibliche Morgana. Um acht Uhr war das Studio gerammelt voll.

Miss Katie Rainey war immer zu früh da. Sie zitterte vor Freude, als wäre sie selbst eine von den Spielerinnen, und den Hut hatte sie schon beim Melken auf dem Kopf gehabt. Sie lachte vor Vergnügen, nachdem sie sich an alles gewöhnt hatte, und während des ganzen Konzerts fiel sie ständig auf, klatschte als erste, wenn ein Stück zuende war, und war von der Musik, die sie zu hören bekam, genauso entzückt wie von dem goldenen Stuhl, auf dem sie saß. Und der alte Fate Rainey, der Buttermilch-Mann, war als einziger von den Vätern erschienen. Er blieb stehen. Miss Perdita Mayo, die die meisten Konzertkleider genäht hatte, saß immer in der ersten Reihe, um zu sehen, ob man auch alle Heftfäden herausgezogen hatte, als die Kleider zu Hause angekommen waren, und neben ihr saß Miss Hattie Mayo, ihre stille Schwester, die ihr geholfen hatte.

Während das Studio sich füllte, lugte Cassie um den Bettlakenvorhang (sie waren alle im Eßzimmer zusammengepfercht) und stand Ängste aus, daß ihre Mutter womöglich gar nicht käme. Sie kam immer zu spät, wohl weil sie so nah wohnte. Miss Lizzie Stark, die wichtigste Mutter hier, die nur darauf wartete, daß Jinny Love ein bißchen älter würde, damit sie besser spielen könnte, drehte sich in ihrem Stuhl da unten in der ersten Reihe ständig um, um die andern Mütter in Augenschein zu nehmen. Obwohl auch Cassies Mutter das wußte und hübsch angezogen war in einem schmeichelnden, geblümten Kleid, genau richtig für eine Mutter am Konzertabend, brachte sie es nicht fertig, rechtzeitig durch die beiden Gärten zu laufen, und wenn es sie das Leben gekostet hätte. Und dabei war Cassies *Frühlingsrauschen* beispielsweise sehr schwierig, schwieriger als das Stück von Missie Spights; aber Cassies Mutter konnte offenbar alles, was Miss Eckhart vorhatte, belanglos erscheinen lassen.

Im Studio, das verziert war wie das Innere einer Bonbonschachtel, mit »Material«, das bogenförmig das Kaminsims schmückte, und mit Spitzendeckchen, die man unter jeden beweglichen Gegenstand gelegt hatte, der damit dann unbeweglich geworden war, mit Schlangen aus weißem Band und Sträußchen aus Maman-Cochet-Rosen in Rosa und Weiß und den letzten Wicken der MacLains, die den Raum teilten und wieder teilten, herrschte eine Gluthitze. Auch wenn es sich um den ersten Abend im Juni handelte, es durfte sich kein elektrischer Ventilator drehen, solange Musik gemacht wurde. Das Metronom, feierlich geschlossen, stand auf dem Klavier wie eine Vase. Nirgendwo war ein Notenblatt zu sehen.

Als die erste sinnlose Stille – es gab die normale Serie – über das Publikum kam, war es so, als bebte der Raum allein von der Bewegung der Fächer aus Palmblättern und Federn mit einem gelegentlichen ungewollten Ticken des Metronoms hinter seinen Türen. Es war diese Mischung aus Bewegtheit und Pracht, die wohl jedes Kind, das vortrat, in einer Art von letztem Schwindel erbleichen ließ. Und falls man dann nach oben zur Decke geguckt hätte, um sich eine Galgenfrist zu verschaffen, hätte man sich in einem Papiermuster verfangen, das vom Kronleuchter ausging, kompliziert und absurd wie eine aus Papier geschnittene Schneeflocke.

Jetzt betrat Miss Eckhart den Raum, völlig verändert, das dunkle Haar tief auf die Brauen gezogen, und bat mit einer Handbewegung um Ruhe. Sie trug ihr Konzertkleid, das sie größer und straffer aussehen ließ. Es war ein altes Kleid: Miss Eckhart setzte sich über ihre eigenen Regeln hinweg. Die Leute würden das Kleid in der Zwischenzeit vergessen haben, und dann trat sie wieder darin vor, mit den unordentlichen, nicht ganz makellos sauberen Falten, die über dem Busen gerafft waren und an den Seiten schwer wie ein Mantel herabfielen; es war aus gelbbraunem Satin mit einer Rückseite aus

Crêpe. Das Oberteil war aus Spitze, die immer brauner wurde. Es sah so dicht und heiß und dick aus wie ein Fell. Das unerwartet sahnige Fleisch ihrer Oberarme erweckte den Anschein, als würde Miss Eckhart daraus emportauchen.

Sie stand an der schattigen Stelle direkt unter dem Kronleuchter und bat um Ruhe. Ihre Füße, weiß beschuht, von Mr. Sissum voll und ganz beschuht, hielten in dem Kreidekreis, den man vorher auf dem Boden markiert hatte und von dem sie annahm, daß er in der Zwischenzeit völlig entfernt worden wäre. Die eine Hand mit den zählbaren, kleinen, so harten und bereiten Muskeln, den fleckigen blauen Nägeln, bewegte sich zur anderen Hand hin, und sie falteten sich ganz still, ohne etwas zu halten, bis sie dann vollkommen kraftlos auf Miss Eckharts Brust zu liegen kamen und ein komisches kleines Haus mit Spitzen und Giebeln bildeten. Sie stand neben dem Klavier, aber nicht nah genug, um zu helfen, und achtete auf alles, allerdings war sie nicht aus tiefstem Herzen wachsam gegenüber Katastrophen; während es doch gerade die Katastrophen waren, die den kleinen Mädchen nicht aus dem Sinn gingen. Beim Aufrufen fing sie mit der Jüngsten an.

Und so spielten sie, und alle, bis auf Virgie, spielten schlecht wie noch nie. Sie waren über sich selbst schockiert. Parnell Moody brach wie bestellt in Tränen aus. Aber Miss Eckhart bemerkte das offenbar nie, oder es kümmerte sie nicht. Wie gleichgültig wirkte sie gerade dann, wenn es ihr hätte peinlich sein müssen! Man erwartete Prügel, beinahe, weil man vergessen hatte, vor dem zweiten Schluß zu wiederholen, oder weil man versäumt hatte, bis zehn zu zählen, bevor man überhaupt um den Vorhang herumkam; und statt dessen wurde man mit einem merkwürdigen Lächeln bedacht. Es sah so aus, als wäre Miss Eckhart einem im Grunde dankbar für *alles*, was man tat.

Als Hilda Ray Bowles an der Reihe war und Miss Eckhart sich bücken und den Hocker dreißig Zentimeter weiter vorziehen mußte, tat sie das mit dem Ausdruck einer sanften, steten Entrücktheit. Sie zog vielleicht gar nicht den Stuhl vor für ein aufgeschossenes Mädchen, sondern erwies irgendeinem andern irgendeinen Liebesdienst, einem, der überhaupt nicht anwesend war; vielleicht war es

Beethoven, der Hilda Rays Stück komponiert hatte, vielleicht auch nicht.

Cassie spielte, und ihre Mutter – die sie dann doch nicht im Stich ließ – hatte ihren Platz zwischen den andern eingenommen. Am Ende hatte sie ihr Programm zu einem kleinen Hut gefaltet, wofür sich Cassie ihr am liebsten zu Füßen geworfen hätte.

Aber der Konzertabend war Virgies Abend, was immer er sonst auch war. Der Augenblick, in dem Virgie Rainey in ihrem ganzen Leben am wundervollsten war, für Cassie, war der, als sie vortrat – sie war unmittelbar vor dem Quartett an der Reihe –, ein weihnachtsrotes Satinband im Haar mit Rosetten über den Ohren, die hinten von einem neuen Gummi gehalten wurden; sie hatte eine rote Schärpe unter den Ärmeln eines gestärkten weißen Musselinkleides durchgezogen. Sie war dreizehn. Sie spielte die *Phantasie über Beethovens Ruinen von Athen*, und als sie fertig war und aufstand und ihre Verbeugung machte, war das Rot der Schärpe überall vorne auf ihrem Oberteil, es war feucht und fleckig, als hätte man ihr ein Messer ins Herz gestoßen, und ein überglücklicher und beneidenswerter Schweiß lief ihr über Stirn und Wangen, und sie leckte ihn mit der Zunge ab.

Cassie, die nach vorn hinausgeschlüpft war, stand immer noch wie gebannt da, als Miss Katie Rainey ihr eine Hand auf die Schärpe legte und zu ihrem völligen Entsetzen sagte: »Ach, ich wünsch mir ja doch, daß Virgie eine Schwester hätte!«

Dann gab es nur noch das Quartett, und mit dem letzten Akkord – der selbst eine plötzliche Auflösung war – setzte Gelächter und Gescherze ein. Alle Kinder bekamen als Glückwunsch einen Kuß oder einen Klaps und liefen dann frei herum. Damen winkten und gestikulierten mit ihren Fächern, Gespräche entspannen sich. Blumen wurden hochgehoben, vorgezeigt, geworfen, verschenkt und nervös in Stücke gerupft von Fingern, die befreit waren für den Sommer. Die MacLain-Zwillinge, die jetzt kein Halten mehr kannten, kamen in identischen Cowboyanzügen nach unten gestürzt, hielten einem Schreckschußpistolen vor und feuerten sie sogar ab. Man stellte zwei rumpelnde und wandernde Ventilatoren auf den Boden, vor denen die heruntergefallenen Programme aufflogen wie ein Vogelschwarm, während die Dekorationen überall flatterten und tanzten. Den Klavieren kam man nicht mehr zu nahe, außer um »Sally mit dem Schwalbenschwanz« herunterzuhämmern. Die kleine Jinny Stark schließlich fiel hin, schürfte sich das Knie auf und blutete reichlich. Es war wie bei jeder andern Party.

Miss Eckhart erschien und kündigte »Punsch und *Kuchen*!« an.

Das große Eßzimmer hinten bei MacLains, in dem Miss Snowdie meist nur ihre Blumen überwinterte, stand heute abend offen. Punsch wurde aus dem MacLainschen Bowlentopf ausgeschenkt, einem Geschenk für Miss Snowdie von ihrem Mann – ohne vorherige Absprache ausgeschenkt von Miss Billy Texas Spights, die nach dem Schöpflöffel sprang, und man trank aus den vierundzwanzig MacLainschen Tassen und den zwölf Loomis'schen. Die kleinen Kuchen, die Miss Eckhart unermüdlich ins Zimmer brachte, waren süß, leicht und auf der Oberseite mit farbigem »Schrot« gesprenkelt, der (so meinten sie jedenfalls) nur aus den Glaspistolen, die man im Zug bekam, stammen konnte. Als der Teller leer war, sah man, daß er mit verblichenen Blumengirlanden und brüllenden Säuglingen verziert war, golden gesprenkelt und jetzt voll goldener Krümel.

Farbe überflutete Miss Eckharts Wangen, wenn die Gäste ihre Zuckerplätzchen annahmen und wiederkamen, um ihre Punschtassen mit den ertrunkenen Früchten auf dem Boden ihrem flinken, überfließenden Schöpflöffel noch einmal entgegenzuhalten. (»Bei *mir* bekommen Sie noch Punsch!« rief sie, als Miss Billy Texas anfing mitzuzählen.) Das Haar hing ihr so tief in die Stirn wie der Circe beim Schweinefüttern an der Wand der vierten Klasse. Sie lächelte keinen besonders an, sondern alle, wo sie auch hinsah und wo sie auch hinging, denn die Party hatte sich ausgebreitet, vom Studio ins Eßzimmer und zurück und nach draußen auf die Veranda, wo sie ausrief: »Was ist denn das hier draußen? Ihr kleinen Mädchen kommt ins Haus zurück, und da bleibt ihr so lange, bis ihr meinen *Kuchen* ganz aufgegessen habt! Den letzten Krümel!« Sie mußten lachen, als sie sie so hörten, wenn ihre Strenge nur vorgetäuscht war.

Miss Lizzie Stark, wenn sie Miss Eckhart auch gelegentlich als »Miss Dideldum« bezeichnete, hatte nicht die Mühe gescheut, ihren kunstvollsten Hut aufzusetzen, einen, der aussah wie ein großer Kranz oder ein Hochzeitskuchen, und der sich ständig im Blickfeld befand, sich hierhin und dorthin drehte, so wie ein Ballon auf dem Jahrmarkt über den Köpfen der Menge schwebt. Der Kanarienvogel zwitscherte; man hatte ihm seine Decke abgenommen. Allmählich ließen die Maman-Cochets ihre kurzen grünen Stengel über den Rand der Vase hängen.

Als der Abend zuende war, bei der Verabschiedung, beglückwünschte man Miss Eckhart und ihre Mutter. Die alte Mrs. Eckhart hatte den ganzen Abend an der Tür gesessen – neben Miss Snowdie, die die Leute begrüßt hatte. Sie trug ebenfalls ein dunkles Kleid, es war allerdings geblümt. Sie saß den redenden und lachenden Müttern im Weg und den Kindern, die jetzt nicht mehr zu bändigen waren, und blinzelte, aber zugänglich, wie ein Baby, das man nach draußen in die Sonne geschoben hat. Während Miss Snowdie sie freundlich betrachtete, behielt ihr Mund ein einziges abendlanges Lächeln bei; sie ließ sich ansehen und zum Schluß danken.

Man hörte, wie Miss Eckhart, während sie gegen die drängelnden, aufbrechenden Kinder ankämpfte und sich zwischen den schwingenden Henkelkörbchen und den zu Boden gefallenen Fächern der plötzlich geschwächten Mütter hindurchbewegte, rief: »Virgie Rainey? Virgie Rainey?« Dann blickte sie immer feierlich auf das schläfrigste und kleinste Kind, das an diesem Abend nur »Verspielte Kätzchen« vorgetragen hatte. Alle ihre Schüler sonnten sich an diesem Abend in Virgie Raineys Erfolg. Miss Eckhart packte sich die Kinder, wenn sie aus der Tür rannten, sprach Deutsch mit ihnen und hielt sie fest. In der stillen Nachtluft fühlte sich ihr Kleid feucht und fleckig an, als ob sie einen weiten Weg gerannt wäre.

Cassie lauschte, aber *Für Elise* war nicht wieder zu hören. Sie nahm ihre Ukulele vom Fuß des Bettes auf. Sie schraubte sie in Stimmung und spielte darauf, streifte geschickt über die Saiten und fächelte mit den Fingern. Sie schlenderte um ihren Schal herum, der zum Trocknen aufgehängt war, spielte ein oder zwei Strophen und wanderte dann wieder zum Fenster.

Da sah sie Loch, der mit allen vieren wie ein Affe am Ast des Zürgelbaums hing und hinunterkrabbelte. Weit draußen auf der anderen Seite des Baumes blieb er an den Händen hängen, vollkommen still, wie ein Kunstturner – der nicht zum nächsten Kunststück übergeht. Das war also seine Art, im Bett zu bleiben und Chinin zu nehmen.

Er hatte nichts mit Kunststücken im Sinn, sondern wollte in dem verlassenen Haus jemanden beobachten. Loch konnte hineinsehen. Cassie öffnete den Mund zu einem Ausruf, aber der Ausruf wollte nicht kommen.

Bis auf ein einziges Mal hatte sie Loch den ganzen Tag nicht geantwortet, wenn er sie gerufen hatte, und jetzt erschien ihr der Anblick seines Rückens, wie er da in den weißen Schlafanzughosen alle viere von sich gestreckt hatte, so fern wie der Morgenstern. Es war ohnehin nicht mehr ihre Sache, seine Unschuld zu verteidigen, wenn es seine Unschuld war, die da draußen zu ihr herüberleuchtete, herumturnte – denn Loch drehte sich gelassen um sich selbst und hing jetzt an den Knien; mit nach unten getauchtem Kopf sah er durchs Fenster in das alte Studio, dabei fiel seine Kappe zu Boden, und die Haare standen rund um seinen Jungenkopf ab wie Stacheln.

Einmal war Loch im Rock durchs Haus gelaufen und hatte dabei mit einem Bleistift auf eine Tauftasse geschlagen. »Mama, glaubst du, ich kann auch irgendwann mal Musik machen?« – »Warum nicht, natürlich, mein Herz. Du bist doch *mein* Kind. Du mußt nur Geduld haben.« (Er war ihr Liebling.) Und er konnte es nie – abwarten und Musik machen. Wie Cassie ihn bewundert hatte! Er konnte nicht eine Melodie von der anderen unterscheiden. »Ist das *Jesus liebt mich*?« fragte er dann und unterbrach seinen eigenen Lärm. Sie sah ihn jetzt so betroffen an, als würde sie merken, daß er verletzt wäre, aus ferner Vergangenheit, und als würde er stumme Kunststücke vorführen, um ihr das mitzuteilen. Sie stand da an ihrem Fenster. Sanft spielte und sang sie: »Im hellen, hellen, hellen Licht des Silbermonds«, ihr Lieblingslied.

Sie selber hätte nie fortgehen können, nie nach draußen kriechen können über die schimmernde Brücke des Baumes oder den dunklen Magneten erreichen können, der einen anzog, immer wieder anzog.

Sie konnte sich selbst nicht sehen, wie sie etwas Unerhörtes tat. Sie war nicht Loch, sie war nicht Virgie Rainey; sie war nicht ihre Mutter. Sie war Cassie in ihrem Zimmer, die das Wissen und die Qual außerhalb ihrer Reichweite sah, als sie dort an ihrem Fenster stand und sang – mit einer Stimme, sanft, ziemlich voll heute und halbwegs hübsch, wie sie fand.

III

Nach einem Augenblick der Schwärze, kopfüber, schlug Loch die Augen auf. Es war nichts passiert. Das Haus, das er beobachtete, war vollkommen still bis auf das ununterbrochene Ticktack, das anders war als bei einer Uhr. Außerhalb, da gab es Geräusche. Seine Schwester übte gerade wieder auf ihrer Ukulele, damit sie den Jungen was vorsingen konnte. Unten von der Straße her hörte er das Damenkränzchen wie Wasser, und durch die Bäume hinten, wo die großen Jungen spielten, die Geräusche von einem Ball, der ins Aus geschlagen wurde – fröhlich und fern wie Vogelgezwitscher. Aber das Ticktack war schärfer und klarer als alles auf der Welt, was er in diesem Augenblick sonst noch hören konnte, und manchmal war ihm so, als würde es ganz aus der Nähe ertönen, so wie sein eigener Herzschlag gegen das Bett getönt hatte, aus dem er herkam.

Seine Mutter, wenn sie das in dem leerstehenden Haus gewesen wäre, die hätte dafür gesorgt, daß die beiden Neger da mit ihren unverkauften Erbsen nicht auf dem Heimweg herumtrödelten, sondern alles für sie erledigen würden und in Windeseile damit fertig wären. Aber die Mutter des Matrosen erledigte ihre Arbeit selbst. Sie wollte, daß alles ihren Ansprüchen gerecht würde, niemand sonst könnte das so, daß sie zufrieden wäre; und sie nahm sich soviel Zeit, wie sie wollte. Sie baute ihren Scheiterhaufen im Klavier selbst, und sie würde das Dynamit erst hochgehen lassen, wenn sie soweit wäre und nicht früher.

Loch erkannte an dem, was sie tat, daß die Vorrichtung in den Drähten unten – man hatte die Vorderseite des Klaviers entfernt –

eine Art Nest war. Wie ein diebischer Vogel baute sie daran, und jeden kleinen Fetzen, den sie um sich herum finden konnte, flocht sie ein. An zwei Stellen erkannte er das schnurrbärtige Gesicht von Mr. Drewsie Carmichael, Bürgermeisterkandidat seines Vaters – die Wurfsendungen hatte sie in der Tür entdeckt. Das Durcheinander auf seinem Bett, die Octagon-Suppen-Coupons, die hätten ihr in diesem Augenblick gefallen, und er hätte sie ihr überlassen.

Dann stieß Loch fast einen Schrei aus; Stolz erfüllte ihn wie ein zweiter Schrei, den er nicht ausstieß. Der alte Moody kam da die Straße entlang, der Sheriff, und mit ihm Mr. Fatty Bowles. Sie hatten sich einen Tag freigenommen, um am Moon Lake angeln zu gehen, und kamen an mit ihren alten Angelruten in der Hand, allerdings ohne Fische. Ihre Hosen und Schuhe waren schwer von Schlamm. Sie waren Kumpel vom alten Mr. Holifield und kamen häufig um diese Tageszeit vorbei, um ihn zu wecken und ihn loszuscheuchen zu seiner Maschine.

Loch schlug einen Purzelbaum um den Ast und wartete mit dem Kopf nach unten darauf, daß sie schwerfällig näherkamen, höchstwahrscheinlich über den Hof. Aus seinem besonderen Blickwinkel könnten sie auch einfach im blauen Himmel auf dem Rücken liegen und putzig mit den Beinen herumwedeln, nichts mit Recht und Gesetz zu schaffen haben.

Der alte Moody und Mr. Fatty Bowles trennten sich beim Pecan-Stumpf, während sie sich einen Witz erzählten, trafen wieder zusammen, sagten »Pott und Deckel« und verstopften dann die Treppe. Der Vorhang am vorderen Fenster flatterte ihnen ins Gesicht wie ein Signal. Sie sahen sich wieder an. Ihre Körper und Gesichter wurden glatt wie Fische. Sie schwammen um die Veranda herum, und wie Fische machten sie sich flach, um ihre Nasen ans Fenster zu drücken. Am Hosenboden hatten sie runde schlammige Flecken; sie hockten sich hin.

Na, da haben wir's ja, dachte Loch, das volle Haus. Zwei oben, einer unten, und die beiden auf der Veranda. Und auf dem Klavier stand die tickende Maschine... Genau unter Loch rannte eine gefleckte Drossel lärmend im Unkraut umher, zielte mit ihrem Schnabel geradeaus wie mit einem Gewehr, genauso geschäftig in der Welt wie die Leute.

Er hielt die eigene rechte Hand ganz still, als die alte Frau, wackelig wie der Weihnachtsengel in dem Stück, das die vierte Klasse von Mrs. McGillicuddy aufgeführt hatte, mit einer brennenden Kerze in ihrer Hand vortrat. Es war ein Küchentalglicht; sie hatte es wohl bei Mr. Holifield weggenommen, aus seiner vollen Schachtel für alle die Male, wenn in Morgana die Lichter ausgingen. Sie kam derartig langsam und hielt die Kerze so hoch, er hätte die Flamme von da aus, wo er war, mit dem Katapult ausschießen können. Ihr Haar, sah er, war kurzgeschoren und weiß und von allen Seiten beleuchtet. Vom schwingenden, äußersten Ende eines Astes aus, der sein Gewicht gerade noch aushielt, konnte er erkennen, wie hell ihre großen Augen waren und ihre schwarzen, runden Brauen und wie selten sie blinzelte. Es waren Eulenaugen.

Sie beugte sich vor, mühsam, merkte er, und legte die Kerze in das Nest aus Papier, das sie im Klavier gebaut hatte. Auch er sog den Atem ein, um die Flamme zu schützen, und als sie ihre schmerzende Hand zurückzog, da zog er seine zurück. Die Zeitung fing Feuer, sie stand in Flammen, und die alte Frau warf die Kerze hinein. Die Hände auf den Hüften richtete sie sich auf, sie hatte ihr Werk vollbracht.

So geräuschlos schossen Flammenpfeile empor. Sie rasten an den Papierschlangen entlang, doppelt so schnell wie ein lärmender Gullyputzer von einem Regenschwall. Flinke, ersterbend gelbe Feuer liefen im Zick-Zick durchs Zimmer, Feuerräder entstanden, fielen von der Decke und verblaßten. Und oben drüber, auf der anderen Seite der Zimmerdecke, waren sie, die ersten beiden, mucksmäuschenstill.

Das Gesetz hockte noch immer. Mr. Fatty und der alte Moody streckten die Hälse zur Seite, den fetten und den mageren. Loch hätte allen beiden eine Raupe auf die Köpfe fallen lassen können, die sie aneinander rieben wie Mutter und Kind.

»Steh mir bei. Sie hat's *getan*«, sagte Mr. Fatty Bowles mit normaler Stimme. Er hob den Arm, mit dem er den alten Moody um die

Schultern gefaßt hatte, und gab sich selbst einen Klaps auf die Gesäßtasche, der dem alten Moody die Knochen gebrochen hätte. »Du meine Güte! Vor unsern Augen hat sie's getan. Was hättest du gewettet?«

»Nichts«, sagte der alte Moody. »Paß auf. Wenn das auf die alten, ausgetrockneten Matten übergreift, dann wird Booney Holifield es schon bald ganz schön warm finden.«

»Booney! Na, den hätt ich doch tatsächlich vergessen!«

Der alte Moody lachte prustend mit geschlossenen Lippen.

»Meinst du nicht, das hat jetzt Feuer gefangen«, sagte Mr. Fatty und deutete mit seinem alten Angelmesser ins Zimmer.

»Das Haus brennt!« rief Loch, so laut er konnte. Er schaukelte rittlings mit seinem Ast auf und ab und schüttelte die Blätter.

Der alte Moody und Mr. Fatty hatten es wohl gehört, denn ein bißchen so, als wenn sie beleidigt wären, richteten sie sich auf, bewegten ihre Angelruten weiter und wählten nach reiflicher Überlegung das Eßzimmerfenster und nicht das Salonfenster, um mit der Arbeit anzufangen.

Sie hoben das Fliegengitter aus dem Rahmen, und Mr. Fatty trampelte aus Versehen durch. Sie schoben millimeterweise das Fenster hoch, mit einem Geräusch, bei dem sich ihre lehmverkrusteten Hacken hoben. Jetzt konnten sie ins Haus: Sie öffneten die Münder, um lautlos lauthals zu lachen. Sie waren so daran gewöhnt anzugeben, daß sie beinahe Morgana hier und jetzt zusammengetrommelt hätten.

Mr. Fatty Bowles schickte sich an, sich übers Fensterbrett ins Zimmer zu quetschen, aber der alte Moody stand schon bereit, zog ihn an den Hosenträgern zurück und ging vor. Er setzte im Bocksprung über die Brüstung. Drinnen stießen sie beide ein Gebrüll aus.

»Achtung! Sie sind auf frischer Tat ertappt!«

Die alte Dame im Salon zog sich in den blinden Winkel zurück.

Der alte Moody und Mr. Fatty rannten zum Aufwärmen eine Vorbereitungsrunde um den Eßzimmertisch, und dann stürmten sie den Salon. Sie trampelten die Barrikade aus funkensprühenden Matten nieder und stampften ins Zimmer. Sie boxten gegen den Rauch an, trafen sich gegenseitig und liefen, um das Fenster hochzuschieben. Dann hörte Loch ihr wohlbekanntes Husten und wie das Feuer im Zimmer krabbelte und krachte. Der meiste Rauch blieb drin, geballt und still.

Loch schlug noch einen Purzelbaum. Da kam schon wieder jemand. Es war ein wundervoller Tag! Er wußte gleich, daß er den goldenen Panamahut kannte und die elastische Magerkeit des Mannes darunter. Der hatte in dem leerstehenden Haus drüben gewohnt und Loch damals versprochen, ihm einen sprechenden Vogel mitzubringen, einen, der »Verdammt!« sagen konnte. Er war weggezogen und nie wiedergekommen. Nach all den Jahren wünschte Loch sich immer noch so einen Vogel. Der Tag heute war nach seinem Geschmack.

»Da wohnt keiner mehr!« rief Loch mit angemessener Stimme aus den Blättern, denn Mr. Voight ging ins leerstehende Haus, als wenn er dort zu Hause wäre. »Wenn Sie da reingehen, fliegen Sie in die Luft.«

Auf seiner Schulter saß immer noch kein sprechender Vogel. Es war lange her, daß Mr. Voight ihm den versprochen hatte. (Und wie oft, dachte Loch jetzt zu seiner großen Verblüffung, und wie gerne hatte er sich an das Versprechen erinnert!)

Mr. Voight schüttelte hastig den Kopf, als würde eine ferne Stimme aus dem Laub ihn nur für einen Augenblick verunsichern. Er rannte über die Stufen und machte dabei ein Geräusch wie ein grüner Stock an einem Zaun. Dann aber schlenderte er, statt in die knatternde Barriere über der Tür zu rennen, seitlich um die Veranda herum und warf gemächlich einen ausführlichen Blick durchs Fenster. Das alles ließ seinen Ruf bedrohlich wirken.

»Würden Sie mir bitte mitteilen, warum Sie hier unbefugt eingedrungen sind?«

»Steh mir bei!« sagte Mr. Fatty Bowles, der ihn direkt ansah, einen brennenden Hut in der Hand.

Der alte Moody sagte nur: »Einen *guten* Abend. Ich red jetzt nicht mit Ihnen.«

»Na, kommen Sie! Sie sind doch unbefugt eingedrungen, oder?«

»Pah. Ihr Haus brennt.«

»Wenn mein Haus brennt, wo sind dann meine Leute?«

»Ach, ist ja gar nicht mehr Ihr Haus, hatte ich vergessen. Ist das Haus von Miss Francine Murphy. Sie sind zu spät dran, Meister.«

»Was sind das für Mätzchen? Sehen Sie zu, daß Sie aus meinem Haus kommen. Machen Sie das Feuer hinter sich aus. Erzählen Sie mir, wo sie hin sind. Schon gut, ich weiß, wo sie hin sind. Also schön, brennen Sie's ab, wer sollte Sie auch hindern?«

Er knallte die Hände an die Hausverkleidung, wie eine Fanfare, und starrte sie wohl an, zwischen sie, auf das Fenster. Er hatte sich zwischen Loch und die Ereignisse geschoben, und um ehrlich zu sein, er war einer zuviel.

Der alte Moody und Mr. Fatty tauschten mörderische Blicke aus und rannten hüpfend in den Salon, klatschten mit den Hüten auf die gleitenden Flammen, arbeiteten wie eine Mannschaft, die wütend ist auf sich selber, wie zwei Leute, die versuchen, in einem Garten Hühner abzufangen. Sie sprangen hoch und schlugen auf ein und dieselbe Flamme ein. Sie zertraten und zerrieben einen Funken unter ihren Füßen, den sie alleine gefunden, sich manchmal eingebildet hatten. Vielleicht, weil ihnen das Feuer fast ausgegangen wäre oder weil Mr. Voight gekommen war, um an ihnen herumzumäkeln, taten sie so, als wenn das Feuer größer wäre, als es je gewesen war. Sie bissen sich heftig auf die Unterlippe, wie alte Leute es tun, wenn sie sich unhöflich verhalten. Sie redeten nicht.

Mr. Voight bebte am ganzen Körper. Er lachte, merkte Loch, der jetzt das Zimmer beobachtete wie eine Bühne. »Das ist es. Das ist es!« sagte er.

Der alte Moody und Mr. Bowles schlugen gemeinsam das Feuer im Klavier aus, kämpften schwer damit, hämmerten auf die Saiten und klimperten. Der alte Moody, wie sehr ihm auch der Spaß verdorben war, amüsierte sich damit, auf den grell brennenden Magnolienblättern herumzuhüpfen. So bekamen sie das Feuer aus, jeden Funken, sogar die Matten, die immer wieder aufglimmten, bevor sie endgültig ausgingen. Als eine kleine Flamme zum letztenmal zu züngeln begann, löschten sie sie gemeinsam; und mit einem Pfiff und einem weiteren Stampfen forderten die beiden sie heraus, und sie blieb aus.

»Das wär's, Jungs«, sagte Mr. Voight.

Dann kam die alte Frau aus dem blinden Winkel. »Wer ist denn das?« rief Mr. Voight. Mitten im Zimmer hielt sie an. Wenn nicht das Gesetz über ihr gestanden hätte, hätte sie möglicherweise die leeren Hände gerungen und sich hierhin und dorthin gedreht. Aber sie tat es nicht; sie war noch verzweifelter. Loch schrie erneut auf; rittlings auf dem Baum, seinen Ast in beiden Fäusten.

»Warum kommen Sie nicht rein, Meister?« rief Mr. Fatty Bowles, und er winkte die alte Dame zu sich.

»Dann wolln wir mal zur Sache kommen. Also, ich hätte gerne gewußt, warum Sie sowas angestellt haben, meine Dame«, sagte der alte Moody, rieb sich die Augen und umrandete sie schwarz dabei. »Den Leuten soviel Ärger machen. Was haben Sie bloß gegen uns?«

»Die hat ihren Mund im Bett gelassen«, meinte Mr. Fatty.

»Ich bin ein alter Mann. Und Sie sind eine alte Frau. *Ich* hab keine Ahnung, warum Sie sowas angestellt haben. Außer natürlich, Sie sind einfach nicht mehr ganz richtig im Kopf.«

»Wo sind Sie her?« fragte Mr. Fatty mit seiner dünnen Tenorstimme.

»Sie Hampelmänner.«

Mr. Voight, der das sagte, lief nun leicht wie eine Libelle um die Veranda herum und betrat das Haus durch die Vordertür: Sie war nicht verschlossen. Er hatte offenbar abgewartet, bis die ganze Herumklopferei von andern erledigt war – von Hampelmännern –, oder womöglich meinte er auch, er wäre so kostbar, daß er wohl allzu leicht in Flammen aufgehen könnte.

Loch sah, wie er, mit einem ziemlichen Aufflackern, durch die Perlen in der Flurtür trat und in den Salon kam. Er blickte heiter auf die Wände, nachdem er zuerst einen Augenblick gezögert hatte, als ob etwas mit ihnen passiert wäre, nicht gerade eben, sondern vor langer Zeit. Er war da und nicht da, denn er war als einziger nicht mit seiner Weisheit am Ende. Beim Laufen setzte er die Füße sorgfältig zwischen die Kringel und Flocken aus verbranntem Papier und zog die scharfgeschnittene Nase kraus; offenbar nicht, weil es so roch, sondern weil etwas Umfassenderes in Auflösung begriffen war. Jetzt stand er am

Fenster. Er rollte die Augen. Würde er gleich Schaum vorm Mund haben? Das hatte er mal gehabt. Wenn es nicht passierte, wäre Loch sich seinetwegen nicht sicher; er konnte sich am besten an Mr. Voight erinnern, wie er schäumte.

»Haben Sie ne Ahnung, wo sie hingehört, Meister?« fragte der alte Moody mit vorsichtiger Stimme. »Wer ist unser Feuerteufel hier? Sie sind doch ziemlich viel rumgekommen.«

Mr. Voight schlenderte durchs Zimmer, griff nach dem Schürhaken und stocherte in der Asche herum. Er hob eine Muschel auf. Die alte Dame tat einen Schritt auf ihn zu, und er legte die Muschel wieder hin, und als er sich aufrichtete, nahm er den Hut ab. Es sah mehr als höflich aus. Dicht vorm Gesicht der alten Dame hielt er den Kopf schräg, aber sie sah durch ihn hindurch, eine weite Strecke durch Mr. Voight hindurch. Sie hätte eine Dame auf einem Felsen gegenüber sein können, weit entfernt, außer Reichweite von Auge und Ohr, aber im Begriff zu stürzen.

Das Ticktack war mittlerweile sehr laut. Genau wie Mr. Fatty seinen Mr. Booney Holifield vergessen hatte, so hatte Loch das Dynamit vergessen. Jetzt konnte er sich wieder der Tatsache zuwenden, daß er auf eine Explosion wartete. Das Feuer hatte es schwer gehabt, aber Feuer war in der Lage, sich mit einem unermüdlichen kleinen Mechanismus zu verbinden, der derartig hämmern konnte, direkt hinein, hinein in das Zimmer.

(»Hören Sie was, Mr. Moody?« hätte Loch genau in diesem Moment rufen können. »Mr. Voight, hören Sie.« – »Schon gut, sag mal – möchtest du jetzt deinen Vogel?« hätte die Antwort lauten können. »Wir fangen eben wieder von vorne an.«)

»Mann, was ist das denn?« fragte Mr. Fatty Bowles, und: »Fatty-Junge, hörst du da nicht was ganz Schlimmes?« fragte gleichzeitig der alte Moody. Jetzt erst spitzten sie ihre Ohren auf das Ticken, das die ganze Zeit da mit ihnen im Raum gewesen war. Sie sahen sich an, und dann stolzierten sie mit hochgezogenen Schultern umher und versuchten herauszufinden, wo es herkam.

»Das ist ne Klapperschlange! Nein, doch nicht! Ist aber ganz nah«, sagte Mr. Fatty.

Sie durchsuchten das ganze Zimmer hoch und tief, aber direkt vor ihrer Nase und bloß ein bißchen hoch, oben auf dem Klavier, da konnten sie es nicht sehen. Es war wirklich kein fairer Platz, keiner, wo die meisten Leute etwas hinstellen würden. Sie sahen sich verbissener an und bewegten sich hastiger, doch sie traten sich bloß gegenseitig in die Hacken und warfen die Stühle um. Ein Stuhlbein knickte ab wie ein Hühnerknochen.

Mr. Voight war ihnen nur im Weg, denn er rührte sich keinen Millimeter. Er stand immer noch direkt vor der Mutter des Matrosen, sah ihr mit gespitzten Lippen in die Augen. Es war tatsächlich möglich, daß er sie von seinen Reisen her kannte. Er sah jetzt müde aus von genau diesen Reisen.

Zuletzt erspähte der alte Moody, der klügere von beiden, was sie suchten, das obeliskförmige Kästchen mit seinem kleinen beweglichen Teil und seiner geöffneten Tür. Als sie es einmal entdeckt hatten, war das Ding so sicher das gesuchte, daß er Mr. Fatty nur darauf hinwies. Mr. Fatty ging auf Zehenspitzen hin und hob es hoch und setzte es schnell wieder ab. Deshalb kam der alte Moody angestapft und hielt es schräg nach oben, posierte, so wie ein Fischer einen Fisch hält, der ein bißchen merkwürdig aussieht für einen, der aus dem Moon Lake stammt.

Die alte Frau hob den Kopf und lief um Mr. Voight herum zum alten Moody. Sie griff nach oben und nahm ihm das tickende Ding einfach aus der Hand, und er ließ es freundlich los; der alte Moody ließ sich offenbar nicht von Frauen bedrängen.

Die alte Frau hielt ihren Besitz an sich, an die große graue Brust gepreßt. Ihr Blick kehrte aus der Ferne in die Nähe zurück. Dann stand sie da und sah die drei Leute fest an, als würde sie ihnen ihr Innerstes offenbaren, ihr lebendiges Herz.

Und dann das leise Schwirren ihrer Stimme: »Sehen Sie … Sehen Sie, Mr. MacLain.«

Nichts ging in die Luft, statt dessen stöhnte Mr. Voight auf (sie hatte ihn allerdings MacLain genannt).

»Nein, Jungs. Ich hab sie noch nie im Leben gesehen«, sagte er.

Er ging steif aus dem Zimmer. Er ging aus dem Haus und quer

durch den Garten zur MacLain Road. Als er die Straße erreicht hatte, setzte er den Hut auf, und da sah er nicht mehr so schäbig aus oder so arm.

Loch umklammerte einen Armvoll Laub und senkte den Kopf in die grüne Kühle.

»Lassen Sie mich mal Ihr hübsches Spielzeug begucken«, meinte Mr. Fatty Bowles gerade mit seinem Babylächeln. Er nahm der alten Frau das Kästchen weg, und mit einer plötzlichen Veränderung in seinem Gesicht warf er es mit aller Kraft aus dem offenen Fenster. Der Obelisk kam direkt auf Loch zu und fiel unter ihm ins Unkraut. Und er tickte immer noch.

»Da bist du wohl ein bißchen voreilig gewesen, Fatty-Junge«, meinte der alte Moody. »Beweismaterial wegschleudern.«

»Du mußt auch an uns denken. Hör hin, und du wirst hören, wie das Ding in die Luft geht. Mir ist lieber, wenn es die Hühner bei deiner Frau in die Luft jagt.«

»Also, mir nicht.«

Und während sie redeten, versuchte die arme alte Frau es noch einmal. Sie lag auf den Knien, drückte den Kerzenstummel an sich, und einen Augenblick später hatte sie ihn angezündet. Sie erhob sich, aufgeregt jetzt, und rannte durchs Zimmer, hielt die Kerze dabei über sich und wich den Männern jedesmal aus, wenn sie versuchten, sie aufzuhalten.

Diesmal fing ihr eigenes Haar Feuer. Das kurze weiße kleine Gekräusel ging in Flammen auf.

Der alte Moody war so flink, daß er sie einfangen konnte. Er kam von irgendwoher mit einem großen, alten Läufer an und rannte damit hinter der alten Frau her. Sie rannten beide ungemein schnell. Er mußte einen gewaltigen Sprung tun. Er brachte den Lappen von hinten über ihren Kopf herunter, mit einer Grimasse, als wären alle Menschen auf der Welt irgendwann einmal gezwungen, Schändlichkeiten zu begehen. Er klopfte mit der Handfläche auf ihrem zugedeckten Kopf herum.

Der alte Moody und Mr. Bowles brachten die alte Frau zwischen sich aus dem leerstehenden Haus auf die Veranda. Sie war jetzt ruhig unter dem versengten schwarzen Lappen, der ihren Kopf verhüllte; sie selbst hielt ihn mit beiden Händen oben.

»Wissen Sie, was ich jetzt mit Ihnen machen muß?« sagte der alte Moody gerade freundlich und wie bei einer Unterhaltung, aber sie stand bloß da, völlig zugedeckt von zerknülltem Stoff, die kleinen Hände darauf gekrümmt wie einer von den Heuschreckenpanzern, die man im August an einen leeren Türrahmen geklammert findet.

»Es ist jetzt ganz egal, wie Sie heißen oder was Sie da vorhatten«, teilte Mr. Bowles ihr mit und holte die Angelruten. »Wir wissen schon, wo Sie hingehören, und zwar nach Jackson.«

»Kommen Sie, Gnädigste. Bin überzeugt, Sie wissen schon, wie«, sagte der alte Moody. Sie kam, aber sie antwortete keinem von den Männern irgend etwas.

»Vielleicht wollte sie doch King MacLain eins auswischen«, meinte Mr. Fatty Bowles. »Es ist doch ne Sie, oder?«

»Das langt jetzt für heute von dir«, sagte der alte Moody.

Durch die Blätter beobachtete Loch, wie sie den Weg entlangkamen und in Richtung Stadt gingen. Sie gingen langsam, denn die alte Frau machte kurze, zögernde Schritte. Wo würden sie sie jetzt hinbringen? Nicht später, nach Jackson, sondern jetzt. Als sie vorbei waren, ließ er sich los und sprang aus dem Baum. Es gab ein gutes Geräusch, als er den Boden traf. Er machte eine Rolle vorwärts und eine rückwärts und fing an, auf den Händen um den Baumstamm zu laufen. Er gab Geräusche von sich wie eine Ziege und wie eine Wachtel, wie die albernen Moody-Hühner und wie ein Löwe.

Auf Händen umkreiste er den Baum, und der Obelisk wartete im Unkraut, aufrecht. Loch stand auf und guckte ihn an. Das Tickding war draußen.

Er fühlte sich gebannt wie ein Vogel, denn der tickende Stab bewegte sich wie ein Schwanz, eine Zunge, ein Zeiger. Er hob das Kästchen mit den Händen hoch.

»Na los. Geh in die Luft.«

Als er es untersuchte, sah er, daß der schlagende Stab ein Pendel war, das in die Höhe ragte, statt nach unten zu hängen. Er berührte es und hielt es mit dem Finger an. Er spürte, wie es drückte und wie schwer der Obelisk war, wohl ungefähr zwei Pfund. Er ließ den Stab los, und der schlug weiter.

Dann drehte er an einem kleinen Schlüssel an der Seite des Kästchens, und der kontrollierte den Stab. Das Ticken hörte auf, und er schob das Pendel an seinen Platz im Innern und schloß die Tür von dem Ding.

Es war wohl doch kein Dynamit: besonders weil Mr. Fatty meinte, es wäre welches.

Was war es dann? Er öffnete sein Hemd und knöpfte es ein. Er dachte, er könnte es wohl mit nach oben nehmen in sein Zimmer. Dann war es das; und nicht ein Vogel, der sprechen konnte.

Der Sandhaufen war jetzt vor ihm. Er strich die heiße obere Schicht weg und setzte sich. Er verhielt sich eine Weile still, während nichts tickte. Nichts als die Grillen. Nichts als der durchfahrende Zug, der seine beiden Waggons über die Big-Black-Brücke ticken ließ.

IV

Cassie ging ans vordere Fenster, wo sie sah, wie der alte Moody und Mr. Fatty Bowles eine alte Frau wegbrachten. Die alte Frau war halbkrank oder benommen. Sie hielt einen unbeschreiblichen Küchenfetzen auf ihrem Kopf fest; sie hatte keine Handtasche. In einem grauen Kittel, an dem man sah, daß sie aus einer Anstalt kam, lief sie vorwärts, sie konnte jeden Augenblick angefaßt, angestoßen werden, kümmerte sich aber nicht darum. Sie trug Schuhe ohne Strümpfe – und sie hatte so weiße, weiße Fesseln. Als Cassie die Fesseln bemerkte, stürzte sie ans Fenster, so daß sie voll zu sehen war, und stieß einen Schrei aus.

Kein Kopf hob sich. Cassie rannte aus ihrem Zimmer, die Treppen hinunter und zur Haustür hinaus.

Zu Lochs Erstaunen kam seine Schwester Cassie im Unterrock barfuß über den Weg vorm Haus gerannt, wandte sich mit voller Absicht in Richtung Stadt und rief: »Sie dürfen sie nicht mitnehmen! Miss Eckhart!«

Es war zu spät, natürlich hörte sie keiner mehr, aber er kam knirschend aus dem Sandhaufen hoch und lief los, hinter ihr her, als wenn sie jemand gehört hätte. Er holte sie ein und zog an ihrem Unterrock. Sie drehte sich um, ihr Kopf schwamm immer noch hoch in der Luft, und sie weinte leise: »Oh, Mutter!«

Sie sahen sich an.

»Verrückt.«

»Selber verrückt.«

»Da hinten die«, sagte Loch sofort. »Ich kann dir zeigen, wie reif die Feigen sind.« Sie zogen sich zum Baum zurück. Aber sie bekamen gerade noch mit, wie der Matrose und Virgie Rainey aus dem Haus liefen und versuchten, über den hinteren Weg zu entwischen. Virgie und der Matrose entdeckten sie, rannten zurück ins Haus und dann mit äußerster Kühnheit auf die Straße, der Matrose vorneweg. Die Morrisons konnten nirgendwohin.

Die Gruppe mit dem alten Moody kam erst jetzt wieder voran, denn die alte Frau war hingefallen, und sie mußten sie auf den Füßen halten. Weiter unten kam das Damenkränzchen mit einem strömenden Geräusch aus dem Haus von Miss Nell. Den beiden Fronten sah sich der Matrose gegenüber.

Der Sheriff wollte ihn festhalten, aber er rannte weiter in die Wand der Damen, von denen die meisten ausriefen: »Also bitte, Kewpie Moffitt!« – ein alter Spitzname, dem er entwachsen war. Er vollführte eine wirbelnde Kehrtwendung und rannte in die andere Richtung, und weil er seine Bluse in der Hand hielt und von der Taille aufwärts nackt war, stand sein Kragen hinter ihm ab wie sehr tief gehängte Schwingen. Bei den Carmichaels an der Ecke prüfte er den Osten und entschied sich für den Westen und rannte in die Schatten der Abkürzung zum Fluß, wo er gerade noch mit Mr. King MacLain zusammentreffen würde, falls er nicht zu spät kam.

»Also, nun sehen Sie sich das an!« rief Miss Billy Texas Spights deutlich. »Ich hab dich erkannt, Virgie Rainey!«

»Mutter!« rief Cassie, genauso deutlich. Sie und Loch fanden sich wieder außerhalb.

Die Vordertür des leeren Hauses fiel mit einem spröden Geräusch hinter Virgie Rainey zu. Ein Schleier von altem Rauch hob sich gemächlich über ihr, streifte und verbarg sie für einen Augenblick wie eine Gazewolke. Sie kam trotzdem einfach heraus in ihrem selbstgenähten Kleid aus aprikosenfarbenem Voile, ein Netz an einer Kette in der Hand. Sie rannte über die Treppe nach unten und lief mit klappernden Absätzen auf den Bürgersteig hinaus – Virgie klapperte immer mit den Absätzen, als wäre früher oder hinter ihr nichts passiert, als wäre sie frei, gleichgültig, was sie sonst war. Die Damen verstummten, hielten sich an ihren Gewinnen und zusammengefalteten Sonnenschirmen fest. Virgie sah ihnen entgegen, als sie in Richtung Stadt ging.

Es war natürlich Zeit für sie, zur Arbeit zu gehen. Wenn sie hinter der nächsten Ecke war, würde sie wohl eine Coca-Cola trinken und zum Abendbrot in Loomis' Drugstore eine Packung Kekse essen wie jeden Abend; dann im Bijou verschwinden.

Sie lief an Cassie und Loch vorbei, sah durch sie hindurch und ging weiter und überholte, notwendigerweise, den Sheriff, Fatty Bowles und die alte Frau.

»Du rennst in die falsche Richtung!« rief Miss Billy Texas Spights laut. »Lauf lieber deinem Matrosenjüngelchen nach!«

»Ist der nicht bei den Flewellyns auf dem Land draußen zu Besuch?« wandte sich Miss Perdita Mayo an alle. »Was ist überhaupt aus seiner Mutter geworden? Ich hatte ganz vergessen, daß es den gibt.«

Cassie, die Loch an den Armen dicht vor sich umklammert hielt, konnte nur denken: Wir waren selbst Spione. Und niemand sonst war von irgend etwas überrascht – nur wir beide. Die Leute nahmen so etwas zur Kenntnis, wie sie Mr. MacLains Kommen und Gehen zur Kenntnis nahmen. Sie verlangten nur, daß sie es einordnen konnten, die Zeit oder die Straße oder den Familiennamen der Mutter. Dann hatte es seinen Platz in Morgana, und schließlich war es dann dieses und jenes. Und wenn man die Katastrophe auch schon die ganze Zeit vorausgesagt hatte, so waren die Leute selbst dann, wenn sie vergessen hatten, daß sie zu erwarten war, selbst wenn sie ihnen vielleicht nicht gefehlt hätte, falls sie nicht eingetreten wäre, trotzdem nie überrascht, wenn sie da war.

»Für Miss Eckhart wird sie anhalten«, hauchte Cassie.

Virgie ging vorbei. Die Blicke der Lehrerin und ihrer ehemaligen Schülerin trafen sich, das wußte Cassie. Sie wußte nicht genau, ob Miss Eckharts Augen sich in Erinnerung einmal schlossen – sie hatte alles ohne Unterschied so weit offen angesehen. Das Treffen bestand einzig aus Virgie Raineys Vorübergehen, aus der schlichten Tatsache. Sie klapperte an Miss Eckhart vorbei, und sie klapperte mitten durch das Damenkränzchen, ohne jedes Wort und ohne einen Augenblick zu zögern.

Der alte Moody und Fatty Bowles, schmutzig, die Gesichter glänzend wie der Fisch, den sie nicht gefangen hatten, nutzten den Vorteil aus, daß Virgie einen Pfad durch die Damen gebahnt hatte, und führten Miss Eckhart, die keinen Widerstand leistete, weiter. Dann schloß sich die Reihe der Damen wieder, und Miss Billy Texas, plötzlich außer sich, schrie noch einmal: »Er hat den andern Weg genommen, Virgie!«

»Das reicht, Billy Texas«, sagte Miss Lizzie Stark. »Als wenn ihre Mutter nicht schon genug am Hals hätte, gerade eben den Sohn beerdigt.«

Man hörte in der Ferne, wie lärmend auf Blechpfannen geschlagen wurde, dann das Geschrei kleiner Kinder und ihrer schwarzen Kindermädchen: »Bekloptes Huhn! Bekloptes Huhn!«

Cassie drehte sich zu Loch um, zog ihn an sich und rüttelte an seinen Schultern. Er war naß wie ein Spültuch. Überall auf seiner Stirn hockten reihenweise diese großen pfeffer- und salzfarbenen Stechmücken. »Überhaupt, warum bist du nicht im Bett?« fragte sie sachlich, tadelnd. Loch warf ihr einen langen, befriedigten Blick zu. »Was hast du da unter deinem Schlafanzug, du Spinner?«

»Geht dich nichts an.«

»Gib her.«

»Das gehört mir.«

»Tut es nicht. Laß los.«

»Zwing mich doch.«

»Na schön. Ich weiß, was es ist.«

»Was denn? Weißt du nicht.«

»Du kannst das nicht behalten.«

»Geh weg.«

»Das erzähl ich Mama und Papa. – Du hast mich geschlagen! Du hast ein Mädchen geschlagen, dahin, wo sie empfindlich ist.«

»Komm, du weißt genau, daß du es nicht kriegen kannst.«

»Na gut – hast du Mr. MacLain gesehen? Der war verschwunden, seit du auf der Welt bist.«

»Klar«, sagte Loch. »Mr. MacLain hab ich gesehen.«

»Ach Loch, warum schlägst du nicht diese Mücken weg!« Sie weinte. »Mutter!« Sogar Loch floh plötzlich vor ihr.

»Na, hier bin ich doch«, sagte ihre Mutter.

»Oh!« Einen Augenblick später hob sie den Kopf, um zu sagen: »Und Mr. King MacLain war hier, und jetzt ist er weg.«

»Nun. Den hast du doch früher schon gesehen«, sagte ihre Mutter einen Augenblick später und machte sich los. »Das ist keine Entschuldigung dafür, daß du im Unterrock aus dem Haus gelaufen kommst und weinst.«

»Du hast gewußt, daß es so sein würde, du bist dabei gewesen!«

Auch jetzt erhielt sie keine Antwort, und Cassie trottete durch den Garten. Loch stand neben dem Sandhaufen. Er hatte die Mundwinkel mit zusammengepreßten Lippen nach unten gezogen, hielt seinen vorgewölbten Schlafanzug fest und betrachtete ihn. Sie führte ihn wieder unter den Baum und durch die Hintertür ins Haus.

»Was sind das bloß für Kinder, die sehn aus, als wenn die kein Zuhause hätten«, sagte Louella. »Wo kommt ihr her? So Waisenkinder sind nich von hier, so Kinder sind im Bezirkswaisenhaus. Marsch, zurück.«

Cassie schob Loch durch die Küche und zog ihn weiter, bis sie im hinteren Hausflur stockten. Es war ihr Vater, der nach Hause kam.

»Was ist denn hier los! Das Haus brennt, das MacLain-Haus! Ich sehe Rauch!«

Sie konnten ihn sehen, wie er auf dem vorderen Weg näherkam und mit dem aufgerollten *Herold* winkte, den er jeden Abend mit nach Hause brachte.

»Holifield! Holifield!«

Mr. Holifield war wohl ans Fenster gekommen, denn sie hörten: »Hab ich gehört, daß da jemand meinen Namen ruft?«, und sie seufzten ahnungsvoll.

»Es ist ausgegangen, Wilbur«, sagte ihre Mutter an der Tür.

»Das Haus da hat gebrannt, und es ist ausgegangen, Mann.« Ihr Vater sprach so laut, als wäre er bei einer Wahlveranstaltung auf dem Podium. »Das können Sie dann morgen im *Herold* nachlesen.«

»Komm ins Haus, Wilbur.«

Sie konnten sehen, wie ihre Finger kleine Muster auf das Fliegengitter an der Tür zeichneten, während sie da in ihrem Ausgehkleid stand. »Cassie meint, King MacLain wäre dagewesen und wieder weg. Das ist mindestens so interessant wie zwanzig Brände.«

Cassie erschauerte.

»Vielleicht bringt das Francine Murphy endlich dazu, etwas zu unternehmen. Das ist nun dein öffentlicher Wächter: Booney Holifield.«

Cassie war froh, daß ihr Vater nicht aufhörte. Wenn es etwas gab, worüber er sich aufregte, dann darüber, daß Leute innerlich nicht so waren, wie man das dem äußeren Anschein nach vermuten mußte. »Diesmal war MacLain am falschen Platz. Es hätte *unser* Haus treffen können: Booney Holifield!«

Ihre Mutter lachte. »Der alte Trottel«, sagte sie. Soweit es sie betraf, war der alte Mann nebenan gerade erst auf die Welt gekommen, hatte sich ein bißchen davon erlöst, ein Holifield zu sein.

Das sechs-Uhr-Sommer-Licht schien genau wie immer auf ihren Vater und ihre Mutter, die an der Tür zusammentrafen.

»Los.«

Cassie und Loch hörten, als sie über die Hintertreppe nach oben rannten, das Seufzen der Tür und das gewohnte, gedämpfte Lachen, das in diesem Augenblick zwischen den Eltern aufkam. Gleichgültig, was geschehen war, oder was beinah geschehen war, um sie herum, sie konnten ins Haus kommen und über das alte Ding lachen. Ihnen war ein Lachen gegeben, das auf einen kleinen, aber interessanten Gegenstand hindeutete, ein Ding, das selbst ihr vernünftiger Vater wahrnehmen konnte – etwas, das vielleicht ebenso greifbar, faßbar und bestimmbar war, so lächerlich und für Kinder verboten und so lebendig wie eine streunende Katze oder ein Kaninchen.

Die Kinder stiegen weiter die steile dunkle Hintertreppe hoch, so dicht hintereinander, daß sie sich knufften und stubsten, sowohl zur Vergeltung wie als Liebkosung.

»Mach, daß du ins Bett kommst, als wenn du nie draußen gewesen wärst«, riet Cassie. »Und zupf dir die Kletten ab.«

»Ich glaub aber, Mutter hat mich gesehen«, sagte er im Laufen über die Schulter.

Cassie antwortete nicht.

Sie erschauerte und ging in ihr Zimmer. Da war der Schal. Er war ein alter Freund, vielleicht auch Feind. Sie führte ihn an ihr Gesicht, berührte ihn mit den Lippen, atmete seinen rauchigen Farbgeruch ein und fuhr mit ihm über die Wangen nach oben und über die Augen. Sie preßte ihn gegen ihre Stirn. Sie hätte ihn verlieren können, hätte mit ihm nach draußen rennen können… denn sie hatte Visionen: daß die arme Miss Eckhart ihn über ihrem Kopf davontrug; daß Virgie damit winkte, schamlos durch die Luft der Straße; daß die naseweise Jinny Love Stark fragte: »Konntest du ihn denn nicht behalten?«

»Hör zu, und ich erzähl dir, was Miss Nell bei der Party aufgetischt hat«, sagte Lochs Mutter sanft, mit einem kleinen Zögern in der Stimme. Sie war nur ein Schimmer am Fuß seines Bettes.

»Gnä' Frau.«

»Eine ausgehöhlte Orange, mit Orangensaft gefüllt und dann wieder zugedeckt und mit Blättern aus Zuckerguß verziert und mit einem Strohhalm darin. Eine Ananasscheibe mit einem Häufchen kandierter Süßkartoffeln obendrauf und einem kleinen Griff aus Teig. Eine Tasse aus Toastbrot, gefüllt mit Huhn in Sahnesauce, ziemlich warm. Ein süßes Pfirsichpickle mit Blütenblättern aus verschiedenfarbiger Käsecreme drumherum. Ein Schwan aus Windbeutelteig. Mit Federn aus Sahne, einem Hals aus Teig, grünen Augen aus Zuckerguß. Gebäck in Murmelgröße mit einer kleinen Dattel als Füllung.« Sie seufzte unvermittelt.

»Hast du Hunger gehabt, Mama?« sagte er.

Er war es eigentlich gar nicht, zu dem seine Mutter sprach, aber er war es, der es ihr zärtlich gestattete, während sie beide in der Dunkelheit den Schwalben zuschauten und zuhörten. Es geschah immer um diese Stunde, daß sie mit dieser Stimme sprach – nicht zu ihm oder zu Cassie oder Louella oder zu seinem Vater oder zum Abend, sondern eher zur Wand. Sie beugte sich ernsthaft über ihn und küßte ihn heftig und segelte aus dem Zimmer.

Auf der Straße wurde gesungen. Er sah, wie Cassie, ein schwächerer, aber ähnlicher Schimmer, an seiner Tür vorbeilief. Der Heuwagen kam die Straße hoch, um sie abzuholen. Er hörte, wie die Mädchen und Jungen ihr zujubelten und wie sie genauso zurückgrüßte, so als wenn nichts passiert wäre vorher, hörte, wie sie sie hinaufzogen. Ran MacLain aus der Kreisstadt MacLain, oder war es sein Bruder Eugene, rief Mrs. Morrison scherzend zu: »Kommen Sie! Sie kommen mit!« Wollten sie sie wirklich mitnehmen? Er hörte den Wagen davonkreischen. Sie sangen und spielten auf ihren Ukulelen, irgendein Lied, das er nicht richtig erkennen konnte.

Kurze Zeit später stand Loch auf und starrte durch dieselben alten Blätter, die inzwischen wieder dunkel waren, und konnte das leerstehende Haus erkennen, das aussah wie immer. Erneut leuchtete eine Wolke auf, weit unten am tiefen Himmel, ein einzelne lange Schwinge. Das Geheimnis, das er gefühlt hatte wie einen goldenen und ziellosen Vogel, hatte bis jetzt mit dem Heranfliegen gewartet. Bis zu diesem Augenblick, als alles andere davongejagt war. Sein Körper schüttelte sich. Das Fieber würde jetzt wohl aufhören und das Frösteln anfangen.

Aber Louella brachte ihm sein Abendessen und blieb still sitzen, um zu warten, bis er es aufgegessen hatte. Sie hatte ihm eine Hühnerbrühe zubereitet, die im Abendlicht glitzerte wie Diamanten, und dann gab es immer Dickmilch, die er haßte, die unter seiner Zunge zu Wasser würde.

»Louella, heute abend will ich keine Dickmilch. Louella, hör mal. Hörst du was ticken?«

»Ganz klar.«

Sie nahm sein Tablett und setzte sich wieder hin, und er lag auf dem Rücken und blickte nach oben. Der Viertelmond leuchtete hoch am Himmel. »Schätze, heute nacht wird es wohl in die Luft gehen. Du kannst es angucken. Guck, da auf dem Waschbecken.« Ganz von allein, aus eigener Kraft, könnte es seine kleine Tür auffliegen lassen und hochgehen. Er meinte, er würde es jetzt hören. Oder war das die Uhr seines Vaters im Nachbarzimmer, die schon auf der Frisierkommode lag für die Nacht?

»Klar, Loch, wenn du willst«, sagte sie bereitwillig und blieb im Dunkeln sitzen. Sie fügte hinzu: »In die Luft gehn? Bloß nich, ich dreh dir'n Hals um. Tu ich bestimmt, wenn du nochmal abhaust da übern Baum und mit was angeschleppt kommst. Auf'n großen Ochsenfrosch im Sumpf, da hör lieber drauf, der kann auch hochgehn.«

Er lauschte, während er ausgestreckt dalag und in alle vier Himmelsrichtungen zeigte. Mit pochendem Herzen vor heimlicher Erwartung, die seine Lippen teilte, fiel er in den Raum und schwebte. Selbst im Schweben spürte er noch den Druck seines Stirnrunzelns und hörte seine brummende Stimme und das Knirschen seiner Zähne. Er träumte dicht unter der Oberfläche, und seine Träume waren von solcher Farbigkeit und Kraft erfüllt, wie sie die Tage in diesem Sommer nie besaßen.

Später lag Cassie in ihrem mondhellen Bett und dachte nach. Ihr Haar und die Innenseite ihrer Arme rochen immer noch nach Heu; ihr Mund schmeckte die süße Sommertrockenheit. In den Tiefen ihres Gemütes schaukelte der Wagen immer noch, schaukelte seine Last junger Mädchen, die schelmische Schüchternheit, das Singen, den Mond und die Sterne und das dahineilende Blätterdach, den überschwappenden Moon Lake und das Boot darauf, das lächelnde Dösen der Jungen, und wie sie niemandem gestattet hatte, auch nur ihre Hand zu berühren. Und sie dachte zurück an den Matrosen, wie er, nur halb angezogen, anfing, die Straße hinunterzurennen, und dabei so merkwürdig aussah wie ein Nix aus dem See, und dann wieder an Miss Eckhart und Virgie, die auf dem totenstillen Bürgersteig zusammentrafen. Worüber sie sich sicher war, das war die Entfernung, die die beiden zurückgelegt hatten, als wären sie die ganze Zeit über auf einer Reise gewesen (zu der der Matrose gerade aufbrach). Das hatte sie verändert. Sie waren mit Absicht gemein. Sie sahen sich an, und keiner von ihnen wollte reden. Sie waren nicht einmal voneinander entsetzt. Niemand konnte ihnen jetzt zu nahe kommen, beiden gleich wenig.

Danke schön... Das hatte sich immerhin herausgestellt. Dankbarkeit – wie Rettung – existierte einfach nicht mehr. Sie war nicht nur Vergangenheit; sie war abgenutzt und fortgeworfen. Erschreckenderweise waren beide, Miss Eckhart und Virgie Rainey, im großen und ganzen menschliche Wesen, die auf dem Antlitz der Erde umherirrten. Und davon gab es noch mehr – menschliche Wesen, die umherirrten wie verlorenes Vieh.

In ihren Kopf hinein floß das Gedicht in seiner Ganzheit, das sie in dem Buch damals entdeckt hatte. Es wanderte vollständig durch ihren Kopf, verschwand im Fortschreiten, und eine Zeile löste die andere ab wie bei einem Fackellauf. Alle Verse gingen durch ihren Kopf hindurch, durch ihren Körper. Sie schlief, saß aber einmal aufrecht im Bett und sagte laut: »*Weil mir im Kopf ein Feuer ging.*« Dann fiel sie widerstandslos zurück. Sie sah nicht, es sei denn im Traum, daß ein Gesicht hereinblickte; daß es das ernste, ungestillte und strahlende Gesicht war, neu und immerwährend, das Gesicht in den Versen.

HERR HASE

Er guckte erst auf der einen Seite hinter dem Baum vor und dann auf der andern. Und nicht ein Wort!

»Oh-oh. Ich kenn Sie, Mr. King MacLain!« rief Mattie Will, aber die Frechheit – die ihr immer noch sagenhaft vorkam, denn bis jetzt hatte sie ihn nie aus der Nähe gesehen oder wäre je auf die Idee gekommen, ihn anzusprechen – die ganze Frechheit wurde mit dem böigen Frühlingswind davongetragen. »Ich weiß, was Sie für einer sind.« Wenn es dazu käme, Angst hin, Angst her, wollte sie ihm beweisen, daß sie genau über King MacLain und seinen Lebenswandel Bescheid wußte. Und, Angst hin, Angst her, die Luft machte sie übermütig.

Falls es Mr. King war, guckte er, plötzlich, gleichzeitig auf beiden Seiten hinter dem Baum vor – zwei Augen hier und zwei Augen dort, zwei kleine Adamsäpfel und all die kleinen braunen Hände. Sie machte die Augen zu, dann den Mund. Sie stellte die Hacke vor ihren Zehen ab und wich nicht von der Stelle neben der Büchse mit den Ködern, zu alt – fünfzehn – um jetzt zu rufen, es würde was passieren, aber sie nahm zurück, was sie gesagt hatte.

Dann, als sie verstohlen wieder hinguckte, waren es zwei MacLains, die hinter dem Hickorybaum vorkamen. Mr. MacLains Zwillinge, seine Söhne natürlich. Wer hätte je gedacht, daß sie inzwischen erwachsen wären? – oder beinahe; denn sie hatten Angst. Sie mußten so alt sein wie sie selbst, dachte Mattie Will. Darauf ist man nicht gefaßt, daß Zwillinge genauso erwachsen werden müssen wie normale Leute, sondern man stellt sie sich immer irgendwie winzig und jung vor. Und da kamen sie jetzt – ihrem Vater Mr. King wie aus dem Gesicht geschnitten.

Mattie Will erwartete sie. Sie gähnte – seltsamerweise, denn sie fühlte sich in diesem Augenblick, als führe irgendwo ein kleines Boot auf einen See hinaus, um nie wieder zurückzukehren –, während sie zwei kleine Biester kommen sah, an die sie nicht im Traum gedacht hatte, statt des einen, der sie in Angst und Schrecken versetzt hätte für den Rest ihrer Tage.

Diese Zwillinge waren Jungen aus der Stadt. Im Sommer hatten sie samstags ihren eigenen Schießstand am Aufgang zum Postamt. Hier draußen auf dem Land trugen sie die Knieschnallen offen und kamen klimpernd daher. Ihre blonden Bubiköpfe stiegen und fielen im sanften flaumigen Licht unter dem dunklen Baum mit seinen Blüten, die noch so spärlich waren, daß man sie zählen konnte, so früh im Jahr war es noch. Sie trabten bergab und bergauf durch die kleine Schlucht wie zwei Zirkusponys, die zur Musik im Takt laufen können, bis zum Schluß Schulter an Schulter.

Sie bildeten einen bimmelnden Kreis um Mattie. Sie gaben ihr keine Gelegenheit, Theater zu machen, hoben nur die Hacke fort, die das Mädchen vorgestreckt hielt, und lehnten sie an die großen Weinstöcke. Sie lächelten sich nicht ein einziges Mal zu; statt dessen furchten kleine gleichartige Runzeln ihre Stirnen, die Mattie am liebsten mit der Fingerkuppe glattgedrückt hätte.

Einer der Zwillinge bekam ihr Schürzenband zu fassen, und der andere stellte ihr ein Bein, und da lag sie. Einer hielt ihr die Arme fest, und der andere stürzte sich auf ihre bloßen, nackten Füße. Sie hockten auf ihr und kauten dabei an den Lippen. Eine kleine Hand, die noch nach einem Leuchtkäfer roch (so früh im Jahr?), hielt ihr die Augen zu. Der starke, frische Duft des Ortes – den sie als erste entdeckt hatte – stieg auf, und sie rollten über den aufgegrabenen Boden, aus dem die dummen alten Würmer herausgekrochen kamen in ihrer Blindheit.

Für Augenblicke erfaßte die Sonne die Arme der Jungen mit einem kühnen Lichtpfeil oder ruhte auf ihrem feucht gewordenen, wirren Haar oder sprenkelte wie die abgerissenen Blütenblätter einer Sonnenblume ihre hübschen Kleider. Mattie spürte Köpfe, glatt wie bei Säuglingen, und das Schnuppern der kleinen, kühlen Nasen. Welche Nase gehörte wem? Sie hätte möglicherweise eher Zorn als Verwirrung verspürt, wenn ihr nicht das Los zugefallen wäre, Zwillinge auseinanderzuhalten. Und es schien ihr, als wäre es von jetzt ab günstiger, den Dingen ihren Lauf zu lassen, statt Ärger zu machen. Sie, die den alten Flewellyn mit einem Fußtritt aus dem Brombeerschlag befördert hatte, den freundlichen Alten! Sie hatte ihre Zähne an ein kleines spitzes Ohr gesetzt, das samtig war wie ein Pfirsich, und sie biß nicht zu. Dann rollte sie den Kopf herum und wagte sich an den anderen Zwilling, mit den Zähnen an seinem Ohr, denn sie waren bei dieser Sache alle zusammen, alle jetzt in gleicher Weise hier, wo es für Mattie still gewesen war wie ein Mondaufgang, und jetzt, während eine schwarze Krähe nach der anderen mit den schwarzen Schwingen schlug über einem umgegrabenen Feld, gar keine Weite dahinter.

Als sie sich aufsetzten in einen Kreis, die aufgeschürften Knie angewinkelt, im spielenden Licht, das herabkam wie ein Wasserfall, aßen Mattie und die MacLains Zuckerstangen – soviele Zuckerstangen, wie sie wollten, aus einer Papiertüte für drei. Die MacLain-Zwillinge hatten die Tüte mit hierher nach draußen gebracht und sie vorher an einem sicheren Platz versteckt, so weit entfernt vom Ort des Geschehens, bis zur Sumpfeiche – unnötig weit. Ihre Vorsorge lag wie eine Decke über allen dreien, während sie lutschten und ihre Zuckerstangen im Mund hielten wie alte Männer ihre Pfeifen. Eine Krähe schrie über ihren Köpfen, und sie sprangen alle auf die Füße, als hätte eine Uhr geschlagen.

»Los.«

Was spielte es für eine Rolle, welcher Zwilling dieses Wort sagte, das wie ein kurzes Bellen klang? Es war das Wort zum Aufbruch. Da war Matties Hacke, aufrecht gehalten von einem uralten Rebstock, im Fallen ein bißchen weitergerutscht, und da war ihr Eimer. Nachdem die beiden von ihr weggegangen waren – ein Stück weit auch rückwärts –, da schrie sie, während sie auf sie zusprang, um sie fortzuscheuchen, in den Schleier aus Blättern hinein: »Das hab ich nur gemacht, weil eure Mutter ein armer Albino ist!«

Sie dachte später, verheiratet, wenn sie Zeit fand, sich hinzusetzen – zum Buttern beispielsweise – »Wer macht sich schon Gedanken oder irgendwelche Sorgen, mit fünfzehn? Sie haben's eben getan. Ich hab's getan. Aber mich zu ärgern, das war gemein. Zu versuchen, mich schwindelig zu machen und im Kreis um mich herumzurennen oder mich im ersten Augenblick denken zu lassen, daß ich von ihrem Pa weggeschleppt werden sollte. Mich zu ärgern, weil ich meinen Mund aufreißen mußte über Mr. King MacLain, bevor ich wußte, was kam.«

Sich auf der nassen Frühlingserde herumzuwälzen mit den scheinheiligen MacLain-Zwillingen, das war was, wofür ihr Junior Holifield eine Tracht Prügel verpaßt hätte, weil die Geschichte bloß ausgedacht wär, angenommen, sie hätte, seit sie mit Junior verheiratet war, irgendwas erzählt. Oder er hätte gesagt, er würde ihr eine Tracht Prügel verpassen, falls sie das *noch mal* erzählen sollte.

Armer Junior!

II

»Oh! Einen guten Tag, mein Herr. Nicht schießen, hier ist King MacLain. Ich jage häufiger in dieser Gegend.«

Junior hatte gerade einen abgestorbenen, doppelköpfigen Kiefernzapfen runtergeholt, und Blackstone zielte auf den Telephondraht, als die helle Stimme mit den eiligen, ineinanderfließenden Wörtern aus dem Wald oberhalb der kleinen Schlucht drang.

»Dachte, ich seh mal nach, ob die Vögel hier in der Gegend immer noch so lieblich munden wie früher.« Und da war er – das heißt, er zeigte sich für einen Moment und verschwand dann hinter einem Amberbaum, an dem die Blätter sich bereits rot färbten.

Doch ob es nun Herbst wurde oder nicht, ihm ging es nicht um arme kleine Wachteln, als er da im gestärkten weißen Anzug um Baumstämme flitzte, auch wenn er zur Schau tatsächlich ein Gewehr trug, dachte Mattie Will. Sie prüfte den leeren Bogen zwischen zwei Bäumen mit weitsichtigem Blick. Wenn das Mr. King MacLain war, dann würde ihn bestimmt nie jemand erschießen. *Ihn* erschießen? Sollte er doch weiterlaufen da vorne, von einem Baum zum andern, in seinem besten Sonntagsanzug, ohne sie zu warnen oder sich so anzustellen wegen der Querschläger aus dem Unterholz. Es war Mr. King, na schön. In diesem Augenblick lachte und scherzte seine Stimme da oben hinter den Blättern.

Junior sah in die Höhe und sagte: »Also, wir sind hier draußen, weil wir alte Munition aufbrauchen wollen.« Er zog die Oberlippe hoch. Ihm stand der Sinn nach einem weiteren Tannenzapfen. Er knallte ihn herunter.

»Können Sie mich hören?« sagte die Stimme.

»Für mich hat er wirklich wie Mr. MacLain ausgesehen, Junior«, flüsterte Mattie Will und tat so, als wenn sie so langsam wäre wie Junior. Sie blinzelte in die kleinen Lichtpunkte, die durch den Rand ihres Hutes auf ihre Wangen fielen. Dann bahnte sie sich einen Weg um ihren Ehemann herum.

»Na prima. Und wir sind samstags immer draußen, weil wir alte Munition verschießen wollen«, teilte ihr Junior mit. »Und heute *ist* Samstag.« Er zog sie zurück.

»Habt ihr Jungs hier irgendwelche Vögel gesichtet?« fragte der weiße Schimmer höflich, und dann glitt er hinter einen andern Baum. »Oder wenigstens meinen Hund?« Und der unsichtbare Mund pfiff, von Osten ganz herum nach Westen, sie konnten sein reines Rund hören. Mr. King *pfiff* sogar manierlich. Und vertraut. Und welche zwei Männer auf der Welt pfeifen gleich? Mattie Will meinte, sie müßte ihn schon gehört und aus größerer Nähe gesehen haben, als sie gedacht hatte. Niemand konnte ihr *erzählt* haben, wie süß der alte Gauner pfiff, doch überrascht war sie nicht.

Wilbur, der Hund der Holifields, wedelte heftig mit dem Schwanz und machte einen einzigen Satz in Richtung Böschung. Natürlich hatte er die ganze Zeit über gebellt, und einige Hunde in der Stadt, die – das wußte sie so genau, als könnte man sie sehen – vor dem Laden des Friseurs lagen, hatten ihm herablassend geantwortet.

»'n Vogel gesehen? Bloß 'n Kuckuck«, sagte Junior jetzt, den Babymund nach unten gezogen, als wollte er weinen, was bedeuten sollte, daß er witzig war, und so hüpfte Blackstone ein Stück weiter hinten im Pflaumendickicht für Junior auf einem Bein, doch Junior sagte: »Sei still, Blackstone, bis jetzt hat dir noch keiner gesagt, daß du mit dem Krach anfangen sollst.«

»Nein, Mann. Komme nie durch diese Gegend, ohne mir ein paar fette, saftige Vögel zum Abendessen runterzuholen«, sagte die

Stimme. Sie war in diesem Augenblick weit entfernt; Mr. MacLain mußte sich umgedreht haben und von der Kuppe des Hügels über die Landschaft blicken. Man konnte von da aus Morgana sehen, und er hatte vielleicht sein eigenes Haus entdeckt.

»Holifield heiß ich. Und wir sind grade draußen und brauchen alte Munition auf, weil heute Samstag ist, ich und ein Nigger. Und so lange, wie Sie uns nicht näherkommen, werden wir Sie auch bestimmt nicht treffen«, sagte Junior.

Das hallte noch ein bißchen nach. Sie waren beide gerade zufällig hinter Amberbäumen, Mr. MacLain und Junior. *Junio*r war hinter einem Baum! Und sie befand sich zwischen ihnen. Mattie Will hielt die Hand über ihren lachenden Mund. Im Dickicht zerbrach Blackstone einen Stock und schleuderte die Stücke in die Luft. »Und uns soll das egal sein, was Sie auf Ihrer Seite im Wald treiben«, sagte Junior mit einem würdevollen Blick auf die fallenden Splitter.

»Ist mir recht, Mann!«

»Ehrlich gesagt –« Junior konnte nie aufhören! Genau wie beim Essen, bei Tisch, und dann tat's ihm leid. »Ich kann mir einfach nicht vorstellen, daß Sie hinter Vögeln her sind, wohl kaum, wenn Sie das sind, Mr. MacLain. *Wir* sind hier hinter allem her, was an Vögeln da ist, falls welche da sein sollten. Sie haben hier nichts zu suchen.«

»Nichts zu suchen«, sagte die Stimme sofort. »Na – erschießen Sie mich aber nicht dafür.«

»Oh-oh-oh, Mr. Junior! *Der* knallt *uns* ab! Ganz bestimmt. Der knallt uns gleich ab!« Voller Begeisterung darüber, daß er schon im voraus wußte, wie es ausgehen würde, flog Blackstone ins Freie und sang es wie ein Vogel und klatschte sich auf die Hosenbeine.

»Bist du wohl still, sonst knall ich dich ab, wenn der's nicht tut«, sagte Junior. »Komm, was ist mit deinem Gewehr passiert, wieder verloren?«

Mr. MacLain bewegte sich unberechenbar vorwärts und war manchmal so vollkommen verschwunden, selbst noch hinter einem dürren, kleinen, wilden Kirschbaum, als wäre er mit ihm verschmolzen.

Peng!

»Schon wieder ein Kardinal!« seufzte Mattie Will.

»Sind wir nicht zwei Männer auf Jagd und können uns gegenseitig aus dem Weg gehen und in Ruhe lassen?« fragte Mr. MacLain plötzlich laut über ihnen. Er war teilweise sichtbar und guckte am oberen Ende der Schlucht hervor, eine Hand auf dem Knie. »Sehen Sie – das hier war immer mein Lieblingswald. Warum versuchen Sie es nicht woanders?«

»*Hat man so was schon gehört?*«

Mr. MacLain lachte freundlich zu dem Vorwurf.

»Da ist noch was, was Sie nicht denken«, sagte Junior, ganz ein Holifield. »Hab ne junge Dame bei mir, die Sie erwischen können – weiß oder schwarz.«

Wilbur sauste plötzlich die Böschung hoch, geradewegs zu Mr. MacLain, bevor sie es richtig begriffen hatten, und wedelte freundlich um ihn herum, bevor sie ihn zurückholen konnten. Er hieß Wilbur nach Mr. Morrison, der Mattie Wills und Juniors Hochzeitsanzeige in der Zeitung abgedruckt hatte.

Mr. MacLain zog sich zurück, und Junior tätschelte Wilbur, mechanisch.

Mattie Will formte die Hände zum Trichter und rief leise: »Junior, sieht so aus, als wenn du den Mann tatsächlich verscheucht hättest. Wüßte nur gerne, wer das war.«

»Guter Gott. Kommen Sie ins Freie, junge Frau. Ich kann Sie hören, aber nicht sehen«, rief Mr. MacLain und wurde gleich darauf von der Taille aufwärts sichtbar.

So hatte der arme Junior eines richtig begriffen. Mr. MacLain hatte die ganze Zeit damit gerechnet – daß man junge, noch ungezähmte, frisch verheiratete Mädchen normalerweise im Gefolge ihrer Ehegatten antreffen kann, wenn die Ehegatten an einem Oktobertag, falls das Wetter gut genug ist, mit einer Zweiundzwanziger losziehen.

»Wollen Sie nicht rauskommen und mir etwas Merkwürdiges erklären, junge Frau?«

Aber es klang so, als wäre ihm da gerade erst etwas eingefallen und er hätte es nur merkwürdig genannt.

Mattie Will, die sich auf die Knie gehockt hatte, senkte den Kopf. Sie nahm einen Junikäfer von einem Blatt, einen verspäteten Junikäfer. Sie dachte bei sich, daß Mr. MacLain wohl nicht mehr der Jüngste wäre, und es hieß, er hätte sich tatsächlich nie dazu verpflichtet gefühlt, in Morgana zu wohnen wie andere Leute, und Mrs. MacLain nur hin und wieder für kurze Zeit besucht. Er durchstreifte das Land von einem Ende zum anderen, lebte im Norden und wer weiß wo, von seinem Vermögen; und konnte jederzeit auftauchen und dann, über Nacht, wieder verschwinden. Wer wäre heute auf die Idee gekommen, daß er so nah war?

»Lassen Sie sich doch sehen, junge Frau. Sind Sie auch eine Holifield? Wahrscheinlich nicht. Kommen Sie vor, damit ich Sie etwas fragen kann.« Doch er tänzelte weiter zum nächsten Baum, während er auf sie einredete, hell wie eine Laterne, die im Wind schaukelt.

»Zeig dich, und ich schlag dir prompt den Schädel ein, Mattie Will«, sagte Junior. »Du hast gehört, was er gesagt hat, wer er ist, und man hat dir doch wohl dein Leben lang erzählt, was für einer das ist, oder du wärst kein Mädchen.« Junior drückte seine Zweiundzwanziger an sich und legte sie an, und dabei schlug seine Stimme um in einen dünnen hohen Singsang. »Das ist einer, wenn der hinterm Baum steht und schießt, der erwischt alles, was er will, wie die MacLains das schon immer gemacht haben. Hat schon in seiner Jugend Leute abgeknallt, wenn die ohne seine Erlaubnis auf sein Grundstück gekommen sind, oder sein Vater hat das gemacht, wenn ihm das in den Kram gepaßt hat. Solange die MacLains hier in der Gegend wohnen, bringen sie Leute um. Und wieviele Kinder der hat, weiß keiner. Laßt den bloß nicht noch näher rankommen, ihr alle.«

Mattie Will ließ den Junikäfer an ihrem Arm auf und ab laufen und erinnerte sich an die Zeit, als sie noch klein war und ihre Eltern sich beide an einer Krankheit angesteckt hatten, die damals gerade grassierte, und es Mrs. MacLain aus Morgana war – die sie vorher nur vom Sehen gekannt hatte –, die herauskam auf die Farm und sie pflegte und für sie kochte, weil sonst niemand da war. Sie tischte ihnen geröstetes Weißbrot auf und keine Kekse, und sie hielt nichts von Melasse. Der ganze Dreck schreckte sie nicht ab. Sie ging zur Kirche, immer, eine reizende, presbyterianische Albino-Dame. Nichts war ihre Schuld. Mrs. MacLain kam alleine zum Gottesdienst, ohne Söhne oder Mann, in einem Spitzenkragen, der zusammengehalten war von einer Nadel mit einem Häufchen Perlen, wie ein kleiner, voll beladener Eiskremlöffel.

Wenn sie durch das Kirchenschiff ging, trug sie ihnen allen zuliebe den Kopf hoch, während Mr. MacLain vermutlich tausend Meilen entfernt war. Und wenn man in der Kirche mit ihr zusammen sang, hätte man ebensogut singen können:

»Tausend Meilen von hier fort,
Tausend Meilen von hier fort.«

Es machte den Gottesdienst noch gottgefälliger.

»Ich lauf eben diesen kleinen Hang hoch, damit ich sehen kann, was er vorhat, Junior«, sagte Mattie Will und stand auf.

Junior sah sie nur störrisch an.

Sie kniff ihn. »Hast du nicht gehört, daß er mich was gefragt hat? Sei nicht so ein Trottel: Ich werde ihm eine Antwort geben. Und wer hat denn nichts hier zu suchen, wenn nicht wir alle drei und ein Nigger? Die ganzen Wälder hier gehören doch, du weißt schon wem, der alten Lady Stark. Die würde uns wohl im Augenblick am liebsten alle zum Teufel jagen.« Sie zeigte nach oben, ohne hinzugucken, wo man die Aufschriften lesen konnte:

Bekanntmachung!

Schweine mit oder ohne Ring verboten.
Jagen verboten.
Sie sind gemeint.

STARK

Während er dort hinsah, und sogar Mr. MacLain dort hinsah, machte sich Mattie Will auf den Weg den Abhang hoch.

»Sehen Sie?« rief Junior wieder. »Da vorne kommt Mattie Will. Bloß gut, daß ich mein Gewehr auch mithab, Mr. MacLain. Sie sind so schlau. Wußte nicht mal, daß Sie so nah waren, daß man sie aufstöbern könnte, Mr. MacLain. Sind Sie wieder da, um hierzubleiben? Komm, Blackstone, wir beide, wir knallen den auf der Stelle ab, falls er sich rühren sollte und Mattie Will erwischen will, egal, was mit uns passiert oder wen wir da treffen, ob wir alle beide auf dem elektrischen Stuhl landen oder nicht.«

Mr. MacLain sah dann hinter einer Sumpfeiche hervor und feuerte eine Ladung Schrot nach unten ab, als würde er einen Knochen hinwerfen. Mattie Wills Zunge kam ebenfalls kurz hervor, um Junior deutlich zu machen, wie er sich in aller Öffentlichkeit aufführte.

Blackstone heulte aus dem Pflaumendickicht: »Nu kriegt er uns, und das alte Gewehr, das is wieder da, und die ganze Munition, die is weg, bloß für Schildkröten und so! Au Backe, au Backe.«

Mattie Will sah zu Mr. MacLain hoch, und er strahlte sie an. Er schickte noch eine Ladung los, diesmal über die Stelle hinweg, wo sie sich am Hang an Wurzeln festhielt, nach unten und knapp über Juniors Kopf.

Es spickte seinen Hut, den winzige Löcher über und über beschämten wie ein Erröten. Junior warf seine Flinte fort.

Groß und rot spreizte sich eine Hand auf seinem Hemd (er meinte immer, man hätte ihm ins Herz geschossen, wenn irgendein Gewehr losging außer seinem eigenen), Junior erhob sich in die Luft und stieß einen Schrei aus. Und dann – er wußte anscheinend genau, wie er herunterkommen wollte, wie Mister Holifield von einer Leiter; kein Mensch war festgefahrener in seinen Gewohnheiten als er, nicht einmal Mister Holifield – dann trat er mit den Füßen in die Luft und kam rücklings herunter. Da lag ein gefällter Baum, eine große, frisch geschlagene Magnolie, die irgendein Nichtsnutz aus Spaß umgehackt hatte. Junior entschloß sich, sich quer darüber niederzulassen statt auf grünem Moos – Kopf und Rumpf auf einer Seite des Baumes, Füße und Beine auf der anderen. Dann wurde er von der Mitte her schlaff, vor ihren Augen. Er war für die Welt gestorben; so empfindungslos, als wäre er auf der Kirchenbank eingeschlafen, allerdings in die entgegengesetzte Richtung gebeugt.

Mr. MacLain tauchte am oberen Ende der Schlucht auf mit einem gelblichen Panamahut auf dem Kopf und in einem weißen Leinenanzug, die Manschetten geriffelt wie zwei Waschbretter. Er sah aus wie die überirdische Erscheinung des Monats Juni. Er kam mit leichten Schritten und ließ das Gewehr sorglos durchs Ufergestrüpp schleifen, das es kurz festhielt und dann wieder freigab.

Er ging zuerst zu Junior hinunter, indem er die Böschung mit drei oder vier knietiefen Schritten nahm.

Er beugte sich vor und legte das Ohr an Junior. Er klopfte an ihm herum, wie man eine Melone prüft, und ließ ihn liegen – zu grün. Als wollte er ein Streichholz an seiner Seite anreiben, zog er einen Finger an Juniors braunem Hosenbein hinunter und trat dann zur Seite. Mr. MacLains Leinenschultern, weiß wie ein Gänserücken in der Sonne, zuckten und schimmerten in der Lichtung.

Von hinten gesehen war er nicht so sehr groß, nicht so auffällig und beeindruckend wie beispielsweise ein nagelneuer Prediger bei seinem ersten Auftritt. Er drehte sich um und warf seinen Hut fort und ließ eine Mähne von glattem, semmelblondem Haar sehen. Er lächelte. Sein runzliges Gesicht war das eines kleinen Jungen, mit viereckigen braunen Zähnen.

Mattie Will glitt die Böschung hinab. Mr. MacLain stand da und hielt den Kopf schief, während der Wind auffrischte und über den Kamm blies und dabei hoch oben die grünen und goldenen Blätter, von denen sie alle umgeben waren, umklappte und den Duft von brennendem Laub und Schießpulverdampf und dem Saft der Magnolie aufwirbelte, und dann ließ Mr. MacLain das Gewehr flach in die Weinstöcke fallen. Mattie Will sah, daß er jetzt kam.

»*Du* dreh dich um und fang an, Pflaumen zu pflücken!« rief sie und legte die Hände zusammen, und Blackstone drehte sich um, gerade noch rechtzeitig.

Als sie ihn dann von nahem sah, taumelte sie, er war so vornehm, und dann wurde sie bei den Haaren gepackt und so plötzlich zu Fall gebracht, als hätte man sie mit einem unsichtbaren Knüppel niedergestreckt. Kurz darauf schlug sie in trägem Erschrecken die Augen auf und sah jene Augen über den ihren, so leuchtend hell und unbewegt und ihrem Leben so fern wie Blüten in einem Baum.

Aber er fügte ihr mit der Kränkung durch seinen Körper auch noch die Kränkung durch seinen Verstand zu. Kein Vergnügen dabei! Sie mußte ihm das, wovon er überzeugt war, vorspielen, egal, was er tat – vielleicht, weil er so bedeutend war, war es ein Stachel für ihn. Als würde man sich einer fremden Sprechweise anpassen, konnte sie jetzt auf seine Last antworten, seine ganze heitere, lächelnde, überlegene, leidenschaftliche Existenz. Und ganz gleich, was mit ihr geschah, sie mußte sich daran erinnern, daß Mr. MacLain keine Enttäuschungen ertrug, oder er würde wieder fortgehen.

Nun preßte er sie gegen seine Schulter, und ihre Zunge schmeckte zum letztenmal süße Stärke. Ihre Arme fielen zurück ins Moosige, und sie war Mr. MacLains Schicksal oder Mr. MacLains Schwäche wie alle andern und weder Mrs. Junior Holifield noch Mattie Will Sojourner; nun war sie etwas, von dem sie immer gehört hatte. Sie rührte sich nicht.

Dann, als er sie fallen ließ und davonging, als er im Wald außer Hörweite war und die Vögel und die Geräusche des Waldes und das Holzhacken deutlich pulsierten, lag sie da, auf einen Ellenbogen gestützt, hellwach. Eine Taubenfeder kam wirbelnd herunter durch das goldene, rauchige Licht. Sie fing sie mit einem blitzschnellen Handgriff auf und rieb sich das Kinn; es freute sie immer, wenn sie etwas fangen konnte. Nichts fiel mehr.

Aber sie bewegte sich. Sie war die Regsame in der Familie. Sie sprang auf. Nebenbei hörte sie, wie Pflaumen in den Eimer fielen – Geräusche, die inzwischen nur noch Vorwurf bedeuteten. Sie warf Blackstone einen Blick zu. Er pflückte Pflaumen und spielte mit einer Eidechse, und seine Mütze, die er nicht wiedergeholt hatte nach dem ersten Segelspaß, hing immer noch in einem Baum. Der Holifield-Hund leckte an Blackstones Sitzfläche, und dann trabte er hinüber und leckte Junior an der Hand, die wie Stein war, und blickte zurück über die Schulter mit dem Ausdruck einer Operndiva, der niemand richtig zugehört hat. Er würde wohl noch jahrelang die kurze Strecke zwischen Junior und Blackstone hin- und herlaufen, doch sie konnte sich nicht an seinen Namen erinnern oder wollte es nicht, so wie Junior nicht aufwachen wollte.

Sie würde keinen von ihnen, weder den Mann noch den Hund, zur Besinnung rufen. Da war Junior, gestorben für die Welt, über einen Baum gehängt, der rundherum dick genug war für zwei von seiner

Sorte, auch wenn sie nur halb so eigensinnig waren. Er war in der Mitte gewölbt wie die Brücke über den Little Chunky. Jeder Trottel hätte seinen Fuß auf ihn setzen, über ihn hinweglaufen können. Sogar ein junges Maultier, wie das, was er sich kaufen wollte, könnte über ihn hinwegrennen. Seine alte braune Hose hing halb hochgeschoben um seine Beine, und dort, an seiner schmalen Mitte, glänzte mitleidig die Gürtelschnalle, an der ihn jeder erkennen würde, selbst in hundert Jahren noch. J für Junior. Gewissensbisse übermannten sie, und sie machte einen Schritt auf ihn zu. Es könnte ja sein, daß er mehr als nur beinahe zu Tode erschrocken war – aber nein, nicht mit diesem Gesicht, als würde er schlafen, immer noch mit diesem Ausdruck von »Was ist passiert?« oder den gesprenkelten Wimpern, still wie die Schwanzfedern ruhender Vögel, im Schatten seiner Brauen.

»Sollen ihn doch die Kirchenglocken wecken!« sagte Mattie Will zu Wilbur. »Ist morgen nicht Sonntag? Blackstone, du solltest hinter deiner Mütze herklettern.«

Im Wald hörte sie Geräusche, als würde der ausgetrocknete Bach wieder zu fließen beginnen oder ein fremder Mann rufen, das eine oder das andere, dachte sie, aber sie lief wieder hoch zu Mr. MacLain, der schlief – und schnarchte. Er schlief im Sitzen mit dem Rücken an einem Baum, den Kopf in seinen leuchtenden Panama gebettet, den schnaufenden Mund rund gezogen zu einem vollkommenen Herzen, geöffnet für die grüne Welt, die sich um ihn drehte.

Sie stampfte mit dem Fuß auf, nichts geschah, dann näherte sie sich leise, ließ sich auf Hände und Knie nieder und betrachtete ihn. Das Haar fiel ihr über die Augen, und sie blies ständig einen Scheitel hinein; ihr Kopf bewegte sich vor und zurück und schien »Nein« zu sagen. Natürlich stritt sie nichts auf dieser Welt ab, sondern hatte jetzt Zeit, sich alles anzusehen, was sie gern wollte, und es genau zu studieren.

Mit dem fast mütterlichen Wiegen des Kopfes und der Arme, die sie dabei unterstützten, starrte sie auf den tönenden, schlafenden Kopf und den Hals, der an eine kleine Verandasäule in der Stadt erinnerte, auf die eine Hand, die andere Hand, das angewinkelte Bein und das gestreckte, alle diese Teile, die jetzt nicht munterer aussahen als die ihres Mannes, oder nützlicher als ein Stapel Zuckerrohr, den man neben der Mühle aufgehäuft und zum Trocknen in der Grube gelassen hatte. Aber sie waren es und würden es sein. Er schnarchte, als ob sich alle Frösche des Frühlings in ihm befänden – doch für ihn war es ein altes Lied. Oder es waren kleine Bälle für ihn, kleine Blasen für die leichte Luft, die sich zwischen seinen beiden Händen hoben und senkten und niemals fallen durften.

Sein Mantel hing lose um ihn herum, und ein Brief rutschte plötzlich ein Stück aus seiner Tasche – weißer als weiß.

Mattie Will ließ sich nach vorne auf ihre Arme fallen. Ihr Hinterteil blieb oben im Himmel, der es mit kleinen Federn zu streicheln schien. Sie lag da und hörte zu, wie die Welt sich drehte.

Aber kurz darauf sprang Mr. MacLain, wie der Blitz hellwach, mit Schwung auf die Füße. Er sah entsetzt aus – weil ihn jemand im Schlaf gesehen hatte? und weil es Mattie Will war? Und er nicht wußte, daß es nichts gab, was sie ihm wegnehmen könnte oder wollte – ihm, Mr. King MacLain?

Zur Abendzeit,
Zur rechten Zeit,
So hab ich gehört,
Tanzt Herr Hase im Grase
Ganz ungestört.

Das war alles, was Mattie Will durch den Kopf ging.

»Was tust du hier, Mädchen?« Mr. MacLain fuchtelte mit den schneeweißen Armen. »Geh weiter! Geh weiter und verschwinde! Geh dahin, wo der Pfeffer wächst!«

Sie stand auf und nahm Reißaus.

Sie drängte sich durch ein Dickicht von Mehlbeerbüschen und zwischen den Kirschbäumen hindurch. Die Äste schaukelten baumhoch, als eine Horde Eichhörnchen vor ihr durch den Wald jagte – den Morganwald, wie man ihn früher genannt hatte. Fette Vögel ruhten sich auf wiegenden Zweigen aus. Eine kleine Wachtel rannte über den Waldboden. Durch einen Bogen, irgendeinen alten von Zedern gesäumten Pfad hier oben, konnte Mattie Will hinabsehen, weit bis in den großen Westen. Sie konnte alles erkennen, das Land, das sich hinter den kleinen Hügeln dehnte, und den Big Black, klar und deutlich bis zur Kreisstadt MacLain, beinahe, die Ebene und die Felder, die den Starks gehörten, und ihre Farm, über den Bäumen die Häuser von allen, das von MacLains – als weißen, schwebenden Gipfel – und sogar die Hütte von Blackstones Großmutter, wo früher einmal ein Mord passiert war. Und das strahlende Morgana, eine riesige Sonnenblume im Staub des Samstags.

Aber als sie hinunterlief durch den Wald und die Reben, hierher und daher, unterwegs, um Junior nach Hause zu holen, stahl sich die Sache mit den beiden linkischen Jungen, den MacLain-Zwillingen, in ihr Gedächtnis. Sie waren sanft gewesen und schreckhaft! Damals, mit ihren braunen, strahlenden Augen, die blinzelnd umhersahen, und ihren kleinen schmerzenden Adamsäpfeln – hatten sie an junge Hirsche erinnert, oder an noch fremdartigere Geschöpfe... Känguruhs... Zum erstenmal dachte Mattie Will, daß sie süß und rätselhaft gewesen waren – und nun wer weiß wo umhertollten.

MOON LAKE

Von Anfang an fühlten sie sich durch seine gequälte Anwesenheit beunruhigt. Sie war ihnen auf beängstigende Weise vertraut, wenn sie hörten, wie er seine Verachtung in sein Flügelhorn spuckte. Manchmal konnten sie kaum erkennen, was er spielte, seiner Meinung nach. Loch Morrison, Pfadfinder und Rettungsschwimmer, durchlebte das Martyrium eines einwöchigen Zeltlagers mit Mädchen.

Die Hälfte der Mädchen kam aus dem Bezirkskinderheim und war mit dabei auf Wunsch von Mr. Nesbitt und der Bibelklasse der Männer nach Billy Sundays Besuch in der Stadt; aber alle Mädchen, ob Mädchen aus dem Heim oder Mädchen aus Morgana, waren für Loch ein und dasselbe; vielleicht warf er sogar die beiden Leiterinnen in den gleichen Topf. Er haßte jeden einzelnen von den sieben Tagen. Er redete kaum; er redete nie zuerst. Manchmal schaukelte er in den Bäumen; besonders Nina Carmichael hörte ihn immer im Blattwerk krachen, wenn sie gerade reglos in der Mittagsruhe lag.

Bei ihrem Morgenbad im See oder beim Fünf-Uhr-Schwimmen am Nachmittag stand er mit übereinandergeschlagenen Armen da, einbeinig aufgebockt an einem Baum, und saß so vollkommen geduldig auf seiner Ferse wie ein Alter, der darauf wartet, daß der Laden aufmacht, und dabei von der Wand aufrecht gehalten wird. Während er darauf wartete, daß die Mädchen aus dem Wasser kamen, starrte er auf irgendeinen ungestörten Teil des Sees. Er verachtete ihre Nöte, vor allem ihre Unfähigkeit zu schwimmen. Manchmal legte er an und zielte von seiner rechten Wange aus mit einem eingebildeten Gewehr weit nach draußen, dorthin, wo sie nie hinkamen. Dann nahm er wieder seine alte Haltung ein. Er war von seiner Mutter dazu gedrängt worden.

In den Stunden, die zu heiß waren für die Mädchen, nutzte er den Moon Lake. Er sprang hoch oben von dem Querbalken ab, der in der großen Eiche festgenagelt war, wo die Veteranen immer sprangen. Er flog durch die Luft, schaukelnd und ruckend wie eine Maschine, platschte ins Wasser, kletterte heraus, spuckte, kletterte wieder nach oben, sprang hinunter. Er trug einen langen Badeanzug, der immer länger wurde von Montag auf Dienstag und von Dienstag auf Mittwoch und so weiter und an den Armlöchern in Richtung Unendlichkeit gähnte und der schwarz und förmlich aussah wie der Anzug eines Chorknaben, wenn er da knochig vor den Wolken stand wie auf einer Bühne.

Er kam und nahm sein Essen in Empfang und kehrte ihnen den Rücken und aß es ganz alleine wie ein Hund und lebte in einem Zelt für sich, abgesondert wie der Koch, und tauchte alleine, wenn der See frei von Mädchen war. So konnte er es offenbar aushalten; das war dann sein Leben. Am frühen Abend, beim Gutenachtsingen, hielt sich der Pfadfinder und Rettungsschwimmer weit abseits. Sie sangen dann »Wenn all die kleinen Schiffe heimgesegelt kommen«, und er strolchte davon; sie konnten ungefähr sagen, wo er sich befand. Er spielte den Zapfenstreich für sie, unsichtbar dabei und so wunderschön, daß sie weinten, ganze Zelte auf einmal an manchen Abenden. Hinten bei den Ziegenmelkern und den Waschbären und den Eulen und den kleinen Wachteln – dort unten, wo es abschüssig war, hatte er sein Zelt aufgeschlagen und schlief. Wie er dann beim Wecken ins Horn spucken würde!

Das Wecken war seine Angelegenheit. Er hielt eine Predigt an die Wälder, während die kleinen Elritzen zitterten und am Rand des Wassers hexenhaft hin und her flitzten. Und wie lieblich und verwandelt die Bäume dann waren, vom Tau beschwert, einer auf die Schultern des andern gelehnt und duftend wie große, nasse Blumen. Er blies sein Horn in ihre Anwesenheit hinein – die der Bäume und der Mädchen – und beaufsichtigte dann das Morgenbad. »Guten Morgen, Meister Plitsch, Plitsch, Platsch, hu, wie eiskalt ist dein Wasser!« sang Mrs. Gruenwald heiser. Sie führte sie morgens zum Baden, denn Miss Moody behauptete, sie brächte es nicht fertig, brächte es einfach nicht fertig.

Die Mädchen aus dem Heim hielten sich gewöhnlich hinten und blieben jeden zweiten Augenblick stehen, mit hohlem Rücken, zusammengepreßten Knien, die Schultern ihrer Waschkleider flachgebügelt und zu Hörnern zusammengeklebt, und starrten vor sich hin. Sie besaßen keine Badeanzüge und gingen in ihrer Unterwäsche schwimmen. Selbst im Wasser standen sie hohlrückig, jede eine Faust vor sich über einem Seil, und sahen über die glatte Oberfläche wie über den Gipfel eines hohen Berges, den keine von ihnen je überwinden könnte. Selbst um diese Tageszeit erwarteten sie offenbar kleine Aufgaben, etwas, mit dem sie mehr anfangen konnten – kleine Aufgaben, die nie verteilt wurden.

Mrs. Gruenwald stammte aus dem Norden und sagte »Pletsch«. »Guten Morgen, Meister Pletsch, Pletsch, Platsch, hu, wie eiskalt ist dein Wasser«, sang Mrs. Gruenwald, tollte fett dabei herum und führte sie alle in einer singenden, zerfasernden Kette zum See hinunter. Sie vollführte so etwas wie einen kleinen wiegenden Tanz bei ihrer Ermunterung, breit in ihrem Bademantel. Vom Schwanzende der Schlange sah sie aus wie eine breitbeinig wackelnde Keksdose.

Nina Carmichael dachte: Es gibt nichts und niemanden, der Meister Plitsch heißt, der Morgen ist nicht gut, bevor man Kaffee getrunken hat, und das Wasser ist warm wie ein Plätzchen, das noch abkühlen muß, Gottseidank. Ich hasse diesen kleinen Aufmarsch von uns Mädchen, dachte Nina, während sie grimmig in seiner Mitte trabte. Er macht den Wald kaputt, na schön. »He, wir finden dich richtig nett«, besangen sie Meister Plitsch, während der Pfadfinder, der am See wartete, ihnen zusah, wie sie ins Wasser gingen.

»Paßt auf die Mücken auf«, riefen sie sich gegenseitig zu, versponnen, denn die Warnung war ohnehin vergeblich, als sie aus ihren Kimonos stiegen und sie hinter sich auf das Ufer fallen ließen wie die Blütenblätter einer einzigen, verstreuten Blume und beim Entblößen an hundert Stellen gleichzeitig die kleinen Stiche spürten. Die Mädchen aus dem Heim zerrten sich die Kleider über den Kopf herunter und standen in ihrer Unterwäsche da. Eifrig hängten und stapelten sie die Kleider auf einen Zedernast wie ein ganzer Schwarm bösartiger kleiner Vögel mit bleichen Dutts beim Nestbau, wobei sie auf eine aus ihren eigenen Reihen hörten. Das Heimkind, das Easter hieß, hatte offenbar die Verantwortung. Sie übergab ihr Kleid mit der verkehrten

Seite nach außen einer Freundin, die es umdrehte und für sie aufhängte, und stand beim Warten sehr still, die kleinen Finger verschränkt.

»Die Heimkinder könnten doch zuerst ins Wasser gehen und die Schlangen aufscheuchen, Mrs. Gruenwald«, schlug Jinny Stark gleich vor, mit der munteren Stimme, die sie Erwachsenen gegenüber annahm. »Dann sind die vertrieben, wenn *wir* ins Wasser kommen.«

Daraufhin stoben die Heimkinder in ihren Leibchen auseinander, von Easter weg; die kleinen Flore von Kriebelmücken, durch die sie hindurchrannten, ließen sie mit den Händen in die Luft schlagen. Sie rannten alle wieder zurück, zu Easter hin, und standen aufgeregt um sie herum, fast hüpfend.

»Ich denke, wir gehen alle in einem großen Haufen ins Wasser«, sagte Mrs. Gruenwald. Jinny Love jammerte und schlug nach Mrs. Gruenwald, wobei Mrs. Gruenwalds fester, seilbehängter Bauch ihre Schläge beinahe zurückgab. »Alle nehmen sich an den Händen – marsch! Ins Wasser! Brecht euch *nicht* die Beine an den kleinen Pfählen und Zypressenwurzeln! *Tut* euer Bestes! Tretet! Bleibt oben, wenn ihr könnt, und haltet euch, wenn nötig, am Seil fest.«

Mrs. Gruenwald ließ Jinny Love unvermittelt stehen, trat aus dem Bademantel heraus und lief in den See mit einer riesigen Bugwelle. Sie ließ sie mit ihrem Yankee-Ratschlag am Ufer zurück.

Die Mädchen aus Morgana wären wohl nie ins Wasser gegangen, wenn die Mädchen aus dem Heim nicht bockig gewesen wären. Easter blieb am Moon Lake endgültig stehen und sah ihn an, als schwebte er tatsächlich auf dem Mond. Und hätte er nicht auf dem Mond sein können? – es war ein merkwürdiger Ort, dachte Nina, unwahrscheinlich – und drei Meilen von Morgana, Mississippi, entfernt, die ganze Zeit über. Die Morgana-Mädchen zogen die Heimkinder an den Händen und zerrten sie hinein, oder stießen plötzlich von hinten, und schließlich faßten die Heimkinder sich an, wateten als Gruppe vorwärts und sangen dabei mit ihren steifen, scheibchenförmigen Lippen »Guten Morgen«. Keine von ihnen konnte oder wollte schwimmen, niemals, und sie standen einfach bis zur Taille im Wasser und warteten darauf, daß das Baden vorbei war. Einige von ihnen streckten die Arme aus und fingen die strampelnden Morgana-Mädchen an den Beinen, als sie vorwärtsplantschten von einem borkigen Pfahl zum anderen, um herauszufinden, wie schwierig es wirklich war, oben zu bleiben.

»Mrs. Gruenwald, sehen Sie nur, die wollen uns ertränken.«

Aber Mrs. Gruenwald hob und senkte sich die ganze Zeit über wie ein Wal, sie befand sich in einem Meer aus eigenen Wellen und vielleicht auch selbsterzeugter Kälte, draußen in der Mitte des Sees. Sie kümmerte sich wenig darum, daß Morgana-Mädchen, die schwimmen lernten, von zu Hause einen Dollar bekamen. Sie hatte sie verlassen, nein, sie war nie richtig bei ihnen gewesen. Sie hatte nicht nur die Heimkinder verlassen. Beim Schwimmen blieb sie so an der Wasseroberfläche, daß ihr einziger vorstehender Augapfel aussah wie eine kleine Flasche mit etwas darin. Es hieß, sie würde an die Evolution glauben.

Während der Pfadfinder im rosigen Licht unter den grünen Bäumen sein Horn herumwirbeln ließ, so daß es glitzerte und in der Sonne zersplitterte, und dann den Speichel daraus entleerte, gähnte er, schnappend – als wollte er den Tag beißen, so schnell, wie Easter am Eröffnungstag Deacon Nesbitt in die Hand gebissen hatte.

»Oh, wir finden dich wirklich nett«, besangen sie Meister Plitsch, keuchend, und stampften mit den Füßen in ihm herum. Wenn sie ihre Füße sinken ließen, fühlte sich der unsichtbare Grund des Sees an wie sanftes, knietiefes Fell. Die scharfen, harten Knoten tauchten da auf, wo man sie am wenigsten erwartete. Die Mädchen aus Morgana trugen natürlich Badeschuhe, und die saugte der Schlamm gerne weg. Alligatoren hatte man aus diesem See vertrieben, aber es hieß, daß hier und da Wasserschlangen – Mokassins – herumschwammen; die würden einen beißen, aber nicht töten; und eine von den Wassermokassins entwischte den Negern immer – falls die Neger noch hinter ihr her waren; die würde einen töten. So sahen die Möglichkeiten aus, nach unten gesaugt zu werden, gebissen zu werden und zu sterben, drei Meilen von zu Hause entfernt.

Vom braunen Wasser an der Brust abgeschnitten, guckte Easter gerade vor sich hin, hellwach, ohne zu lächeln. Bevor sie einen Blick wie dem standhalten könnte, hätte sie Großes zu schlucken – das spürte Nina. Es wäre etwas so Großes, daß es keine Rolle mehr spielte, wie die Innenseite eines Schlangenmaules gezeichnet war. Am anderen Ende ihres Blickes wurde der Lebensretter fast unbedeutend. Ihr Blick bewegte sich wie ein kleiner Schalter oder Zeiger, und der Lebensretter kratzte sich mit seinem Flügelhorn, harkte sich, als ob ihn das erleichtern würde. Doch das Schnalzen einer Schmeißfliege ließ Easter springen.

Sie schwammen und hielten sich an der Leine fest, hungrig und ungeduldig. Aber sie mußten noch warten, bis Loch Morrison in sein Horn blies, bevor sie aus dem Moon Lake herauskommen durften. Mrs. Gruenwald, die vor dem Frühstück Luftsprünge machte, an die Evolution glaubte und mit dem Gesicht unter Wasser ging, war eine Viertelmeile weit draußen. Falls sie etwas sagte, konnten sie sie nicht hören wegen der Frösche.

II

Nina und Jinny Love, deren Fußsohlen erschreckt waren von dem Spaziergang, entdeckten Easter vor sich unten an der Quelle.

Von Anfang an nämlich hatten die Heimkinder den Weg zur Quelle selbständig aufgespürt, und sie konnten hinkommen ohne die Pausen, um die Füße hochzuhalten und Stacheln zu entfernen oder etwas Klebriges, und über den sandigen Boden rennen und dabei nie nach unten gucken, wo sie hintraten, und mit ihren Zehen Halt finden auf dem scharfen, gefurchten Pfad, auf und ab über den Pinienkamm. Sie konnten offensichtlich nie genug davon bekommen, über die schlüpfrigen Nadeln zu gleiten und ihre Fußabdrücke ins Bachbett zu setzen, um zu sehen, wie sie sich vor ihren Augen auflösten. Was bedeutete es schon für sie, daß die Quelle dann verschlammt war, wenn Jinny Love Stark bei ihr ankam?

Die eine, die Easter hieß, konnte sich flach hinfallen lassen wie ein Junge, die Ellenbogen hochgestellt, und mit dem Gesicht in der Quelle aus dem Becher ihrer Hand trinken. Jinny Love hetzte Nina auf, und während sie auf Easters Schlüpfer guckten, öffnete Nina den Trinkbecher, den sie mitgebracht hatte, und schob ihn wieder zusammen, wobei sie sich vorkam wie eine Dame mit einem Fächer. Dabei ging ihr ein Gedanke durch den Kopf, eine Tatsache: Die Hälfte der Leute hier mit mir draußen sind Heimkinder, Heimkinder, Heimkinder. Sie sehnte sich danach, daß es ihr das Herz umdrehen sollte. Aber das tat es nicht, nicht rechtzeitig. Easter war mit dem Trinken fertig – wischte sich den Mund ab und schlenkerte ihre Hand, als wollte sie sich die Knochen brechen, um die Tropfen loszuwerden, und Nina war mit ihrem Trinkbecher an der Reihe.

Nina blieb stehen und beugte sich von der Taille aus vor. Ruhig hielt sie ihren Becher in die Quelle und beobachtete, wie er sich füllte. Sie konnten alle sehen, daß er im gekräuselten Wasser funkelte wie ein kalter Stern. Das Wasser schmeckte nach der silbernen Kühle des Randes, über den es lief, als es ihr auf die Lippen rann, und manchmal rief der Becher an ihren Zähnen einen plötzlichen Schmerz hervor. Nina hörte die eigene Kehle schlucken. Sie hielt inne und warf ein Lächeln um sich. Als sie getrunken hatte, wischte sie den Becher mit ihrer Krawatte ab und schob ihn zusammen und tat den kleinen Deckel darauf und seine Ringe über ihren Finger. Daraufhin stürmte Easter, einen Arm wie zum Angriff erhoben, auf die grüne Uferböschung zu und kletterte hinauf. Nina fühlte, daß sie die Quelle und alles von oben überwachte. Unten trank Jinny Love gerade wie ein Huhn, küßte das Wasser nur.

Easter war unter den Heimkindern bestimmend. Nicht, daß sie so schlimm gewesen wäre. Die eine, die Geneva hieß, stahl beispielsweise, aber Easter war bestimmend durch das, was sie in sich selbst war – durch die Art, wie sie manchmal stillhielt. Alle Heimkinder waren gleichzeitig gespannt und stoisch – für einen Augenblick waren sie von allem viel zu begeistert, im nächsten kapselten sie sich davon ab, fest wie harte grüne Knospen, die in die falsche Richtung wachsen, sich einfalten im Schwinden. Aber es war, als ob Easter ihnen das Zeichen gäbe. Jetzt stand sie einfach da oben, beobachtete die Quelle, mit dem Namen Easter – ein ordinärer Name, wie Jinny Love Stark gleich gesagt hatte. Sie war mittelgroß, aber ihr Haar sah aus, als würde es an den Schläfen in die Höhe fliegen, kurzgeschoren und drahtig wie es war, und durch diesen Helmbusch wirkte sie fast so groß wie Jinny Love Stark. Die übrigen Heimkinder hatten Haare, die bleicher waren als ihre gebräunten Stirnen – glatt und wie aus Werg, von einem grünlichen Gelb wie der Fadenschopf an Maiskolben, das sich an den Wurzeln und Schatten schwarz trübte, mit Ponyfransen, die versengt wirkten, wie das Haar kleiner Jungen oder alter Männer; das kam vom Pflücken auf den Feldern. Easters Haar war von einem trotzigen Gold. Unterm Haar her lief ein dunkles Band auf ihrer Haut um den Nacken herum wie die Marke, die ein Goldarmband auf dem Arm zurückläßt. Den Mädchen aus Morgana wurde es mit einem Gefühl des Triumphes klar: Der Ring bestand aus purem Schmutz. Sie liebten es, ihn anzusehen, oder sich, zu spät, daran zu erinnern, was es war – wie jetzt, nachdem Easter sich schon zum Trinken hingelegt und die Quelle verlassen hatte. Sie gingen gerne hinter ihr her und betrachteten ihren Rücken, der ihnen sensationell vorkam, vom buschigen, goldenen Kopf bis zu den harten, zähen Fersen. Mr. Nesbitt aus der Bibelklasse hatte Easter am Handgelenk gepackt und sie zu sich herumgedreht und genauso starr auf ihre Vorderseite geguckt. Sie fing an, Brüste zu bekommen. Und Easter, die hatte ihn in seine rechte Hand gebissen, seine Kollektenhand. Es war wundervoll, jemanden bei sich zu haben, der gefährlich war, aber nicht, bisher, oder nachweisbar, schlecht. Als man Nina den kleinen, aus Blei gegossenen Schirm, so groß wie ein Kleeblatt, ihren Preis für besondere Beliebtheit, in der ersten Nacht im Zeltlager gestohlen hatte, war das Geneva gewesen, Easters Freundin.

Nachdem sich Jinny Love das Gesicht mit einem handgenähten Taschentuch abgewischt hatte, zog sie ein Kartenspiel hervor, das sie heimlich in der Tasche ihrer Matrosenbluse mitgebracht hatte. »Kommt, wir spielen Kasino. *Easter* heißt du?«

In die Tiefe sprang Easter, von der Höhe des Böschung. Sie kam zu ihnen zurück. »Kasino, was ist das?«

»Na gut, was willst *du* denn spielen?«

»Na gut, ich spiel Messerwerfen gegen euch.«

»Ich weiß nicht, wie man das spielt!« rief Nina.

»Wer will das schon wissen?« fragte Jinny Love und schloß damit den Kreis.

Easter schnellte ein großes Taschenmesser hervor und schnippte mit ihrem abgesägten Fingernagel drei Klingen heraus.

»Trägst du das im Kinderheim mit dir herum?« fragte Jinny Love mit einigem Respekt.

Easter ließ sich auf die narbigen und korallenfarbenen Knie fallen. Sie sahen den Schmutz. »Kommt runter, wenn ihr Messerwerfen gegen mich spielen wollt«, war alles, was sie sagte, »und paßt auf eure Hände und Gesichter auf.«

Sie kauerten sich hin auf den Sand voller Kiefernnadeln. Die lebhaften, eiligen Ameisen waren überall. Wenn man die Augen zusammenkniff, sahen sie aus wie ärgerliche, orangefarbene Ponies mit den Piniennadeln auf dem Rücken. Da war Geneva, die hinter einem Baum herumstrich, aber sie kam nie näher und versuchte auch nicht mitzuspielen. Sie tat so, als würde sie Ameisenlarven suchen. Das Messer sprang und zitterte in der sandigen Arena, die Easters Hand geglättet hatte.

»Ich weiß zwar nicht, wie man das spielt, aber ich wette, ich gewinne«, sagte Jinny Love.

Easters Augen, die nach oben sahen, waren weder braun noch grün, noch katzenhaft; sie hatten etwas Metallisches, wie flaches, antikes Metall, so daß man nicht hineinsehen konnte. Ninas Großvater hatte eine Schachtel mit Münzen aus Griechenland und Rom besessen. Easters Augen an dem Tag hätten aus Griechenland oder Rom stammen können. Jinny Love achtete nicht weiter darauf und war nur darauf bedacht, sich vorzusehen, wenn Easter das Messer schleuderte. Die Farbe in Easters Augen hätte irgendwo gefunden sein können – weit weg – weit weg unter gefallenem Laub – fremdartig wie die Lackfarbe auf den Ameisen. Statt runder schwarzer Löcher in der Mitte ihrer Augen hätten da auch Frauenköpfe sein können, antike.

Easter, die so oft gespielt hatte, gewann. Sie nickte und nahm Jinny Loves Barett an und eine blaue Eichelhäherfeder von Nina, die sie an ihr eigenes Ohr übertrug.

»Es würde mich nicht wundern, wenn du geschummelt hättest, und ich weiß nicht, was du überhaupt zum Verlieren hast, wenn du mal verlierst«, meinte Jinny Love nachdenklich, allerdings mit einer Bewunderung, die bei ihr beinahe fantastisch war.

Daß ihr Sieg kommentiert wurde, erschütterte Easter ganz und gar nicht, oder sie hörte kaum hin. Bei dieser Gleichgültigkeit ließ Nina sich zurückfallen und lauschte auf die Quelle, die mit einem endlosen Geräusch dahinfloß, und schaute in das Julilicht, das immer wieder unter den Bäumen zuckte wie violette und gelbe Vögel, wenn der Wind blies. Easter wandte ihren Kopf, und die neue Feder auf ihrem Kopf schillerte. Ein schwarzer Trichter aus Bienen kam durch die Luft vorbei und warf einen trichterförmigen Schatten, als wäre es ein Besucher von nirgendwo, von einem anderen Stern.

»Wir müssen nochmal spielen, damit wir wissen, wem der Trinkbecher gehören soll«, sagte Easter und schaukelte auf den Knien.

Nina sprang auf die Füße und schlug ein Rad. Gegen das trudelnde Grün und Blau hämmerte ihr Herz so schwer, wie sie leicht aufkam.

»Du bist ein Spielverderber«, teilte Jinny Love Easter mit. »Du kennst Nina nicht.« Sie sammelte ihre Karten ein. »Man könnte meinen, er wär aus vierzehnkarätigem Gold und käm nicht aus dem Fach eines alten Koffers, der Becher da.«

»Tut mir leid«, sagte Nina ernsthaft.

Als die drei sich um den See schlängelten, gab ein Vogel, der über das gegenüberliegende Ufer flog, immer wieder einen Schrei von sich und tauchte dann tief hinab, stürzte sich in die Bäume dort und schnellte hoch, um erneut zu schreien.

»Hört ihr den?« fragte jemand von den Negern, die am Ufer angelten; es war Elbertas Schwester Twosie, die sprach, als hätte eine lange, lange Unterhaltung stattgefunden, in die sie sich nur mit den sanftesten Wörtern einmischen wollte. »Wißt ihr v'leicht, warum? Warum der da, am Himmel, sagt ›Geist? Geist?‹. Und dann, bumm, dann taucht der und sagt ›Gespenst‹?«

»Warum macht er das?« meinte Jinny Love in streitsüchtigem Ton.

»Ihr wißt das. *Ich* nicht«, sagte Twosie, mit ihrer kleinen, hohen, hilflosen Stimme, und sie schloß die Augen. Es sah so aus, als könnten sie nicht weiter, an ihr vorbei. An schönen Tagen besteht die Gefahr irgendeiner traurigen Begegnung, die große Gefahr.

»*Ich* weiß nicht, wieso der das sagt.« Twosie sprach kläglich, als hätte man sie beschuldigt. Sie seufzte. »Bloß Augen auf, ihr. Wißt nicht, was hier draußen ist, mit euch im Wald.«

»Na, was denn?«

»Lauft genau an so Kerlen vorbei mit langen großen Flinten, fallen dann über euch her. Riecht man nicht vorher.«

»Du meinst Mr. Holifield? Das ist ein Blitzlicht, das der hat.«

Nina bat Jinny Love mit einem Blick um Bestätigung. Mr. Holifield war ihr Mädchen für alles, oder ganz einfach »der Mann, damit man sicher war und den man beim Zeltlager haben mußte«.

Man konnte ihn holen, indem man lange Zeit auf die Veranda am Boothaus vom Veteranen-Club klopfte – er schlief ganz fest. »Der hat kein Gewehr, mit dem er sich auf uns stürzen kann.«

»Ich weiß, wen du meinst. Ich kann dahinten die Jungen hören. Bloß ein paar große Jungen, wie die MacLain-Zwillinge oder so, und wen kümmern die schon?« Jinny Love hatte bei ihrem Themenwechsel die dicke Haarmatte auf Twosies Kopf im Sinn und stubste und strubbelte sie sanft. Sie tat so, als würde sie auf Twosies wolligem Kopf angeln. »Warum hast *du* denn keine Angst?«

»Hab ich doch.«

Twosies Augenlider flatterten. Schon sah es so aus, als würde sie nachts im Schlaf fischen. Während die Mädchen ihre zusammengekauerte, ergebene Gestalt anstarrten, von der die lange Rute hing, flogen alle ihre Leidenschaften heim und hockten sich aufgeplustert und sanft wieder auf ihre Sitzstange.

Als sie zurück im Zeltlager waren, erzählte Jinny Love Miss Moody von dem riesigen Taschenmesser. Easter gab es ab.

»Ich hab nicht gemeint, daß du nicht aus meinem Becher *trinken* darfst«, sagte Nina, die auf sie wartete. »Du mußt ihn nur vorsichtig halten, er ist undicht. Er ist graviert.«

Easter wollte es nicht einmal probieren, obwohl Nina ihn an seinem Ring genau vor ihren Augen baumeln ließ. Sie sagte gar nichts, nicht einmal: »Hübsch ist der.« Dachte sie überhaupt daran? Oder, wenn nicht, woran dachte sie?

»Die Heimkinder benehmen sich manchmal, als wären sie taubstumm«, sagte Jinny Love.

III

»Nina!« flüsterte Jinny Love quer durchs Zelt, während der Mittagsruhe. »Was glaubst du, was du da liest?«

Nina klappte *Brian Kent* zu. Jinny Love kam auf Knien quer über die Feldbetten, die sich fast berührten, zu Ninas und steuerte über Gertrude, Etoile und jetzt gerade über Geneva direkt auf sie zu.

Als Jinny Love sich über ihr befand, seufzte Geneva. Ihr Gesicht sah beim Schlafen so aus, als wenn sie es widerwillig täte. Sie schlief, wie sie schwimmen ging, in ihrem Leibchen, in Laufhaltung, und ihre Rippen hoben und senkten sich rasend schnell – eine kleine Kiste, die sich in ihrer Brust ausdehnte und zuging ohne eine einzige Sekunde Pause dazwischen. Ihre Wange schimmerte perlig von der Feuchtigkeit des Nachmittags und ihre Kätzchenzähne noch perliger. Als Jinny Love sie verdeckte und über sie hinwegging, kam es Nina so vor, als sähe sie sie immer noch; selbst die Impfnarbe wirkte zu groß an ihr.

Niemand wachte beim Überquertwerden auf, doch als Jinny Love zu Nina ins Bett gefallen war, gab Easter einen verspäteten, träumerischen Laut von sich. Sie befand sich nicht einmal in der Marschrichtung; sie schlief auf dem Feldbett an der Tür, gekrümmt wie eine Muschel, beide Arme nach vorne über dem Kopf. Es war ein innerer Laut, den sie von sich gab – da war er wieder –, von solch rückhaltlosem und schicksalsschwerem Einverständnis mit dem Geträumten, daß Nina und Jinny Love sich bei den Händen faßten und sich mit einer ironischen Grimasse ansahen.

Hinter Easters Feldbett loderte die Corona des Nachmittags und stieg auf mit einer Heftigkeit, die durch die Augenlider drang. Dort draußen war nichts als Licht. Richtig, die schwarzen Neger lebten darin. Elberta bewegte sich langsam hindurch, als würde sie ein Baby auf den Hüften wiegen, einen Eimer mit Resten in der Hand, die sie in den See schütten wollte – und später gab es dann Gloria Viktoria dafür. Auf ihrem Strohhut kreiselten Spiralen aus Orange und Violett. Weit – weit hinten in einer Ferne von unerträglicher Helligkeit, als winziger Tupfen aus schwarzer Baumwolle, hatte Twosie ihren Platz eingenommen am Rand der Dinge und schlief und angelte.

Schließlich wanderte Exum da herum mit seiner Angelrute – der konnte mit allem was anfangen, sagte Elberta, er hatte früher für einen Blinden gearbeitet. Exum war gewitzt für einen Zwölfjährigen; zu gewitzt. Er hatte den Hut gefunden, den er da aufhatte – keine Spur vom Besitzer. Der Hut sah aus wie neu, das Band war innen mit ein paar Erdnußschalen ausgefüllt, um die Paßform zu verbessern, und Exum selbst wie eine kleine schwarze Erdnuß darin. Der Hut stand rundherum von seinem Kopf hoch und weg und sah so aus, als würde er ihm nur folgen – auf Gleitrollen vielleicht, wie diese Wechselgeldbehälter in Spights' Warenhaus.

Easters Seufzer und ihre gedehnten oder nur halbgeäußerten Wörter füllten jetzt das Zelt, so wie die Hitze es füllte. Ihre Wörter fielen in Dreiergruppen, bemerkte Nina, wie der Ruf der Trauertaube im Wald.

Nina und Jinny Love blieben die Stunde der Mittagsruhe über wortlos liegen in einem standhaften Dämmerzustand und verdoppelten für sich den ohnehin schon kräftigen Geruch von Sweet-Dreams-Mückenöl. Eingehakt starrten sie – als wären sie selbst Heimkinder – an Easters Feldbett vorbei und durch das Zelt, aus dem man einen Blick hatte wie durch ein Fernrohr, das auf einen weißglühenden Stern gerichtet ist, und sie sahen die Spirale von Elbertas Hut zurückkehren und sahen Exum über einen Stock springen und auf der anderen Seite in einer Staubwolke ein Tänzchen aufführen. Sie konnten Loch Morrison, der ihren See benutzte, in Abständen krachen, platschen hören und Easters Stimme, die wieder im Schlaf rief, ihre unverständlichen Wörter.

Aber welche Grimassen Nina und Jinny Love auch schnitten über … sie wußten nicht was, Easter stimmte zu; sie war völlig einverstanden.

Das Flügelhorn blies zum Schwimmen. Geneva sprang so heftig auf, daß sie von ihrem Feldbett fiel. Nina und Jinny Love waren ineinandergeschmiegt wie gepreßte Blätter und federten auseinander. Als Easter, die geschüttelt werden mußte, sich betäubt und benommen in ihrem Feldbett aufsetzte, rannte Nina zu ihr hin.

»He. Wach auf. Hör mal, du kannst heute meine Badeschuhe haben.«

Sie fühlte, wie ihre Augen glasig wurden von dieser freundlichen Absicht, als sie ihr die schlaffen roten Schuhe hinhielt, die unter Easters Blick herabhingen wie Bananen. Aber Easter fiel aufs Feldbett zurück und streckte die Beine aus.

»Laß mal deine Schuhe. Ich muß nicht in den See, wenn ich nicht will.«

»Doch! Das gibt's nicht! Seit wann bist du was Besonderes? Mußt du wohl!« sagten die andern und sammelten sich um sie.

»Zwingt mich doch.«

Easter gähnte. Sie flatterte mit den Augen und rollte sie zurück – das tat sie gern. Miss Moody kam vorbei und strahlte herein zu ihnen, die um Easters müßige und rebellische Gestalt herumstanden. Die ganze Zeit über hatte Miss Moody sich davor gefürchtet, daß man ihre Autorität als Leiterin in Frage stellen könnte, so wie sie jetzt herbeieilte, fast allzu anmutig.

»Nun, *ich* weiß das«, sagte Jinny Love und kam angeschlichen. »Ich weiß das genausogut wie du, Easter.« Sie gab einen Singsang von sich, zu dem sie in einer Art Indianertanz um die Zeltstange hopste. »Will man nicht, dann muß man nicht, und wenn das auch nicht stimmt, dann muß man trotzdem nicht.« Sie warf ihnen einen Handkuß zu.

Easter war still – aber wenn sie gestöhnt hätte, wenn sie wach war, hätte sie sich nur selbst imitiert.

Jinny Love zog sich ihre Badekappe über, die einriß und ihr über die Augen rutschte. Selbst als sie blind war, rief sie noch: »Du brauchst also nicht zu denken, du wärst die einzige, nicht immer. Was sagst du jetzt?«

»Ich fürchte, mir kommen die Tränen«, sagte Easter und blieb still liegen, mit ausgebreiteten Armen und Beinen.

»Komm, wir schwänzen beim Korbflechten«, sagte Jinny Love Nina ins Ohr, etwas später in der Woche.

»Schon unterwegs.«

»Prima. Die werden denken, wir wären ertrunken.«

Sie gingen am hinteren Ende des Zeltes nach draußen, barfuß; ihre Füße waren mittlerweile so zäh wie bei allen andern. Unten in der Hängematte las jetzt Miss Moody *Brian Kent.* (Niemand wußte, wem das Buch gehörte, man hatte es hier gefunden, die Deckel hochgerollt wie Steckkämme. Vielleicht fühlte sich jeder am Moon Lake betrogen, der es zu lesen versuchte, weil er meinte, es wäre ein Abenteuerbuch, so wie Nina, und legte es für den nächsten hin.) Katze, die Katze des Kochs, sonnte sich auf einem Pfosten, und als sie näherkamen, sprang sie auf den Boden wie etwas, das aus einer Flasche geschüttet wird, und lief mit ihnen mit, vorneweg.

Sie trotteten hangabwärts an Loch Morrisons Zelt vorbei und nahmen den Pfad in den Sumpf. Dort bewegten sie sich im Gänsemarsch zwischen zwei Wänden; wenn sie die Arme hoben, konnten sie die eine oder die andere Seite des drängenden Sumpfes berühren. Unter ihren Zehen explodierte der Staub, der sich anfühlte wie der Puder, den die Verkäufer in neue Glacéhandschuhe pumpen, wie Jinny Love zweimal sagte. Sie befanden sich Auge in Auge mit den gefingerten Blättern des Wunderbaumes, die vorgestreckt waren wie die Zigeunerhände, die hinten an rollenden Wagen die Vorhänge teilen, und so runzelig und verkrustet wie das Gesicht des Wahrsagers.

Mücken stachen nach ihnen; die süßen Träume zerrannen. Das Sirren erhob sich wie eine Stimme, die sagte »Ich will nicht...« Um die Schultern der Mädchen hingen Wilde Möhre und Holunder und Steinbeerdickichte, schwer mit Blüten beladen und mit Früchten und melonig nach Schlange duftend, bis über den Graben und berührten sie. Die Gräben hatten ausgetrocknete grüne oder blaue Böden, rissig und glasiert – wie eine hingefallene Vase. »Ich hoffe, wir treffen nicht den Schwarzen Mann«, meinte Jinny Love heiter.

Lorbeer und Zypresse und Balsambaum und Immergrüne Eiche und Roter Ahorn standen so dicht geschlossen, daß sie eine undurchdringliche Wand bildeten, und doch gab es noch ein Irgendwo für die andere Wand aus Wein; er sammelte sich auf dem Grund und bildete schräge Schichten in den Bäumen; und wie ein Tisch im Baum hing die Mistel dort oben schwarz im Zenit. Bussarde schwebten von einer Seite des Sumpfes zur anderen, als ob es für sie eine Wahl gäbe – überquerten zerzaust den Himmel und überschatteten den Pfad, und einer schulterte den anderen auf dem einsamen Ast einer mondweißen Sykomore. Näher am Ohr, als Lippen Silben bilden können, kamen Geräusche aus dem Sumpf – näher am Ohr und näher dem träumenden Gemüt. Sie waren ein ausgelassener Gesang für Jinny Love, die anfing zu hüpfen. Zeiten der Stille erschienen ihnen heiser oder wie krank vor Heiserkeit, anders nicht zu erklären, als könnte die Welt stillstehen. Katze pirschte sich an etwas auf dem schwarzen Rand des Grabens heran. Die Dornenranken störten Katze überhaupt nicht, sie waren es, die zurückzuweichen schienen unter dem langen, bootförmigen Bauch.

Der Pfad machte wieder einen Bogen, und vor ihnen ging Easter. Geneva und Etoile spielten neben ihr und drängten sich gegenseitig aus ihrem Schatten, aber als sie sahen, wer hinter ihnen näherkam, drehten sie sich um und rannten wie gejagt zum Zeltlager zurück, rannten im Zickzack wie junge Hühner und hinterließen eine Staubwolke, als sie vorbeikamen.

»Wer sagt's denn!« sagte Jinny Love.

Easter ging teilnahmslos weiter, das Kleid hinten voll grüner Flecken; sie aß im Gehen etwas aus der Hand.

»Wir haben sie gleich eingeholt – nicht schneller gehen.«

Der Grund, warum die Heimkinder so waren, wie sie waren, war vor allem der, daß niemand auf sie achtete, dachte Nina, denn sie kam sich undeutlich wie ein Eindringling vor. Sie, sie waren nicht verantwortlich. Doch selbst wenn man auf Easter achtete, war sie keiner Menschenseele verantwortlich. Sie war den Leuten egal! Und deshalb, in diesem glückseligen Zustand, kam etwas aus *ihr*.

»Wo gehst du hin?«

»Können wir mitgehen, Easter?«

Easter, die Lippen fleckig von Beeren, antwortete: »Die Straße gehört nicht mir.«

Sie gingen weiter, eine auf jeder Seite von ihr. Obwohl sie ihr automatisch die Zunge rausstreckten, legten sie ihr die Arme um die Taille. Sie duldete die Nähe für ein Weilchen, sie roch nach Kinderheimstärke, aber sie hatte einen fremdartigen, sauberen Geruch nach Schweiß wie ein schlummerndes Baby, und an ihrer Schläfe, jetzt so dicht vor ihren Augen, war die Haut derartig durchscheinend, daß man eine kleine Vene darunter klopfen sehen konnte. Ihre Taille kam ihnen sehr zart und sehr schmal vor, als sie sie jetzt hielten, dafür, daß Easter so ausdauernd weitertrabte.

Weinreben in einem prächtigen und dunstigen Grün bedeckten immer mehr Bäume, spielten über sie hin wie Fontänen. Unter ihnen gab es Wasserstreifen, blauschwarz, überzogen von einem Netz halbgeschlossener Seerosen. Auf den waagerechten Ästen der Zypressen wuchs ein kurzer, blaßgrüner Flaum wie Gefieder.

Sie kamen an eine winzige Farm, die letzte mögliche dort unten, bevor der Schlamm sie verschluckte – ein Flecken mit blühender Baumwolle, ein weißgekälktes Haus davor, ein saubergekehrter Hof mit einer kleinen eisernen Pumpe in der Mitte wie ein schwarzer Hahn. Das hier waren Weiße – eine alte Frau mit einer Sonnenhaube auf dem Kopf und einem Zinkeimer in der Hand kam aus dem Haus und pumpte ihn im Vorgarten voll. Das war ein Vorwand, um Leute vorbeigehen zu sehen.

Easter löste sich behutsam aus der Umklammerung der anderen, hob halb ihren Arm, drehte sich für einen Moment um und winkte zweimal mit der Hand. Aber die alte Frau war stolzer als sie.

Jinny Love sagte: »Wie fändet ihr das, hier zu wohnen?«

Katze bewegte sich vorsichtig weiter in den Wald und verschwand für Augenblicke in einem Tunnel aus Dornenranken. Beim Auftauchen aus anderen Tunneln blickte er – oder sie – zu ihnen auf mit einem Gesicht, das maskenhafter war denn je.

»Es gibt eine Abkürzung zum See.« Easter, die loslief und vorrannte, ging plötzlich in die Knie und glitt unter einer bestimmten Stelle im Stacheldrahtzaun hindurch. Beim Aufstehen tat sie einen Schritt nach innen und sank im Gehen ein. Nina entwand Jinny Love ihren Arm und lief hinter ihr her.

»Ich hätte es wissen müssen, daß du mit uns durch einen Stacheldrahtzaun willst.« Jinny Love setzte sich hin, wo sie gerade war, auf den Rand des Grabens, als würde sie auf einem Stuhl mit Petit-Point-Stickerei Platz nehmen. Einmal sprang sie auf und setzte sich wieder hin. »Idioten, Idioten!« rief sie. »Jetzt habt ihr's, glaube ich, geschafft, daß ich mir den Knöchel verstaucht hab. Selbst wenn ich durch den Schlamm trampeln wollte, ich könnte nicht!«

Nina und Easter, die gerade unter einem zweiten, unerwarteten Zaun hertauchten, liefen weiter, schwankten, fühlten, wie ihre Füße nach unten gezogen wurden und griffen nach den Bäumen. Jinny Love wurde zurückgelassen in der herzlosen Art, wie man im Traum Leute und Ereignisse gleichermaßen abschüttelt, wie man überflüssige Blumen von einem Festwagen streut – eher feierlich. Der Sumpf umschloß jetzt alles, dunkel und gleichzeitig lebendig, beunruhigend – es war, als befände man sich im Innern der Brust von etwas, das atmet und sich womöglich umdreht.

Dann war da der Moon Lake, ein völlig anderer Anblick. Easter kletterte als erste auf die kleine Böschung und erreichte den rosafarbenen, grasigen Rand und die unschuldige Weite. Hier war es still, bis dann, schicksalsschwer, ein sanftes Platschen zu hören war.

»Hast du gesehen, wie die Schlange ins Wasser gefallen ist?« fragte Easter.

»Schlange?«

»Aus 'nem Baum.«

»Damit will ich nichts zu tun haben.«

»Da ist sie: Sie kommt her!« zeigte Easter.

»Das ist vielleicht eine andere«, widersprach Nina mit der Stimme Jinny Loves.

Easter sah in beide Richtungen, entschied sich und lief auf dem rosafarbenen, sandigen Rand entlang mit seiner dunkler geröteten Lippe, und ihr blauer Schatten rekelte sich darüber. Sie bog ab und lief geradewegs zu einem alten grauen Boot. Wußte sie, daß es da sein würde? Es lag zwischen Schilfrohren, sah aus, als wäre das Hineinkommen ein Geheimnis, und doch so, als befände es sich für ein altes Boot am rechten Platz. Easter stieg hinein und hüpfte zum hinteren

Sitz, der überm Wasser war, ließ sich darauf fallen und legte sich mit hochgebogenen Zehen zurück. Sie sah aus, als würde sie hintenüberstürzen. Mit einem erhobenen Arm, der sich über ihren Kopf bog und herunterhing, bis ihre Finger dann das Wasser berührten.

Die Schatten der Weidenblätter bewegten sich sanft auf dem Sand, tiefblaue und schmale, lange Sichelmonde. Das Wasser war still, hatte die Farbe von Zinn und war mit dunkelroten Pfählen markiert, wenn der See auch dort, wo die Sonne ihn direkt beschien, offensichtlich in heftiger Bewegung war, beinahe kochte. Eine kleine Scheibe würde sich bestimmt darin um und um drehen. Nina ließ sich auf die gesprenkelte Sandbank fallen. Sie flatterte mit den Augenlidern, schloß sie halb und die Welt sah aus, als wäre sie vom Mondlicht getroffen.

»Ich komme«, ertönte Jinny Loves Stimme. Es hatte nicht lange gedauert. Sie kam ruckweise auf Ninas und Easters Spur die Sandbank entlang, und ihr langes, weiches Haar flog in der Luft hoch, wie ein Rock im Wind beim Spielen im Freien. »Aber ich such mir kein leckes Boot zum Sitzen aus«, rief sie vorausschauend, »ich bleib lieber an Land.«

Sie nahm genau an der Stelle Platz, wo Nina dabei war, ihren Namen zu schreiben. Nina bewegte ihren Finger fort und zeichnete dabei einen langen Pfeil zu einer neuen Stelle. Der Sand war grob wie Getreidekörner und voll winziger Muscheln, von denen manche genau wie Flügelhörner geformt waren.

»Wollt ihr was über meinen Knöchel wissen?« fragte Jinny Love. »Es war nicht so schlimm, wie ich dachte. Ich muß sagen, ihr habt euch einen komischen Platz ausgesucht, ich hab ne *Eule* gesehen. Ich finde, es riecht hier wie im Schulkeller – Pipi und alte Schwämme.« Dann brach sie mit leicht geöffnetem Mund ab und war still, als hätte man etwas in ihr abgeschaltet. Ihre Augen waren sanft, ihr Blick ging zu Easter, zum Boot, zum See – ihr langes, ovales Gesicht wurde leer.

Easter lag da, von der sanften Bewegung des Bootes gewiegt, den Kopf auf die Wange gedreht. Sie hatte Jinny Love noch nicht einmal Hallo gesagt. Sah sie den Wassertropfen, der an ihrem erhobenen Finger hing? Gab es einen Regenbogen darin? Nicht für Easter: Ihre Augen waren nach hinten gerollt, das fühlte Nina. Ihre eigene Hand schrieb in den Sand. Nina, Nina, Nina. Beim Schreiben konnte sie träumen, daß ihr Selbst sich von ihr trennen könnte – daß sie hier an diesem abgelegenen Ort ihr Selbst, mit Namen, auffordern könnte, zu gehen oder zu bleiben. Jinny Love hatte angefangen, über ihrem Fuß eine Sandburg zu bauen. Am Himmel bewegten sich die Wolken so unmerklich wie grasendes Vieh. Doch bei einer Windbö gab es einen Stoß, einen Schlag, das Boot hob sich und fiel. Easter setzte sich auf.

»Warum sind wir mit dem Boot nicht draußen?« Nina, mit einer ungewohnten und berauschenden Entschlossenheit, stand auf. »Da draußen!« Als wenn es bereits aus einem abschließenden und anerkennenden Abstand geliefert würde, zeigte ein Bild in ihrem Kopf das Boot, wie es dort, wo sie hinzeigte, dahintrieb, weit draußen auf dem Moon Lake, mit drei Mädchen, die in den drei Abteilungen saßen. »Wir kommen, Easter!«

»Ausgerechnet, wenn ich eine Burg baue. *Ich* komme nicht«, sagte Jinny Love. »Überhaupt, da sind Pfähle im See. Wir würden kentern, ha ha.«

»Was macht das schon, ich kann schwimmen!« rief Nina am Rand des Wassers.

»Du schwimmst grade mal vom ersten Pfahl bis zum zweiten. Und das vorm Zeltlager, nicht hier.«

Während sie mit den Füßen im saugenden, elritzigen Schlamm Halt suchte, lehnte Nina ihr Gewicht gegen das Boot. Bald waren ihre Beine zur Hälfte unsichtbar, der Schlamm zerrte an ihren Zehen wie ein furchtbarer Kuß, sie spannte jeden Muskel an und fühlte, wie ihr allmählich der Schweiß aus dem Körper brach. Wurzeln schnürten ihre Füße ein, knotig und strömend. Das Boot war unter Wasser ebenfalls gefangen, aber Nina war entschlossen, es zu befreien. Sie sah, daß auch im Boot schlammiges Wasser stand, überspannt von Easters Beinen, die jetzt rosa leuchteten. Plötzlich schien alles leicht.

»Es kommt los!«

In letzter Sekunde kam Jinny Love, die ihren Fuß erfolgreich aus der Burg gezogen hatte, angerannt, kletterte auf den mittleren Sitz des Bootes und kreischte. Easter setzte sich auf und schwankte mit dem Eintauchen des Bootes; alle Energie schien aus ihr gewichen zu sein. Ihr hängender Kopf wirkte bleich und gesichtslos wie eine Birne hinter dem lachenden Gesicht Jinny Loves. Sie hatte nicht gesagt, ob sie fahren wollte oder nicht – aber sie wollte bestimmt; sie war die ganze Zeit in dem Boot gewesen, sie hatte das Boot entdeckt.

Für einen Moment, mit ihren mächtigen Händen, hielt Nina das Boot zurück.

Wieder dachte sie an eine Birne – nicht die alltägliche grobkörnige Sorte, die am Baum im Garten hinterm Haus hing, sondern die feine Sorte, die man in Zügen und zu hohen Preisen kaufen konnte, jede Birne in einem Papierkegel, der sie einzeln umhüllte – wunderschöne, symmetrische, saubere Birnen mit dünner Haut, mit schneeweißem Fleisch, so saftig und zart, daß es einem das ganze Gesicht taufte, wenn man eine aß, und so empfindlich, daß, während man gierig die erste Hälfte aß, die zweite Hälfte bereits braun zu werden begann. Allen Früchten, und besonders diesen feinen Birnen, widerfuhr etwas – es ging so rasch vor sich, daß man nie schnell genug für sie war. Es sind nicht die Blumen, die vergänglich sind, dachte Nina, es sind die Früchte – dann, wenn die Dinge fertig sind, dann halten sie nicht. Sie dachte sogar über den Vers nach: »Birnenbaum am Gartentor, Wie lang muß ich noch warten?« – und meinte dabei, es wären die Birnen, die das fragten, nicht der Pflücker.

Dann kletterte sie selbst hinein, und sie schaukelten seitwärts aufs Wasser hinaus.

»Was nun?« sagte Jinny Love.

»Das ist genau das Richtige für mich«, sagte Nina.

»Ohne Ruder? – Ha ha.«

»Warum hast du mir das nicht gesagt, vorhin! – Aber jetzt ist es mir auch egal.«

»Du bist nie so schlau, wie du denkst.«

»Warte, bis du siehst, wo wir hinkommen.«

»Ich nehme an, du weißt, daß Easter nicht schwimmen kann. Sie geht nicht mal mit dem Fuß ins Wasser.«

»Was meinst du, wozu ein *Boot* gut ist?«

Aber ein sanftes Zerren hatte ihr Dahintreiben beendet. Nina drehte sich mit einem finsteren Stirnrunzeln um und sah nach unten.

»Eine Kette, eine alte, niederträchtige Kette!«

»Da siehst du, wie schlau du bist.«

Nina zog das Boot wieder an Land – natürlich half ihr niemand! und ihre Hände brannten von der Kette –, kniete sich draußen hin und versuchte, das andere Ende freizubekommen. Sie konnte jetzt durchs Schilf erkennen, daß man die Kette mehrfach um einen alten Stumpf gewickelt hatte, der stellenweise fast darübergewachsen war. Das Boot war wohl schon seit letzten Sommer ans Ufer gekettet.

»Zwecklos, danach zu schlagen«, sagte Jinny Love.

Ein Libelle flog über ihre Köpfe. Easter wartete nur in ihrem Ende des Bootes, und auch die Enttäuschung war ihr anscheinend gleichgültig. Wenn das ihr Schiff war, war sie die Galionsfigur, auf den Rücken gedreht, mit dem Gesicht zum Himmel. Sie war kein Fahrgast.

»Du hast wohl gedacht, wir wären jetzt draußen, mitten auf dem Moon Lake, oder?« sagte Jinny Love von ihrem Damensitz. »Bitte, jetzt sieh dir an, wo wir sind.«

»Ach, Easter! Easter! Ich wünschte, du hättest dein Messer noch!«

»Wir gehen aber noch nicht zurück«, sagte Jinny Love am Ufer. »Ich glaube nicht, daß man mich vermißt hat.« Sie begann mit einer Sandburg über ihrem anderen Fuß.

»Du machst mich krank«, sagte Easter plötzlich.

»Nina, komm, wir tun so, als wenn Easter gar nicht hier wäre.«

»Aber *sie* hat doch so getan.«

Nina stocherte mit einem kleinen Stock im Sand und schrieb in Druckbuchstaben »Nina« und dann »Easter«.

Jinny Love war offenbar sprachlos, sie ließ Sand aus beiden Fäusten rinnen. »Aber woher willst du denn wissen, wie Easter getan hat?«

Easters Hand kam herunter und wischte ihren Namen aus; sie wischte auch »Nina« aus. Sie nahm Nina den Stock aus der Hand, und mit einer formellen Geste, als würde sie sonst zuviel preisgeben, schrieb sie selbst. In deutlichen, hochtaillierten Buchstaben das Wort »Esther«, in den Sand geschnitten. Dann sprang sie auf.

»Wer ist das?« fragte Nina. Easter legte den Daumen zwischen ihre Brüste und rannte herum.

»Also, für mich heißt das ›Esther‹.«

»Sag ›Esther‹, wenn du willst, für mich heißt das ›Easter‹.«

»Komm, setz dich hin ....«

»Und ich hab mir den Namen selbst gegeben.«

»Wie geht das denn? Wer hat dir das erlaubt?«

»Ich hab mir das selbst erlaubt, mich so zu nennen.«

»Easter, ich glaube dir«, sagte Nina. »Ich will doch nur, daß du es richtig schreibst. Sieh mal – E-A-S-«

»Mir kommen gleich die Tränen.«

Jinny Love stützte ihr Kinn auf das Dach ihrer Burg, um zu verkünden: »Ich bin nach meiner Großmutter mütterlicherseits getauft, deshalb heiße ich Jinny Love. Es konnte gar nichts anderes sein. Oder irgend etwas Besseres. Versteht ihr? Easter ist einfach überhaupt kein richtiger Name. Egal, wie sie das buchstabiert, Nina, keiner hat je so geheißen. Nicht hier in der Gegend.« Sie ruhte auf ihrem Kinn.

»Ich heiß so.«

»Guck doch mal, wie er aussieht, wenn er richtig geschrieben ist.« Nina hob den Stock aus Easters Fingern und begann, in Druckbuchstaben zu schreiben, mußte sich aber mit dem ganzen Körper über den Namen werfen, um Easter davon fernzuhalten. »Schreib ihn richtig, und er ist wirklich!« rief sie.

»Aber richtig oder falsch, er ist ordinär«, sagte Jinny Love. »Du kannst mich nicht damit verrückt machen. Ich muß hier draußen nur immer denken, wie ich die Feigen zu Hause vermisse.«

»›Easter‹ ist richtig schön!« sagte Nina zerstreut. Sie warf den Stock plötzlich in den See, bevor Easter danach greifen konnte, und er trabte auf und ab in einem Tiegel sonnenerfüllten Wassers. »Ich dachte, Ostern wär der Tag, an dem man dich auf der Türschwelle gefunden hat«, sagte sie mißmutig – ja mißtrauisch.

Easter setzte sich schließlich hin, und mit langsamen, sorgfältigen Bewegungen ihrer Handflächen rieb sie über die alten Stiche auf ihren Beinen. Ihr Haarschopf tauchte abwärts, und sie nickte ein wenig, auf und ab, von einer Seite zur andern, in einem Rhythmus.

Easter wollte nie irgend etwas erklären, es sei denn, sie mußte – oder um einen zu einer Erklärung zu zwingen. Sie hatte eben Hoffnungen. Sie hoffte, daß ihr nie etwas leid tun würde. Oder tat ihr etwas leid?

»Ich hab keinen Vater. Ich hab nie einen gehabt, er ist weggelaufen. Ich hab ne Mutter. Als ich laufen konnte, da hat meine Mutter mich an die Hand genommen und mich abgegeben, das weiß ich noch. Ich will mal Sängerin werden.«

Es war Jinny Love, die anfing sich zu räuspern, die Nina erlöste. Es war Jinny Love, die ablenkte und mit dem Finger in ihrer Burg buddelte, die jetzt nett war, indem sie so tat, als hätte Easter nie gesprochen. Nina knallte Jinny Love mit der Faust auf den Kopf. Wie gut und heiß ihr Haar war! Wie heißes Glas. Sie brach die Burg von ihrem zarten Fuß. Sie fragte sich, ob Jinny Loves Kopf zerbrechen würde. Überhaupt nicht. Mit dem Kopf konnte man nichts aufnehmen.

»He he he!« brüllte Jinny Love und schlug zurück.

Sie kämpften und prügelten sich eine Zeitlang. Dann lagen sie still, einander zugeneigt gegen den zerbröckelten Sandhügel gelehnt, ausgestreckt und mit den Augen zum Himmel, wo sich jetzt ein weißer Wolkenberg auftürmte.

Jemand bewegte sich; Easter hob ein Stück Trompetenstrauch an ihre Lippen, das sie damals, in den Tagen ihres guten Messers, abgeschnitten hatte. Sie holte ein Streichholz aus ihrer Tasche, gab sich Feuer und rauchte.

Sie setzten sich auf und starrten sie an.

»Wenn du wirklich damit rechnest, Sängerin zu werden, ist das kein guter Anfang«, sagte Jinny Love. »Sogar bei Jungen, es hemmt ihr Wachstum.«

Easter sah wieder ganz so aus, als würde sie in den tanzenden Schatten schlafen, bis auf das, was aus ihrem Mund kam, noch geheimnisvoller, beinahe, als Worte.

»Wollt ihr welche?« fragte sie, und sie nahmen an. Aber ihre gingen aus.

Jinny Loves Blick war fest auf Easter gerichtet, und sie träumte und träumte davon, zu petzen, daß sie geraucht hatte, während die Sonne, auch durch die Blätter noch, ihre blasse Haut rosig brannte, und sie sah von allen am schönsten aus: Sie empfand Versuchung. Aber was sie sagte, war: »Auch wenn das alles hier vorbei ist, Easter, ich werde immer an dich denken.«

Aus dem dichten Wald kam ein feenhafter Ton, gefolgt von einer ängstlichen Stille, einem Geteiltbleiben der Luft.

»Was ist das?« rief Easter scharf. Ihre Kehle zitterte, die kleine Ader an ihrer Schläfe sprang.

»Das ist Mister Loch Morrison. Weißt du nicht, daß er ein Horn hat?«

Man hörte einen weiteren Feenton und die entzweigebrochene, sanfte Stille. Der Wald schien sich hinterherzubewegen, zu rennen – die Welt holterdipolter. Nina konnte den Jungen in der Ferne auch sehen und das schräg nach oben gehaltene goldene Horn. Vor einigen Minuten hatte ihr Blick die Gegenwart und diese Szene geflohen; nun versetzte sie den Hornbläser an diesen visionären Ort.

»Spiel das nicht!« rief Jinny Love diesmal aus, sprang auf ihre Füße, hielt sich die Ohren zu und stampfte ans Ufer des Moon Lake. »Bist du wohl still! Wir hören dich! – Los kommt«, meinte sie dann prosaisch zu den andern. »Zeit zu gehen. Ich schätze, man hat sich genug Sorgen gemacht.« Sie lächelte. »Da kommt Katze.«

Katze fing immer etwas; er – oder sie – hatte etwas im Maul, ein Paar kleiner Füße oder Klauen, die unter dem erhobenen Schnurrbart hüpften. Katze sah nicht besonders triumphierend aus; es war einfach erledigt.

Sie marschierten los, weg von ihrem kleinen Boot.

IV

In einer klaren Nacht bauten sie sich ein Lagerfeuer oberhalb der Quelle, kauerten drumherum und brieten sich ihr Abendessen auf Stöcken, und nach einigen Kunststücken, nachdem Gertrude Bowles »Wie die gute Nachricht von Gent nach Aix kam« aufgesagt hatte und nach der Gespenstergeschichte über den Knochen standen sie oben auf dem Kamm, und ein letztes Lied ergoß sich in den Wald – »Das kleine Echo.«

Das Feuer wurde gelöscht, und es gab keinen hellen Punkt mehr, in den man hineinschauen konnte, keinen Kreis. Die Nacht war bei ihnen – ein verschleiertes Tier, ohne jeden Schimmer von Umriß, nur von Schmuck – Ringen, Ohrringen…

»Los!« rief Mrs. Gruenwald und stampfte den Pfad hinab, damit man ihr folgte. Sie liefen im Gänsemarsch über die immer noch warmen Piniennadeln, lautlos jetzt. Nicht weit entfernt knackten Zweige, krachte es leise und reuevoll; Loch Morrison, ohne Abendessen, soweit sie wußten, wanderte allein herum, schmollend, einsam.

Niemand brauchte Licht. Der Nachthimmel war bleich wie eine grüne Traube, transparent über allen Bäumen wie Traubenfleisch. Alle Mädchen sahen Motten: die damenhaft Schönen mit den langen Beinen, nein, Flügeln – und die kleinen, nichts als Borkenstückchen. Und einmal hing gegen die Nacht, genau vor Little Sister Spights' Augen, die deshalb aufschrie, eine Spinne herab – ein Körper, nicht weniger geheimnisvoll als die Weintraube der Luft, nur um eine Winzigkeit anders.

Überall schwammen die Leuchtkäfer. In Wolken, Bäumen, Inseln trieben sie vor ihnen her, eine geringere Ordnung der Helligkeit – man konnte sogar aus Versehen in ein Zelt geraten. Die Sterne ließen kaum ihren Standort am bleichen Himmel erkennen – klein und fern von dieser hellen Welt. Und hell würde die Welt sein, solange die Mädchen sich wach hielten und ihre Augen daran hindern konnten, sich zu schließen. Und der Mond selbst leuchtete – was man selbstverständlich fand.

Der Moon Lake kam unter dem Kamm hervor wie eine Flut; sie trabten abwärts. Da hinaus fuhr Miss Moody manchmal mit einem Boot; manchmal hatte sie eine späte Verabredung mit jemandem aus der Stadt, »Rudy« Spights oder »Rudy« Loomis, und dann konnte man das Paar sehen, wie es dort auf dem Wasser trieb, wenn der Mond aufgegangen war, weit draußen auf der glatten hellen Oberfläche. (»Und dann läßt sie sich von ihm umarmen da draußen«, hatte Jinny Love ihnen mitgeteilt. »So.« Sie hatte Etoile gepackt, ausgerechnet, deren Name sich auf Knall reimte. »Hände weg«, sagte Etoile.) Zweimal hatte Nina selbst die Silhouette des Kanus mit den Gestalten an beiden Enden auf dem hellen Wasser gesehen, wie ein dunkler Schmetterling mit still ausgebreiteten Schwingen. Heute abend nicht!

Heute abend waren es nur die Helfer, die angelten. Aber ihr Boot mußte voll sein von silbernem Fisch! Nina fragte sich, ob es die Langsamkeit und Fast-Reglosigkeit der Boote draußen auf dem Wasser war, die sie so magisch erscheinen ließen. Ihr kleines Boot im Schilf damals war schließlich nicht so weit von dem Wunder hier entfernt. Wasser und Himmel, Mond oder Sonne zogen unablässig ihre Kreise, und nun dieses magische Zögern eines Bootes in ihrer Mitte! Es war nicht so sehr so, daß sie dahintrieben, in dem Boot, als daß in Anwesenheit eines Bootes die Welt dahintrieb, vergaß. Das Geträumte wechselte den Platz mit dem Träumer.

Wieder zurück aus dem wilden, mondhellen Wald schlängelte sich die Reihe der kleinen Mädchen in die Zelte, die stickig waren wie Wäschebeutel. Die Kerzen zündete Miss Moody an, die heute abend kein Rendezvous hatte und auf deren Ablage im Aufflackern nächtlicher Offenbarung ihre Zahnbürste im Glas stand, ihre handgemalte Puderdose aus Zelluloid, ihre Honig-Mandel-Creme, ihr Rouge und ihre Pinzette für die Augenbrauen und am Ende der Reihe die Flasche Kompositum aus echtem und falschem Einhorn und Kreuzkraut.

Miss Moody sang mit einem leidenschaftlichen Stirnrunzeln, das jede Störung unterband, sanft tremolierend, während sie die Kinder der Reihe nach mit Sweet-Dreams-Mückenöl einrieb.

»Es tut mir so leid,
o verzeih mir doch,
daß ich dir weh getan,
ich liebe dich so, ich brauche dich so –«

Sie krümmten und bückten sich und hoben schweigend die Nachthemden für sie in die Höhe, während sie sang. Wenn Miss Moody die

Mädchen dann zu sich herumdrehte, konnten sie in die tiefen, wirren Polster ihres aufgebauschten Haares sehen und auf ihre Augenbrauen, die ihnen vorkamen, als wären sie für immer in dieser gewölbten Linie erwachsenen Flehens fixiert.

»Sag, was du willst, nur nicht: Auf Wiedersehn!«

Und ganz automatisch hätten sie fast »Auf Wiedersehn!« geantwortet. Miss Moodys Hände rieben und beklopften sie beim Singen und zogen die Mädchen alle ohne Unterschied zu sich heran, als ob Mädchentum an sich eine Unendlichkeit wäre, wenn auch nur Ausgangsmaterial. (»Ich bin kitzlig«, teilte ihr Jinny Love jeden Abend mit.) Ihr flehender Blick kam ihnen ungeheuer gefährlich vor. Ihre Stimme schwankte wie ein Seiltänzer, der ein hohes Drahtseil überquert, auch als sie aus dem Nachthemd heraus sang, das sie sich über den Kopf zog.

Es wurde geküßt, gebetet. Easter ging, als könnte ihr heute abend kalt werden, mit Geneva ins Bett. Geneva klammerte sich wie ein kleiner Junikäfer an ihren Rücken. Die Kerzen wurden ausgeblasen. Miss Moody ging sofort demonstrativ schlafen. Jinny Love weinte in ihr Kissen nach ihrer Mutter oder vielleicht auch nach den Feigen. Direkt vor dem Zelt brannte in einer Untertasse Citronella im Gras – Citronella, wie ein Mädchenname.

Leuchtend natürlich, wenn auch unsichtbar für sie, strömte der Moon Lake in die Nacht hinaus. Im Mondlicht schien er manchmal zu fließen wie ein Strom. Hinter dem Froschgeschrei hörte man die Geräusche von einem Boot, das irgendwo festgemacht war, von seinem unbestimmten, unbeholfenen Streben zum Ufer hin, Laute, denen man anmerkte, daß sie von etwas Blicklosem verursacht waren. Wann hatten Boote Augen gehabt – früher einmal? Nichts wachte darüber, daß ihr kleiner Teil des Sees abgeteilt und geschützt blieb; war es jetzt noch da, das Seil, aufgespannt wie ein Binsengeflecht zwischen den Pfählen, die im Schlamm schwankten? Das Seil sollte markieren, wie weit die Mädchen schwimmen durften. Dahinter lag das Tiefe, einige bodenlose Stellen, sagte Moody. Hier und da gab es Treibsand, der einem den Fußabdruck kräuselte und die Ferse küßte.

Alle Schlangen, harmlose und gefährliche, spielten nun unbehelligt herum; sie setzten eine schleifende, verträumte Grenze zwischen Gras und Gras – Licht, Kehre, Licht und Kehre.

Nina lag immer noch träumend da, oder sie war später wachgeworden. Sie hörte, wie Gertrude Bowles im Traum keuchte, als sie ihre Magenschmerzen bekam, und wie Etoile langsam anfing zu schnarchen. Sie dachte: Jetzt kann ich nachdenken, mitten unter ihnen. Sie spürte nicht einmal, ob Miss Moody unruhig war.

Das Mädchen aus dem Kinderheim! dachte sie triumphierend. Die andere Art zu leben. Es gab geheime Arten. Sie dachte, es ist wirklich noch nicht lange her, da habe ich nur wie die andern gedacht. Nur wenn man sich um die kühnsten Geheimnisse bemüht, das ist interessant und wertvoll. In sie alle hineinzuschlüpfen – sich zu verwandeln. Sich für einen Augenblick in Gertrude zu verwandeln, in Mrs. Gruenwald, in Twosie – in einen Jungen. Ein Heimkind *gewesen* zu sein.

Nina setzte sich in ihrem Feldbett auf und starrte leidenschaftlich auf die Nacht vor sich – die bleiche, dunkle, brüllende Nacht mit ihrem heimlichen Schreiten, die indianische Nacht. Sie spürte, wie die Nacht, mit ihrer beperlten Stirn, mit den Sternen, aufmerksam zu ihr hereinsah.

Die sinnende Nacht stand unhöflich am Zelteingang, die Falte der Öffnung würde sie gebückt einlassen – sie, ihn – er, der Geist der Nacht, hatte sich aufgerichtet im Innern. Mit langen Armen, oder langen Schwingen, stand er in der Mitte, dort wo die Stange aufragte. Nina legte sich hin, zog sich still von ihm zurück. Aber er wußte über Easter Bescheid. Alles über sie. Geneva hatte sie ganz an den Rand des Feldbettes gedrängt. Easters Hand hing herab, nach außen geöffnet. Komm her, Geist der Nacht, könnte Easter sagen, einem Giganten gegenüber liebenswürdig, einem so dunklen Ding. Und er, folgsam und anmutig, würde bei ihr niederknien. Easters schwielige Hand lag offen für ihn, der ganz in das Zelt eingedrungen war.

Nina, Easter gegenüber, ließ ihren eigenen Arm sich ausstrecken. Auch ihre Hand öffnete sich, von allein. Sie lag lange Zeit reglos da, unter dem Blick des Giganten, seiner schwarzen Wange, der unbeweglich auf ihre Hand blickte, jetzt dem einzigen Teil von ihr, der nicht schlief. Es war die gleiche Geste wie bei Easter, aber Easters Hand schlief, und ihre eigene Hand wußte – schreckte zurück und wußte, bot jedoch immer noch an.

»Mich statt dessen… mich…«

In der Höhlung ihrer Hand, in ihrer sich füllenden Haut, im prallen Gewicht und der Reglosigkeit ihrer Finger spürte es Nina: Mitgefühl und so etwas wie ein Wettstreit, die ganz eins waren, ein einziger Rausch, ein einziges Verlangen. Denn der Geist der Nacht war nicht unparteiisch. Nein, er liebte einige mehr als andere, diente einigen mehr als andern. Ninas Hand lag lange Zeit offen da, als könnte sie mit den Fingern sehen. Dann schlief auch die Hand. Nina träumte, ihre Hand läge hilflos vor den reißenden Zähnen wilder Tiere. Sie konnte sie nicht bewegen. Sie schlug sich auf die Hand und biß hinein, bis diese zurückstach wie eine Traube von Bienen und lebendig wurde.

V

Sie hatten gesehen, ohne die geringste Ahnung, was er anstellen würde – und doch war es ganz typisch für ihn –, wie der kleine Exum sich die rauhe, borkige Leiter hochquälte und sich nach oben träumte, sich wie ein Affe zwischen den Blättern da festklammerte, ganz Auge und runzelige Stirn.

Exum war ebenfalls Außenseiter, als Junge und als Farbiger obendrein; er bewegte sich ständig an einem noch entfernteren Rand der Landschaft als Loch, den steifen Männerhut aus Stroh auf dem Kopf, der wie eine Schneeflocke leuchtete. Sie sahen Exum, wie er mit dem Hut am Rand des Sumpfes entlangtänzelte wie der Korken eines Anglers, nur ein bißchen erhöht durch das Fiebrige und Trügerische der Landschaft, in der er sich bewegte. Es war Exum, der sich, hartnäckig wie ein kleiner Käfer, millimeterweise unten an der Wand des Sumpfes entlangschob, eine Angelrute und eine Blechdose mit Elritzen mit sich herumtrug, hinter der Krümmung, von ihrer Seite des

Sees aus gesehen, angelte und alle Arten von Sachen fing. Sachen, Sachen. Alles, was er fing, beanspruchte er für sich, selbstgefällig – ließ es baumeln und liebte es, umklammerte es mit einer mißtrauischen Schadenfreude – würde ihm das nicht jemand streitig machen? Der Pfadfinder fragte ihn, ob er nicht einen Zitteraal fangen könnte, und Exum versprach es bereitwillig – ein Geschenk; eine Herausforderung, die bedeutete: die ganze Mittagspause hindurch vor und zurück übers Wasser.

Ganz rollendes Auge, so hing er jetzt auf der Leiter, zu klein, um als Zuschauer zu zählen – zu alles-was-er-war, um überhaupt zu zählen.

Hinter ihm auf dem Sprungbrett stand Easter – hoch über den andern in der Schwimmstunde. Sie war still, barfuß und groß, mit dem zu klein gewordenen, buntbedruckten Kleid auf sich und dem Himmel unter sich. Sie hatte nicht geantwortet, als man zu ihr hochgerufen hatte. Sie plantschten lärmend unter ihrem schwieligen, korallenfarbenen Fuß, der vorragte.

»Wie kommst du da wieder runter, Easter?« rief Gertrude Bowles.

Miss Moody lächelte verständnisvoll zu Easter hoch. Wie weit konnte Miss Moody Parnell als Lehrerin sich im Wasser verwandeln? Das hatten sie sich gefragt. Sie trug eine ausgebeulte, kanariengelbe Badekappe überm Haar mit einem Gummischmetterling an der Vorderseite. Sie trug ein Korsett und Pumphosen unter ihrem Badeanzug, weil, sagte Jinny Love, von ihr auch nichts Besseres zu erwarten war. Sie wünschte sich wohl kaum Ärger, richtigen Ärger – auch wenn das der letzte Tag am Moon Lake war.

Exums kleine, welke schwarze Finger trommelten auf seinen Lippen, als würde er eine Melodie darauf spielen. Er streckte einen albern langen Arm aus. Er hielt eine grüne Weidengerte. Später sagten sie alle, sie hätten ihn gesehen – aber zu spät. Er versetzte Easters Ferse den zartesten, unauffälligsten kleinen Wisch, mit ein bißchen Nigger-Selbstgefälligkeit dabei.

Sie fiel wie jemand, der von einem Stein aus einer Schleuder am Kopf getroffen ist. Im Rückblick schien ihr Körper, ohne sich einmal zu drehen, für einen Augenblick aufrecht kraftlos zu werden, sich dann zu neigen. Er flog entgegen und wurde auch empfangen, von blauer Luft. Er fiel, als würde er den ganzen Weg nach unten weitergereicht, und er wurde ins braune Wasser gelassen, fast auf Miss Moodys Schädeldecke, und verschwand sofort. Es lag etwas so Entschiedenes in seinem Verschwinden, daß nur eine instinktive Vorsicht die andern veranlaßte, ihm einen Augenblick zum Wiederhochkommen zu gönnen; er kam nicht hoch. Dann gab Exum ein mädchenhaftes Geheul von sich und klammerte sich an die Leiter, als ob man darunter ein Feuer angezündet hätte.

Niemand rief Loch Morrison. Er hängte am Ufer sein Flügelhorn gewissenhaft an einen Baum. Er war enorm barfüßig. Er machte einen Satz ins Wasser wie ein Frosch, und als er durch die Luft flog, bemerkten sie, daß aufgestäubter Schmutz seine Sohlen lavendelfarben gepudert hatte. Jetzt schwamm er gewalttätig durchs Wasser, pflügte durch die Mädchen und begann nach Easter zu jagen, dort, wo inzwischen alle Finger hinzeigten.

Sie weinten, während er jagte, ihre Kinne tropften in die braune Masse voller Käfer, und ihre Münder schluckten es manchmal. Er warf keinen Blick in ihre Richtung. Er blieb unten, als hätte sich der See über ihm geschlossen wie ein Deckel, bei jedem Tauchen. Manchmal, mit offenem Mund, erschien er mit etwas Scheußlichem in den Händen, das er nicht ihnen, sondern der Welt zeigte, oder sich selbst – lange Bänder von grünem und schrecklichem Zeug, eine formlose schwarze Masse, ein Schuh, der niemandem gehörte. Dann richtete er sich steil auf und tauchte unter, um wieder nach ihr zu jagen. Jedes Tauchen war für Exum eine Aufforderung, erneut zu kreischen.

»Seid still! Macht Platz! Ihr wühlt den See auf!« brüllte Loch Morrison einmal – beschuldigte sie. Sie sahen sich an, und nach einem lauten Schrei hörten sie alle zu schreien auf. Sie standen im Braun, das sie abschnitt, und warteten, knöcheltief, taillentief, knietief, kinntief, sie bildeten ein kleines V mit Miss Moody an der Spitze, die ihnen teilweise die Sicht nahm mit ihrer zuckenden Schmetterlingskappe. Sie fühlten sich von ihm beleidigt. Sie standen so still, den bilderlosen, warmen Körper des Sees um sich herum, als wollten sie sich von ihm davontragen lassen, bis sie das bloße Gewicht des strömungslosen Wassers ziehen fühlten. Nur ihre Schatten zeigten, wie zurückgekräuselte Kanten einer gesplitterten Trommel, wo sie alle aus dem Moon Lake herausragten.

Oben über ihnen heulte Exum, und noch weiter oben blähten sich einige füllige, verschwommene Wolken mit beklommenen Herzen auf wie Pfingstrosen. Exum heulte hoch, tief und rundherum. Er holte damit Elberta, wütend, aus dem Küchenzelt, und Mrs. Gruenwald war wohl für die Welt gestorben – schlief oder las –, sonst würde sie ebenfalls bald auftauchen und über ihren Lieblingspfad heruntergehüpft kommen. Es war Jinny Love, bemerkten sie, die heruntergehüpft war und jetzt vom Ufer aus merkwürdige Zeichen machte. Ein sorgfältiges Werk Miss Moodys, weiße Bandagen, bedeckte ihre Arme und Beine; am Morgen war Giftsumach aufgetaucht. Wie Easter hatte auch Jinny Love nicht die Absicht, in den See zu gehen.

»Aahh!« sagten gerade alle, lang und gedehnt, als er sie fand.

Natürlich fand er sie, es war ihr Arm, der da durch seine Hand rutschte. Sie sahen, wie er das Haar an Easters Kopf packte, so wie ein Junge alles packt, was er will, als hätte er die Absicht, zu verhindern, daß unsichtbare Gegner vor ihm zugreifen. Unter Wasser vereinigte er sich mit ihr. Er spuckte, und ruckweise wie eine Maschine holte er sie heraus.

Da erschien Mrs. Gruenwald. Mit einer Art Hopser kam sie am Ufer zum Stillstand und winkte mit beiden Händen. Ihre Matrosenbluse flog hoch und ließ ihr offenes Korsett sehen. Es war rot. Sie merkten sich das. Aber ihre Stimme war aus einer andern Welt.

»Sofort! Aus dem See! Aus dem See, raus-raus-raus! Parnell! Sorgen Sie für Ordnung! Sorgen Sie dafür, daß sie aus dem Wasser marschieren.«

»Eine ist ertrunken!« kreischte die arme Miss Moody.

Loch stand über Easter. Er setzte sie am Ufer auf, faltete sie, schwenkte ihren Arm zu sich herüber, und damit schleppte er sie ganz aus dem Wasser, bevor er sie fallen ließ, ein eingewickeltes Bündel im grellen Licht. Er schüttelte sich in der Sonne wie ein Hund, schnaubte sich die Nase, spuckte und schüttelte seine Ohren, alles in einer Art träger Benommenheit, die Mrs. Gruenwald fernhielt – als hätte er keine Ahnung davon, daß er überhaupt einen Ablauf störte. Man konnte jetzt hören, wie Exum nach Miss Marybelle Steptoe schrie, der Dame, die das Lager im vorigen Jahr geleitet hatte und verheiratet war und im Delta wohnte.

Miss Moody und alle ihre Mädchen kamen jetzt aus dem See. Zögernd, mit hängenden Schultern, naß-schweren Haaren und ihren Gummischuhen, die Geräusche von sich gaben, daß man zusammenschrak, schleppten sie sich ans Ufer.

Loch kehrte zu Easter zurück, breitete sie aus, und dann hätten sie alle zu ihr gekonnt, doch sie blickten auf den Wassersee in Easters Schoß. Die Sonne fiel wie ein Gewicht auf die Mädchen. Miss Moody stürzte ungestüm vor und ergriff Easters Knöchel und schob mit ihr herum, wie eine Dame mit einem Schubkarren. Der Pfadfinder schlug Easters Arme oben um sie wie Schärpen und nahm sein Ende hoch, die Schultern. Sie hoben sie auf und suchten nach Schatten. Ein Arm fiel herab und berührte den Boden. Jinny Love, mit den blendenden Bandagen, rannte hin und schaufelte Easters Arm in ihre beiden. Sie liefen weiter, im Zick-Zack, und Jinny Love, die gebückt ging und den Arm trug, drehte sich dabei zu den andern um.

Sie legten sie schließlich in den einzigen Schatten der Welt, auf den Tisch unterm Baum. Es war da, wo sie aßen. Der Tisch war selbst noch größtenteils Baum, wie auch die Leiter und das Sprungbrett halb Baum waren; ein Tisch im Zeltlager mußte rund sein und borkig auf der Unterseite und nach Gefälltsein riechen. Sie kannten die splittrige Oberfläche und die Ameisen, die darauf herumkrabbelten. Mrs. Gruenwald mit ihren kräftigen Wangen blies auf den Tisch, aber sie hätte auch ein Tuch hinlegen können. Sie stand zwischen Tisch und Mädchen; ihre Tennisschuhe schnürten ihre Füße so stramm ein, als wären es kleinere Korsetts; und die Mädchen kamen nicht näher, sondern nur so weit, daß sie gucken konnten.

»Ich hab sie erwischt, bitte Ma'am.«

Im Wasser hatte das Gesicht des Rettungsschwimmers seine ganze Ungeduld enthalten; jetzt war es reingewaschen, leer. Er zog Easter in seine Richtung, von Miss Moody fort – der es allerdings gelungen war,

Easters Stoffgürtel auszuwringen –, und verbarg sie dann, mit einer Drehung, vor Mrs. Gruenwald. Indem er sie zu sich hochgefaltet festhielt, bekam er sie frei, und im nächsten Augenblick, mit einem Spreizen seiner Hand, hatte er sie da auf der Tischplatte vor sich liegen.

Sie waren still. Easter lag in einer Form aus Moon Lake-Nässe auf der Seite. Scharf wie ein Bügeleisen ragte ihr Hüftknochen in die Höhe. Sie lag Arm auf Arm und Bein auf Bein in einer langen Falte, fehlfarben und zusammengepreßt wie nicht entfaltete Blätter. Ihre Brüste waren ebenfalls einander zugekehrt. So aus dem Wasser gezogen, waren Easters Haare nachgedunkelt und lagen über ihrem Gesicht wie lange Farne. Miss Moody legte sie zurück.

»Die atmet bestimmt nicht mehr«, sagte Jinny Love.

Easters Nasenlöcher sahen zusammengekniffen aus wie die einer alten Bauersfrau. Ihre Seite fiel schlaff herab wie bei einem toten Kaninchen im Wald, und die Blumen auf ihrem Heimkindkleid liefen alle zusammen, als besäßen sie ein Eigenleben, wie eine verspätete Einmischung in das Ereignis. Der Pfadfinder mußte sie nur loslassen, damit er zu ihr auf den Tisch springen konnte. Er stand über ihr, legte seine Hände auf sie und rollte sie herum; wie aus der Ferne hörten sie ihre Stirn auf den harten Tisch schlagen und den Aufschlag ihrer Hüfte und ihres Knies.

Sie hörten, wie Exum im Weidengebüsch verprügelt wurde; dann fiel ihnen ein, daß Elberta seine Mutter war. »Du kleiner schwarzer Hurensohn!« hörten sie sie brüllen, und er heulte durch den Wald.

Der Pfadfinder saß rittlings auf Easter, hob sie zwischen seinen Beinen hoch und ließ sie fallen. Er machte das noch einmal, und sie fiel auf einen Arm. Er nickte – nicht ihnen zu.

Man hörte ein Seufzen, ein Morgana-Seufzen, nicht das eines Heimkindes. Die Mädchen aus dem Heim drängten sich nicht mehr nach vorn und bestanden auch nicht mehr darauf, daß Easter zu ihnen gehörte oder daß sie sie beschützen wollten. Sie taten nichts, außer sich ein bißchen zu drängeln, und doch war ihre Gruppe leicht verändert. In Ninas Kopf, wo die Welt immer noch ein bißchen friedlich war, tauchte die Erinnerung auf an eine Szene: Vögel auf einem Dach unter einem Kirschbaum; sie waren betrunken.

Der Pfadfinder nickte, ergriff Easters Haar und drehte ihren Kopf herum. Als er sie losließ, sah ihr Gesicht die Mädchen an. Ihre Augen waren nicht offen, aber auch nicht ganz und gar geschlossen, sondern so, als vernähmen ihre Ohren einen großen Lärm, noch aus der Zeit, als sie gefallen war; das Weiße zeigte sich unter den Lidern bleich und schlüpfrig wie Melonenkerne. Ihre Lippen waren im gleichen Maß getrennt, man konnte ihre Zähne sehen, die verschmiert waren von schwarzem Schlamm.

Der Pfadfinder faßte hinein und bohrte mit seiner Hand ihren Mund aus, ein unglaublicher Akt. Sie veränderte sich nicht. Er richtete sich auf, krümmte die Zehen, und mit einem eigenen Stöhnen fiel er auf sie und stampfte auf und ab auf ihr, in sie, bohrte seine Handballen immer wieder in ihre Rippen. Sie veränderte sich nicht, außer daß ihr ein dünnes Rinnsal aus dem Mund floß, ein dunkles wäßriges Mal die aufgestützte Wange hinunter. Die Kinder drängten sich enger zusammen. Lebensrettung war viel schlimmer, als sie sich hatten träumen lassen. Schlimmer noch als die Nachlässigkeit von Easters Körper.

Jinny Love stellte sich noch einmal zur Verfügung. Sie schwenkte ein Handtuch darüber, um wenigstens die Mücken zu vertreiben. Sie hatte ein weißes Handtuch gewählt. Ihre fleckenlosen Arme hoben sich und bewegten sich im Zick-Zack. Sie sah die Mädchen jetzt an; ihr Ausdruck wurde ruhig und feierlich.

Easters Körper lag oben auf dem Tisch, um entgegenzunehmen, was ihm angetan wurde. Wenn *Loch* roh war, dann war ihr Selbst, ihr Körper, das zurückgehaltene Leben, ebenfalls roh. Während der Pfadfinder, als ritte er auf einem durchgehenden Pferd, sich für Augenblicke an ihr festklammerte und sich von ihrem Rücken wegbog, die Knie und Fäuste in sie eingrub und zurückgeschleudert wurde und von seinen eigenen Maßnahmen fast umfiel, lag sie da.

Ließ ihn versuchen und versuchen.

Das nächste, was Nina wahrnahm, war ein Geruch nach Zuhause, der Daumen eines Erwachsenen in ihrer Schulter und ein Schrei: »Was soll das denn?« Miss Lizzie Stark schob sich in ihr Blickfeld, wo ihre Hüften und ihre schwarze Handtasche schwingend zum Stillstand kamen und alles zum Verschwinden brachten. Es war die Mutter von Jinny Love, und sie war zu ihrem täglichen Besuch eingetroffen, um zu sehen, ob im Zeltlager alles in Ordnung war.

Sie hörten den elektrischen Wagen nie kommen, aber normalerweise sahen sie ihn, hielten Ausschau nach ihm in der Landschaft, wo er so fehl am Platz war wie ein Klavier, über die Löcher schaukelte, die Buckel nahm und eine hohe Wand von Staub erzeugte.

Keiner wagte, es Miss Lizzie zu erzählen; man hörte nur Loch Morrison ächzen.

»Hat sich eine übernommen von den Heimkindern?« Dann sagte sie lauter: »Aber was macht *der* denn mit ihr? Hör auf damit.«

Die Morgana-Mädchen rannten alle zu ihr hin und klammerten sich an ihren Rock.

»Laßt mich los«, sagte sie. »Hört mal, ihr alle, ich habe ein schwaches Herz. Ihr wißt das doch. – Ist das da *Jinny Love*?«

»Laß mich in Ruhe, Mama«, sagte Jinny Love und schwenkte das Handtuch.

Miss Lizzie, deren Hände auf Ninas Schultern lagen, schüttelte Nina. »Jinny Love Stark, komm sofort zu mir, Loch Morrison, runter vom Tisch, und du solltest dich was schämen.«

Miss Moody war's, die jetzt in Tränen ausbrach. Sie lief mit einem Handtuch vor der Brust weinend zu Miss Lizzie. »Das ist doch unser Rettungsschwimmer, Miss Lizzie. Erinnern Sie sich nicht? Unser Pfadfinder. Oh, Gott sei Dank, ich bin ja so froh, daß Sie gekommen sind, er macht das schon lange. Stellen Sie sich in den Schatten, Miss Lizzie.«

»Pfadfinder? Also, der sollte eigentlich – sollte eigentlich – ich ertrag das nicht, Parnell Moody.«

»Man kann nichts dagegen tun, Miss Lizzie. Keiner von uns. Dazu ist er doch mitgekommen.« Sie weinte.

»Das ist Easter«, sagte Geneva. »Die ist das.«

»Man sollte ihn nach Hause schicken«, sagte Miss Lizzie Stark. Alle standen um sie herum, und sie drückte Nina unfreundlich anstelle von Jinny Love, die da oben vor ihnen so tat, als wenn ihre Mutter gar nicht vorhanden wäre, und Nina konnte zu Miss Lizzie hochsehen. Der weiße Reispuder, den sie überall vorne auf ihrem Gesicht aufgelegt hatte, flimmerte auf ihrem leichten Schnurrbart. Sie roch nach Paprika und Zitronensaft – sie hatte etwas Mayonnaise angerührt für die Mädchen. Sie versuchte, alles, was der Pfadfinder gerade tat, unerschrocken durch das auszugleichen, was sie über ihn dachte: daß er widerwärtig war. Miss Lizzies Worte, die sie ihm arglos zugeworfen hatte, als er ihr unter die Augen gekommen war – am ersten Tag – waren gewesen: »Du kleiner Schlingel, ich wette, du rennst runter und verdreckst den Bach, nicht wahr?« – »Nee«, hatte der Pfadfinder gesagt und damit den ersten Hinweis auf seine düstere Verfassung gegeben.

»Weinen hilft nicht, Parnell«, sagte Miss Lizzie. »Auch wenn manche nicht wissen, was weinen ist.« Sie warf einen Blick auf Mrs. Gruenwald, die ihn von einer anderen Ebene aus erwiderte; sie hatte sich einen Stuhl herausgebracht. »Und das an unserm letzten Nachmittag, ich hätte gedacht, da würde es etwas besonders Schönes geben.«

Sie sahen sich um, denn jetzt kam Marvin, Miss Lizzies Gärtnerjunge, der zwei Wassermelonen im Arm hielt wie eine Mutter mit Zwillingen. Er kam zum Tisch und stand einfach da.

»Marvin. Du kannst die Melonen hinlegen, siehst du nicht, daß der Tisch besetzt ist?« sagte Miss Lizzie. »Leg sie hin und warte.«

In ihrer Gegenwart kam ihnen das ganze Ereignis normaler vor. Sie waren froh, daß Miss Lizzie gekommen war! Das war es , weshalb sie so nach Miss Lizzie als Lager-Patin gerufen hatten. Unter ihrem starren Blick schienen die Aktionen des Pfadfinders ziemlich an Bedeutung zu verlieren. Er wurde fast zu einem bloßen Störenfried – einer Stechmücke mit einem Stechmückenrüssel. »Holt ihn von ihr runter«, wiederholte Miss Lizzie mit ihrer vollen und doch sorglosen, beinahe humorvollen Stimme, auch wenn sie wußte, es hatte keinen Sinn. »He, holt ihn von ihr runter.« Sie stand da und umarmte die andern kleinen Mädchen, verschiedene, voller Wärme. Ihr Blick verhärtete sich nur Jinny Love gegenüber, die andern drückten sie dann nur um so fester.

Auf dem Tisch spuckte der Pfadfinder und nahm eine neue Beurteilung von Easter vor. Er suchte Halt an ihrem Haar und zog ihren Kopf zurück. Ihre Lippen waren nicht mehr leicht geteilt – ihr Mund stand offen. Er klaffte. Seiner auch. Er ließ sie fallen, jäh bog sich der Kopf wieder auf die Wange, und Loch begann von neuem.

»Easter ist tot! Easter ist t-«, schrie Gertrud Bowles mit kampfbereiter Stimme, und kampfbereit wurde ihr auf den Mund geschlagen, um ihr das Wort abzuschneiden, von Miss Lizzies Hand.

Jinny Love setzte, mit einer Ausdauer, die sie sich nicht hätte träumen lassen, das Handtuch ein. War es vielleicht der Tatsache zu verdanken, daß sich Jinny Love immer auf der richtigen Seite befand, daß Easter es nicht wagen durfte, zu sterben und das Ganze hier zu einem Ende zu bringen? Nina dachte: Ich bin es, die denkt. Easter denkt überhaupt nicht. Und während sie nicht denkt, ist sie nicht tot, sondern ohne Bewußtsein, was sogar noch schwieriger ist. Easter war zwischen sie geraten und hatte sich unberührbar und unversehrt gehalten. Natürlich, denn schon eine leichte Berührung hatte sie besudeln können, sie so tief fallen lassen, so weit. – Außer, daß sie inzwischen alle meinten, der Nigger hätte sie absichtlich ins Wasser gestoßen, sie ertränken wollen.

»Faßt sie nicht an«, sagten sie zärtlich zueinander.

»Gib auf! Gib auf! Gib auf!« kreischte Miss Moody – sie, die sie trotzdem eingerieben hatte, wie man ein Küken für die Bratpfanne einreibt. Miss Lizzie gab ihr ohne Zögern ebenfalls eine Ohrfeige.

»Nicht anfassen.«

Denn sie scharten sich die ganze Zeit immer enger um den Tisch.

»Wenn Easter tot ist, krieg ich ihren Wintermantel, na prima«, sagte Geneva.

»Pst, Heimkind.«

»Ist sie das denn?«

»Halt den Mund.« Der Pfadfinder sah sich um und keuchte Geneva an. »Frag mich nicht, bis ich dir sag, daß du mich was fragen kannst.«

Der Hund bellte wieder. Andere Hunde bellten zurück.

»Wer ist das denn jetzt?«

»Ein älterer Junge. Es ist der große Ran MacLain, und der kommt her!«

»Ist das denn die Möglichkeit.«

Er kam direkt auf sie zu, mit einer Kappe auf dem Kopf.

»Verschwinde, Ran MacLain«, rief Miss Lizzie ihm zu. »Du und Hunde und Gewehre, bleibt weg. Wir haben hier draußen schon genug am Hals.«

Sie erstickte jede Frage gleich im Keim, ob aufgeworfen oder nicht, da er nun schon mal da war. Unter seinem Mützenschirm richtete Ran MacLain den Blick – er war dreiundzwanzig, seinen erfahrenen Blick – auf Loch und Easter auf dem Tisch. Man konnte ihn nicht daran hindern, sie alle zu mustern. Er begab sich unter den Baum. Er hielt sein Gewehr unterm Arm. Er ließ zwei Hunde frei herumlaufen und kaute fast unmerklich Kaugummi. Nur Miss Moody wich nicht von seiner Seite.

Und als Nina sich dichter an den Tisch drängte, lief sie beinahe in Easters Arm, der über die Kante hinausgeschleudert war. Der Arm war im Ellenbogen gedreht, so daß die Hand sich nach oben öffnete. Sie hatte die gleiche Haltung wie damals, als die Nacht eingetreten war und im Zelt gestanden hatte, als sie zu Easter gekommen war und nicht zu Nina. Es war dieselbe Hand, und es schien derselbe Augenblick.

»Faß sie nicht an.«

Nina fiel in Ohnmacht. Sie wachte auf vom Geruch geschnittener Zwiebeln, den Elbertas Unterarm verströmte. Sie lag oben auf dem Tisch neben Easter, Fuß an Kopf. Es gab so viel, was sie zu Hause gernhatte, aber es blieb ihr nur die Zeit, sich an den Vorgarten zu erinnern. Die silbernen, süßduftenden Wege verzweigten sich hinter dem Rasenmäher, die Wunderblumen glühten. Dann richtete Elberta sie auf, sie kletterte vom Tisch und war wieder bei den anderen.

»Bleibt weg. Bleibt weg, ich hab euch doch gesagt, ihr sollt lieber wegbleiben. Laßt mich in Ruhe«, sagte Loch Morrison gerade mit kurzen Atemstößen. »Ich bin doch nach ihr getaucht, oder?«

Sie haßten ihn, Nina am meisten von allen. Und beinah haßten sie Easter.

Sie sahen auf Easters Mund und auf die Augen, wie sie dort ohne Bewußtsein die Rückseite des Lichtes betrachteten. Obwohl Easter geflucht und die Morgana-Mädchen einst abgewiesen hatte, begannen sie Mutmaßungen anzustellen von einem neuem Reiz: Bestand die Gefahr, daß Easter, zurückgezogen in sich selbst, sie dann womöglich von der anderen, schlimmeren Seite aus rufen könnte? Ihre heimliche Stimme konnte sich, zwar geräuschlos, doch möglicherweise sichtbar, aus ihrem schrecklichen Mund arbeiten wie eine Weinrebe, prangend und mit Blüten übersät. Oder eine Schlange könnte daraus hervorkommen. Der Pfadfinder rammte in ihren Körper, und aus ihrem Mund trat Blut. Für sie alle war es, als würden sie angesprochen.

»Nina, du! Komm, stell dich hier in meinen Rock«, rief Miss Lizzie. Nina ging hin und stellte sich unter den großen Busen, der vom Hals des Kleides aus abfiel wie ein großes, gespaltenes, weißes Versteck.

Jinny Love suchte den Blick ihrer Mutter. Natürlich hatte sie sich kleine Pausen erschlichen, aber jetzt hoben ihre weißen Arme das weiße Handtuch und schlugen tapfer damit. Sie sah ihre Mutter an, bis sie ihren Blick auf sich gelenkt hatte – als würde sich letzten Endes alles um sie drehen.

Marvin war zum Auto zurückgegangen, brachte noch zwei Melonen mit und blieb damit stehen.

»Marvin. Wir sind noch nicht soweit für unsere Wassermelonen. Ich hab's dir doch gesagt.«

»Oh, Ran. Wie konntest du nur? Oh, Ran.«

Das war Miss Moody mit einer dritten Ansicht.

Mittlerweile schien der Pfadfinder ein für allemal ein Teil von Easter zu sein und sie ein Teil von ihm, er in Bewegung beim Auf und Ab, und sie ausgebreitet. Er troff, während ihr Rock auf dem Tisch trocknete; so hatten sie in gewisser Weise die Plätze getauscht. Bewegte sich die Zeit? Endlos schnüffelten und spielten Ran MacLains Hunde, der Hund der Neger dazwischen.

Die Zeit bewegte sich, weil Easters Gesicht zu Anfang – der Bogen ihrer Braue, die sanfte Oberlippe und die milchigen Augen – teilhatte an der Ohnmacht ihres Falles – des fast vergessenen Falles, der sie damals für einen langen Augenblick so rein gebadet hatte im Blau. Das Gesicht war jetzt starr und häßlich, von der verregneten Farbe, wie sie manche Petuniensämlinge haben, die Sorte, die keiner will. Ihr Mund war mittlerweile ganz bestimmt lange genug offen gewesen, so lange, wie Gähnen, Beißen, Weinen, Hunger, Sattwerden dauern, wie irgend jemand Kummer haben oder auch protestieren kann.

Nicht alle Kinder sahen zu, und alle begannen, die Köpfe hängen zu lassen, zu nicken. Alle hatten das Weinen vergessen. Nina hatte im Sand drei kleine Muscheln entdeckt, die sie aufheben wollte, sobald sie konnte. Und plötzlich kam es ihr vor, als wäre das jetzt einer der Augenblicke aus der Zukunft, wie der kleine, kurze, den sie aus der Vergangenheit gefunden hatte; er lag weit, weit vor ihr – sie war dabei, die Muscheln aufzuheben, eine, noch eine, noch eine, ohne daß die Zeit sich weiterbewegte, und Easter verlassen auf einem kleinen Bauwerk, übers Sterben hinaus und übers Erinnertwerden.

»Ich bin so müde!« sagte Gertrude Bowles. »Und mir ist so heiß. Bist du es nicht leid, wie Easter da oben auf dem Tisch liegt?«

»He, ihr, meine Arme brechen gleich ab«, Jinny Love stand da und umarmte sich selbst.

»Ich bin Easter so leid«, sagte Gertrude.

»Ich wünschte, sie würde voranmachen und sterben und alles hinter sich bringen«, sagte Little Sister Spights, die den ganzen Nachmittag über Daumen gelutscht hatte, ohne daß man sie ermahnt hatte.

»Ich gebe auf«, sagte Jinny Love.

Miss Lizzie machte ihr ein Zeichen, und sie kam. »Ich und Nina und Easter sind alle in den Wald gegangen, und ich bin die einzige, die mit Giftsumach wiedergekommen ist«, sagte sie und küßte ihre Mutter.

Miss Lizzie grub ihre Finger argwöhnisch in die Arme der Mädchen an ihrem Rock. Sie hoben sich alle auf die Zehenspitzen. War Easter endlich tot?

Sie hielten aus unsicherem Stand für einen Augenblick Ausschau und nahmen zur Erinnerung die gescholtene Gestalt dort klar auf, die Maske, geformt und aufs Gesicht gesetzt, eine Hand zur Schau gestellt, die andere eifersüchtig unterhalb der Taille gekrümmt, als ob man nach einer Handvoll Geheimnis gescharrt hätte, die gespreizten und fleckigen Beine.

Es war eine verratene Gestalt, der Verrat war vorbei, er war Erinnerung. Und als die Stöße dann, mechanisch jetzt, wieder mit Schwung herunterkamen, keuchte die Gestalt selbst.

»Zurück! Zurück!« sprach Loch Morrison zwischen grausamen, zusammengebissenen Zähnen zu ihnen, und kauerte sich darüber.

Und als sie zurücktraten, krümmten sich Easters Zehen nach außen. Ihr Bauch wölbte sich auf und zog sich hoch von dem Brett unter ihr. Sie fiel, aber sie versetzte dem Pfadfinder einen Tritt.

Es sah lächerlich aus, als er rückwärts vom Tisch heruntertaumelte. Er fiel fast in Miss Lizzies Rock; sie halbierte sich augenblicklich und saß auf dem Boden, den Schoß vor sich ausgebreitet wie einen prächtigen Hut, der gerade zusammengedrückt worden war. Ran MacLain eilte höflich herbei, um sie hochzuheben, aber sie wehrte ihn ab.

»Warum gehen Sie nicht nach Hause – sofort!« sagte sie.

Vor ihren Augen kam Easter auf die Knie, setzte sich auf und zog die Beine an. Sie legte den Kopf auf die Knie und sah zu ihnen hin, während sie langsam ihr ruiniertes Kleid herunterzog.

Die Sonne ging gerade unter. Sie spürten sie direkt hinter sich, wie eine flache Hand die Wärme. Easter beugte sich leicht über den Tischrand, als wollte sie nach unten sehen auf etwas, das sich da vielleicht bewegte, und schnaubte sich die Nase; sie tat das mit Hilfe ihres Fingers, wie die Leute von weit draußen auf dem Lande. Dann saß sie wieder da und sah sich um; im nächsten Augenblick fielen ihre Beine vom Tisch und hingen nach unten. Die Mädchen sahen sie ihrerseits an, durch die gelben und violetten Ströme von Staub – die gerade jetzt bei ihnen ankamen von Ran MacLains altem Schlitten –, eine Luft, so rauh, als würde Sackleinen von den Ästen der Bäume heruntergelassen. Easter hob einen Arm und beschattete ihre Augen, aber der Arm fiel wie ein Klumpen auf ihren Schoß.

Man hörte ein seufzendes Geräusch von ihnen. Denn zum erstenmal bemerkten sie, daß ein alter Korb auf dem Tisch stand. Er enthielt ihre Messer, Gabeln, Blechtassen und Teller.

»Tragt mich.« Easters Stimme war ausdruckslos. Wieder: »Tragt mich.« Sie hielt ihnen die Arme hin, einfältig.

Dann pfiff Ran MacLain nach seinen Hunden.

Die Mädchen rannten alle zusammen vorwärts. Mrs. Gruenwalds Fäuste hoben sich in die Luft, als würde sie einen Vorhang heben – nein, eher, als hätte sie ihn heruntergelassen –, und sie begann mit einem blökenden Laut: »Pa-a-ack –

– alle Sorgen in den alten Sack
und lache, lache, lache!«

Die Neger machten ein großartiges Theater, alle kamen jetzt her, und dann entwischte Exum ihnen allen und rannte winkend weg in den Wald, anmutig wie ein freigelassenes Kaninchen.

»Wer war das, der große Junge da?« erkundigte sich Etoile bei Jinny Love.

»Ran MacLain, du Trantüte.«

»Was wollte der denn?«

»Der wartet nur auf die Zelte. Morgen kommen *sie* raus, zum Jagen. Ich hab alles gehört, was er Miss Moody erzählt hat.«

»*Kennt* Miss Moody ihn denn?«

»Den kennt jeder, und seinen Zwillingsbruder auch.«

Nina, die in vorderster Reihe mit den andern angerannt kam, seufzte – mit dem Seufzen, das sie immer von sich gab, wenn sie ihre Klassenarbeiten in der Schule ablieferte. Dann empfand sie bei jedem Schritt einen eigenen Trotz. Sie kreischte: »Easter!«

In diesem Augenblick voller Leidenschaft, als sie Easter erreichten und sie hochhoben, stürmten viele Gefühle auf Nina ein, einige übereinstimmend, einige im Widerstreit dazu. Jedenfalls war das, was mit Easter geschehen war, draußen in der Welt, genau wie der Tisch. Dort blieb es – ein Geheimnis, wenn auch nur, weil es hart und grausam war und, wie Nina im Innern ihres Körpers fühlte, mörderisch.

Jetzt hoben sie Easter auf und trugen sie zum Zelt; und Mrs. Gruenwald hüpfte immer noch rückwärts und dirigierte weiter:

»– in den alten Sack!
Wenn kein Junge lacht, dann lacht, ihr Mädchen,
das ist recht!«

Miss Lizzie überragte alle, finster, stöhnend. Sie bekam Little Sister Spights zu fassen und sagte: »Könntest *du* mich wohl abbürsten!« Sie würde bald ihren Pflichten nachkommen, aber jetzt wollte sie nichts weiter als einen Platz zum Sitzen und ein Glas kaltes Wasser. Sie sprach noch nicht mit Marvin; der schob die Wassermelonen auf den Tisch.

Der Verstand konnte es kaum fassen, wie Easter wieder frei im Raum stand, die doch vorher von der blauen Luft selbst berührt und umgedreht worden war. Einige von ihnen blickten sich um und sahen den See, umrandet von seinen ineinander geschachtelten Wänden aus Wald, in die die Dunkelheit bereits eingedrungen war. Da waren die Schwimmflügel von Little Sister Spights, trieben noch, weiß wie ein Vogel. »Ich kenn noch einen Moon Lake«, hatte gestern ein Mädchen gesagt. »Oh, mein Kind, Moon Lakes gibt es in der ganzen Welt«, hatte Mrs. Gruenwald unterbrochen. »Ich kenne einen Mondsee in Österreich…« Und in jeden war ein Mädchen gefallen, wagten sie, jetzt, zu denken.

Der See wurde dunkler, dann leuchtete er, wie das Wasser in einem ummauerten Brunnen. Easter wurde zu Bett gebracht, die andern saßen still auf dem Boden vorm Zelt, und Miss Lizzie nippte Wasser aus Ninas Becher. Die aufsteigenden Wolken am Himmel wurden über und über hell wie ein blühender Mimosenbaum, der seine Äste ausbreitet und von dort aus gesehen werden kann, wo sich eigentlich der Stamm erheben sollte.

VI

Nina und Jinny Love, die eingehakt den unteren Pfad entlangspazierten, sahen das Zelt des Pfadfinders vor sich. Es war nach dem Festmahl mit den Wassermelonen und Miss Lizzies Abreise. Miss Moody, in Voile und Tennisschuhen, hatte eine Verabredung mit dem alten

»Rudy« Loomis, und Mrs. Gruenwald versuchte gerade, die Mädchen mit einem Abendsingen zusammenzuhalten. Easter schlief; Twosie hielt bei ihr Wache.

Nina und Jinny Love konnten die schwebenden Gesänge hören, wie zum Abschied, die Hoch- und Jubelrufe zwischendurch. Eine Eule schrie in einem Baum, in größerer Nähe. Wind kam auf.

Auf der anderen Seite der Zeltwand klappten die Stangenbeine des Pfadfinders auseinander und schlossen sich wie ein Fächer, wenn er sich vor- und zurückbewegte. Er hatte eine Laterne im Zelt oder vielleicht auch nur eine Kerze. Er vernichtete seinen eigenen Schatten, indem er seine Zeltklappe öffnete. Jinny Love und Nina hielten auf dem Pfad an, leise wie alte Zeltbewohner.

Der Pfadfinder, der gute alte Loch Morrison, zog sich in seinem Zelt aus, sichtbar für die ganze Welt. Er ließ sich viel Zeit, um sich jedes Kleidungsstück herunterzuzerren; dann schleuderte er es hart auf den Boden, als würde er einen Ball werfen; doch wirkte es nachdenklich bei ihm.

Seine Kerze – denn das war es nur – hüpfte jetzt ein wenig, er stand da und studierte und berührte seinen Fall von Sonnenbrand vor einem Spiegel, wie sie selbst einen hatten. Er war nackt und sein kleines, lustiges Ding hing an ihm wie der letzte Tropfen an der Lippe eines Kruges. Er unterbrach seine Untersuchung oder war damit fertig und kam wieder an die Zeltöffnung und stand da, auf einen erhobenen Arm gelehnt, das Gewicht auf einem Fuß – sah einfach in die lärmende Nacht hinaus.

Es kam ihnen so vor, als hätte er wenig zu tun!

Er hatte sich doch bestimmt, gerade bevor sie ihn erwischten, mit den Fäusten auf die Brust geschlagen? Hatte sich großartig gefühlt? Es kam ihnen so vor, als könnten sie im Pulsieren der Nachtluft immer noch den wilden Paukenwirbel des Stolzes hören, den er in die Welt hinaus getrommelt haben mußte. Sie konnten sich seine alberne, kurze, hemmungslose kleine Vorstellung gut ausmalen, nachts da in seinem Zelt der Absonderung mitten im Wald. Mit seinem elritzigen Ding, groß wie die Kerzenflamme, nackt, wie er war damit, meinte er wohl, er würde ebenfalls leuchten. Oder?

Trotzdem, als er da stand, mit dem Zelt schräg über sich, und seinen knotigen Arm reckte und sein Kopf sich ein bißchen neigte, sah er eher so aus, als wüßte er nichts mit sich anzufangen.

»Wir könnten schreien wie eine Eule«, schlug Nina vor. Aber Jinny Love dachte schon an die Zukunft. »Ich werde ihn verpetzen, morgen in Morgana. Er ist von allen Pfadfindern in der Truppe der eingebildetste; und er hat krumme Beine.

Du und ich, wir werden immer alte Jungfern bleiben«, fügte sie hinzu.

Dann gingen sie hin und sangen mit.

JEDER WEISS

Vater, ich wollte, ich könnte mit dir reden, ganz gleich, wo du dich aufhältst.

Mutter sagte: *Wo bist du gewesen, mein Sohn?* – Nirgendwo, Mutter. – *Ich wünschte, du würdest dich nicht so unglücklich anhören, mein Sohn. Du könntest doch jetzt wieder nach MacLain ziehen und mit mir zusammen wohnen.* – Nein, das kann ich nicht, Mutter. Du weißt, daß ich in Morgana bleiben muß.

Als ich die Tür zur Bank zugeschlagen hatte, rollte ich die Hemdsärmel runter und stand eine Weile da und guckte über das Baumwollfeld hinter Mr. Wiley Bowles' Haus auf der anderen Straßenseite, bis ich davon fast einschlief und dann wieder aufwachte, als hätte man direkt vor meiner Nase ein Licht angeknipst. Woodrow Spights war ein paar Minuten vor mir gegangen. Ich stieg in meinen Wagen und fuhr die Straße hoch, wendete unten an der Zufahrt zu Jinny (auf der andern Seite lief Woody her) und fuhr wieder zurück. Ich wendete in unserer ehemaligen Auffahrt, wo Miss Francine den Sprenger laufen hatte, und drehte die gleiche Runde noch einmal. Das, was jeder jeden Tag macht, bloß nicht alleine.

Maideen Sumrall stand auf der Drugstore-Treppe und schwenkte ein kleines grünes Taschentuch. Als ich nicht daran dachte anzuhalten, sah ich, wie sie das Taschentuch sinken ließ. Ich wendete wieder, um sie mitzunehmen, aber sie hatte schon eine Fahrt mit Red Ferguson erwischt.

Also ging ich auf mein Zimmer. Bella, Miss Francine Murphys kleine Hündin, japste ununterbrochen – sie war krank. Ich ging immer nach draußen in den Garten und redete mit ihr. Arme Bella, wie geht es dir denn, mein Fräulein? Ist es heiß, hat man dich alleingelassen?

Mutter sagte am Telephon: *Bist du irgendwohin ausgegangen, mein Sohn?* – Nur ein bißchen Luft schnappen. – *Ich merke doch, daß du ganz verbittert bist. Und du verheimlichst mir Dinge, die ich nicht verstehe. Du bist ge-*

nauso schlimm wie Eugene Hudson. Da habe ich nun zwei Söhne, die mir etwas verheimlichen. – Ich bin nirgendwo gewesen, wo sollte ich schon hingehen? – *Wenn du wieder zu mir nach MacLain ziehen würdest, in die Kreisstadt, dann wäre alles wieder gut. Ich weiß, du wirst nicht bei Miss Francine essen, nicht ihre Brötchen.* – Die sind genauso gut wie Jinnys, Mutter.

Eugene ist allerdings wohlbehalten in Kalifornien, das glauben wir jedenfalls.

Als die Bank aufmachte, kam Miss Perdita Mayo zu mir an den Schalter und brüllte: »Randall, wann gehen Sie wieder zu Ihrer teuren Frau zurück? Sie verzeihen ihr, verstehn Sie mich? Das gehört sich nicht, so nachtragend zu sein. Ihre Mutter hat Ihrem Vater ihr Leben lang nicht einmal was nachgetragen, und der hat ihr das Leben wirklich sauer gemacht. Ich sag Ihnen, das können Sie sich gar nicht vorstellen, was der ihr angetan hat. Nichts hat sie ihm nachgetragen. Wir sind alle bloß Menschen hier auf der Welt. Wo ist denn der kleine Woodrow heute morgen, zu spät zur Arbeit, oder haben Sie was mit ihm angestellt? Ich muß immer noch dran denken, wie er als Junge in Kniehosen und mit seinem Pagenkopf auf diesem Pony geritten ist, diesem extravaganten Pony, hatte hundert Dollar gekostet. Woodrow: ein bißchen gewöhnlich, aber sowas von gescheit! Bei Felix Spights, da ist es nie vorgekommen, daß er einem Kunden zuviel berechnet hat, und Miss Billy Texas war wirklich tüchtig, bis sie dann so wurde wie jetzt; und Missie konnte schon immer besser Klavier spielen als die meisten; Little Sister ist noch zu klein, als daß man was über sie sagen könnte. Oh, ich bin eine Frau, die allerlei von der Welt gesehen hat in ihrem Schaukelstuhl, und ich sag Ihnen, wir alle erleben dann und wann unsere Überraschungen. Aber Sie marschieren los, zurück zu Ihrer Frau, Ran MacLain. Hören Sie? Das ist eine rein körperliche Angelegenheit, nichts Seelisches, das geht vorbei. In drei, vier Monaten hat Jinny das überwunden. Verstehen Sie? Und Sie gehen ganz *brav* zurück.«

»Noch heißer heute, findest du nicht auch?«

Ich hatte Maideen Sumrall abgeholt, und wir fuhren die Straße auf und ab. Sie kam aus der gleichen Gemeinde wie die Sissums. Sie war achtzehn Jahre alt. »Guck mal! Stadtfein«, sagte sie und hielt mir beide Hände hin; sie hatte neue weiße Baumwollhandschuhe an. Maideen saß da neben mir im Auto und redete über Sachen, die mich nicht interessierten – über die Samen- und Futtermittelhandlung, wo sie angestellt war und die Bücher führte, über den alten Moody, für den sie arbeitete, darüber, wie sie es fand, als Mädchen vom Land und nach dem Junior College in Morgana zu arbeiten. Ihre erste Stelle: Ihre Mutter hatte sich noch immer nicht mit dem Gedanken angefreundet. Und die Leute konnten so nett sein: wenn sie manchmal nach Hause gefahren wurde wie jetzt von mir, statt von Red Ferguson im Coca-Cola-Laster. Das erzählte sie mir gerade. »Und ich hab zuerst gedacht, du wolltest mich nicht sehen, Ran. Ich hab meine Handschuhe geschont, damit ich sie tragen kann, wenn ich mit dem Auto nach Hause fahr.«

Ich erklärte ihr, daß meine Augen schlechter geworden wären. Sie sagte, das täte ihr leid. Sie war ein liebes, nettes Mädchen vom Lande und mochte es, wenn sie etwas hatte, über das sie ihr Bedauern ausdrücken konnte. Ich fuhr, gemächlich, noch ein paar Minuten auf und ab. Mr. Steptoe schleppte den Postsack ins Postamt – er und Maideen winkten sich zu. In der Presbyterianerkirche spielte Missie Spights gerade: »Werd' ich Sterne in der Krone tragen?«, und Maideen hörte zu. Und auf der Straße waren es immer dieselben, die in den Eingängen standen oder in ihren Wagen herumfuhren und meinem Wagen zuwinkten. Maideens kleines blaues Taschentuch winkte eifrig zurück. Sie winkte ihnen genauso zu, wie sie mir zugewinkt hatte.

»Es würde mich auch wundern, wenn das *nicht* anstrengend wär für die Augen, den ganzen Tag eingesperrt zu sein und Geld zu zählen, Ran« – um irgendwas mit mir zu reden.

Sie wußte, was ihr jeder in Morgana erzählt hatte; und an vier oder fünf Nachmittagen nach dem ersten holte ich sie ab und nahm sie für ein paar Runden mit die Straße hoch und runter, gab ihr eine Cola bei Johnny Loomis aus und fuhr sie nach Hause, draußen bei Old Forks, und setzte sie ab, und sie sagte nie ein Wort, nur so freundliche Sachen wie das übers Geldzählen. Sie war freundlich; ihre Gesellschaft war fast wie Alleinsein.

Ich fuhr sie nach Hause und dann zurück nach Morgana zu Miss Francine Murphy, bei der ich ein Zimmer hatte.

Das nächste Mal nahm ich von da aus, wo die gepflasterte Straße zuende ist, die Abkürzung zu Starks. Ich habe es nicht mehr ausgehalten.

Maideen sagte kein Wort, bis wir am Ende der Zufahrt ankamen.

»Ran?« sagte sie. Das war nicht als Frage gemeint. Sie wollte mich nur daran erinnern, daß ich nicht alleine war, aber das wußte ich. Ich stieg aus und ging herum und öffnete ihr die Tür.

»Du willst mich da mit reinnehmen?« sagte sie. »Bitte, es wär mir auch recht, wenn du's nicht tätest.« Sie ließ den Kopf hängen. Ich sah die extraweiße Stelle in ihrem Haar.

Ich sagte: »Klar, laß uns reingehen und Jinny besuchen. Warum nicht?«

Ich hielt es nicht länger aus, deshalb.

»Ich geh und nehm dich mit.«

Es war nicht so, als hätte Mr. Drewsie Carmichael mir nicht jeden Nachmittag gesagt: »Kommen Sie mit zu mir nach Hause, mein Junge« – widersprich mal, wenn er sich dabei diesen großen Panamahut – wie deiner, Vater – auf den Kopf knallt. »Blödsinn, daß Sie nicht im Kühlen schlafen, auch wenn Sie einen von unsern Ventilatoren auf sich gerichtet haben. Mamie ist böse auf Sie, weil Sie da gegenüber in diesem Zimmer schmoren – Sie wären in fünf Minuten umgezogen. Also, Ran, sehen Sie: Mamie hat Ihnen was zu sagen: ich nicht.« Und dann wartete er eine Minute in der Tür, bevor er wegging. Er stand da und hielt seinen Stock – der, den Woody Spights und ich ihm zusammen gekauft hatten, als er Bürgermeister geworden war – neben dem Kopf in die Höhe, um mir freundlich zu drohen, bis ich ihm antwortete: »Nein, danke, Sir.«

Maideen war neben mir. Wir liefen bei Starks über den gebackenen Weg zur vorderen Veranda, unter den schweren Köpfen des Indischen Flieders her, den allzu leuchtenden Blüten, die herunterhingen wie Früchte kurz vorm Fallen. Die Mutter meiner Frau – Miss Lizzie

Morgan, Vater – hielt erst einmal ihr Gesicht an ihr Schlafzimmerfenster. Sie würde es zuerst wissen, falls ich zurückkäme, na schön. Sie teilte die Vorhänge mit einer stählernen Häkelnadel und guckte runter auf Randall MacLain, der da an ihre Tür kam und weiß der Himmel wen mitbrachte.

»Was machst du denn hier, Ran MacLain?«

Als ich nicht hochsah, schlug sie mit ihrem Haken auf die Fensterbank.

»Ich bin noch nie bei Starks gewesen«, meinte Maideen, und ich begann zu lächeln. Ich fühlte mich merkwürdig unbeschwert. Irgendwo in der Nähe blühten offenbar Lilien, und ich atmete ihren Äthergeruch tief ein: Sollte das Bewußtsein doch schwinden. Ich zog die Tür aus Fliegendraht auf. Von oben, irgendwo drinnen, rief Miss Lizzie: »Jinny Love!«, als ob Jinny eine Verabredung hätte.

Jinny – die gerade mal nicht draußen Croquet spielte – stand mit gegrätschten Beinen vor dem Flurspiegel und schnitt sich Locken ab. Die Locken fielen ihr vor die Füße. Sie hatte Strohsandalen an, die Sorte, die man bestellen muß, Jungenshorts. Sie sah zu mir hoch, kurzsichtig, und sagte: »Grade richtig, um mir zu sagen, wann ich aufhören soll.« Sie hatte sich Stirnfransen geschnitten. Ihr Lächeln erinnerte mich an ein Kind, das den Mund schon aufmacht, aber den Schrei noch nicht ausstößt, wenn es nicht die richtige Person sieht.

Sie drehte sich zum Spiegel um und schnibbelte wieder. »Gib jedem Einfall nach –« Sie hatte Maideen inzwischen gesehen, und sie schnitt sich einfach weiter die Haare mit dieser storchenförmigen Schere. »Kommen Sie mit rein, ziehen Sie Ihre Handschuhe aus.«

Richtig: sie würde es wissen, mit einer Auffassungsgabe, als wäre sie hellsichtig, erstens, daß ich zurückkäme, wenn mir der Sommer zuviel würde, und zweitens, daß ich dann auch gleich eine Fremde mitbringen würde, falls ich eine auftreiben konnte, jede, die es nicht besser wußte, als mit mir ins Haus zu kommen, wenn ich käme.

Vater, ich wünschte, ich könnte zurück.

Ich blickte auf Jinnys Kopf mit den fransigen Spitzen überall, und dann kam Miss Lizzie nach unten; sie hatte nur angehalten, um sich selbstverständlich andere Schuhe anzuziehen. Solche, in denen man wie eine Marschkolonne die Treppe runterkommt. Als wir alle zusammen waren, verließen wir dann die Stelle, wo wir uns getroffen hatten, gingen den Flur entlang, ohne Paare zu bilden, und über die gegenseitigen Namen hinweg, oder was wir auch sagten, brüllte Jinnys Stimme nach Tellie, daß sie Cokes bringen sollte. Sie zählte uns mit dem Finger. Die Unbeschwertheit stellte sich sofort wieder ein. Nur weil ich auf die Matten trat, die schon ein bißchen ausgebeult und mit Jinnys Haaren bestreut waren wie mit Federn, hätte ich schweben können, abheben und schweben.

In Schaukelstühlen – wir saßen auf der hinteren Veranda – schaukelten wir alle nicht. Die Stühle, weißes Korbgeflecht, trugen eine neue Farbschicht – ihre tausend-und-erste, doch eine neue Schicht, seit ich Jinny verlassen hatte. Das Draußen – ein Laken aus weißem Licht – war in meinen Augen. Die Farne auf ihren Ständern dicht um uns herum psch-ten, man hatte sie gerade begossen. Ich konnte Frauen zuhören und mir Teile der Geschichte anhören, natürlich über das, was mit uns passiert war – doch ich hörte den Farnen zu.

Aber sie wurde erzählt. Nicht mit Miss Lizzies Stimme, die nicht auf die Idee käme, bestimmt nicht mit Jinnys, sondern mit der klaren Stimme Maideens, wo sie nie existiert hatte – um so schlimmer, daß die Stimme nicht einmal in Frage stellte, was sie sagte, nur wiederholte, nur schnell nachplapperte, schal – das Stadtgerede.

Sie erzählte, was man ihr erzählt hatte, daß sie es gesehen hätte, wiederholte, was sie gehört hatte – junge Mädchen sind exotische kleine Vögel, die sprechen können. Man kann ihnen beibringen, manchen täglich, ein Lied zu singen, das die *Leute* gemacht haben... Selbst Miss Lizzie legte den Kopf schief und ließ Maideen gewähren.

Er hat sie sitzenlassen und seine Sachen nach unten ans andere Ende der Straße gebracht. Jetzt sind alle gespannt, wie lange es wohl dauert, bis er zurückgeht. Man sagt, Jinny MacLain lädt Woody zu sich nach draußen zum Essen ein, ein Jahr jünger als sie, denk dran, wann sie geboren sind. Lädt ihn ein, direkt vor der Nase ihrer Mama. Sicher, es ist Woodrow Spights, den sie einlädt. Wer sonst in Morgana käme für Jinny Stark in Frage nach Ran, wenn sogar Eugene weggegangen ist? Sie ist mit den Nesbitts verwandt. Man erzählt nicht, wann es angefangen hat, weiß das irgend jemand? Im Frauenkreis, bei Miss Francine, in der Sonntagsschule meint man, daß sie Woodrow heiraten wird; Woodrow würde sofort zugreifen, aber Ran würde vorher jemanden umbringen. Und da ist Rans Papa und wie der sich verhalten hat und verhält, wißt ihr noch, wißt ihr noch? Und daß Eugene weggegangen war, das hat ihn wohl manchmal zurückgehalten. Die arme Snowdie, die hat es schwer. Er war mal niedlich, aber es steckt zuviel von dem alten Teufel in ihm drin von früher her, so ist Ran. Der wird noch was Schlimmes anstellen. Der läßt sich nicht von Jinny scheiden, sondern wird noch was Schlimmes anstellen. Sie alle umbringen vielleicht. Es heißt, Jinny hätte keine Angst davor. Vielleicht trinkt sie und versteckt die Flasche, ihr wißt ja, wie das bei ihrem Vater war. Und auf der Straße so gesittet wie immer. Und, ohje, ich weiß nicht, sie laufen sich jeden Tag, den der Herrgott gemacht hat, über den Weg, alle drei. Sicher, was könnten sie dagegen unternehmen, wenn sie was dagegen unternehmen wollten, wie könnte man das vermeiden, mitten in Morgana? Das kann man in Morgana nicht vermeiden, in keiner Weise, das wißt ihr doch.

Vater! Du hast dir sowas nicht angehört.

Und Tellie war wütend auf uns alle. Sie hielt immer noch das Tablett, sie hielt es ein paar Zentimeter zu hoch. Als Maideen ihre Cola in ihren weißen Handschuh nahm, sagte sie zu Miss Lizzie: »Ich komme mir zu klebrig und unordentlich vor, wenn ich den ganzen Tag im Laden gearbeitet hab, als daß ich zu Fremden ins Haus könnte.«

»Sie sind bei weitem die frischeste hier, meine Liebe.«

Wen sonst hatte Maideen je gekannt, über den sie sprechen konnte, außer sich selbst?

Aber sie sah aus wie Jinny. Sie war eine kindliche Ausgabe von Jinny. Als Jinny mich genau in diesem Augenblick zum erstenmal richtig ansah, wurde mir das mit einem Schlag deutlich. (Ha, ihr Blick hatte schon immer Verunreinigung deutlich gemacht. Oder deutlicher.) Diese Ähnlichkeit erkannte ich *post mortem*, sozusagen – und freute mich richtig über mich selbst. Ich meine nicht, daß in Maideens Gesichtchen irgend etwas Spöttisches lag – nein, aber in Jinnys war etwas von Maideen, das weit zurückging – zu allem, was meine Jinny jetzt nie mehr sein würde, wie ich wußte.

Der leichte Luftzug des Deckenventilators – mit den alten weißen Flügeln wie aus Zuckerguß, mit den Fliegen, die darauf herumritten – hob die Haare der Mädchen an wie eine vorbeistreifende Hand, das braune Haar Maideens schulterlang und das braune Haar Jinnys kurz, ruiniert – sie hatte es selbst ruiniert, wie sie es gerne tat. Maideen war sogar noch höflicher, als sie mir gegenüber je gewesen war, und riß Lücken in die Stille wie die tropfenden Farne, indem sie über sich selbst redete und die Saat- und Futtermittel; doch sie glühte von etwas, von dem sie nichts wußte, noch nicht, dort in dem Raum mit Jinny. Und Jinny saß da und schaukelte nicht, noch nicht, mit ihrem wissenden, lächelnden Nicht-Zuhören.

Ich blickte von Jinny zu Maideen und wieder zu Jinny, und lauschte fast auf irgendein Kompliment – ein Kompliment von irgendwoher – Vater! – für meine guten Augen, meine Hellsichtigkeit. Es gelang mir schließlich, es herauszubekommen. Zwischen ihnen war nichts als Zeit.

Die lästigen Geräusche draußen hörten nicht auf – Leute und Croquet. Wir tranken unsere Colas aus. Miss Lizzie saß einfach nur da – heiß. Sie hielt immer noch die Häkelnadel, senkrecht wie ein Lineal, und sie schlug damit auf niemanden ein, brachte niemanden zu Tode. Jinny war aufgestanden und forderte uns auf, draußen mit Croquet zu spielen.

Aber es war lange genug gewesen.

Sie bewegten sich langsam über den Schatten des fernen Gartens – Woody, Johnnie und Etta Loomis, Nina Carmichael und Jinnys Vetter Junior Nesbitt und das vierzehnjährige Kind, das sie mitspielen ließen – mit Woody Spights zusammen, der seinen Ball durch ein Tor schlug. Er war zu jung für mich – eigentlich war er mir erst in diesem Jahr richtig aufgefallen; er war auf dem Weg nach oben. Ich sah über den Garten, und es kam mir vor, als ob die gewohnte Schar ein wenig geschrumpft wäre, mir fiel nicht ein, wer aus dem Spiel sein könnte. Jinny ging zu den andern hin. Ich war es selbst.

Mutter sagte: *Mein Sohn, du läufst herum wie im Traum.*

Miss Perdita kam und sagte: »Wie ich höre, sind Sie gestern zurückgegangen und haben Ihren Mund nicht aufgekriegt, sind wieder weggegangen. Da hätten Sie sich das Hingehen genausogut sparen können. Aber daß Sie jetzt nicht voreilig sind und irgendwas anstellen, was wir alle nur mit Bedauern hören würden. Ich weiß, das tun Sie nicht. Ich hab Ihren Vater gekannt, bin verrückt gewesen nach Ihrem Vater, jedesmal froh, wenn ich gesehen hab, wie er gekommen ist, traurig, wenn ich gesehn hab, wie er weggegangen ist und daß er Ihre Mutter gern gehabt hat. Die reizendsten Leute der Welt, die glücklichste Ehe der Welt, solange er zu Hause war. Erzählen Sie das Ihrer Mutter, daß ich das gesagt habe, wenn Sie wieder mal hingehen. Und Sie marschieren zurück zu Ihrer teuren Ehefrau. Sie marschieren zurück, und dann kriegen Sie beide ein paar Kinder. Im Frauenkreis haben sie erklärt, Jinny läßt sich von Ihnen scheiden, heiratet Woodrow. Ich hab gesagt: Warum? Rein körperliche Angelegenheit, habe ich meinem Frauenkreis erzählt, wird nicht halten. Sister hat gemeint, daß Sie ihn umbringen würden, ich hab Sister gesagt: Von wem redest du? Wenn es Ran MacLain ist, den ich schon im Kinderwagen gekannt hab, hab ich gesagt, der regt sich ganz bestimmt nicht derartig auf. Und die kleine Jinny. Wer sagt Lizzie Bescheid, daß sie sie mal versohlen sollte? Aber wirklich! Ich konnte mir nicht helfen, ich mußte Jinny einfach auslachen: sie meint: Das ist meine Angelegenheit. Wir sind in Hardware gewesen, und der alte Holifield hat so böse geguckt, daß ihm fast die Augen aus dem Kopf gefallen sind. Ich sag: Wie ist das passiert, Jinny, sagen Sie's der alten Miss Perdita, mein Äffchen, und sie sagt: Ach, Miss Perdita, machen Sie's wie ich. Machen Sie's wie ich, sagt sie, und tun Sie einfach so, als wenn nichts passiert wär. Ehrlich, und sie sagt, ich muß meine Schecks in der Morgana Bank einlösen, und da arbeitet Woody Spights, da sind nur er und Ran, also geh ich zu Woody und lös sie ein. Und ich sag: Kind – wie könnten Sie sich denn alle aus dem Weg gehen, selbst wenn Sie wollten? Es geht nicht. Es ist allerdings ein Jammer, daß Sie zu einem Spights laufen mußten. Tja, wenn es bloß Carmichael-*Jungen* gegeben hätte, sag ich oft! Aber egal, um wen es sich handelt, es ist ein ewiger Kreislauf. Das ist es, was diese köperlichen Angelegenheiten sind, ein ewiger

Kreislauf. Und man kann nicht davor weglaufen in ganz Morgana. Nicht mal in unserer kleinen Stadt.

Also schön, hab ich vor ner Weile zum alten Moody gesagt, sehn Sie mal. Jinny war Ran untreu – so sieht das aus. Das *ist es, worum* es überhaupt geht. Das ist der dickste Brocken. Dem muß man ins Auge sehn, hab ich Dave Moody erklärt. Wie Lizzie Stark das macht, die ist tapfer. Die andere Tapfere, auch wenn sie sich sieben Meilen südlich von hier befindet, das ist Snowdie MacLain. Die arme Billy Texas Spights begreift überhaupt nichts mehr. Sie sind bloß der Saatgut- und Futtermittelmann und der Sheriff hier, es paßt mir nicht, daß Sie keine richtige Meinung haben.

Jinny hat als junges Mädchen nicht mal vorm Teufel selbst Angst gehabt, also hat sie jetzt wohl ganz bestimmt keine, mit fünfundzwanzig. Sie ist Lizzies Herzblatt. Und Woodrow Spights wird nie und nimmer bei der Bank kündigen, oder? Da ist es doch viel sauberer als im Warenhaus, und das Warenhaus wird er außerdem noch kriegen. Es liegt also bei Ihnen, Ran, so wie's aussieht.

Und ich würde zurückgehen zu meinem gesetzlichen Eheweib!« Miss Perdita legt beide Hände auf die Stangen meines Käfigs und hebt die Stimme. »Für Sie oder mich oder den Mann im Mond gibt's keinen Grund, bei Miss Francine Murphy da oben in dem kleinen, heißen Zimmer nach Westen hin zu schlafen, bei allem Stolz der Welt, nicht im August! Und auch wenn's das Haus ist, in dem Sie aufgewachsen sind, es ist ein anderes Zimmer. Und jetzt hören Sie mir mal zu: Ruinieren Sie nicht obendrein noch ein Mädchen vom *Lande*! Jetzt machen Sie, was Sie für richtig halten.«

Sie tritt zurück und läßt ihre Hände ausgestreckt, als zerrte sie an der Luft, so wie ich auf meinem Ohr dahintreibe, aufgehängt, hypnotisiert, und sie kann weggehen. Aber sie geht nur bis zum nächsten Schalter – zu Woody Spights.

Ich ging zurück zu Miss Francine Murphy, bei der ich ein Zimmer hatte. Es war früher das Zimmer mit den Koffern, Vater. Mutter hat da ihre Steppdecken und ihr Hochzeitskleid aufbewahrt und das ganze schreckliche Sammelsurium aus einer langen Zeit, von der du wohl nichts weißt.

Nach der Arbeit mähte ich dann das Gras und sowas in Miss Francines Garten hinterm Haus, damit Bella es kühler hätte. Das hielt einigermaßen die Flöhe von ihr fern. Ich war nicht besonders tüchtig. Die Hitze ließ nicht nach.

Ein bißchen später am Nachmittag probierte ich es noch einmal mit einem Besuch bei Jinny. Die Männer spielten gerade, spielten immer noch Croquet mit einem kleinen Mädchen, und die Frauen hatten sich zurückgezogen, auf die Veranda. Ich probierte es ohne Maideen.

Es war der lange Mississippi-Abend, dieses Warten, bis es kühl genug ist zum Essen. Miss Lizzies Stimme trug weit. Sie war allgegenwärtig wie das Summen der Baumwollentkernungsmaschine, aber der Abend war noch still, noch sehr heiß und still.

Jemand rief mir zu: »Du bist tot. Woody hat dich geschlagen.« Es war nur ein kleines Williams-Mädchen mit Zöpfen.

Ich habe wohl mit einem Scherz geantwortet. Ich fühlte mich unbeschwert, nicht im geringsten ernsthaft, tat es wirklich für ein Kind, als ich meinen Croquetschläger hob – den mit dem roten Band, meiner seit eh und je. Aber ich brachte Woody Spights damit zu Fall. Er kippte um und ließ den Boden erbeben. Ich fühlte, wie die Luft aufwallte. Dann schlug ich auf ihn ein. Ich ging ihn der Länge nach durch und knackte seinen Kopf mit dem sanften Mädchenhaar und all den Ideen, schlug auf Woody ein, ohne einmal innezuhalten, bis jeder Knochen, über die ganze Länge bis zu den kleinen Knochen unten im Fuß, zerschlagen war. Erst dann war ich mit Woody Spights fertig. Und ich bewies damit, daß der männliche, menschliche Körper – er hat eine zu eindeutige, zu besondere Gestalt, weißt du, um nicht verletzt zu werden – daß man den ganz schön schnell erledigen konnte. Es braucht nur einen guten, lauten Hieb nach dem andern – man sollte das Jinny beibringen.

Ich sah hinunter auf Woodrow. Und seine blauen Augen waren noch genauso heil. Genauso heil wie die Blasen, die ein Kind pustet, vollkommen unversehrte Gebilde – man sieht Grashalme durch Luftblasen hindurchgehen, und sie spiegeln immer noch die Welt, geben sie unzerstört wieder. Woodrow Spights, das versichere ich, war tot. »Jetzt paß auf«, sagte er.

Er redete ohne jedes Zeichen von Schmerz. Nur eben die Schärfe des Wettbewerbs war in seiner Stimme. Er war schon immer ein ausgesprochen ehrgeiziger Trottel gewesen. Für mich war Ehrgeiz seit jeher ein Rätsel, aber jetzt versuchte Woody, uns damit zu täuschen – mich und ihn, beide. Ich wußte nicht, wie sie sich wieder öffnen konnten, Woody Spights' gebrochene Kieferknochen, aber sie konnten. Ich hörte sie sagen: »Jetzt paß auf.«

Er war tot auf dem ruinierten Rasen. Doch er hatte sich erhoben. Nur um die Aufmerksamkeit darauf zu lenken, gab er der dicken kleinen Williams eine Ohrfeige. Ich konnte die Ohrfeige sehen, aber ich konnte sie nicht hören – den vertrautesten Laut der Welt.

Und *dann* hätte ich es hinausschreien sollen – Schande über Schande! Die Schreie menschlicher Wesen konnten anschwellen, wenn es die Schreie der Heuschrecken konnten, im letzten Dämmern eines Abends wie diesem, und übers Gras in einem Garten gellen, wenn sie nur zahlreich genug schrien. Zu unseren Füßen ließen die Schatten das Licht erblassen, bis kein Schatten mehr blieb, und die Heuschrecken sangen in langen Wellen, O-I, O-I, und die Baumwollentkernungsmaschine lief weiter und weiter. Unser Gras ist im August wie der Boden des Meeres, und wir laufen langsam drüberher beim Spiel, und der Himmel wird grün vorm Dunkelwerden, wie du weißt, Vater. Der Schweiß rann mir über den Rücken und an Armen und Beinen entlang, verzweigte sich wie ein umgekehrter Baum.

Dann: »Ihr kommt alle rein!« riefen sie von der Veranda – die wohlbekannten Lampen gingen plötzlich alle an. Sie riefen uns mit diesen Stimmen von rufenden Frauen, von Verstellung, alle bis auf Jinny. »Ihr Trottel, ihr spielt ja im Dunkeln!« sagte sie. »Das Abendessen ist fertig, falls jemand darauf Wert legt.«

In der Dunkelheit kam mir die helle Veranda vor wie ein Boot auf dem Fluß; ein Ausflugsboot, auf das ich nicht gehen würde. Ich würde zu Miss Francine Murphy gehen, wie jeder wußte.

Um Miss Francine und den drei Lehrern nicht in die Arme zu laufen, rannte ich jeden Abend über die Veranda und auch noch durch den Flur, so wie jemand durch ein brennendes Haus rennt. Im Garten hinterm Haus, mit schwarzen Feigenbäumen, sonst aber mondbeschienen, öffnete Bella die Augen und sah mich an. Ihre zwei Augen zeigten mir den Mond. Wenn sie Wasser trank, würgte sie es hoch – doch sie ging mit Anstrengung zu ihrem Napf und trank noch einmal, für mich. Ich hielt sie fest. Arme Bella. Ich dachte, sie leide an einem Tumor, und blieb den größten Teil der Nacht bei ihr.

Mutter sagte: »*Mein Sohn, ich war froh, dich zu sehen, aber ich habe die alte Pistole deines Vaters in deiner feinen Manteltasche bemerkt, und was hast du damit vor? Dein Vater hat nie Wert darauf gelegt, ist weggegangen und hat sie dagelassen. Ich wüßte nicht, daß es in Morgana irgendwelche Räuber gibt, die der Bank einen Besuch abstatten wollen. Mein Sohn, wenn du etwas Geld gespart hättest, könntest du einen kleinen Ausflug zur Küste machen. Ich würde mit dir fahren. In Gulfport weht immer eine Brise, fast immer.*

Wo bei Jinny die Auffahrt endet, da sind Dolchpflanzen und der kahle Vorgarten mit dem gegabelten Baum mit dem Sitz drumherum – wie irgendein alter Schulhof, nur daß man die Schule dahinter nicht sieht. Nichts als die scharfen, überwucherten Yuccas, und die Spinnweben, die darüber drapiert sind wie alte Lumpen. Man kann unter Bäumen her zum Haus gelangen, indem man ganz um den Hof herumgeht und das alte Tor neben dem Sommerhaus aufmacht. Irgendwo hinten im Schatten steht eine Statue aus den Tagen der Morgans, ein tanzendes Mädchen mit den Fingern am Kinn, ganz pockennarbig, mit irgendwelchen Initialen auf den Beinen.

Maideen gefiel die Statue, aber sie sagte: »Nimmst du mich da wieder mit rein? Ich dachte, du machst das jetzt vielleicht nicht mehr?«

Ich sah meine Hand auf dem Tor und sagte: »Warte hier. Ich hab einen Knopf verloren.« Ich hielt Maideen meinen Ärmel hin. Ganz plötzlich kam ich mir selbst so fremd vor, daß ich nahe daran war, in Tränen auszubrechen.

»Einen Knopf? Komm, ich näh ihn dir an, wenn du mitkommst und mich nach Hause bringst«, sagte Maideen. Das war es, was ich von ihr hören wollte, aber sie faßte meinen Ärmel an. Ein Chamäleon lief an einem Blatt hoch und hielt sich keuchend daran fest. »Dann kann Mama dich kennenlernen. Sie würde sich freuen, wenn du zum Abendessen bleibst.«

Ich klinkte das kleine alte Tor auf. Ich nahm den sauren Hauch der Birnen auf dem Boden wahr, Augustgeruch. Ich hatte Maideen nie gesagt, daß ich zum Abendessen kommen würde, irgendwann, oder ihre Mutter kennenlernen wollte, natürlich nicht; aber ich vergaß auch immer wieder die alte Lebensart, die ewige Höflichkeit der Leute, von denen man hofft, daß man sie nie kennenlernt.

»Ach, Jinny kann ihn eben schnell annähen«, sagte ich.

»Ach, kann ich das?« sagte Jinny. Sie hatte natürlich die ganze Zeit vom Sommerhaus aus zugehört. Sie kam heraus, alleine, mit dem alten, kaputten Flechtkorb voll gesprenkelter Birnen. Sie sagte nicht, geh wieder und mach das Tor zu.

Ich trug ihr den schlingernden Korb, und wir gingen vor Maideen her, aber mir war bewußt, daß sie hinter uns herkam; sie könnte sich wohl auch nicht vorstellen, wie sich das vermeiden ließe. In den Blumenbeeten dort liefen noch dieselben Rotkehlchen herum. Der Rasensprenger tropfte mittlerweile. Wieder einmal gingen wir durch die Hintertür ins Haus. Unsere Hände berührten sich. Wir waren auf Tellies Flecken Minze getreten. Die gelbe Katze wartete, um mit uns hineinzugehen, der Türgriff war so heiß wie die Hand, und auf der Stufe, die unter die Füße von zwei gemeinsam eintretenden Leuten geriet, Einmachgläser mit den eifrigen Ablegern in Wasser – »Paß auf, das sind Mamas –!« Tausendmal waren wir so hineingegangen. So wie in den Birnen, die auf dem Boden lagen, tausend Bienen gesummt und gegraben hatten.

Miss Lizzie schreckte mit einem Schrei zurück und jagte Hals über Kopf die Hintertreppe hinauf – mit gewölbtem Busen –, ihr Schatten trabte neben ihr an der Holzverkleidung hoch wie ein Bär mit einer Nase. Aber sie kam nicht bis nach oben; sie drehte sich um. Sie kam herunter, vorsichtig, und hielt mir ihren erhobenen Finger hin. Sie mußte auch vorsichtig sein. Es handelte sich um die Treppe, auf der Mr. Comus Stark eines Abends hingefallen war und sich das Genick gebrochen hatte, als er betrunken durch den Hintereingang nach oben gegangen war. Hatte ich die Aufmerksamkeit darauf gelenkt? – Jinny machte sich davon.

»Randall. Ich muß dir unbedingt von einem Blatt erzählen, das ich gestern auf der Hand hatte. Meine Partnerin war Mamie Carmichael, und du weißt, sie spielt immer nur ihr eigenes Blatt und kümmert sich nicht mehr um ihren Partner als du. Also, sie eröffnet mit einem Pik, und Etta Loomis sagt kontra. Ich habe ein Singleton in Pik auf der Hand, fünf Treff mit König-Dame, fünf Cœur mit König und zwei kleine Karo. Ich sage zwei Treff. Parnell sagt zwei Karo, Mamie zwei Pik, alle passen. Und als ich mein Blatt hinlege, sagt Mamie: Oh, *Partner*! Warum hast du nicht deine Cœur geboten! Ich sage: Wohl kaum. Auf der Dreierstufe, wenn die Gegner gerade kontra sagen wollen, um das Spiel zu bekommen. Es stellt sich natürlich heraus, daß sie einen Zweifärber hatte – sechs Pik mit As-Bube und vier Cœur mit As-Bube-Zehn, dazu mein Treff-As. Also, Randall. Mamie hätte in der zweiten Runde genausogut drei Cœur bieten können. Aber nein! Sie hat nur ihr eigenes Blatt im Auge, und wir gehen zwei down, dabei hätten wir fünf Cœur machen können. Und nun sag selbst, hätte ich drei Cœur bieten sollen?«

Ich sagte: »Es war schon richtig, daß du's nicht getan hast, Miss Lizzie.«

Sie begann auf der Treppe zu weinen. Tränen standen ihr im gepuderten Gesicht.

»Ihr Männer. Ihr habt uns schließlich mattgesetzt. Ich werde anscheinend alt. O nein, das ist es nicht. Ich kann dir nämlich sagen, wo ihr uns mattgesetzt habt. Auch wenn wir in der Lage sind, euch durch und durch zu kennen, wissen wir einfach nie, was mit euch nicht stimmt. Guck mich nicht so an. Natürlich sehe ich, was Jinny anstellt, die dumme Person, aber bei dir war zuerst was nicht in Ordnung. Du hast nur ihre Antwort darauf bekommen, Ran.« Dann blitzte sie mich noch einmal zornig an und ging wieder nach oben.

Und was mit mir nicht in Ordnung ist, weiß ich nicht, Vater, wenn du es nicht vielleicht weißt. Die ganze Zeit, während sie all das sagte, stand ich da und hielt die Kochbirnen. Dann setzte ich den Korb auf dem Tisch ab.

Jinny war im kleinen Arbeitszimmer hinten, »Mamas Büro«, mit der Landschaftstapete und Mr. Comus' altem Schreibtisch voller Verwaltungskorrespondenz und Landkarten, die wie Donner krachten, wenn der Ventilator sie hochblies. Sie brüllte gerade nach Tellie. Tellie kam mit dem Handarbeitskorb herein und starrte sie abwartend an.

»Stell ihn hin, Tellie, ich brauch ihn gleich, wenn ich fertig bin. Du machst jetzt weiter. Mund zu, hörst du?«

Tellie stellte den Korb ab und Jinny klappte ihn auf und fischte darin herum. Die Storchenschere fiel heraus. Sie fand einen Knopf, der mir gehörte, und wartete auf Tellie.

»Großer Schlamassel, wie ich hör.« Tellie ging hinaus.

Jinny sah mich an, und es war ihr egal. Mir war es nicht egal. Ich feuerte ohne Umschweife auf Jinny – mehr als einmal. Es geschah aus nächster Nähe – plötzlich war kaum noch soviel Platz zwischen uns, daß ich die Pistole hochnehmen konnte. Und Jinny stand nur da und sah mit Stirnrunzeln auf die Nadel, für die ich den Grund vergessen hatte. Ihre Hand entgleiste nicht, erzitterte nicht einmal von dem Lärm. Die verschwimmende Uhr auf dem Kaminsims schlug gerade – die Pistole hatte das nicht übertönt. Ich beobachtete Jinny und sah ihre vorstehenden, kindlichen Brüste, Ausreden für Brüste, die plötzlich übersät waren mit leuchtenden Löchern, wo meine Kugeln hingetroffen hatten. Aber Jinny spürte es nicht. Sie fädelte ihre Nadel ein. Sie machte ihr kleines Erfolgsgesicht. Ihr Faden ging immer sofort in's Öhr.

»Willst du wohl stillhalten.«

Sie war weit davon entfernt, Schmerz zuzugeben – alles, nur nicht Sorge und Schmerz. Wenn ich ihr nicht geben konnte, was sie wollte, summte sie immer eine kleine Melodie. In unserem Zimmer wurde ihre Stimme leise und sanft, um die Demütigung vollkommen zu machen. Dann liebte ich sie sehr. Die kleine Betrügerin. Ich wartete, während sie die Nadel flitzen ließ und an meinem Ärmel zerrte, dem Ärmel an meiner hilflosen Hand. Es war, als würden meine Atemzüge gezählt. Ich ließ meine Wut heraus und atmete die reine Enttäuschung ein: daß sie nicht gestorben war auf dieser Welt. Sie biß den Faden ab – prachtvoll. Als sie ihren Mund fortnahm, fiel ich beinahe hin. Die Betrügerin.

Ich wagte nicht mehr, Jinny auf Wiedersehen zu sagen. »In Ordnung, jetzt kannst du Croquet spielen«, erklärte sie mir. Sie ging ebenfalls nach oben.

Die alte Tellie spuckte einen Tropfen von Nichts in den Herd und knallte den Deckel darauf, als ich durch die Küche hinausging. Maideen saß draußen in der Schaukel. Ich forderte sie auf, mit nach unten auf den Croquetplatz zu kommen, wo wir alle Jinnys Spiel spielten, ohne Jinny.

Als ich in mein Zimmer ging, sah ich Miss Billy Texas Spights draußen in ihrem Morgenumhang, wie sie die Blumen peitschte, damit sie besser blühten.

Vater! Lieber Gott, wasch es rein. Wasch es fort. Laß es nicht geschehen sein.

Schließlich erwischte mich Miss Francine im Flur. »Tun Sie mir einen Gefallen, Ran. Tun Sie mir einen Gefallen und holen Sie Bella aus ihrem Elend. Diese Lehrer, die taugen da auch nicht viel mehr als ich. Und mein Freund, der zum Abendessen kommt, zu weichherzig. Erledigen Sie das. Erledigen Sie's einfach und erzählen Sie uns nichts davon, hören Sie?«

Wo bist du gewesen, Sohn, es ist so spät. – Nirgendwo, Mutter, nirgendwo. – *Wenn du wieder mit mir unter einem Dach leben würdest,* sagte Mutter, *wenn Eugene nicht auch noch weggegangen wäre. Er ist weg, und du willst auf niemanden hören.* – Es ist zu heiß zum Schlafen, Mutter. – *Ich bin wachgeblieben neben dem Telephon. Das hat der Herr nie gewollt, daß wir uns alle trennen. Daß man weggeht und keine Verbindung mehr hat. Einer mit dem anderen, weit weg in irgendeinem kleinen Zimmer.*

»Ich erinnere mich noch an Ihre Hochzeit«, sagte die alte Miss Jefferson Moody an meinem Fenster und nickte auf der andern Seite der Stäbe. »Hätte nie gedacht, daß es so enden würde, die schönste und längste Hochzeit, die ich je gesehen hab. Also! Wenn Ihnen das ganze Geld gehören würde, könnten Sie die Stadt verlassen.«

Und ich wurde es langsam leid, o so leid, daß Maideen auf mich wartete. Ich fühlte mich in die Enge getrieben, wenn sie mir, immer noch genauso nett wie eh und je, von Saatgut und Futtermitteln erzählte. Denn solange ich auf der Welt bin, säumt der alte Moody seinen Gehsteig mit Backformen voll geschältem Mais und Zeug wie Vogelschrot. Das Fenster war immer dermaßen wolkig, daß es so aussah, als wenn das Glas bemalt wäre. Sie hatte es für ihn abgeschrubbt und die Fässer und Kanister im Laden und die Säcke und Behälter mit irgendwelchem Zeug sichtbar gemacht und den alten Moody, wie er mit einem Schirm über den Augen auf einem Hocker saß und Katzenkörbchen herstellte, und sie, wie sie dem Vogel Futter reichte. Überm Fenster und über der Tür waren Baumwollblüten, und später sollte es dann Zuckerrohr sein, und sie erzählte mir, sie würde sich bereits Gedanken machen über den Weihnachtsbaum. Unvorstellbar, was sie beim alten Moody am Weihnachtsbaum festbinden wollte. Und nun erfuhr ich den Mädchennamen ihrer Mutter. Du lieber Gott, der Name Sojourner wurde mir aufs Haupt gelegt, als wäre es eine schwankende Krone auf einem Stapel von Dingen, an die man sich erinnern sollte. Daß ich ihn auch ja nicht vergaß, niemals vergaß, den Namen Sojourner.

Und dann mußte auch noch die kleine Williams immer abends nach Hause gebracht werden! Sie war die Bridgespielerin. Das war ein Spiel, das Maideen nie gelernt hatte. Maideen: Ich habe sie nie geküßt.

Doch es kam der Sonntag, an dem ich sie nach Vicksburg mitnahm.

Schon auf der Straße fing ich an, mein Bridge zu vermissen. Wir konnten jetzt eigentlich bei unserm gewohnten Spiel sein, Jinny, Woody, ich und entweder Nina Carmichael oder Junior Nesbitt oder alle beide und im Haus sitzen. Miss Lizzie würde jetzt natürlich zu uns nach draußen kommen, doch nie unser vierter Mann sein und auch keinen Vortrag halten darüber, was einer von uns falsch gemacht hatte; in erster Linie konnte sie die Nesbitts nicht ausstehen. Ich gewann immer – Nina hatte früher immer gewonnen, aber jeder konnte sehen, daß sie sich Nesbitts wegen zu sehr unter Druck fühlte, um ihr Blatt auszuspielen, und manchmal kam sie auch gar nicht zum Spielen, oder Nesbitt nicht, und wir mußten die kleine Williams holen und sie nach Hause bringen.

Maideen warf jetzt nie mehr ein Wort in unser Schweigen. Sie saß da und hielt irgendeine Frauenzeitschrift in der Hand. Dann und wann blätterte sie eine Seite um, befeuchtete erst ihre Finger, wie meine Mutter. Wenn sie ihre Augen zu mir aufschlug, sah ich nicht hoch. Jeden Abend nahm ich ihnen ihr Geld ab. Bei Miss Francine war mir dann schlecht, und ich ging nach draußen, damit die Lehrer nicht auf dumme Ideen kämen.

»Jetzt mußt du die beiden hier wirklich nach Hause bringen. Ihre Mütter werden sich schon Gedanken machen.« Jinnys Stimme.

Maideen stand mit der kleinen Williams auf, um zu gehen, und ich dachte, egal, aus welchen Grund ich mich mit ihr eingelassen hatte, ich konnte mich auf sie verlassen.

Sie war immer fast ohnmächtig vor Müdigkeit. Sie lehnte sich weiter und weiter hintenüber im Stuhl der Starks. Sie trank nie eine Cola mit Rum mit uns, sondern war immer halbtot vor Müdigkeit. Sie schlief im Sitzen im Auto während der Fahrt nach Hause, wo ihre Mama, großäugig jetzt, die geborene Sojourner, lauschend aufsaß. Ich weckte Maideen dann und erzählte ihr, wo wir waren. Die kleine Williams plapperte unablässig auf dem Rücksitz, dort draußen und bis zu sich nach Hause hellwach wie eine Eule.

Vicksburg: neunzehn Meilen über den Schotter und die dreizehn kleinen Brücken und den Big Black. Und plötzlich waren alle Gefühle wieder da.

Morgana hatte ich allzu lange angesehen. Bis die Straße ein Bleistiftstrich am Himmel war. Sie lag immer gleich da, rote Ziegelbögen, zwei Kirchtürme und der Wassertank und die verzweigten Bäume, aber wenn ich die Straße ansah, war es nicht liebevoll, sie war ein Bleistiftstrich am Himmel, der zum Schütteln der Baumwollentkernungsmaschine hüpfte. Wenn ein paar unzerstörbare rote Fassaden, die aneinanderhingen wie eine kleine Spielzeugeisenbahn, vorüberzogen, dachte ich nicht mehr an meine Kindheit. Ich sah, wie der alte Holifield mir den Rücken zukehrte, seine Hosenträger wirkten so, als wäre er sehr über Kreuz mit mir, sehr.

In Vicksburg hielt ich mit meinem Wagen am Fuß der Straße

unterhalb der Mauer, am Kanal. Da war dieses blendende Licht, vom Wasser gezeichnetes Licht. Ich weckte Maideen und fragte sie, ob sie durstig wäre. Sie strich ihr Kleid glatt und hob den Kopf bei dem Geräusch von Stadt, von Verkehr auf dem Kopfsteinpflaster direkt hinter der Mauer. Ich sah zu, wie das Wassertaxi klatschend über den Kanalstreifen kam, um uns zu holen, putzig wie ein Schaukelpferd.

»Zieh den Kopf ein«, forderte ich Maideen auf.

»Hier rein?«

Die Sonne ging unter. Übers Wasser hinweg wirkte die Insel sehr nah – eine Wildnis aus Weiden, gelben und grünen Strähnen, die lose ineinander verwoben waren, wie ein Korb, der das Licht unkontrollierbar herausrieseln läßt. Wir standen alle auf und beugten unsere Köpfe unter der Decke in der winzigen Kabine und beschatteten die Augen. Der Neger, der das Put-Put steuerte, sagte nie ein Wort: »Einsteigen« oder »Aussteigen«. »Wo ist das, wo wir hinfahren?« sagte Maideen. Nach zwei Minuten legten wir an der Barkasse an.

Drinnen war niemand bis auf den Barkeeper – ein stiller, heruntergekommener Ort, wie eine Scheune, alt und müde. Ich ließ den Barkeeper ein paar Cola mit Rum nach draußen bringen an den Kartentisch am Heck, wo die beiden Rohrstühle standen. Hinten war es offen. Die Sonne ging auf der Inselseite unter, während wir dasaßen, und hob Vicksburg auf der andern deutlich hervor. Osten und Westen waren in unseren Augen.

»Bring mich nicht dazu, das zu trinken. Ich will das nicht trinken«, sagte Maideen.

»Komm, trink das.«

»Trink du das, wenn du willst. Bring mich nicht dazu, das zu trinken.«

»Du sollst aber mittrinken.«

Ich sah ihr zu, wie sie ein bißchen davon nahm und mit der Hand über den Augen dasaß wegen der Helligkeit. Wespen kamen von einem Nest über der alten Fliegendrahttür herabgeschwirrt und streiften ihre Haare. Es roch nach Fisch und den treibenden Wurzeln, die die Insel umgaben wie Fransen, und nach der Ölzeugdecke auf unserem Tisch und tausend anderen Sachen. Eine Ladung Neger kam mit dem Wassertaxi an und stieg aus, über und über schwefelgelb, überkrustet von Baumwollsamenmehl. Sie verschwanden in der Farbigen-Barkasse am anderen Ende, im Gänsemarsch, ihre Eimer in der Hand, als wären sie dazu verurteilt.

»Bestimmt, ich möchte das nicht trinken.«

»Hör mal, du trinkst das jetzt, und dann erzählst du mir, ob es schlecht geschmeckt hat, und ich schütte beide in den Fluß.«

»Dann ist es zu spät.«

Durch die Fliegendrahttür konnte ich in den schummrigen Salon gucken. Zwei Männer mit schwarzen Hähnen unterm Arm waren eingetreten. Geräuschlos stellte jeder von ihnen einen schlammigen Stiefel aufs Geländer und trank, die Hähne vollkommen still.

Sie verließen die Barkasse auf der Inselseite und verloren sich innerhalb einer Minute im heißen Geflirre der Weidenbäume. Vielleicht auf Nimmerwiedersehen.

Die Hitze vibrierte auf dem Wasser und auf der anderen Seite vibrierte sie um die Kanten der alten weißen Gebäude und um die Betonplatten und die Mauer. Von der Barkasse aus erschien Vicksburg wie ein Abbild seiner selbst in irgendeinem alten Spiegel – wie ein Portrait aus einem traurigen Lebensabschnitt.

Ein kleiner Cowboy und sein Mädchen traten ein, im Gleichschritt. Sie ließen einen Nickel in das Nickelodeon fallen und kamen zusammen.

Man sah keine Wellen, doch das Wasser bebte unter unseren Stühlen. Es war mir bewußt wie im Winter das Geräusch eines Feuers im Zimmer.

»Du tanzt nie, stimmt's?« sagte Maideen.

Das war lange, bevor wir gingen. Eine ganze Menge Leute waren auf die Barkasse herausgekommen. Der alte Gordon Nesbitt war da und tanzte. Als wir gingen, war die Barkasse für die Weißen voll geworden und die Negerbarkasse ebenfalls, und es war endgültig dunkel.

In großen Abständen sah man Lichter am Ufer – Schuppen und Lagerhäuser, lange Mauern, die abgestützt werden mußten. Hoch oben auf den Wällen der Stadt läuteten alte Eisenglocken.

»Bist du katholisch?« fragte ich sie plötzlich, und sie schüttelte den Kopf.

Niemand war katholisch, aber ich sah sie an – ich gab ihr zu verstehen, daß sie irgendeine Hoffnung in mir enttäuscht hätte, und das hatte sie wirklich, wie sie da stand, beim Ton einer fremden Glocke, die durch die Luft klang.

»Wir sind alle Baptisten. Warum, bist du katholisch? Das bist du also?«

Ohne sie zu berühren, wenn nicht durch Zufall mit dem Knie, ließ ich sie auf dem steilen, holprigen Weg vor mir hergehen, wo mein Auto schräg am Hang geparkt war. Sie bekam ihre Tür von innen nicht zu. Ich stand draußen und wartete, die Tür hing schwer, und sie hatte alles getrunken, was ich ihr zu trinken gegeben hatte. Jetzt bekam sie die Tür nicht zu.

»Mach sie zu.«

»Ich fall raus. Ich fall in deine Arme. Wenn ich falle, fang mich auf.«

»Nein. Mach sie zu. Du sollst sie zumachen. Ich kann das nicht. Mit aller Kraft.«

Ich quietschte die steilen Hügel hoch, wendete und folgte der Uferstraße am Kliff entlang, bog wieder ab in einen tiefen, gefurchten Feldweg unter struppigen Böschungen, Vater, dunkel und kurvig und abschüssig.

»Lehn dich nicht auf mich«, sagte ich. »Sitz lieber grade, damit du Luft kriegst.«

»Keine Lust.«

»Halt den Kopf hoch.« Ich konnte kaum noch verstehen, was sie sagte. »Willst du dich nicht hinlegen?«

»Will mich nicht hinlegen.«

»Dann kriegst du besser Luft.«

»Ich will überhaupt nichts mehr, Ran, nein, von jetzt an bis in alle Ewigkeit.«

Wir kurvten abwärts. Ich konnte jetzt die Geräusche des Flusses, der seine große Fracht, seine Müllfracht herumwarf und hin- und herschob, durch die Dunkelheit hören. Er brachte ein Geräusch hervor, als wäre eine Wand in Bewegung und als spielten und krabbelten darin

Fische und Reptile und entwurzelte Bäume und menschlicher Müll, alle mit dem gleichen unschuldigen Geplätscher. Ein großer Schwall von Gerüchen traf mein Gesicht. Der Weg war hier mittlerweile so tief wie ein Tunnel. Wir befanden uns auf dem Grund der Welt. Die Bäume begegneten sich, und ihre Äste verfilzten über unsern Köpfen, die Zedern trafen zusammen, und durch sie hindurch sahen die Sterne Morganas aus wie gesiebt und fein wie Saatgut, so hoch, so fern. In weiter Ferne war das Geräusch eines Schusses zu hören.

»Dahinten ist der Fluß«, sagte sie und setzte sich auf. »Ich sehe ihn – den Mississippi.«

»Den kannst du nicht sehen. Nur hören.«

»Ich seh ihn, ich seh ihn.«

»Hast du den Fluß denn noch nie gesehen? Du Baby.«

»Auf dem Boot hab ich gedacht, wir wären drauf. Wo sind wir hier?«

»Die Straße ist zuende. Das kann man sehen.«

»Stimmt, das seh ich. Warum geht sie bis hierher und hört dann auf?«

»Woher soll ich das wissen?«

»Warum ist man hier unten hingekommen?«

»Es gibt eben alle möglichen Leute auf der Welt.« In weiter Ferne verbrannte jemand irgend etwas.

»Du meinst böse Leute? Nigger?«

»Ach, Fischer. Flußleute. Na bitte, du bist ja wieder munter.«

»Ich glaube, wir haben uns verfahren«, sagte sie.

Mutter sagte: *Wenn ich mir vorstelle, du würdest jemals zu dieser Jinny Stark zurückgehen, das könnte ich nicht ertragen.* – Nein, Mutter, ich gehe nicht zurück. – *Jeder weiß, was sie dir angetan hat. Das ist nicht dasselbe, als wenn ein Mann das macht.*

»Du hast geträumt, daß wir uns verfahren hätten. Es ist alles in Ordnung, du kannst dich ein bißchen hinlegen.«

»In Morgana kann man sich nicht verfahren.«

»Wenn du dich ein bißchen hinlegst, wirst du dich besser fühlen. Wir gehen irgendwohin, wo du dich richtig hinlegen kannst.«

»Ich will mich nicht hinlegen.«

»Hast du gewußt, daß ich mit meinem Wagen einen steilen Hang wie diesen rückwärts hochfahren könnte?«

»Du wirst dich noch umbringen.«

»Ich wette, niemand hat schon sowas Verrücktes gesehen. Glaubst du, daß irgend jemand schon mal sowas Verrücktes gesehen hat?«

Es ging fast senkrecht aufwärts und abwärts, Vater, wir hingen in der Felswand, und das Heck des Wagens stieß und hob sich wie etwas, das fliegen wollte, aufsteigen und uns fallenlassen. Zuletzt setzten wir über den Rand zurück wie eine Biene, die sich aus einem Blumenkelch herauszieht, und rutschten ein bißchen ab. Ohne dieses letzte Glas hätte ich es möglicherweise überhaupt nicht geschafft.

Wir fuhren dann eine lange Strecke. Ganz durch den dunklen Park mit denselben alten Figuren und Stellungen, überall auf den Hügeln die steinernen Gewehre im Anschlag, sinnlos und immer gleich. Die Türme, die man verfallen ließ, die Wachtürme, sinnlos und immer gleich.

Möglicherweise hatte ich die Orientierung verloren, aber ich suchte nach dem Mond, der im letzten Viertel sein mußte. Da war er. Die Luft bestand nicht aus Dunkelheit, sondern aus schwachem Licht und schwebendem Klang. Es war der Atem aller Menschen in der Welt, die in die tiefe Nacht hinein ausatmeten und zum Mond sahen, dessen Phase sie kannten. Und ich wußte die ganze Zeit über, daß ich in der weiten Welt herumfuhr und mich nach den Sternen richtete.

Wir fuhren unterm aufsteigenden Mond durch die Wildnis. Maideen war wach, denn ich hörte sie leise seufzen, als hätte sie Sehnsucht nach etwas. Ein Waschbär, geisterhaft weiß, drückte sich flach wie ein Feind, überquerte die Straße.

Wir kreuzten eine Überlandstraße, und ein Licht brannte da in einem weißgekälkten Baum. Unter hängendem Moos ließ es einen Halbkreis aus weißgekälkten Hütten erkennen, dunkel, und ganz daran entlang einen Zaun aus bleichen Pfählen. Ein kleiner Niggerjunge lehnte sich auf das Tor, wo sich unsere Scheinwerfer auf ihm bewegten; er trug eine Lokführermütze. Sunset Oaks.

Der kleine Nigger hüpfte aufs Trittbrett, und ich bezahlte. Ich führte Maideen bei den Schultern. Sie hatte schließlich doch geschlafen.

»Eine Stufe hoch«, belehrte ich sie an der Tür.

Wir fielen in unseren Kleidern in einen bleiernen Schlaf quer überm Bett.

Die nackte Glühbirne hing tief ins Zimmer hinunter und in unseren Schlaf, eine lange Schnur, deren Litzen fast auseinandergedreht waren. Maideen stand nach einiger Zeit auf und schaltete das Licht aus, und die Nacht senkte sich herab wie ein Eimer, der in einen Brunnen gelassen wird, und ich wachte auf. Es war nie dunkel genug, der ungeheure Himmel blitzte vom Augustlicht, das in die leersten Räume strömte, die einsamsten Fenster. Der Monat der Sternschnuppen. Ich hasse diese Jahreszeit, Vater.

Ich sah, wie Maideen ihr Kleid auszog. Sie beugte sich vor, voller Zartheit ihm gegenüber, strich seinen Rock glatt, schüttelte es und legte es schließlich hin, auf den Stuhl im Zimmer; und so behutsam, als wäre es irgendein Stuhl, nicht dieser Stuhl. Ich lehnte mich gegen die Stäbe des Bettes und preßte sie mit meinem Rücken. Ich seufzte dabei – tiefer Seufzer nach tiefem Seufzer. Ich hörte mich selbst. Als sie sich wieder zum Bett umdrehte, sagte ich: »Komm mir nicht zu nahe.«

Und ich zeigte ihr, daß ich eine Pistole hatte. Ich sagte: »Ich will das ganze Bett.« Ich erklärte ihr, daß sie nicht hierzusein brauchte. Ich rutschte tiefer ins Bett und richtete die Pistole auf sie, ohne große Hoffnung, so wie ich immer dalag, wenn ich morgens nicht aus einem Traum aufwachen wollte, und sie kam, so wie Jinny immer kam, um mich herauszuzerren.

Maideen tauchte in meinem Blickfeld auf, klar und deutlich in der erleuchteten Nacht. Sie hielt ihre nackten Arme fest. Sie war durcheinander. Blut war auf ihr, Blut und Schande. Oder vielleicht auch nicht. Für eine Minute sah ich sie doppelt. Doch ich zielte mit dem Schießeisen auf sie, so gut ich konnte.

»Komm mir nicht zu nahe«, sagte ich.

Dann, während sie mit mir sprach, konnte ich alle die Geräusche der Gegend hören, in der wir uns befanden – die Frösche und Nachtvögel von Sunset Oaks, und den kleinen idiotischen Nigger, der am Zaun auf und ab rannte, auf und ab, über die ganze Länge und zurück, und dabei die Latten mit seinem Stock zum Ertönen brachte.

»Nicht, Ran. Tu's nicht, Ran. Tu's nicht, bitte tu's nicht.« Sie kam näher, doch als sie redete, hörte ich nicht, was sie sagte. Ich las ihre Lippen, in der gewissenhaften Art, wie Leute das durch Zugfenster tun. Draußen, dachte ich, würde der kleine Nigger am Tor ewig so weitermachen. Gleichgültig, was ich tat, oder was sonst jemand tat – mit einem Stock am Zaun entlangfahren, auf und dann ab, bis zum Ende und wieder zurück.

Dann hörte das auf. Ich dachte, er rennt immer noch. Der Zaun hat aufgehört, und der Nigger rennt weiter, ohne das zu wissen.

Ich zog die Pistole zurück und drehte sie um. Ich setzte die Mündung der Pistole an meinen Mund. Mein Instinkt ist immer rasch und heftig und hungrig und verliert keine Zeit. Da war immer noch Maideen, sie kam, kam in ihrem Unterrock.

»Tu's nicht, Ran. Bitte, tu's nicht.« Immer dasselbe.

Ich tat es – machte das schreckliche Geräusch.

Und *sie* sagte: »Na siehst du. Er ist nicht losgegangen. Gib ihn mir. Gib mir das alte Ding, ich paß schon drauf auf.«

Sie nahm es mir ab. Ordentlich wie sie immer war, trug sie es hinüber zum Stuhl; und akkurat wie sie war, so als wüßte sie aus langer Erfahrung, wie man mit einem Schießeisen umgeht, schlug sie es in ihr Kleid ein. Sie kam wieder zum Bett zurück und ließ sich hineinfallen.

Eine Minute später streckte sie ihre Hand noch einmal aus, anders, und legte sie kalt auf meine Schulter. Und ich nahm Maideen so schnell.

Ich hätte mittlerweile einschlafen können. Ich lag da.

»Du bist so eingebildet«, sagte sie.

Ich lag da, und nach einer Weile hörte ich sie wieder. Sie lag neben mir und weinte vor sich hin. Mit diesem sanften, geduldigen, nachdenklichen Schluchzen, wie es ein Kind lange nach der Bestrafung wagt.

So schlief ich ein.

Woher sollte ich wissen, daß sie sich etwas antun würde? Sie hat mich betrogen, auch sie hat mich betrogen.

Vater, Eugene! Was ihr gesucht und gefunden habt, war es besser als das?

Und wo ist Jinny?

MUSIK AUS SPANIEN

Eines Morgens beim Frühstück schlug Eugene MacLain die Zeitung auf, und ohne die leiseste Vorstellung, warum, als seine Frau etwas Harmloses zu ihm sagte – »Krümel am Kinn« oder etwas Ähnliches –, beugte er sich über den Tisch und versetzte ihr eine Ohrfeige. Sie waren in den Vierzigern, zwölf Jahre verheiratet – sie war die ältere: Jetzt sah sie so aus.

Er wartete darauf, daß sie rief: »Eugene MacLain!« Der Ofen brüllte hinter ihr – die zweite Pfanne Toast war auf dem Feuer. Fast gemächlich – das heißt, er seufzte – stand Eugene auf und spazierte aus der Küche, wobei er sich an seiner Zeitung festhielt; normalerweise legte er sie beim Abschiedskuß in Emmas Hand.

Er horchte, ob ihm ein »Eugene?« in die Kälte des Flures folgte und auf ein »Ja, meine Liebe?« wartete. Er sah sein Gesicht mit einem Lächeln darauf am Spiegel vorbeigehen; das war die Erinnerung an Klein-Fans Gewohnheit, ihrer Mutter schon im Weglaufen zu antworten – und an das Abstehen der beiden Zöpfe hinter ihr, während sie davonsauste, ihr blondes Haar in beginnender Eitelkeit straff nach oben eingedreht –: »So heiß ich.«

Sie war jetzt seit einem Jahr tot.

Er zog seinen Regenmantel an und setzte den Hut auf und verstaute seine Zeitung flach unterm Arm. Emma saß immer noch zurückgelehnt auf ihrem Stuhl zwischen Tisch und Herd in ihrem papageienschwänzigen Hausmantel, der sich in diesem Moment in einer Reihe von Bäuschen um sie legte, und mit ihren zu kleinen, fetten Füßen, die, als empfänden *sie* die größte Empörung, vor ihr aufgestemmt waren. Er wußte genau, in welcher Art und Weise Emma in der Küche hinter ihm hersah, nicht weil er schon früher jemanden geschlagen hätte, sondern weil es, was sie betraf, bei ihm so war, als hätte er Augen am Hinterkopf. (*Nur* am Hinterkopf!) Jetzt atmete sie also heftig im einzigen warmen Zimmer, saß in ihrem eigenen Reich, als wäre sie in Trance, mit ihrem »Verschwinde-ausmeiner-Küche« und »Hör-mal-weißt-du-eigentlich-was-du-da-getan-hast«, und ihr ganzer ehefräulicher Schmelz verfestigte sich und lief süß und feingesponnen wie Zuckerfäden über sie hin.

Doch Eugene ging durch den Flur – jetzt hörte er ihren gekränkten Aufschrei und das kreischende Echo der Toastpfanne – und zog die Wohnungstür fest hinter sich zu. Er hatte es nie leiden können, wenn sein Name in der Öffentlichkeit gerufen wurde, und sie hätte immer noch die Tür aufreißen und »Eugene Hudson MacLain, komm her!« die Treppe hinunterbrüllen können.

Ein Beben durchlief seinen Arm, als dieser mit der Haustür kämpfte, und er trat ins Freie und in den vollkommen stillen, nebligen Morgen. Er stieß seinen Atem aus, und da war er: Er konnte ihn sehen. Die Luft, die Straße, eine Möwe, sein Atem, alle im gleichen sanften Grau, schienen ihm plötzlich gleichermaßen rein.

Die perlweiße Möwe kam schaukelnd über die Jones Street gelaufen, als wenn sie sich ihm anschließen wollte. »Unsern Möwen ist das Stadtleben so in Fleisch und Blut übergegangen«, würde er beim Betreten des Ladens bemerken – bei Bertsinger kam man nämlich mit einer komischen Bemerkung zur Arbeit – »daß sie mittlerweile sogar den Überweg benutzen, wenn sie über die Straße wollen.«

Er hatte Emma bestimmt nicht verletzt. Sie hatte bestimmt keine Schramme abgekriegt.

Sie war kräftiger als er, 150 Pfund zu 139, könnte er den alten Mr. Bertsinger senior informieren, der ein Freund von Zahlen war. Man könnte ihn und Emma MacLain jederzeit in der Zeitung abdrucken, wo alle hingucken könnten, nackt und vergleichbar nebeneinander, mit diesen augenfälligen Umrissen; eventuell schon vorgekommen. Emma wußte, daß er sie nicht verletzt hatte; besser als er es wußte, Emma wußte es.

Er seufzte leicht. Mittlerweile – denn sie nahm Dinge langsam auf – galoppierte vermutlich der rosige Leberfleck auf dem Puls in ihrer Kehle wie damals, lange nachdem das Telephon spät abends geklingelt hatte und es die falsche Nummer gewesen war – »Also, es hätte *Tausenderlei* sein können.« Ziemlich bald würde sie mit dem Mittelfinger ihre Haarnadeln berühren, eine nach der andern, und dabei über ihren Kopf gehen, als würde sie sich zum Abschluß ihrer Überlegungen vorsichtshalber eine Kappe aufnähen.

Eugene lief die gewohnten Hügel hinunter zu Bertsinger, Juweliere, und mit dem heftigen Schnaufen, das ihn immer nach dem Frühstück ziemlich quälte, nahm er Notiz vom Tag, von der Temperatur, der Nebellage und den Aussichten für Aufklaren und Erwärmung, von dem, wonach Mr. Bertsinger Senior ihn immer fragte, um ihm dann kundzutun, ob er recht hätte. Warum, in aller Vernunft Namen, hatte er Emma geschlagen? Seine Tat – und damit zeigte sich, daß sie ein Teil von ihm gewesen war – glitt von ihm ab, wandte sich um und blickte ihn an in Form einer Frage. In der Sacramento Street lief sie in plötzlicher Anhänglichkeit neben ihm her durch den Verkehr, fast wie ein Witzbold, der einen alten Mann nachäfft.

Wenn Eugene schon nie auf die Idee gekommen wäre, daß er dazu in der Lage wäre, Emma zu schlagen, dann war er noch weniger darauf vorbereitet, daß er es getan hatte. Hügelabwärts im Nebel wirkten die Eukalyptusbäume größer, als wenn die Sonne durch sie hindurchschien, erinnerten an Vögel, die sich aufplustern vor Kälte; er hatte die äußerst befremdliche und unliebsame Vorstellung, daß er ihren Herzschlag hören konnte. Einen sehr steilen Hügel hinunterzulaufen hieß, sich zurückhalten müssen; noch nie hatte er gesehen, oder es war ihm nicht besonders aufgefallen, daß er sich in den Fenstern dieser Leute spiegelte. Sein Kopf und sein Hals ruckten taubenartig beim Gehen; er blickte zu Boden auf die abgefallenen und dunkelroten Eukalyptusblätter unter seinen Füßen, und plötzlich stampften seine Schuhe hart darauf, als wären es Hufe.

Ein Streit konnte sich zwischen ihm und Emma gar nicht erst entwickeln. Und sie würde unfair sein, der eigentlichen Frage ausweichen, falls es doch zu einem Streit käme; sie würde weinen. Das war etwas, das konnte ein Fremder spüren, wenn er Emma kennenlernte, obwohl Emma es nie jemandem bewiesen hatte: Sie besaß hinten einen Wasserfall von Tränen. Eugene lief weiter. Die Sonne, kleiner als der Mond, rollte durch den Nebel wie ein kleines Rad, spendete aber noch kein Licht.

Warum sie auch nur leicht schlagen? Sie waren sich zur Zeit nicht in besonderer Liebe zugetan, denn der Kummer hatte ihnen das Herz genommen; vor allen Dingen war Gewalt unangebracht. *Warum sie nicht schlagen? Und wenn sie meinte, er würde dableiben, nur um zu erleben, daß sie allmählich in Stimmung kam, dann sollte sie lieber noch mal drüber nachdenken. Sie sollte bloß vorsichtig sein und sich um ihren eigenen Kram kümmern, er könnte es noch mal tun und nicht so sanft.*

Wenn er Zeit gehabt hätte, darüber nachzudenken, hätte er sich vielleicht einfach geweigert zu frühstücken. Er wußte, daß er sie damit getroffen hätte. Seit Emma die Wirtin gewesen war, die gerufen hatte »Nun kommen Sie doch, Mr. MacLain!«, und er ein schüchterner Untermieter, hatte er gewußt, wo sie *empfindlich* war. In Wirklichkeit hätte er natürlich nie gewagt, nicht zu essen – unter keinen Umständen. Und wenn er sie hätte ermorden wollen, er hätte vorher alles, was auf dem Tisch stand, essen müssen – und loben. Sie hatte einen ersten Ehemann gehabt, den gewaltigen Mr. Gaines, und sie würde immer gerne ein Kompliment über ihr Essen hören. »Setz dich und erzähl mir, was du siehst«, das würde Emma sagen.

Jetzt stand es also so, daß sie etwas Harmloses zu ihm gesagt hatte – harmlos, aber persönlich, persönlich, aber nicht nett –, was sie in zwölf Jahren Ehe tausendmal hätte sagen können, und daß sie sich, einfach mit dem Vorrecht der Ehefrau, zu ihm gebeugt hatte, um mit mütterlichen Fingern eigenhändig etwas zu entfernen, was sie an ihm gestört hatte, und er hatte ihr heute ins Gesicht geschlagen. Warum sie heute schlagen? Die Frage bohrte jetzt lokalisierbar, fast genau in der Kniekehle, soweit er das feststellen konnte. Sie paßte sich wie das Läuten einer kleinen Glocke dem steifen Zug seiner Unterschenkel an.

Er hatte sie geschlagen, weil sie fett war. Absurd, sie war fett seit eh und je, zumindest plump (»Deine kleine Wirtin ist immer eifrig mit leckeren Sachen beschäftigt!«), plump, als er sie heiratete. *Daß es immer so war, heißt nicht, daß es absurd wäre, auch jetzt noch nicht* – aber konnte der Grund, sie zu schlagen, nicht bei ihm liegen und nicht bei ihr? *Er hatte sie geschlagen, weil er gern eine neue Liebe erlebt hätte. Die Vierziger. Psychologie.*

Trotzdem trieb ein Gesicht aus dem Nichts geradewegs in diese hilflose Ironie und schaute auf die Welt seines inneren Blicks, ein dunkles Gesicht, das ihm zugewandt war und obskur und gefügig wirkte wie ein Gesicht auf Zeitungspapier, und aus seiner dunklen Kappe von Haaren und einem dunklen Hintergrund hervorsah – ganz Schatten und Sanftheit, als wäre es ein verwischter Fleck auf der Jones Street. *Miss Dimdummie Dumwiddie*, konnte er sozusagen darunter lesen, in der Schrägschrift der Dichtung. Ein respektvoller Blick. Sollte er Vermutungen anstellen? Sie war gestorben, war das die Meldung? *Dann war es jetzt zu spät, dich zu lieben. Zu spät, um diese Geschichte über dich zu überprüfen…* in der Zeitung, obwohl er die Zeitung für alle möglichen Informationen dieser Art bei sich hatte, festgeklemmt unter seinem rechten Arm. Heute morgen war es zu spät geworden, die junge und verstorbene Miss Dumwiddie zu lieben, und seine Frau hatte er mit der flachen Hand geschlagen.

Eugene verlangsamte hier gehorsam seinen Schritt; beim Metzger saß er regelmäßig fest. Ohne Vorwarnung kamen rotweiße Rinderhälften an Haken über den Bürgersteig geschossen, aus einem Lieferwagen. Die Metzger in ihren blutigen Schürzen stiegen für einen Augenblick aus, machten manchmal eine Pause für Damen, doch nie für Männer. Die Rinderhälften bewegten sich vorbei, na schön, und auf der anderen Seite hatte sich ein Landstreicher auf ein Rohr gelehnt und schaute zu mit einem dandyhaft schrägen Blick auf jeden Kadaver, der durchkam; es hätte sich dabei um eine hochnäsige, abweisende Frau handeln können, die er auf diese Weise immer noch gewinnen wollte.

Auf das Weitergehen! eines Metzgers hin, mit dem Messer bedeutet, tat Eugene einen Schritt, hielt aber plötzlich inne. Es kam überhaupt nicht in Frage – das war ganz plötzlich wundervoll klar –, daß er an diesem Tag zur Arbeit ging.

Und die Dinge waren sehr viel ernster, als er angenommen hatte.

Behutsam und langsam wie auf eine Herausforderung hin fühlte Eugene mit der Hand unter seinen Regenmantel und berührte Mantel und Weste und den silbernen Bleistift. Er klammerte sich an eine kleine Offenbarung: daß er sich heute nicht in der Lage sah, diese Uhren auseinanderzunehmen.

Er war erst an der California Street. Er stand reglos am Rand eines starken Gefälles und blickte nach unten. Er hatte Emma geohrfeigt, und als er sie ohrfeigte, war ihr Gesicht seinem Schlag mit Verständnislosigkeit begegnet, mit aufgerissenen Augen. Es war, als hätte man die Wange einer Toten geküßt.

Sie hätte ihn ja immer noch in den Finger beißen können, oder? und ein boshafter, neckischer Geist sah ihn an, gab seiner Freude Ausdruck, bevor er vor ihm davonschoß. Doch er blickte auf das Gefälle unter sich, erschrocken und betäubt. Ein Passant wich ihm schweigend aus. Die Ohrfeige war so, als hätte man die Wange einer Toten geküßt.

Was würde Mr. Bertsinger senior, unten im Laden, wohl dazu zu sagen haben, fragte sich Eugene, was für langatmiges Zeug? Seine Uhr öffnete sich in seiner Handfläche, und dann ging er wieder weiter mit Widerstand und Tempo hügelabwärts, die Straße ein durchhängendes Seil, das in den Nebel hinein entschwand. Die Welt war das Thema des alten Mannes, doch war deins ihm bekannt.

II

Unten in der Market Street floß der Nebel hoch über den Köpfen, und die Geschäftigkeit des Lebens offenbarte sich. Eugene konnte seine eigene Eile nachäffen. Ob es andern überhaupt traurig oder absurd vorkam, fragte er sich – und sah aus, als schwebte er mit dem Kopf über seinen langen Schritten –, daß die Market Street mit der Zeit zu einer Straße der Bruchbänder, Einlagen, Zahnklammern, falschen Busen, falschen Zähne und Glasaugen geworden war? Und natürlich der Juweliere. Er kam am Reformhaus vorbei, wo auf einem Spitzendeckchen aus Papier (wirklich attraktiv, um ehrlich zu sein) Haifischlebertrankügelchen als Valentinsgeschenk auslagen. Das alles war so wunderlich. Oder nicht? In der Penny-Arkade ließ ein Matrose sein Mädchen in den Armen eines ausgestopften Gorillas photographieren. Eugene hätte das gern jemandem gezeigt.

Er las sich das zweite Stockwerk von Schildern über der Straße vor, Joltz-Natur-System, Johns bewährte Bruchbänder, Kein Tag ohne Zähne. Eine Dame, die einen Straßenbahnfahrschein in der Hand hielt und einen in Zeitungspapier gewickelten Gänseblümchenstrauß, kam die Treppen von der Kein-Tag-ohne-Zähne-Tür herunter; würde sie zu lächeln wagen, angenommen, sie hörte von einem kleinen Jux, einem Streich, hätte es Zweck, ihr so etwas zu erzählen?

Bei einer dunklen Photographie in dem Buchladenschaufenster voller Fliegendreck, die auf den ersten Blick Emma ähnlich sah (Emma, könnte er wetten, saß immer noch am Tisch und sammelte sich, so sorgfältig, als wäre sie oben an der Decke gewesen und jetzt wieder auf dem Boden), handelte es sich, so las er darunter, um Madame Blavatsky. Alle andern Läden auf der Market Street waren, aus irgendeiner Notwendigkeit heraus, Juweliergeschäfte; so daß man, wenn man eine Festform-Klammer trug, gleichzeitig eine Schmetterlingsbrosche tragen konnte oder ein Joy-Uhrarmband: »Einzig Gold soll meine Haut berühren.« Das alles war für einen Mann recht peinlich. Von einer Peinlichkeit, daß man in die Luft springen, die Hacken zusammenschlagen müßte, um sie auszudrücken – herumwirbeln müßte!

Genau gegenüber von Bertsinger lag ein belebter Markt. Eugene konnte den ganzen Tag über, wenn er an seinen genauen Uhren arbeitete, den fröhlichen Holzhammer des Mannes hören, der die Krabben knackte. Jetzt konnte er es deutlicher hören, vermischt mit Straßenlärm, dem Klicken und Hacken eines tropischen Vogels vergleichbar, und der Durchgang schimmerte im Blau holländischer Schwertlilien und dem gemischten Rosarot und Weiß der Nelken in Kübeln und dem leuchtenden Zusammenprall des Rosa, Rot und Orangegelb der in Töpfen aufgereihten Azaleen. Oh, wenn er doch einen Schritt weitergegangen wäre und Blumen angebaut hätte!

Da war Bertsinger.

Gewissensbisse riefen ein kleines altmännerhaftes Pochen bei Eugene hervor, und ihm fiel auf, daß Bertsinger respektabler war als die meisten Schmuckgeschäfte: Mr. Bertsinger senior war bereits auf dem Posten. Bertsinger führte tatsächlich seine Markenzeichen, den Straß-Pegasus und den Rubinschwertfisch, die Palette mit den Amuletten; und an allen Diamantringen im Fenster befand sich eine ordentliche Karte, auf der es hieß »Ihr Schmuck wird in Zahlung genommen«. Die Karten waren allerdings mit der Hand geschrieben, von Mr. Bertsinger senior – fein und mit ausschraffierten Schleifen. Und bei Bertsinger würde es nie und nimmer ein Neonschild über dem Käfig in der Reparaturabteilung geben. Es war noch etwas Würde in allem, wenn man wußte, wo sie zu suchen war. Und Eugene lief an der Tür vorbei.

Bertie junior hielt sich bestimmt vorne auf, um nichts zu verpassen – Eugene ließ es darauf ankommen. Bertie juniors Daumen waren leicht zurückgebogen, er hatte kleine Entenschwänze am Hinterkopf und sah gleichermaßen privilegiert und jung aus. Er hatte sich einen Diamantsplitter in sein Reservistenabzeichen eingesetzt, aus Jux – sagte er. Sogar im dunklen hinteren Teil des Geschäftes könnte man von der Straße aus Bertsinger juniors Funkeln und seinen Tatendrang erkennen, und es war ebensogut möglich, daß er Eugene vorbeigehen sah, der ihm bei jeder Gelegenheit als Zielscheibe diente. In diesem Augenblick kam er jedoch mit hocherhobenem Kopf an die Tür, um einem Faustkampf zuzusehen, der sich aus dem Friseurladen herausbewegte. Der junge Mann funkelte sogar für einen seitlichen Blick mit den beiden Füllfederhaltern, die er bei sich trug und deren Clips sich zungenförmig aus seiner immer noch soldatischen Brust gabelten. Es gelang Eugene, an ihm vorbeizukommen.

Er wurde auch nicht zurückgerufen oder entdeckt, als er in solcher Nähe stehenblieb, am Markt. Die Fischauslagen erinnerten an Urlaubsreklame. Eine Doppelreihe von Lachssteaks lag fächerförmig auf einem Tablett aus, und die Schollenfilets, auf einem weiteren Tablett so herum und anders herum arrangiert, erinnerten an einen Zopf, an abgeschnittenes goldenes Haar. Als Eugene seinen Blick auf eine Komposition aus bernsteinrotem Kaviar in Form eines großen Ankers richtete, sagte ein junger, bekittelter Angestellter: »Das sind Fischeier, Sir, und ich persönlich finde, es ist ausgesprochen *schade*, daß man sie nehmen darf.« Er stand mit verschränkten Armen am Markteingang und erkannte Mr. MacLain nicht, der immerhin seine Uhr repariert hatte, dieses kleine stumpfsinnige Arbeitstier. Eine Sehnsucht nach

Ausgelassenheit ergriff das andere kleine Arbeitstier, er tippte sich an den Hut und verbeugte sich schwungvoll vor den Fischeiern.

Es leuchtete gedämpft auf. Hoch oben unterbrachen gleitende blaue Bahnen aus Himmel den Nebel. In einer plötzlichen Bewegung, in einem Spurt sozusagen, kam die Sonne hervor. Die Straßenbahnwagen, die jetzt bananenfarben waren, fuhren hin und her, die Front der Kinos flatterte mit Bändern und Flaggen, als ginge es auf große Fahrt. Eugene bewegte sich mitten in die Menge hinein, die ihr Gewimmel bei Sonnenschein wahrhaftig zu vergrößern schien wie die See bei Wind.

Ein kleiner, alter Landstreicher wurde auf der Straße wach und rieb sich die Augen. Er begann, den landenden Tauben und Möwen Krumen hinzustreuen. Sie liefen, aufgeregten Hühnern ähnlich, um ihn herum, und er stand da, als fühlte er sich durch ihre Verwandlung und ihre Gier geschmeichelt, sah hoch, um der Welt zuzulächeln, und preßte dabei die Knie zusammen, so daß Eugene sich an einen Heiligen oder eine Hausfrau erinnert fühlte. Eugene lief zwischen Krümeln und Tauben her und überquerte die breite, abfallbesäte Straße, und konnte rechts vor sich, gerade in diesem Moment ganz klar, die braungrünen Zwillingsspitzen am Ende der Aussicht erkennen und daneben hell die Häuser, während darüber die hochgestiegene Masse von blauem und grauem Nebel sich sanft wiegte wie ein schattenspendender Baum.

Das Steigen des Nebels in der Stadt, dieser tägliche Akt der Enthüllung, erzeugte jetzt in ihm jene Sehnsucht wie damals in dunkler Vergangenheit, vor einer Ewigkeit in Mississippi, die Welt kennenzulernen – es gab Orte, nach deren Anblick er sich sehnte, von denen er nicht einmal mehr den Namen wußte. Und da er mittlerweile bezweifelte, daß er jemals die Sieben Weltwunder zu Gesicht bekäme, hatte er Emma vorgeschlagen, sie sollten eine schlichte kleine Vergnügungsfahrt unternehmen – bescheiden, mit dem Bus –, die billige Seite der Halbinsel entlang; es war allerdings sein Glück gewesen, daß er es am Jahrestag von Fans Tod zur Sprache gebracht hatte, und sie hatte ihm die Tür vor der Nase zugeknallt.

Das war typisch Frau; das begriff er jetzt. Der erhabene Kummer, den sie um etwas Großes litt, vergrößerte nur ihre Fähigkeit, Kleinigkeiten schwer zu nehmen. Wenn er auch um die gleiche Sache trauerte, die sie betrauerte, durfte er nicht teilnehmen. Denn Teilnehmenlassen war etwas anderes. So kalt für die lebendige Gegenwart konnte der Kummer machen! Ihre Augen am Türspalt waren marmorn.

Es hatte auch eine Zeit gegeben, da war sie eine sanfte Frau gewesen und er ein freundlicher Mann, sanft bis zur Unschuld – sanft wie die kleine Fan, und er sah seine kleine Tochter vor sich, die zur Bettgehzeit ihr Haar rundherum herabrieseln ließ, so daß es fast unterm Kinn zusammentraf, als wär's ein kleiner goldener Regenhut, und er wollte sagen: »Ach, bleib doch, warte.« Und genauso war auch das andere gegenwärtig: Fan stand, seit sie alt genug war, um hinzulaufen, mit dem Rücken zum Feuer (sie hatten damals einen offenen Kamin) und, mit einer typisch fraulichen Bewegung, als wenn sie einen Knicks machen wollte, hob sie ihr Nachthemd, um ihre Rückseite zu wärmen.

Jetzt, zu spät, während die Stadt sich so sanft in Schönheit weitete und bis in solche Fernen, weckte das alles eine Sehnsucht nach dem heiteren, flickenförmigen Land am Mississippi im Winter, an Bäume in ihren rostfarbenen Hüllen, langsam gewachsene Bäume, die sich Zeit nahmen, an das nutzlose Gewirr alten Zuckerrohrs, an den winterlichen Sumpf, wo sein eigener Zwillingsbruder, so nahm er an, immer noch auf Jagd ging. Eugene rümpfte die Nase über einen Blumenhändler: Wo waren die Jahreszeiten hin? Zu billig, verwirrend angehäuft, ließen ihn die sommerlichen, winterlichen, frühlingshaften, zu Bündeln zusammengebundenen Blumen feindselig auf den alten Mann schauen, der den Preis auf einen Krug mit Tulpen schrieb, und auf drei Hindus im Turban, die nichts kauften, sondern nacheinander seelenruhig an den Sträußen rochen, bis sie alle dastanden und ihre sechs Augen geschlossen hielten, in eine noch andere Welt versetzt.

»Mach die Tür auf, Richard!« sang eine heisere Stimme aus einer pechschwarzen Bar. Ein kleines Chinesenmädchen, ganz allein, das Haar auf Aluminiumlockenwickler gedreht, lief, ein Seidentäschchen schwingend, um Eugene herum. Er hätte beinah eine Hand ausgestreckt, um sie aufzuhalten. Als ein stämmiger Junge mit schwarzer Haartolle an ihm vorbeiging, Schuhe mit Troddeln an den Füßen, wartete ungesprochen ein Wort auf Eugenes Lippen. Rhythmisch klapperte die Gelegenheit zu sprechen vorbei. Er runzelte die Stirn auf der Straße, noch stärker verführt, auf irgendeine Weise, als er in letzter Minute innen auf dem Handgelenk des Fremden einen tätowierten Schmetterling bemerkte; es schien Eugene eine intime Stelle zu sein, das Handgelenk. Er sah den Schmetterling deutlich genug, um ihn wiederzuerkennen, als diese wildfremde, schwielige Hand aus San Francisco eine Flamme an eine abgebissene Zigarette hielt. In blauer Tinte überspannten die Doppelschwingen die Venen, und die beiden Fühler reichten bis in die Falte an der Handwurzel; die Flecken wirkten so tief, daß sie gefährlich nahe daran waren, die Haut zu durchstechen.

In diesem Augenblick war Eugene sich ganz sicher – der in Gedanken einen Schritt zurückging, dorthin, wo der alte Mr. Bertsinger senior, der kritischste unter allen Menschen und am wenigsten bereit zu loben, mit seiner Juwelierslupe herumtappte und wo Bertie junior wartete, Bescheid wußte, ohne daß man es ihm gesagt hatte (niemand weiß genauer Bescheid als ein junger Mann) –, daß kein Mensch, den er kannte, ihm irgendwie helfen könnte. Nach dem Schritt, den er getan hatte, der Sache, die er angestellt hatte, konnte er gar nicht stehenbleiben, er mußte weitermachen, in diese neue Richtung gehen. Freunde: keine Hilfe hier.

In Panik – und, so wurde ihm plötzlich klar, voller Begeisterung – einen Fremden suchen. *He, Kumpel. Hab grade dem kleinen Frauchen die Muschi vermöbelt. – Na prima! – Hab ich tatsächlich gemacht. – Sicher, keine schlechte Idee so von Zeit zu Zeit. Mach dir keine Sorgen.* Sie würden an einer Bar hocken und zusammen ein Bier trinken. Und es würde sich herausstellen, daß der andere viel schlimmere Sachen angestellt hatte; eigentlich müßte man *seinetwegen* was unternehmen.

Eine auf Äpfeln gebettete Schildpattkatze starrte ihn aus dem Schaufenster eines Lebensmittelladens an. Sie zog ihre runden Augen zu wie mit kleinen Schnüren. Eugene erinnerte sich, daß eine Straße vorher eine Gipsbulldogge, kirschrot, mit blauen Ringen um die Augen, die sonst immer im Parterrefenster eines Hotels zwischen der herabgelassenen Jalousie und der Scheibe gesessen hatte, heute morgen nicht mehr da gewesen war. Eugene hatte sie vermißt – fühlte sich darum betrogen. Als die Katze ihre Augen wieder öffnete, hatte er einen Augenblick lang den Eindruck, er wäre über alles informiert, was heute vor sich ging, alles, was den Zustand der Moral bedrohte, oder ihn gar veränderte, in der Stadt San Francisco: er und die Stadt würden sich gegenseitig beobachten – ohne das gewohnte Vertrauen. Doch voller Interesse... Kühnheit... fast schon Dreistigkeit.

III

Eugene ging weiter über den Markt, mit so forschen, geschäftsmäßigen und unauffälligen Schritten, als hätte er Bertsinger nicht schon weit hinter sich gelassen. Leuchtender Dunst badete dieses Ende der Straße und verhüllte den Turm des Fährgebäudes; doch im Gehen sah er, daß vor ihm und in derselben Richtung eine hohe und unverwechselbare Gestalt herlief, die er erkannte. Es war der Spanier, den er am Abend zuvor in der *Aeolian Hall* hatte Gitarre spielen hören. Man stelle sich vor, der spazierte hier herum! Und soweit Eugene das über die Köpfe der dazwischenlaufenden Leute hinweg ausmachen konnte, spazierte er allein herum.

Eugene hatte keinerlei Zweifel an dieser Identität. Am Abend vorher – auch wenn es wohl lange genug her war, daß ihm das Wiedererkennen jetzt gewitzt vorkam – war Emma mit Eugene in einem Konzert gewesen, und es hatte sich herausgestellt, daß dieser Spanier auftrat, als Solist. (Nein, zur *Half Moon Bay* würde sie nicht mit ihm gehen, aber gegen ein bißchen Musik in einem der kleineren Säle hätte sie nichts einzuwenden, sagte sie, und fügte hinzu: »Auch wenn du Musik nicht zu schätzen weißt.« Er tätschelte ihre Schulter; sie hatten wohl gleichzeitig daran gedacht: Sein Unvermögen, Musik richtig zu würdigen, gehörte zur Vergangenheit, zu einem Abend, an dem sie mit Klein-Fan in der Symphonie gewesen waren, um ihr eine Freude zu machen. Als die Musik anfing, streckte das Kind die Ärmchen aus und sagte, der Pierre Monteaux, der wär aus *Babar*, und sie wollte, daß er runterkäme, und sie würde ihm eine Ohrfeige geben. Emma, ehrlich schockiert, hatte die Arme ihrer Tochter heruntergezogen, und Eugene hatte laut losgelacht, nicht gleich, aber in der Mitte des Stücks.) ... Er konnte sich nicht an den Namen des Spaniers erinnern, aber es war doch recht geistesgegenwärtig von ihm, den Mann auf diese Entfernung hin wiederzuerkennen und von hinten, obwohl er ihn nur das eine Mal gesehen hatte und dann über den Vogel auf dem Hut einer Dame hinweg.

Er war verführerisch, da vorne – das ideale Wesen zum Hinterhergehen.

Eugene lief unablässig und sah ihn unablässig an, einen Fremden und doch nicht Fremden, der da bedächtig und gemessen vor ihm herspazierte, die einzige schwarzgekleidete Gestalt auf dieser Straße im Westen, Kopf und Schultern über allen andern.

Und eine Sekunde später hätte sich beinahe etwas Schreckliches ereignet.

Der Gitarrist erreichte die Bordsteinkante, und beim Überqueren der Fahrbahn – er bewegte sich wirklich aufreizend langsam über diese Stadtstraße – lief er fast einem Auto vor die Räder.

Bei der plötzlichen Gefahr für den andern sah Eugene seine Chance gekommen. Das war alles. Er hatte keine Zeit, darüber nachzudenken, sondern stürzte nach vorn, als ginge es darum, sein Eigentum zu retten. Die Zeitung flog ihm Stück für Stück davon, und beim Rennen spürte er, wie seine Zehen nach hinten zeigten. Das wunderte ihn nicht, denn er war für sein schnelles Laufen berühmt gewesen, damals zu Hause in seiner Jugend; in Morgana, Mississippi, hieß er immer noch der kleine Flitzer MacLain.

Er bekam den Mantel des Spaniers zu fassen – dabei nahm er die Schwere und den Geruch des Stoffes wahr und die Wärme der Sonne darauf – und zog. So außer Atem, daß er lachte, zog er den großen Spanier zu sich heran – der sich trotz seines ganzen majestätischen Gewichts als leichtfüßig erwies, wie eine umfangreiche Frau, die sich voller Anmut dreht, wenn sie erst einmal auf der Tanzfläche angelangt ist. Einen Augenblick lang hielt ihn Eugene im Schlepptau, auf dem sicheren Bürgersteig, und atmete seinen schwachen Rauchgeruch oder Reisegeruch ein; aber er konnte sich nicht an diesen langen spanischen Namen erinnern, und er sagte kein Wort.

Nun, was machte das schon aus bei solcher Erleichterung, solchem Entzücken darüber, daß er den großen Menschen noch rechtzeitig erwischt hatte – dem Entzücken vergleichbar nach einem überraschenden Geschenk. Eugene zog beide Hände behutsam zurück, als würde er etwas öffentlich enthüllen, eine riesige Statue entschleiern. Doch dann schüttelten sich Retter und Geretteter die Hände, und selbst im befangenen Grüßen entdeckte Eugene etwas, das ihn fast dazu veranlaßt hätte, sich umzudrehen und zu sagen: »Verdammt das Ganze!« Der Spanier konnte kein Englisch.

Zumindest lächelte er nur und *sprach* nicht. Ein Beweis, nicht wahr? Eugene war bestürzt, fühlte sich alleingelassen – schon vom bloßen Dasein des Mannes enttäuscht. Er schwenkte den umfangreichen Arm auf und ab, brauchte einen weiteren Augenblick, um sich zu erholen, nicht ganz so fassungslos zu wirken, oder so zurückgewiesen; er hatte sich selbst völlig überrumpelt.

Dann schien es ganz normal zu sein, daß die beiden Männer von jetzt an gemeinsam die Straße entlangbummelten. Es ergab sich aus der Hilflosigkeit, daß man selbst nicht in der Lage war zu reden – Dankbarkeit oder Mißfallen zu äußern. Im Gehen warf Eugene schüchterne, immer noch respektvolle Blicke auf ihn, wie jemand, der sich nicht ganz sicher ist, ob das neue Haustier auch weiß, wer da gerade in seinen Besitz gelangt ist. Der große Bursche war vor das Auto gelaufen, erinnerte sich Eugene jetzt, hatte es geradezu gelockt, ihn doch zu erwischen, mit der ganzen Gelassenheit – bestimmt, eines Stierkämpfers. Es gab noch eine Sorte Spanier! Eugene sah wieder zu seiner Trophäe hoch, sehr genau. Der Künstler, der jetzt eine Zigarette rauchte, war so vollkommen unerschütterlich, wenn auch körperlich nicht ganz so groß, wie auf der Bühne der *Aeolian Hall* am Abend zuvor.

Damals kam er heraus und trug eine Gitarre vor sich her, majestätisch und dem Gang nach offenbar um Jahre älter, als sein dickes schwarzes

Haar vermuten ließ. Er schritt über die Bühne ohne einen Blick aufs Publikum – ein riesiger Mann in einem fülligen Abendanzug mit langen, schweren Schwänzen. Als er vorn in der Mitte der Bühne angekommen war und sich ernst umwandte – ein Doktor konnte nicht seriöser wirken –, sah sein Kopf ebenfalls schwer aus, lang und breit zugleich, mit der schwarzrandigen Brille, die seine Augen einkreiste, und dem zurückgekämmten Haar, das ihm hinten fast bis auf die Schultern fiel, wie bei einem Indianer oder beim alten Senator damals zu Hause.

Er ließ sich auf dem steifen Stuhl nieder, der die einzige Möblierung der Bühne darstellte, bis auf einen länglichen, mit einem schwarzen Tuch bedeckten Gegenstand, den man davorgestellt hatte. Dann saß er da wie ein Berg. Es war ein Vorgeplänkel ganz nach Emmas Geschmack; Eugene spürte, daß sie sich mit dieser Art körperlicher Entrüstung aufrichtete, die bei ihr den lebhaftesten Ausdruck von Vergnügen darstellte, wenn sie sich in der Öffentlichkeit befand.

Erst nach vielen zarten und ausgiebigen Aufmerksamkeiten für sein Instrument begann der Gitarrist zu spielen. Er stimmte es so behutsam, daß er allein es hören konnte. Dann verwandte er einige Sorgfalt auf seinen vorgestreckten rechten Fuß, für den der schwarze, längliche Gegenstand als Stütze bestimmt war, und die meiste Fürsorge galt seinen Fingern – indem er sie alle zehn beugte, sie gemächlich über seinen Hüften streckte. Wie eine Katze, die ihre Krallen auf einem Kissen erprobt.

Sein Gesicht im Bühnenlicht, dunkelhäutig, glatt, mit zwei tiefen Falten von der Nase zu den Mundwinkeln hinunter, sah gleichgültig oder sogar beleidigt aus in seinem Bühnenausdruck. Es zeigte keine Bewegung, während er spielte oder bei dem Applaus, den es nach jedem Lied gab. Nur beim allerletzten Beifall nach dem letzten Lied konnte man erkennen, daß ein Lächeln auf seinem Gesicht erschienen war – und sich dort gefiel; es wirkte hingezaubert wie das Lächeln auf dem Gesicht eines Tieres. Es hatte gerade die Dauer eines Kraftaktes – ungefähr so lange könnte ein starker Mann ein hochgestemmtes Gewicht obenhalten. Trotzdem hatte sich ein so deutlicher und allmählicher Übergang vollzogen, wie ihn das Licht bei Sonnenuntergang durchläuft. Das Lächeln ließ Anstrengung ahnen, doch zeigte es immerhin, daß nicht nur das Publikum, sondern auch er selbst das Außergewöhnliche zu schätzen wußte. Seine Fingernägel waren leuchtend rot angemalt.

»Rote Fingernägel«, flüsterte Eugene genau in dem Moment, in dem Emma ihren Kopf drehte und ihm einen Blick zuwarf. Es sollte ein bedeutungsvoller Blick sein unter der Krempe des blauen Hutes hervor, mit dem sie an diesem Abend aus öffentlicher Trauer emporgetaucht war.

Das Blau des Hutes, auch im Licht des dämmerigen Saales noch (»Emmas Blau« nannte ihre Schwester es), und das leere Glänzen ihrer neuen Brillengläser, die ihre Augen verbargen, und die Wange mit der kleinen Träne, die darauf dargeboten wurde, das alles veranlaßte ihn, seinen Kopf zu ihr gewandt zu halten, als ob sie es befohlen hätte, beirrte ihn jedoch nicht in seiner tiefen inneren Gelassenheit, die so umhüllend war wie Liebe. Er drehte seinen Kopf behutsam wieder zur Bühne, wo ein Dacapo gespielt wurde. Eine höchst unerwartete Musik wurde aus der Gitarre geschlagen.

Er fühlte jedes Bewußtsein von Emma, seiner Ehefrau, schwinden und jeden Begriff von Zukunft, weil er in einer ungeheuren Gegenwart zu Gast war. Das Ganze mußte tatsächlich eine Minute oder zwei angedauert haben, und er konnte sich hinterher daran erinnern. Es war so bestimmt vorhanden und an den Rändern so deutlich wie ein Fleck oder ein Mal, und es berührte ihn wie ein Geheimnis.

Jetzt, hier draußen im Alltag und im Freien, war sich Eugene, auch durch das Rasen des Pulses, des dunklen Gesichtes neben dem seinen bewußt, daß der Spanier da neben ihm herging, der ihm tatsächlich sein Leben verdankte, ihm, Eugene MacLain. Wieder fühlte er sich beschwingt, einem Geheimnis des Tages direkt auf den Fersen. So seltsam stürzen die Dinge auf uns ein, den Äpfeln Atalantas ähnlich, wenn wir sie erst einmal ins Rollen gebracht haben! Mit seiner Hand, die ein Tor erstürmt haben könnte, berührte er den Ellenbogen des Spaniers. Der Arm reagierte, als wäre er ein pendelndes Gewicht, eine Waage, im reglosen schwarzen Ärmel. Eugenes Berührung, sein Schieben, wirkte jetzt umsichtig; und er schob unverblümt, um den alten Knaben an der nächsten Kreuzung über die Straße zu scheuchen.

Einmal, während sie darauf warteten, daß die Ampel umsprang, standen sie neben einer Frau, an der Eugenes Blick hängen blieb. Sie war von solch fremdartiger Schönheit, daß er für einige Augenblicke gar nicht bemerkte, daß sie Muttermale hatte und auf die meisten Leute wohl verunstaltet wirkte – auf ihn selbst, normalerweise. Sie war Negerin oder Polynesierin und trug, als wäre sie ein Schmetterling, überall Male auf ihrer sichtbaren Haut. Kurven, Schnörkel, dunkelbraune Flächen auf hellem Braun waren wunderschön auf ihrem Körper verteilt wie aufgemalt, mit Ansammlungen über den Augen, hinten am Hals, am Handgelenk und als beige Flecken auch auf den Beinen, durch ihre Strümpfe hindurch erkennbar. Man hätte meinen können, sie wartete unter Blättern im Schatten.

Sie war in zurückhaltendes Braun gekleidet, doch ihr Hut wirkte exotisch, mit bogenförmigen, leuchtenden Federn um den Kopf. Eugene spürte eine fast greifbare Ausstrahlung von Scham oder Traurigkeit, die so allgegenwärtig sein mußte wie die Haut, von Heimlichkeit und Prahlerei gleichzeitig. Es war eine so starke Ausstrahlung, daß Eugene mit leisem Pfeifen gegenüber den andern vorgab, die Frau wäre nicht vorhanden, und den Spanier davon abzuhalten versuchte, sie zu sehen, denn der würde sich möglicherweise auf sie stürzen; irgend etwas ängstigte ihn in diesem Moment an dem Spanier.

Schon bald hielt er es beinahe für eine Gunst, ein Privileg, daß sie sich nur durch Lächeln und Zeichen unterhalten konnten. Sie bummelten gemeinsam weiter. Der Spanier wirkte ganz zufrieden damit, so in der sanften, milden Sonne umherzulaufen mit dem kleinen Mann, der es unternommen hatte, ihn aus dem Weg der Räder zu ziehen. Er hatte keine Einwände. Er war weder in Eile, noch ließ er einen Plan erkennen.

Drei rosafarbene Neonpfeile zuckten in Richtung auf eine Bar. Wohin waren sie unterwegs, dachte Eugene, er und sein Spanier? Sie gingen immer noch die Market Street entlang, an den billigen Läden mit den schreienden Auslagen vorbei. Und gerade jetzt näherten sie sich einer schäbigen Stelle, die Eugene nur zu vertraut war; er mußte jeden Tag daran vorüber, weil sie zwischen Bertsinger und der Cafeteria lag, wo er immer zu Mittag aß.

Ein Tingeltangel hatte eröffnet und nahm jetzt dort seinen Platz in dem herunterkommenden Gebäude ein, wo vorher ein paar Zigeuner die Zukunft vorausgesagt hatten. In den schmutzigen Fenstern befanden sich Plakate und ein gelangweilt thronender Mann, der Eintrittskarten anbot und den ganzen Tag über die Worte: »Haben – Sie – Emma – schon – gesehen?« mit so müder Stimme intonierte, daß sie geradezu drohend wirkten. Bertie junior fand das schrecklich komisch, weil doch die Frau vom alten MacLain Emma hieß. Er ging neuerdings mit Eugene zum Mittagessen, deshalb hatte er es gehört, und jeden Morgen fragte er ebenfalls: »Haben – Sie – Emma – schon – gesehen?«, wenn Eugene hereinkam, bevor der vorbeihuschen konnte.

Eine vergrößerte Photographie zeigte die Tingeltangel-Emma – enorm fett, aufgeschwemmt, die kleinen Züge in der Mitte ihres Gesichtes zusammengerafft wie eine Papierrüsche um einen Veilchenstrauß. Doch die Augen in dem zerknitterten, zusammengeschobenen Antlitz hatten einen Ausdruck, der natürlich Anklage bedeutete. Der Anblick eines Menschen, der unter der Grausamkeit anderer gelitten hat, kann ungeheuer furchterregend sein, dachte Eugene, nachdem er sich wieder in der Lage sah, daran vorbei zu gehen. Und er ist so eindeutig, dieser mütterliche Blick, der alle Blicke sucht und sie festhält: Man hat mir Unrecht getan.

Die Photographie zeigte Emma in Spitzenhöschen, und ihr gegenüber war ein wirkliches Höschen – in verblichenem Rot und ohne Spitze – an Wäscheklammern ausgestellt, riesig und schlaff, matt von Staub und Reisen. In seiner Kindheit, entsann sich Eugene, gab es eine Thelma, der er sein Kollektengeld bezahlt hatte, damit er gucken durfte. Thelma war eine optische Täuschung, ein Frauenkopf oben auf einer Trittleiter; und sie war goldhaarig und jung gewesen und hatte einladend gelächelt.

Eugene fühlte sich ganz plötzlich als Gastgeber. Sollte er den Spanier einladen, einen Blick auf Emma zu werfen, drinnen? Er litt einen Augenblick lang entsetzlich.

Doch der Spanier, der seinen Kopf ganz Emmas aufgetakelter Darstellung zugewandt hatte, zeigte nur auf seine eigene Breite und schlug mit einer eigenen, warmen, übersprudelnden Frage die Augen zu Eugene auf.

Es war Mittagszeit. Die Straßenbettler wußten es, sie saßen lichtdurchtränkt da, der blinde Akkordeonspieler mit weitgeöffneten Augen und zum Kuß geformten Lippen.

»Kommen Sie. Ich lade Sie ein, meinetwegen. Wir wollen was essen«, sagte Eugene, und indem er die Fingerspitze an den Ellenbogen seines Gefährten legte, drehte er ihn einfach um.

IV

Eugene dachte – wie gerade noch rechtzeitig –, daß nur ein gutes Restaurant in Frage käme. Außerdem, auch wenn sie billig und gesund war, wurde die Cafeteria seit kurzem von diesen drahtigen, aber unglücklichen alten Männern heimgesucht, die beim Kaffeetrinken ständig Wettformulare studierten; besonders einer in einem aggressiv erbsengrünen Pullover mit gelben Streifen schien den Ton des Lokals völlig zu verändern, indem er einfach den Tisch besetzte, den alle andern auch haben wollten. Mit einem angemessenen Hinweis darauf, wo sie hingingen, in seinem Lächeln vielleicht, zog Eugene die Tür zu einem Restaurant in Maiden Lane auf.

Der Spanier, mit einem fast unmerklichen Heben seiner schwarzen Brauen, trat ein und ließ den Boden um sich herum erbeben, ging dann die Treppe hinauf und ließ diese erbeben, zum kleinen Speiseraum im ersten Stock, wo Eugene doch tatsächlich noch nie im Leben gewesen war.

Dieser Spanier schien überall allzusehr zu Hause zu sein. Er legte sorgfältig seinen Hut, einen großen, weichen, schwarzen, auf die Heizung im oberen Saal, nicht nur so, als wäre ihm auch ohne nähere Überprüfung völlig klar, daß sich keine Hitze in den Rohren befand, sondern als hätte die Heizung darüber hinaus nicht den Zweck, andere zu erwärmen, sondern seinen Hut zu halten.

Der Oberkellner konnte ihnen ihren Platz nicht langsamer geben. Ihnen wurde ein Tisch neben dem Fenster mit den Vorhängen zugewiesen; die Lampe darauf wurde umgehend angeknipst. Riesige Speisekarten wurden wie Zelte auf einem Campingplatz zwischen ihnen aufgestellt.

Der irgendwie altmodische und kastenförmige Raum erinnerte Eugene an die Kulisse in einem alten Stummfilm. Die gestikulierenden Leute, die sie offenbar tatsächlich gekünstelt anlächelten, waren umschlossen von einem aufdringlichen Muster aus Bällen und Blasen, Lichtern hinter Mohnschatten. Filipinos mit ihren Knabengürteln eilten hin und her in unentwegtem, stummem Laufschritt und kamen ihm dabei alle wie Zwillinge vor, räumten Tische ab, trugen auf, lächelten.

Der Gitarrist dachte mit einer Art falscher Bekümmertheit im Gesicht darüber nach, was er wohl essen wollte. Er streichelte die Luft mit dem Finger; er entschied sich; und es war möglicherweise Französisch, was er dem Kellner (einem Gottesdienstbesucher in der katholischen Kirche vergleichbar) antwortete.

Als das Essen gebracht und dann weiter gebracht wurde, setzte sich Eugene aufrecht hin, immer noch erfreut, doch auch schockiert darüber, was der spanische Gast alles bestellt hatte. War er dermaßen bedeutend? Wie bedeutend war er, für wie bedeutend hielt er sich? Wie gut spielte er seiner Ansicht nach Gitarre? Das alles stellte in der Tat ein wirkliches Rätsel dar.

Eugene, der Kalbfleisch gewählt hatte, begann im Geist das Geld in seiner Brieftasche zusammenzuzählen, nur um den Faden zu verlieren, von neuem anzufangen und sich wieder zu verrechnen. Er kaute unablässig auf seinem Kalbfleisch, in ein anderes Staunen vertieft, in dem er sich immer weiter verlor.

Am letzten Abend hatte er sich während des ganzen Konzerts immer wieder für Augenblicke fragen müssen: Was tat der Künstler, wenn er nicht auftrat? Wenn er mit seinen Liedern fertig war, war er dann alleine, zum Beispiel? Dabei hatte es sich nicht um ganz müßige Fragen gehandelt... Eigentlich, überlegte Eugene jetzt, hatte er über einen Mann auf der Bühne Spekulationen angestellt, als wenn er ganz genau gewußt hätte, daß er ihn hinterher näher kennenlernen würde. Als wenn er gewußt hätte, daß er seiner Frau morgens diese Ohrfeige versetzen und etwas Neues entdecken würde, etwas völlig anderes über das Leben.

Eins war Eugene schnell klar geworden – der imponierende Künstler war frei. Es gab niemanden, den er liebte, der ihm etwas sagte, ihm Vorschriften machte.

Eine Venusmuschelschale rutschte dem Spanier vom Teller, und Eugene neigte sich sofort erwartungsvoll zu ihm hinüber. Er war froh, sich als Gefährte und Ratgeber für den Künstler zu fühlen – wie er sich am Abend zuvor in solch prophetischer Weise als sein einziger Zuhörer gefühlt hatte. Jetzt würde er anfangen, diese oder jene Idee vorzubringen – etwas vorzuschlagen, das sie gemeinsam unternehmen könnten.

Eugene hob eine Hand, liebkoste unbestimmt die Luft vor dem Spanier. Er versuchte, eine Frau vor ihm erscheinen zu lassen. Vielleicht hatte der Spanier eine wunderschöne Geliebte vorzuweisen, die er irgendwo besaß, eine, mit der er sich amüsierte und die er immer gleich besuchte, wenn er sich in San Francisco aufhielt: die Negerin mit ihren merkwürdigen Malen, wäre die nicht ganz passend? Und Eugene stellte sich irgendeinen Stummfilm vor (einen ausländischen jetzt), in dem diese ganz-und-gar-nicht-Liebesgeflüster-Worte »Amüsier dich!« einen Augenblick lang auf dem Blumenstrauß tanzten, den er ihr mitgebracht hatte. Seine eigene Hand hielt einen unsichtbaren Strauß, aber der Spanier blickte genau hindurch.

Eugene senkte die Wange in die Hand und sah hinüber auf seinen Gast, der gerade gutgelaunt einen Knochen ausspuckte. Es kam ihm wahrscheinlicher vor, daß der Künstler nachts alleine blieb, weil er wußte, daß er zu anspruchsvoll war – und auf seiner Gitarre übte.

Doch diese Augenblicke erschienen ihm so kostbar!

Warum sie vergeuden? Warum nicht in ein Spielkasino gehen? Ein Glücksspiel wäre höchst interessant. Mit diesen roten Fingernägeln (nur – Eugenes Hoffnungen sanken – jetzt waren sie nicht rot) wäre der Spanier imstande, ihre Chips auf Glückszahlen zu setzen und mit seinem scharfen und alles überragenden Gehör auf das feine, verräterische Klicken der Kugeln im Rad zu lauschen. Eugene preßte normalerweise nur die Lippen zusammen – um sie zu teilen –, wenn er sich solche Örtlichkeiten vorstellte, aber mit dem Spanier –! Den ganzen Abend in irgendeinem verqualmten, aber kargen Raum, als wären sie junge, ungebundene flotte Jungs, oder treulose, alte, schon ziemlich heruntergekommene Männer… wie wäre das wohl für sie?

Angenommen, er, Eugene, hielte sich, sagen wir, nur für einen Tag und eine Nacht in San Francisco auf und nicht für den Rest seines Lebens! Angenommen, er wäre immer noch dabei, aus Mississippi fortzugehen – wäre nicht hiergeblieben, sondern einfach ein Künstler auf der Durchreise. Oder, wenn er zufälligerweise nicht Gitarre oder so etwas spielte, einfach unterwegs, um jemanden zu suchen: nicht jemand bestimmtes; auf der Spur, sagen wir, seines alten Herrn? (Da sei Gott vor, daß er ihn fände! Der alte Papa King MacLain war ein alter Bock, *der* hatte einen schlechten Ruf.)

Über diesen Ort hier, da er ja nun in San Francisco geblieben war, hätte Eugene dem Künstler manches erzählen können. Diese Stadt… oft sah sie offen und frei aus, mit den weiten Ausblicken die langen Straßen hinunter, alles in dem hellen, pastellfarbenen Licht. Aber Hügel um Hügel, Wolke um Wolke, alles, eins hinter dem anderen, schimmernde Klarheiten oder Durchsichtigkeiten aus reiner Muße und blauem Rauch, dem Auf und Ab der Feuersirenen vergleichbar, die pausenlos durch die Stadt kreisten, und eins auf dem andern wasserhell dahinziehend – es waren immer noch die Wände irgendeines Menschen.

Und gleichzeitig wäre es erschreckend, wenn Wände, auch seine und Emmas Zimmerwände, die Wände eines beliebigen Raumes, die am Abend eine Person umschlossen, nachgiebig würden wie Vorhänge und zu beben anfingen. Wenn Zimmerwände wie die Laken des Nordlichts sogar die Illusion des Steigens hervorrufen würden – als drohten sie, in die Höhe zu gehen. Das hieße, das Feuer wiederholen – natürlich. Das konnte San Francisco jederzeit widerfahren. Es war eine besondere Bedrohung da draußen. Aber das, woran er dachte, war eigentlich nicht physisch…

Eugene strich langsam Butter auf die letzte Brotkruste. Es gab nichts, was seine Meinung über den Spanier ändern könnte – ihn denken ließe, daß dieser gesetzte Mann, der da auf der erleuchteten Bühne thronte in seiner Lieblingshaltung, den Fuß auf einer Stütze, nicht die heimliche Angewohnheit hätte, alleine fortzugehen an einen dunklen und zwielichtigen Ort, und daß er nicht das Laster oder die Bedürftigkeit des Fremden, irgendein schändliches, bestimmtes Haus zu einem weiteren Anliegen in seinem Leben gemacht hätte. Denn es war nur natürlich, wenn man annahm, nahm Eugene an, daß noch die zuverlässigsten Künstler Chamäleons waren.

Wozu war dieser Spanier wohl fähig?

Eugene fühlte ungehörige Visionen wirbeln: Der Spanier, der, in den großen Knien federnd und mit seinen schwarzen Slippern kreisend, als stünde er auf Felgen, in einem roten, verqualmten Lokal mit einem bleischweren Alligator tanzt. Der Spanier, der ihm den Rücken zuwendet, vogelartig mit den voluminösen Rockschößen flattert und, ohne den Boden mit den Füßen zu berühren, in die punktförmige Ferne entschwebt. Der Spanier, der, den Finger auf der Seite eines Buches, über die Schulter blickt wie die gerahmte Sibylle an der Wand des väterlichen Arbeitszimmers – nein! dann war es das »Studio« der alten Miss Eckhart –, wo er muskulös war, allerdings auf eine sagenhafte Weise fraulich. Und der Spanier mit Hörnern auf dem Kopf – wartend – oder näherkommend. Und stets das eine dunkle Gesicht, auch wenn für Augenblicke Feuer aus den Nüstern quoll, mit solch wahrer *Verschwendung* von Leben!

Eugene, an Visionen von Leuten, wie sie nicht waren, nicht gewöhnt, so wenig daran gewöhnt, wie an die Gegenwart des Spaniers, wie er war, würgte plötzlich an seiner Kruste. Er hatte sogar die alte Miss Eckhart in Mississippi völlig vergessen und die Stunden, die er und nicht Ran an ihrem Klavier bekommen hatte, wenn es auch wohl natürlich war, daß sie ihm jetzt wieder einfiel, im Dunstkreis von Musik. Probeweise hatte er nacheinander die feinfühligen, geschickten Finger seiner rechten Hand auf den Tisch gesenkt, dann wippten kleiner Finger und Daumen. Der Spanier schien wie durch einen Vorhang hindurch immer noch Feuer zu atmen. Über den Tisch drang unablässig der Zigarettenrauch im Doppelstrahl aus den Nasenlöchern. Das war es, was so angenehm roch... Es kam Eugene vor, als hörte er die sich hinziehende Kadenz aus »Störrisches Schaukelpferd«, eins von seinen Stücken, das er immer gemocht hatte und sehr gut spielen konnte. Er sah das Fenster vor sich und den Garten, ganz genau den Baum. Die abertausend Mimosenblüten, kleine Büschel, blau an der Basis wie Flämmchen, waren offenbar nicht ganz beständig in dieser Hitze und diesem Licht. Sein »Störrisches Schaukelpferd« verwandelte sich in Perlen aus Licht, die eins, zwei, drei, vier durch Himmel und Bäume zur Erde tropften, um dort in dem Muster zu liegen, das dem Schatten des Baumes entgegengesetzt war. Er konnte spüren, daß seine Stirn von Tropfen perlte und daß das Vergnügen sirupartig durch jeden schwerfälligen Finger rann, zu solcher Stunde, an solchem Tag, an solchem Ort. Mississippi. Ein Kolibri, einem kleinen Fisch vergleichbar, einem kleinen grünen Fisch in der heißen Luft, hatte einen Augenblick lang vor seinem Blick gehangen, und war dann fortgezuckt, entschwunden.

Er hielt sein Glas wieder an den Krug des Filipinos. Eugene sah sich für einen Augenblick als den knienden Mann in der Wildnis auf dem Stich in dem übriggebliebenen Erdkundebuch seines Vaters, der einmal in den ›Baum der Reisenden‹ hieb, den Mund öffnete, und Wasser lief hinein. Was bedeutete für Eugene MacLain denn wirklich das Leben eines Künstlers oder das eines Fremden oder eines Wanderers, alles ein und dasselbe – daß das jetzt alles in ihm aufstieg? Dieser Stich, so hatte er früher angenommen, stellte seinen Vater dar, King MacLain persönlich, den, der ihn nie gesehen hatte oder sehen wollte.

Ein Filipino ließ eine Schüssel fallen, die auf dem Boden in Stücke zerbrach, so daß das Essen verspritzte. Eugene fühlte sein Gesicht von geringschätzigen, aber mitleidigen, ehrlich mitleidigen Lauten spitz werden. Er lachte über den Filipino; und die ganze Zeit über wußte wohl von allen im Raum nur er allein, wie gräßlich dieses kleine Mißgeschick wahrscheinlich war.

Es war ihm allerdings gelungen, sein Geld im Geiste zusammenzuzählen. Er hatte herausgefunden, daß er für das hier bezahlen konnte, fast genau, bis auf ein paar Pennies Rest. Die ehrfürchtige Scheu legte sich daher ein bißchen und verschwand allmählich.

Der Spanier hatte einige Aufmerksamkeit aus dem Raum auf sich gezogen, als er da die Knochen seines besonderen Gerichtes ausspuckte, das Brot abbrach und es sich mit dem Lärm von Knallkörpern zwischen die Zähne rammte. Seine schwarzen Augen verfolgten nun freundlich eine kleine Fliege. Schüsseln, Hüte, Damennasen, Fenstervorhänge waren die Landeplätze seiner kleinen Fliege, seine kleine Auslese. Der Spanier spielte offenbar das harmloseste Spielchen mit sich selbst.

So war er also, wenn er nicht Gitarre spielte. Na ja – so schlecht war er gar nicht. Als der Kellner mit der Rechnung kam, bezahlte Eugene ganz beflissen für den Luxus. Der Anblick, inzwischen Erinnerung, des unnahbaren, heißhungrigen Gesichts dem seinen gegenüber, dunkel im perlmuttenen Licht des Fensters, und des traurigen Mundes, der das allerbeste Essen verschlang, bis alles verschwunden war außer einem Stapel Knochen und einer Papierrüsche – das erfüllte ihn mit einer Glut, die zu wachsen begann, während er lächelnd nickte und sich erhob. Von dem Tisch aus, an dem sie gesessen hatten, schien sich die tapezierte Wand träge auszubreiten wie ein Pfauenschweif. Während sie zwischen den Tischen hindurchgingen, um das Lokal zu verlassen, und der Spanier die Hand ausstreckte und diskret eine Anzahl von Streichholzpäckchen mitnahm, neigten sich die Frauen mit ihren großen Hüten in seinem Windschatten einander zu, so daß die blumigen Krempen sich berührten, und murmelten irgendeinen Namen und schauten. Eugene drehte sich um und sah sie mit gerunzelter Stirn in tauber, besitzergreifender Weise an.

Sie kamen nach draußen ins flache Tageslicht und den Lärm, wie Täuschung oder unterdrückter Zorn, des alltäglichen Nachmittagsgetümmels. Als sie auf dem Gehweg stehenblieben, kreischte nicht weit entfernt eine Straßenbahn eine belebte Straße entlang. Mit närrischem oder heimtückischem Gehabe, so dachten alle in der Menge – es war eine Erschütterung in der Luft zu spüren –, stolperte eine pummelige kleine Frau mit hohen Absätzen auf die Straße, schwenkte ihre Handtasche, als wär's ein Hut voller Blumen, verschüttete alles und sank in empörendem Rosarot der Straßenbahn in den Weg. Einen Augenblick später erfaßte der Straßenbahnwagen sie. Sie wurde herumgeschleudert, nach vorn auf die Schienen geworfen, dann in Ruhe gelassen; sie wurde nicht überfahren von dem Wagen, aber sie war tot. Eugene und alle andern erkannten das am langsam schwingenden Gang der beiden Polizisten, die alles mit angesehen hatten und nun ihre Pflicht erfüllen mußten. Dieses Paar sah keinen Sinn der Welt darin, sich jetzt zu beeilen.

»Unfall!« sagte Eugene – wiederholte es eigentlich. Seine Stimme mußte dem Spanier vermittelt haben, daß das von besonderem Interesse für ihn sein sollte. Der große Mann stand festgewurzelt da, seine Unterlippe war vorgeschoben unter seiner Zigarette, seine Augen blinzelten. Es war fraglos eine ganz schreckliche Sache. Niemand hatte es eilig.

»Sie ist tot, da bin ich ziemlich sicher«, sagte Eugene, bemühte sich allerdings, seine einzelne Stimme nicht indiskret klingen zu lassen. Andere Stimmen in der Nähe sprachen jetzt. Der Spanier schüttelte den Kopf.

»Warum kommt kein Krankenwagen?«

»Guck dir den Straßenbahnfahrer an. Sein Fehler.«

»Sie hatte graues Haar.«

Kopfschütteln.

»Jemand sollte das ganze Zeug da aufheben und wieder in ihre Tasche tun.«

»Deckt man sie denn nicht zu?«

»Ich frag mich, wer das ist.«

»Wie kriegen sie raus, wen sie benachrichtigen müssen?«

Kopfschütteln.

Der Spanier schüttelte den Kopf.

»Komm, wir gehen.« Zwei Mädchen redeten im Umdrehen. »Von mir aus, wenn du meinst.«

Aber eine innere Gruppe, ein hohles Viereck von Leuten, verdeckte das Opfer. Sie flankierten es, und nicht die ganze Zeit, doch für Augenblicke, blickten sie auf es hinunter. Sie hielten ihre Reihen geschlossen, als hätten sie einen Auftrag. Sie wollten dabeigewesen sein. Alle in der Gruppe, Geschäftsleute, Damen beim Einkaufen und Kinder, kamen sich offenbar vor, als trieben sie wie Passagiere auf einem Floß sanft eine kleine Strecke weit hinaus. Ein Jugendlicher, die Hand auf der Hüfte, sah mit tiefem, leerem, nach innen gerichtetem Blick auf einen Straßensperling neben seinem Fuß, und daneben, neben dem Spatzenfüßchen, lag die offene Handtasche der Frau.

»Nun –!«

Sie bogen um die Ecke, und immer noch schüttelte der Spanier hin und wieder den Kopf. Als Eugene einmal hinschaute, sah sein Begleiter aus, als fände er, es wäre wohl keine besonders gesunde Gegend, wirklich.

Eugene führte ihn zu einem großen Hotel. Sie schritten in das Geglitzer und den Duft der Halle und durch das ganze Labyrinth dort, bevor Eugene die Herrentoilette ausmachen konnte, wobei er sich für den großen schwarzen Spanier so verantwortlich fühlte, als ob er eine Parade anführte.

Während sie in ihren Höhlen mit der hallenden Zwischenwand standen, nickte und rollte Eugenes Kopf einmal oder zweimal, rhythmisch…

Nun, die Musik am letzten Abend war nicht das gewesen, was er erwartet hatte. Emma, die das vorausgesagt hatte, wußte, wovon sie sprach. Diese Musik pulsierte ganz und gar nicht. Sie hatte nicht besonders viele Akkorde, sie war nie laut. Die Lieder des Spaniers waren alt – antik, hieß es in seinem Programm; einige waren für Orgel und Laute geschrieben; und trotzdem, er, Soundso, der Gitarrist, spielte sie. Waren Schwierigkeiten und Herausforderungen das, was er am meisten suchte? Eitler alter Mann. Jawohl, es ist *Gitarre,* was ich spiele. Jawohl, ich bin *Gitarrist.* Was denken Sie denn, was ich bin?

Er war in einem so überwältigenden Maße, als würde er es von der Bühne verkünden – auf Englisch –, ein äußerst vorsichtiger Alter, ein äußerst vorsichtiger Künstler.

Eugene empfand ihm gegenüber plötzlich gleichzeitig Ungeduld und Ärger. Ohne sich die geringste Mühe zu geben, seine eigene Versenkung in das, was er spielte, zu verbergen, verwandte der Mann ebensowenig Aufmerksamkeit oder Sorge darauf, jemandem zu gefallen... Nein! Und Eugene war von der Musik des Spaniers nicht unbedingt hingerissen. Auf keinen Fall. Nur bei den unerträglich schnellen oder raffinierten Liedern aus seinem eigenen Land, die der Mann zuletzt ganz zart spielte, so zart, als wären sie fast tonlos, nur ein Schwirren schneller Schwingen in der Luft – da war Eugene bewegt. Manchmal schienen die Töne herausgeschüttelt, nicht geschlagen, aus einem unirdisch schwach pochenden Tambourin.

In den Liebesliedern und bei allem andern blieb der Künstler selbst fern, wie eine gewissenhafte schwarze Wolke einem Sommertag. Er ragte nur drohend auf. Er beendete das Konzert mit einer formellen Verbeugung – als ob es mittlerweile selbstverständlich wäre, daß Leidenschaft etwas war, was er in der Hand hatte, Liebe seine Dienerin und selbst Verzweiflung ein kleines, gezähmtes Tier, das, allen Blicken ausgesetzt, dahertrabte. Die Verbeugung war von unübertrefflicher Anmut, und beim Aufrichten erschien er dermaßen groß, als befände er sich dicht vor den Augen.

Als Eugene herauskam, wog sich der Spanier. Der Pfeil zitterte, während der Spanier freundlich daraufschaute und sich mit einem Seufzer anfüllte, um ihn zum Zittern zu bringen. Eugene runzelte die Stirn wegen der Zahl. Nur 240. Er hatte erwartet, daß der Spanier mehr wiegen würde – 250 oder 255.

Sein Gast sah ihn an, strahlend und gänseblümchenfrisch. »Wo sollen wir jetzt hin?« wollte er sagen, das war vollkommen klar.

Eugene führte ihn auf die Straße. Auf der Stufe lag ein Band aus Sonnenlicht, sanft und glatt wie Fans Haar, wenn sie vor ihm herflog. Die Männer setzten sich in Bewegung, der Spanier mit Schwung – war das jetzt Training? Der Platz leuchtete, und die Front einer steilen Straße schien sich wie ein graues, überm Knie auseinandergezogenes Akkordeon stotternd in die Lüfte zu erheben.

V

Sie liefen in der Sonne über städtische Plätze, bis eine nachdenkliche Stimmung sie verband wie einvernehmliches Reden. Zwei alte Burschen, Zwillinge, gleich absonderlich in karierte Jacken gekleidet, von gleicher Größe und immer noch zusammen, halfen sich an einer Ecke gegenseitig auf das überfüllte Trittbrett einer Straßenbahn. Eugene und der Spanier bemerkten die beiden im selben Moment und warfen einander amüsierte Blicke zu, sie stiegen, während sich der Wagen in Bewegung setzte, ebenfalls auf und fuhren auf dem Trittbrett davon. Es war wie Wellenreiten. Der Schienenräumer hinter ihnen war ein großer Korb voller Kinder.

Ein Neger, dessen Haarschopf so rauh war, daß er körnig wirkte, hatte seinen Kopf genau zwischen die beiden Köpfe von Eugene und dem Spanier gerammt. Seine vorstehenden Augen stierten. Die Straßenbahn fuhr schaukelnd, schlingernd bergauf und bergab durch sich erwärmende und starkbelebte Straßen und bog schließlich genau nach Westen ein. Eugene, der den Kopf von dem des Negers weggedreht hielt, bemühte sich, seine Ohren gegen das Kindergeschrei zu verschließen, und las sich die angeschlagenen Straßenschilder vor, an denen sie vorüberfuhren.

Schaffnerin war eine große, dicke Negerfrau, die munter alle Straßennamen ausrief. »Divisadero! Ich sag Divisadero!« Aus *The Bug* – Schallplatten aus zweiter Hand – und aus dem Schuh-Massage-Salon und den steilen Häusern, die mit ihren phantasievollen Fronten, von denen die ganze Farbe abgeblättert war, an alte Stiche erinnerten – ähnlich den einsamen Häusern über Eisenbahnstrecken, die er einmal gesehen hatte –, riefen die Freunde der Schaffnerin hinter ihr her, wenn sie vorbeifuhren. Sie schwang sich dann oft aus dem Wagen und rief zurück. »Frei um zwei!« – »Bis dann, im *Cat*!«

Der Negerkopf zwischen Eugene und dem Spanier rollte mit den Augen. Einmal fiel Eugenes Blick auf den Spanier, der während der Fahrt *lächelte.* Neger könnten auf die Idee kommen, er würde all ihren Nigger-Kram verstehen – daß er eventuell selbst um zwei im *Cat* wäre. Der Korb von Kindern schwärmte heran.

Eugene gelang es, die Glocke zu erreichen. Er schaffte es, den Spanier vom Straßenbahnwagen herunterzubekommen, wobei er ihn wahrhaftig bei der Taille packen mußte, um ihn rückwärts herauszuzerren. Es war zuviel. Sie gingen zu Fuß weiter, immer noch in die Sonne hinein und immer noch aufwärts in den letzten Ring von Hügeln.

Es war zu Recht eine Ruhestunde für Leute, die nicht arbeiten mußten. Die Stadt war so häßlich aus unmittelbarer Nähe und so wunderschön in ihren fernen Tiefen. Die Hügel, Hügel hinter Hügeln, über die Eugene und der Spanier hinwegliefen, die zunehmende Reinheit der Luft, die Wärme der näheren Sonne, das alles bewirkte, daß Eugene sich vorkam, als schliefe er ein. Weil sogar die Stille zwischen den Männern – schließlich – gesättigt und träumerisch war, erinnerten die Hügel Eugene mehr und mehr an diese Treppen, die er in seinen Träumen hinauflief.

Die Hügel mit ihren gleichförmigen Reihenhäusern wiederholten immer wieder seinen Hügel mit der Jones Street; die Häuser kamen immer wieder vor – alle am gleichen Tag erbaut, alle gleich alt. Überall ein und dasselbe Schicksal. Angenommen, ein neues Feuer würde San Francisco in Schutt und Asche legen und es zum Einsturz bringen und er, Eugene MacLain aus Mississippi, müßte alles wieder an seinen Platz stellen. Seine Augen schlossen sich halb über den Bergen von Häusern, die nicht mauerartig waren wie Häuser an anderen Orten, sondern geschwollen wie Bienenkörbe, und Korb stieg hinter Korb zu ungeheuren Stufen an – und innen lebendig, innerlich voller Geschäftigkeit. War es möglich, daß er eine Uhr wieder zusammensetzen konnte?

Da kam die alte Frau den Hügel herunter – es gab immer eine. Mit ihren Pelerinen und ihren klopfenden Stöcken liefen sie langsam bergab, um dir entgegenzukommen. Manchmal schien es Eugene, als liefen alle Frauen in San Francisco ihr Leben lang über diese Hügel, bereits am Stock, bevor sie es richtig begriffen hatten, und wenn sie, statt zu sterben, alt wurden, benutzten sie zwei Stöcke oder Krücken. Emmas Füße waren zierlich, aber das pralle Fleisch hing ihr rund um die Beine wie eine Pumphose. Sie sagte, das wäre erst seit der Geburt des

Kindes so; sie machte die kleine Fan dafür verantwortlich. Mitten aus ihrem Kummer heraus konnte sie sich erheben und ihren unwiderlegbaren rosaroten Finger auf ihre Opfergabe als Frau legen.

»Dein kleines Mädchen«, bemerkte Eugene laut, »hat gesagt: ›Mama, mir tut der Hals weh‹, und drei Tage später war sie tot. Du hast eigentlich erwartet, daß ihre Mutter auf so ein Fieber achtet, wenn du im Büro bist, und nicht mit Mrs. Herring tratschen geht. Aber du hast nie darüber gesprochen, oder? Nie.«

Jedes rundliche Haus enthielt eine Treppe. Jede Form besaß ihre Spirale oder ihre Ranke, außen oder verhüllt. Draußen waren es Feuerleitern. Er sah hoch auf die Verzwicktheit dieser Gegenstände; oben saßen Möwen. Könnte er eine Feuerleiter herstellen, falls man das von ihm verlangte? Die kniffligen Feuerleitern mit ihren Sprossen, das unbekümmerte Weben des Verkehrs, Sprungfedern, Spitzenstoffe der Frauen, die Nester in ihren Handtaschen – er sann darüber nach, daß das Treiben und Tun des täglichen Lebens einen Mann umzingeln, umranken konnte, Augen, Beine, Leitern, Füße, Finger. Ein Mann verfing sich darin, im bloßen Tun und Lassen und Streben der Welt, der Stadtwelt. Er brächte es nicht fertig, für seine Wohnung in der Jones Street eine Feuerleiter herzustellen, und wenn er alle Teile gestellt bekäme und einen Tag frei und das richtige Werkzeug, auch wenn Mr. Bertsinger und Emma ihm sagen würden, er solle sich an die Arbeit machen und sein Leben hinge davon ab. Sollte er sich schämen?

»Öffne die Tür, Richard. *Ouvrez la fenêtre, Paul ou Jacques*«, sang die dämonische Stimme auf der Schallplatte, und Eugene wartete darauf, daß sie noch einmal zu hören war. Die Erinnerung versetzte ihn in alte Zeiten: da gab es einen alten Neger, und jeder in Morgana wußte, wann der zu Hause Krach hatte; er ging dann in den Laden und bat darum, daß man ihm eine Platte vorspielte – »Rocks in My Bed Number Two«, von Blind Boy Fuller. Durch ein Fenster im Erdgeschoß konnte er ein hohes Klavier erkennen und daß eine große, farbige Frau die Tasten bearbeitete. Sie sah aus, als käme sie aus sehr fernen Gegenden. Er konnte sie nicht hören, und ihm fiel auf, daß es hier draußen sehr laut war, auf der Straße.

»*Ich* krieg aber keine Sonne in die Augen«, sagte ein kleiner Junge und sah zu Eugene hoch, der eine Hand schräg vors Gesicht hielt.

»Nein, mein Kleiner?« sagte Eugene freundlich. Mit einer Hand nahm er die andere fort, als hätte der kleine Junge ihm verboten, sie weiter zu benutzen. Der Junge schenkte ihm ein reizendes, überzeugtes Lächeln, das Eugene zusammen mit vielen Sonnen in die Augen fiel.

Sie befanden sich auf einer numerierten *Avenue*, nicht weit vom Meer mittlerweile. Lichtgestählt wie alte Invaliden schauten die jungen Bungalows nach Westen. Der Spanier warf sich ziemlich überraschend nach vorn, schwang seinen großen Körper herum und starrte auf die Welt hinter und unter sich, dorthin, wo sie hergekommen waren. Er vollführte zärtlich einen Bogen mit dem Arm. Das ganze Halbrund strahlte vor Liebreiz und Bläue um diese Nachmittagsstunde; alles Grau war blau, und das Weiß war blau – die ausgebreitete Stadt sah sanft aus, von einer Himmelsfeder überpinselt. Dann ließ er die Hand fallen, als ob die Stadt sich zurückziehen dürfte; und hob sie wieder, als wollte er sie für ein zweites Mal zurückholen. Er war wirklich wundervoll mit seinem erhobenen Arm.

Sie gingen weiter, bis der Himmel über ihnen dermaßen strahlte, daß die Augen ständig geblendet waren. Zwei Nonnen auf dem nächsten Hügel wirkten in dem Meer aus Wind hinfällig, erinnerten an Schornsteine auf einem flammenden Dach.

»Wahrscheinlich« – Eugene hatte wieder zu sprechen begonnen – »hast du gar nicht gewußt, daß das in dir steckt – eine Frau schlagen. Oder doch?«

Der Spanier warf ihm einen dunklen Blick zu. Allerdings so, als hätte Eugene gesagt: »Sie sind Gitarrist« oder »Das hier ist die Presidio Avenue.« Ruhig setzte er die Füße über einen lang hingestreckten alten Wermutbruder, der hier oben schlief, weit entfernt von Seinesgleichen. Völlig unbekümmert um die Beine über ihm, ragte der Schläfer aus einem kleinen Garten heraus, mit dem Kopf in den Anemonen und einem grauen Bart im Gesicht, der wie Speichel glänzte.

»Würde dir nichts ausmachen, wenn man dich so vorfände«, sagte

Eugene, der genau in den Fußstapfen des Spaniers über die gefallenen Beine stieg.

Und Eugene verspürte ganz plötzlich eine innere Bewegung, die ihn unerklärlicherweise hin und wieder überfiel – jene überwältigende, heimliche Zärtlichkeit für seinen Zwilling, Ran MacLain, den er sein halbes Leben lang nicht gesehen hatte, die er einer Geliebten gegenüber hätte empfinden können. War alles in Ordnung mit Ran? Wie wenig wir doch wissen! Denn wenn er möglicherweise etwas Verwerfliches getan hatte, dann müßte man ihn mit äußerster Strenge und Behutsamkeit behandeln. Eugenes Augen schlossen sich fast, und er wurde halb ohnmächtig auf dem Körper der Stadt, den alten Adern, der fleckigen Haut aus Pflaster. Vielleicht würde das zarte Gras, in dem kleine Gänseblümchen sich öffneten, ihm die Schläfen halten und die Augen an seine legen. Er hörte den murmelnden Schlitz der Drahtseilführung.

Der Spanier hielt ihn am Arm fest. Sein großes Gesicht über ihm barst beinahe vor Mitgefühl und Vergnügen. Er schien sagen zu wollen: »Aber selbstverständlich. Genau deshalb sind wir hergekommen!« Eugene wurde halb über die Straße getragen. Dann, immer noch mit interessiertem Blick, machte der Spanier eine Handbewegung, als hätte er die Absicht, ihn zu untersuchen, tätschelte ihn, richtete ihn auf und schüttelte ihn zum Abschluß leicht, versetzte ihm einen Klaps.

Und Regen fiel auf sie herab. In der Luft leuchtete ein feiner, liebkosender »Niederschlag«. Ein großäugiges Baby in seinem Wagen streckte die Händchen aus und hielt Daumen und Zeigefinger fest geschlossen: ein Griff am hellen Dunst. Auf dem Hügel glitt eine Drahtseilbahn an einen Ruheplatz auf dem Kamm und blieb dort hocken, anheimelnd, als wär's eine Schaukel auf der Wiese, fröhlich wimmelnd von Jungen- und Mädchenbeinen. Darüber, über dem kahlen Boden, wo gerade auf dem alten Friedhof – mit den spanischen Gräbern – Bäume gefällt und gerodet wurden, sprangen zwei selbstgemachte Drachen aufeinander zu und nickten wie Klatschbasen. Ein Seewind wehte den Duft von Alyssum aus allen Brachen. Er ließ den dünnen weißen Bart eines alten chinesischen Herrn flattern, als dieser mit dem Übermut eines Schulkindes zu dem Wagen rannte, der auf ihn wartete. Der Wind hier oben auf dem Hügel strich über Eugene mit der belebenden Wirkung, die manchmal aus dem sanften Abschütteln eines Tagtraums entspringt oder eines Verlangens, das auch noch seine Erinnerung mit sich nimmt. Er sah zu seinem Spanier auf und holte demonstrativ tief Luft. Der Spanier holte ebenfalls Luft, wohl nicht wirklich mitfühlend, aber er schien an Umfang zuzunehmen. Eugene sah der Bewegung des großen faßartigen väterlichen Brustkorbs zu und erhaschte einen Blick auf die Hosenträger, die rosarot waren und silbern beschlagen, mit kleinen bärtigen Tiergesichtern auf den Schnallen.

Sein Gesicht mit diesem Ausdruck, der immer noch Besorgtheit bedeuten konnte – und gleichzeitig Nachdenklichkeit, Heiterkeit, Schläfrigkeit oder Unversöhnlichkeit, wenn man das Ganze aus so unmittelbarer Nähe sah, mit den schwarzen Kreisen, den Hornrändern um die Augen –, war für einen runden Augenblick auf Eugene gerichtet. Dann schaukelte sein Kopf, und mit einem leichten Nicken, so daß das lange schwarze Haar hinten wippte, wies er auf etwas hin. Es fiel Eugene plötzlich auf, daß er aussah wie dieser Dr. Caligari aus alten Stummfilmzeiten, der seine Glocke auf der Bühne eines Straßentheaters läutete.

Denn er hatte zum unzerstörten Teil der Böschung hinaufgenickt, wo man hier und da ein paar alte Grabhügel, die noch von den Schaufeln durchwühlt werden sollten, unter den Olivenbäumen erkennen konnte. Im Vordergrund war eine Katze. Sie saß in altehrwürdiger Pose unbeweglich im hohen Gras.

Ihr Kopf war zu dreiviertel dorthin gedreht, wo Eugene und der Spanier standen. Die Katze hatte die Augenbrauen einer Frau. Ihr Blick drang aus ihrem Gesicht mit der Ausschließlichkeit tierischen Erfassens; ob nun Drohung oder Beunruhigung in den weit geöffneten Augen lag, ihr Gesicht stellte ein Brennglas des Schauens dar. Ihre Augen hielten nach so langer Zeit offenbar ihr Selbst in ihrer Gewalt. Die Katze kauerte reglos, hingegeben an ihr eindringliches Schauen, und wenn sie Feuer gefangen hätte, wäre sie immer noch nicht in der

Lage gewesen, so glaubte Eugene, sich aus dem Bann zu befreien. Sie wäre zweimal verzehrt worden, bevor sie sich entweder von dem gelöst hätte, was sie gerade sah, oder aus ihrer eigenen Verzücktheit.

Auf der unordentlichen Böschung machte sich in diesem Moment etwas anderes – der Gegenstand des Blicks – durch eine Bewegung im Gras bemerkbar. Als hätte der Anblick ihn dazu aufgestachelt, sich ebenfalls zu bewegen, stürzte sich Eugene auf einen schweren Kiefernzweig mit Zapfen und schleuderte ihn nach der Katze; er traf sie an der Seite. Sie spürte es offenbar nicht, denn sie rührte sich nicht vom Fleck.

Er schrie auf. Und die ganze Zeit über stand der Spanier in entspannter Haltung da und schaute zu – er hätte drüben in Paris sein und auf die Seine gucken können! Und doch war diese Distanziertheit, dessen war sich Eugene durchaus bewußt, und es rief einige Bitterkeit in ihm wach, am Abend zuvor der äußere Anschein einer derartigen Leidenschaft in seiner Musik gewesen! Eugene blieb starrsinnig bei seinem Schauen und fühlte seine Aufregung noch wachsen, als das Flügelschwirren oder Züngeln, was es auch sein mochte, in selteneren Abständen auftrat. Es war immer noch zu schnell, als daß das Auge hätte erkennen können, wodurch es hervorgerufen wurde. Was ging da vor sich: verausgabte das Schwirren sich allmählich, oder war das Lauern mittlerweile eine wohlvertraute Sache, wurde als selbstverständlich hingenommen? Das hier hatte einen Anfang und ein Ende.

»Was ist da im Gras, ein Vogel oder eine Schlange? Was würden Sie wetten?« sagte Eugene leise.

Aber der Spanier stand geduldig da wie festgewachsen, während der schreckliche Blick, ein summender Draht zwischen der Katze und dem anderen Geschöpf, hin- und herflog. War es von Bedeutung, welches arme, gierige Leben den Blick empfing und welches ihn aussandte? Die Augen der Katze, groß wie Zifferblätter, schimmerten tränenlos. Eugene dachte ganz plötzlich: Es ist völlig gleich – es ist eine tierische Angelegenheit, das Ganze, ich lege keinen Wert darauf, es zu wissen, danke.

Doch er wartete. Im nächsten Augenblick warf er einen Stein, jetzt in die Richtung des Bebens im Gras. Und natürlich war es nur eine Katze. Es war nur die andere Katze.

Als Eugene den Spanier ansah, verzog der nur das Gesicht über dem Anzünden einer weiteren Zigarette. Die Muskeln seines Gesichts gruppierten sich in abscheulicher Üppigkeit, erst gekräuselt, dann wieder völlig glatt. Seine Lippen hatten die Farbe von Trauben, und der Rauch duftete süß.

»Komm weiter«, sagte Eugene zu ihm und packte ihn am Arm und zog. »Komm weiter, du Dago.«

VI

Sie waren schließlich unten am Strand angekommen: große Leere. Zuerst sah es aus, als wäre niemand da, so spät an diesem unbeständigen Tag. Dann, nachdem sie die halbe Strecke zur See hinter sich hatten, tauchte ein Student mit hochgerollten Hosen auf, der im Gehen las, und ein Mann, der aussah wie ein Einsiedler und recht anmutig Holz geschultert hielt. Noch weiter entfernt in der fahlen Weite nahmen zwei Damen mittleren Alters mit ständig bedrohten Hüten Gestalt an; sie sahen auf die Uhr: Man wartete auf den Sonnenuntergang. Ein verbeultes, sandfarbenes Auto war zu erkennen; man hatte es am Deichtor zurückgelassen, mit offener Tür und einem gebleichten Pferdeschädel an der Kühlerfront. Ein kleiner Hund saß darin. Schwarzer Rauch bewegte sich in der Luft, verblaßte; die zufälligen Feuer des Tages am Strand entlang waren verloschen, und auf dem Meer kam ein Schiff zum Vorschein. Einige Möwen hockten auf den Buckeln der Achterbahn, andere standen kurzhalsig und reglos vor den Imbißbuden mit den heruntergelassenen Rolläden, und die Amseln trippelten damenhaft vor ihren Füßen umher, unentwegt beschäftigt.

Wie war es möglich, daß es hier so still gewirkt hatte, als ob es verlassen wäre? Genau, wie es zuerst verlassen gewirkt hatte, weil der Lärm nicht herangetragen worden war. Es herrschte eigentlich ein ständiges Geklingel, wo das Karussel sich drehte, ohne daß ein Kind mitfuhr, und es ertönte ein aufgeregtes und einförmiges Gelächter, das den Hauptweg erfüllte. Eugene kannte die Quelle und wies den Spanier darauf hin, der in alle Richtungen schwankte und leise lächelte. Die rufende, mechanische Attrappe einer Frau, überlebensgroß, in Kleidern und mit einer Feder am Hut, stand gestikulierend auf der oberen Galerie der Halle mit den Amüsierbetrieben und gab ihr aufgezogenes Gelächter von sich. Sie schrie in jeder Weise nach Aufmerksamkeit; die Bewegungen ihres Kopfes mit der Feder und ihrer Arme und Hüften waren ebenso schrill und hemmungslos wie die Töne, die in ihren Eingeweiden gespielt wurden. Das Donnern des Meeres schien dieses kleine Geräusch mitzutragen, auf seinem Rükken, dieses eine besondere Splitterchen zu untermalen.

Eugene lief hinunter zum Sandstrand, wo der Wind das Gelächter in Stücke schlug und das reißende Geräusch seines eigenen Hutes ihm die Ohren füllte. Der Spanier war bereits am Wasser und, mit dem Gesicht zu den Wellen, so unbeweglich aufgebaut, daß die schönheitsliebenden Damen sich zurückgezogen hatten. Nur ein Liebespaar lag in der Nähe des Deiches – ebenfalls reglos. Die tiefe Spur des Spaniers im Sand war die einzige gerade Linie am Strand, die sich mit den Fußstapfen der Holzsammler, Studenten, Damen, Liebespaare und all der verschwundenen Kinder und Hunde mischte. Eugenes lief jetzt um die des Spaniers herum, leicht und mit nach außen gerichteten Zehen. Der Strand war von Seezwiebeln übersät; in welcher Nacht hatte sich der Sturm ereignet? Dann und wann kam der donnernde Saum des Wassers bis an die europäischen Schuhspitzen des andern, lief im letzten Augenblick in reine, kleine Zungen aus, die fast unmerklich küßten und sich dann zurückzogen.

Eugene zupfte den Spanier am Arm und zeigte nach oben über den Strand auf die Klippen. »*Land's End!*« rief er, während der Klang der Wellen ihn übertönte. Er zog behutsam.

Der Spanier guckte zustimmend, machte sich jedoch erst einmal los und ließ Wasser in Richtung See, wobei er einen Wall, eine regelrechte Burg im Sand aufwarf.

Sie wandten sich also um, und sie konnten immer noch am Wasser entlangspazieren, vorbei an schwarzen Feuergruben und den allgegenwärtigen, häßlichen, nackten Seezwiebeln, bis sie an Felsen kamen; dann führte ihr Weg auf den alles überragenden Deich. Oben kam ein kleiner Junge, das gelbe Haar zu Spitzen geweht, auf einem Fahrrad träumerisch zwischen die beiden Männer geradelt, und selbst er schleifte einen sechs Fuß langen, festgebundenen Seezwiebelschwanz hinter sich her. Der Spanier beugte sich nüchtern über den Schwanz und versetzte ihn in ein unbekümmertes, lassoähnliches Schwingen. Der kleine Junge sah sich um, Augen und Mund ganz rund, und kreischte im nächsten Augenblick auf vor entzückter Empörung, als käme er sich verspottet vor. Hinter dem Straßenbahndepot lag schwarzer, struppiger Wald, und dann war da eine Art Straße, die den Klippen endlos folgte, oder war da früher gewesen.

Denn einmal waren Eugene und Emma so weit gekommen und hatten hier gepicknickt. Sie hatten mehrere Flaschen Rotwein getrunken und waren in der heißen Sonne auf den Felsen eingeschlafen, auf dem Rücken, die Knie hoch, die Köpfe leicht gegeneinandergelehnt. Emmas helle Haut hatte sich rosig gefärbt. Wo war Klein-Fan gewesen? Das hatte sie damals nicht gekümmert.

Über diese Straße liefen und kletterten die Männer, während das Meer manchmal direkt unter ihnen explodierte – kein Strand mehr, nur braune Felsen. Von Zeit zu Zeit bewegte sich ein anderer Felsbrocken ein wenig, oder es entstand irgendwo ein kleiner Regen von kieseligen Tönen. Gelegentlich führten Nebenpfade die steilen Hänge abwärts durch Gras oder über nacktes Gestein zu den Felsblöcken am Rande des Wassers. Die niedrigen Büsche peitschten, und der schwarze Mantel des Spaniers hüpfte und tanzte. Eugene spürte den Wind vom Pazifik wie eine Festung, er konnte gegen ihn anstürmen oder sich auf ihn lehnen; der Wind konnte ihm den Atem verschlagen und ihn auch am Fallen hindern.

Der Wind blies die Möwen zurück. Als Schwarm, als dichtgedrängte Lichtpunkte auf halber Höhe am Himmel, vollführten sie eine Wendung, alle gleichzeitig, und zeigten diamantklar die Facetten ihres Fluges. Eugene sog die Luft ein – jetzt war es Verzückung. Er schaute den Vögeln zu, die hinausflogen und zurückgeweht wurden.

»Willst du vorgehen oder hinterher?« fragte er, aber der Spanier ging bereits vor.

»Dir ist klar, was du angestellt hast«, sagte Eugene. »Du bist auf deine Frau losgegangen. Du meinst, du hast nicht gewußt, daß das in dir steckt?«

Der Spanier lief vor ihm her, ohne sich umzudrehen. Mittlerweile war der Pfad wild und eng geworden; er zwang sie zu langsamem Gehen, oder genauer gesagt, des Spaniers gemächliches Ersteigen der Klippen bestimmte den Schritt, nicht Eugenes Gerutsche und gefährliches Gekraxel.

Die ganze Zeit über blieben die Köpfe der beiden Männer, scheinbar unabhängig von irgendwelchen Beinen darunter obengehalten, ruhig nach außen gewandt, während die Augen über den Ausblick wanderten. Doch so, als ob er auch das nachahmen wollte, trafen sich die Hände des Spaniers über dem Kopf, um seinen Hut festzuhalten, die Ellenbogen nach außen gedreht. Es war die plumpe Pose einer Frau, ein »Liegender Akt«.

Wie so oft um diese Zeit wurde der tiefer werdende Himmel durch eine Art Wolkenrückgrat in zwei Hälften geteilt.

Vor ihnen der Norden war klar, und der Süden hinter ihnen war weiß angedickt. Unter dem klaren Abschnitt des Himmels drängte das Meer herein, dunkel bis grün und schwarz, die Lippen der Wellen blaugrau. (»Buttje, Buttje in de See«, hörte er seine Mutter lesen.) Unter dem wolkigen Teil brannte das Meer silbern und zeitweilig vollkommen weiß, und die andrängenden Wellen behielten bis zur letzten Sekunde ihre Form und wirkten still und grenzenlos wie Schnee. Der Strand und die Stadt, die Eugene und der Spanier hinter sich gelassen hatten, waren durchkreuzt von Staub und Dunst, der Schauplatz flirrte wie die Banner und der fliegende Sand einer fernen Schlacht oder Revolution in längst vergangenen Zeiten. Vor ihnen dehnten sich die Felsen ungetrübt klar, hart und himmelblau.

Es wurde immer steiler, von einem bestimmten Punkt an schien der Pfad seit langem unbenutzt zu sein. Hier und da war vor kurzem ein Felsbrocken herabgestürzt und lag ihnen im Weg, feucht in den Spalten, als hätte er begonnen, zu leben und auszuscheiden, und sie mußten um ihn herumklettern und sich dabei am Gestrüpp festklammern. Wo es keine Felsen gab, war es sandig und grasig und sehr wild. Ein Makel ging natürlich durchs ganze Land.

Manchmal war Eugene sich bewußt, daß er ruckte wie eine Taube oder sich wie ein Seemann wiegte beim Bergabgehen, oder beim Bergaufgehen durchhing wie ein alter Pudel; es war alles gleich. Einmal sprang er und fast ohne achtzugeben. Sein Kippen, Vorneigen, Rutschen, seine Anstrengungen, sich oben zu halten, alles war jetzt schmerzlos und ein Fortschritt, den er für sich behielt. Wenn Schmerz nicht wehtat, die Welt aber wohl, waren die Dinge sehr merkwürdig geworden – anders.

Die Sonne stand tief, und ein Teil der Nebelbank hatte sich in schmalen Wolken stückweise abgelöst, in feinen dünnen Gräten, und das rote Licht drang allmählich durch. Der Spanier ging immer gleich gelassen an der Kante entlang, über die er lief; war auch er schon einmal hier gewesen? Wenn er in seinen glatten schwarzen Schuhen sprang, war sein Stand sicher. Er war es, der die Wahl traf zwischen den Pfaden, und die Wahl war stets klug und schwierig. Pfade liefen jetzt überall her, ein Netzwerk von Fäden über Wildnis und Felsen, mit tanzenden graubärtigen Büschen zum Festhalten. Ein schwaches Licht lag jetzt auf den nassen Felsblöcken unter ihnen. Badende in der Ferne, oder Tümmler, hoben sich und versanken himmelfarben; es gab immer Fremde, die bei Sonnenuntergang schwammen.

Eugene lief dort her, wo der Spanier herlief, allerdings folgte er ihm nicht immer überall hin, wo er hinlief. Wo die Pfade zum Meer hin abfielen, gab es Höhlen, und die untersuchte der Spanier alleine. Eugene hatte inzwischen damit aufgehört, Anweisungen zu rufen, denn er kam sich dabei vor, als wäre er ein blökendes, verlorenes Lamm. Der riesige Kerl ließ sich die steilen Felsen hinab, und auf Händen und Knien spähte er in die Höhlen wie ein Zahnarzt in lockende Münder. Ratten rannten die kahlen Flächen hinauf. Es waren große Ratten, von einer Größe, die nirgendwo sonst vorkommt, sondern nur hier weit draußen, in menschenleeren Gegenden – so wie die wilden Hunde der Welt und die wilden Pferde ungeschaut und größenlos sind. Der Spanier sah hinter den Ratten her, den Kopf auf die Seite gelegt. Selbst er konnte sich bei diesem Wind keine Zigarette anzünden.

Nach einer Weile setzten die Männer ihren Weg fort, und die kleinen dunklen Vögel, die aus Reinlichkeit am Rand des Meeres lebten, begannen, das Geräusch des Windes durchdringend, die Luft mit Gezwitscher zu erfüllen, dem Gezwitscher der Vögel im Frühling, die sich in den Laubbäumen einer kleinen Stadt ihre Nester bauen wollen. Den beiden Männern war anscheinend, ohne daß sie es wußten, der Wunsch zur Rückkehr abhanden gekommen. Vielleicht hatte dieser Wunsch sich erschöpft. Eugene, der einmal fast ertrunken war, erinnerte sich an seine Entdeckung, daß sein Wille, sich im Wasser obenzuhalten, gestorben war. So etwas fand man immer erst dann heraus, wenn es viel zu spät war.

Die Sonne versank. Sie sah nasser aus als das Wasser, mittlerweile kein heller Körper mehr, sondern ein roter. Sie versank und verschwand im blauen Dunst, der über dem Meer hereinkam. Für eine kurze Zeitspanne wurde das Wasser, heller als die Luft, glatt und ruhig, und der Nebel breitete seine Schwingen aus, senkte sich darüber und strich Eugene übers Gesicht.

»Du hast mich verstanden, die ganze Zeit«, sagte er.

Aber der Spanier beugte sich vor, mit dem Rücken zu Eugene, und spähte nach einigen gefleckten wilden Lilien, die dort im rauhen Gras wuchsen. Er faßte mit den Fingerspitzen bedächtig unter die zarten, bleichen Blütenblätter und untersuchte ihre haarigen Herzen. Eugene wartete hinter ihm, als er sich mit einer Blume in der Hand umdrehte. Ganz plötzlich blickten die Augen des Spaniers hellwach, und der Mann lächelte – wie jemand, der wieder zu sich kommt nach einem tiefen Traum, nach dem Schlaf eines Monats. Er hob seine kleine Blume auf und betrachtete sie.

»*Mariposa*«, sagte er und formte dabei jede Silbe klar unterscheidbar. Er hielt das kleine, wilde, winkende, gefleckte Ding hoch, die gewöhnliche Mariposa-Lilie. »*Mariposa?*« Er wiederholte das Wort aufmunternd, sogar verführerisch, ließ es schön klingen.

»Du bist auf deine Frau losgegangen«, sagte Eugene laut.

Der Spanier hatte immer noch die Augen weit geöffnet. Falls das lächelnde Starren eine Beleidigung sein sollte, verschenkte er gleichzeitig seine alberne Blume.

»Aber in deinem Herzen«, sagte Eugene, und dann war er verloren. Sein Leben lang war es ein Problem für ihn, daß er nicht in der Lage war, sich richtig auszudrücken, wenn es darauf ankam. Und nun auf einer Klippe, bei Wind…

Eugene warf beide Hände nach vorn und packte den andern, dem er nicht einmal halb um die gewaltige Taille reichte. Aber er spürte die Schwere, die so leicht auf den Füßen war, und er brauchte nur noch eine Bewegung zu machen, um diese Schwere aus dem Gleichgewicht zu bringen, und dann loszulassen. Unter seinen aufmerksamen Augen löste sich die Blume aus dem sich öffnenden, erschlaffenden Griff des andern: Sie lag auf dem Wind und fiel. Noch eine Bewegung, und der Mann würde ebenfalls fallen, außer Sicht geraten. Er würde in die Tiefe fallen, und es war nur eine Berührung nötig.

Eugene klammerte sich jetzt an den Spanier, fast so, als hätte er lange Zeit voller Sehnsucht auf ihn gewartet, fast so, als liebte er ihn und hätte eine bleibende Zuflucht gefunden. Er hätte die Seite des massigen Gesichts mit den großen Poren in der schlaffen, hängenden Wange liebkosen können. Der Spanier schloß die Augen.

Dann brach ein Stiergebrüll aus ihm heraus. Er wiegte den ungeheuren Kopf. Äußerungen anscheinend wildester Art kamen aus dem offenen Mund, zusammen mit altem Essensgestank. Fast erwartete Eugene noch mehr Knochen. Er sah alles überdeutlich. Die Augen des Spaniers waren ebenfalls weit offen, und in seinen Nüstern hatten sich die Haare senkrecht aufgerichtet.

Eugene verlor plötzlich das Gleichgewicht und wäre beinahe abgestürzt, so daß er sich wieder zurückhangeln mußte, indem er hilflos an dem großen Mann Halt suchte. Er hörte, gezwungenermaßen, immer noch der Stimme zu, die nicht nachließ.

Es war ein schreckliches Konzert. Eugene hangelte sich so weit wie möglich zurück und starrte dann den Spanier gleich wütend an – einen Mann, der sich in dieser Weise dermaßen bloßstellte, ohne Scham, ohne Scheu… Was wühlte er damit auf, um sich dazu zu bekennen, indem er so ein Theater machte? Zu wem flehte er seiner Meinung nach um Linderung? Eugenes Hände warteten seelenruhig Minute um Minute, während auf seinen Ohren herumgetrommelt wurde, eigentlich auf seinem ganzen Körper.

Unvermittelt – und dabei entstand eine Stille wie durch einen Pfropfen – schoß der breitrandige Hut des Spaniers im Wind nach oben und wurde davongeweht – zum Meer? Landeinwärts. Eugene sah sich dazu gezwungen: Er löste sich von dem Spanier und rannte rasch davon, um den Hut einzufangen und zurückzubringen. Jetzt stieg dieser vor ihm in die Höhe, drehte sich, haftete an einer Wand, flog wieder auf. Eugene mußte über einen recht schwierigen Felsabschnitt klettern. Er erspähte den Hut und gelangte dorthin, wo er um einen Busch tanzte, und bekam ihn zu fassen.

Bei der Jagd verlor Eugene den eigenen Hut; aber er war jetzt einfallsreich, und er setzte den des Spaniers auf. Mit gebeugten Knien auf dem Gipfel, mit flatterndem Regenmantel, hob er den Arm und setzte sich den Hut auf den Kopf. Der blieb oben, und gleichzeitig beschattete er ihn. Das Innenband war warm und duftete immer noch. Hochstimmung durchrann Eugenes ganzen Körper, als wenn er der erste Läufer wäre, der je den Weg dorthin gefunden hätte. Akkurat rückte er die Krempe mit vor Sorgfalt zitternden Händen zurecht, auch wenn er sich nicht in Emmas Spiegel mit dem kleinen Schnappschuß in der Ecke sehen konnte.

Er kehrte über die Felsen um und stellte sich hin und sah zurück auf den andern, die Augen geschützt. Es geschah voller Zuversicht, daß er ihn sich erneut packen würde, doch diesmal – grausam! – konnte er ihn nicht bewegen. Er konnte ihn keinen Zentimeter von der Stelle rücken. Er stand da, die Hände herausfordernd auf den ruhigen Armen des Spaniers. Aber diesmal bekam der Spanier ihn zu fassen. Es war ein Griff mit harten, schwieligen, zinkenähnlichen Fingern.

Und der Spanier hätte da unten so klein ausgesehen, da ganz weit unten. Man stelle sich vor, es gäbe eine so kleine Gitarre, nicht größer als eine Armbanduhr. Eugene stand abwartend da, als würde er Sirenen lauschen. Dann nahm er in sich selbst eine merkwürdige Empfindung wahr, merkwürdig für sich genommen, aber, ach, er erkannte sie. Er hatte sie schon früher verspürt – immer, bevor er sehr müde wurde, und immer, wenn er nachts im Bett lag und Emma neben ihm schlief. Etwas Rundes befand sich dann in seinem Mund. Aber das Merkwürdige daran war die Größe.

Es war, als würde er versuchen, eine Kirsche zu schlucken, dann aber bemerken, daß er selbst nur den Umfang des Kirschenstiels besäße. Sein Mund nahm etwas Riesenhaftes auf und wurde davon erforscht. Es wurde immer riesenhafter, während er wartete. Alles Wissen um den Rest seines Körpers und dessen Empfindungen verließ ihn dann; es war ihm unmöglich, seine Lage im Bett zu beschreiben, wo seine Beine sich befanden oder seine Hände; einzig sein Mund fühlte, und der fühlte Riesenhaftigkeit. Höchst fein, höchst zerbrechlich, war der Faden seines Körpers offenbar nur dazu da, den Mund bereitzustellen. Eugene schien die Welt auf der Zunge zu haben. Und sie besaß keinen Geschmack – nur Größe.

Er hielt sich an dem Spanier fest, und noch einmal, schwächlich, mit einem Arm oder einem Bein, versuchte er, ihn zu bewegen, auszubrechen. Der Nebel floß ihm in die Kehle und brachte ihn zum Lachen. Sein Lachen wurde aufgenommen, in unbestimmter Entfernung. Eugene hörte, dann sah er zufällig einen Mann und ein Mädchen sich fortbewegen in ihrem eigenen Licht, einem Blitzlicht, das die Kante unmittelbar über ihnen gegen die hereinbrechende Nacht säumte. Sie kamen in Kurven näher. Er hörte sie lachen, und in der Dämmerung warf er den Kopf zurück und konnte hinaufschauen in das Schimmern ihrer Zähne – war das Glück? Zähne, die entblößt waren wie bei Ratten, genau wie vor Hunger oder Anspannung?

Als er nach Luft schnappte, trafen ihn der Schweiß und das Salz, das Alyssum und die See als ein einziger Duft. Er wurde leicht benommen davon, der Augenblick verwischte sich. Der Ozean, der jetzt allmählich ruhiger wurde, dieses Gestampfe aus tausend Freundlichkeiten, setzte sich fort in Dunkelheit und Finsternis. Er fühlte sich hochgehoben von den starken Armen des Spaniers, hoch über den entblößten Kopf des andern. Jetzt wurde ihm auch der zweite Hut davongeweht. Er war ohne jede Last in der Welt.

Auf große Kraft gebettet, wurde er in der Luft gedreht. Es war ausgesprochen angenehm. Zu dumm, daß in seinem Kopf die Ahnung, die ihn schon den ganzen Tag verfolgte, wieder auftauchte, daß er noch die Tür öffnen und die Treppen zu Emma hinaufgehen mußte. Dort wartete sie im vorderen Zimmer, vergoß beim Aufstehen bräutliche Tränen, und die weißen Vorhänge des Erkerfensters umhingen sie schwer.

Während sein Körper in einer weiteren Drehung herumgeschwenkt wurde, wurde die Ahnung wie ein rotierender Ball wieder eingeholt. Diesmal zeigte die Vision – eine Nische der Klarheit, irgendeine Zukunft – Emma MacLain, die sich umwandte und ihm ein Stück des Weges entgegenkam, um ihn auf der Treppe zu treffen. Immer noch wie ein Grollen überquerte ihr leichter und jugendlicher Schritt, der seinen ganzen Körper vor Zärtlichkeit und Verwunderung erzittern lassen konnte, den Fußboden. Sie hob beide Arme in den weiten, erregten Ärmeln und führte sie um ihn herum zusammen. Er mußte auf den zerbrechlichen Stuhl im Flur sinken, der für Mäntel und Hüte vorgesehen war. Und sie sank auf ihn und versetzte ihm Küsse auf den Mund, als wären es Schläge, um es ihm in ehrfurchtgebietenden Gunstbezeugungen mit voller Kraft heimzuzahlen, ohne auch nur einen Hauch vom Salz der Tränen.

Wenn er hätte sprechen können! Aus solcher Erbarmungslosigkeit heraus, nicht aus der Tränenflut, würde es wieder ein Kind geben. War es möglich, daß alles jetzt warten konnte? Wenn er alles hätte anhalten können, bis jenes Pulsieren, weit zurück, tief innen, tief innerhalb inzwischen, sich zitternd erheben könnte wie die kleine harte Faust des ersten Frühlingsblattes!

Er wurde auf die andere Seite bewegt und an den Knien gepackt in der Haltung eines Vogels, mit fast aufrechtem Körper, leicht abgespreizten Unterarmen. In seinen Nasenlöchern und den sich entspannenden Augen und rund um seinen bloßen Kopf konnte er die Ausläufer des feinen Sprühens oder den Atem des Nebels spüren. Er wurde in die Höhe gehalten, mit ausgebreiteten Armen. Er dachte nur: meine teure Liebste kommt.

Er hörte einen lauten, erregten Schrei – ein Bellen – aus einer anderen Kehle als der eigenen, und hörte es zum tiefsten Grollen absinken. Das war sein Spanier.

Und im nächsten Augenblick – »Oh, will er ihn da runterwerfen?« rief eine weibliche Stimme mit einigem Eifer. Das Liebespärchen kam näher, auf einem tiefergelegenen Weg. »Schämen Sie sich nicht, so einen kleinen Burschen zu ärgern, ihm Angst zu machen?« fuhr die Stimme des Mädchens fort. »Stellen Sie ihn hin, und suchen Sie sich jemand in Ihrer Größe, oder Billy zeigt's Ihnen.«

Dann, oder sogar schon vorher, wurde Eugene heruntergelassen und wieder abgesetzt. Seine baumelnden Fersen, von denen eine eingeschlafen war, traten gegen den Felsen, und dann standen seine Füße darauf. Im Purpur der Nacht wurde ein kleines Streichholz (aus dem Streichholzheftchen) angestrichen. In seinem Schein standen da zwei große, gewöhnliche Schätzchen mit Pferdezähnen und verschwanden im nächsten Augenblick im Nebel, offenbar mit sich zufrieden.

Das maskenhafte Gesicht des Spaniers, von wirbelndem Haar umgeben, blieb glänzend im Streichholzlicht zurück. Es drehte sich hierhin und dorthin, sah nach oben und unten. Es sonderte Schweiß ab.

VII

So ergriff der Spanier jetzt Eugenes Arm und führte ihn sorgsam in der sekundenlangen Helligkeit eines Streichholzes nach dem andern und im aufsteigenden Licht des umkränzten, eilenden Mondes. Die Welt war nicht finster, aber fahl. Der Dunst floß ihnen von den Fingern und kräuselte sich hinter ihren Fersen. Sie suchten gemeinsam nach dem Faden des Rückwegs. Sie faßten sich an gefährlichen Stellen an den Händen, suchten auch versehentlich an triefenden Dornbüschen Halt und schrien dann gemeinsam auf. Sie wichen an Vorsprüngen zurück und probierten einen andern Weg aus. Sie hüpften beide bei trippelnden Geräuschen, auch wenn der Spanier irgendwelche unnachahmlichen spanischen Töne von sich gab, die klangen, als hätte er früher damit Ratten zum Rückzug bewegen können. Wann genau gelangten sie an den leichten Teil des Pfades, dann zur Straße?

Bald darauf erstarb das ganze Meeresgetöse hinter dem Windschutz aus Bäumen, der im feuchten Nebel nach schwarzem Pfeffer roch.

Als die Bäume auseinandertraten und Eugene und der Spanier das Pflaster erreichten, irgendeine Ecke der Stadt mit ihrer Straßenbeleuchtung, waren sie dermaßen kalt, daß es von vornherein feststand, sie würden auf einen Kaffee ins nächste Café gehen.

Eugene machte sich los, kämmte sich das Haar nach hinten und ging jetzt voran.

»Zwei Kaffee!« sagte er laut zum leeren Raum, während sie an der Theke Platz nahmen.

Es war warm hier. Der Spanier begann zu rauchen und saß mit geschlossenen Augen da, auch als die Serviererin aufgetaucht war.

Groß, mittleren Alters, grobknochig, kam sie locker und majestätisch herangeschlendert. Ihr Gesicht war breit. Alle ihre Züge waren so mit Farbe behandelt, daß sie überlebensgroß wirkten, der Mund war rosarot über den richtigen Mund hinausgemalt, die Augenbrauen mit braunem Fett als zentimeterbreite Bänder in vollkommenem Bogen aufgetragen. Ihre Augen waren klein, so daß sie mit dem Maskara und den auf die Lider gemalten Schatten aussahen wie schwarze, zappelnde Schmetterlinge. Sie hatte hennagefärbte Haare, irgendwie fettig. Sie trug Schmuck, der zusammen ungefähr elfeinviertel Dollar wert war, bemerkte Eugene – goldene Reifen in den Ohren, eine Kette mit Amulett um den Hals, vier Armbänder und Ringe an beiden Händen. An ihrem einen Körper verloren sich sämtliche Illusionen von Gold, von Silber, von Diamanten.

»Einmal Kaffee mit Milch«, sagte Eugene zu ihr, »einmal schwarz«, und sie wandte sich von ihm ab. Ihre Art zu reagieren war dramatisch – ein Monolog, und mit Akzent.

»Mihilch, Mihilch, da is einer, der will Mihilch«, sagte sie, lief dabei hinter der Theke hin und dann wieder her, ohne jedoch fortzugehen oder ihre Kunden anzusehen oder weiter nachzufragen.

»Und Gebäck.«

»Och nein. Gebäck is keins mehr da.« Sie hatte eine klangvolle, grüblerische Stimme – es war etwas Sympathisches und Verständliches um sie, mit ihrem unglaublichen Akzent. »Auf Schnittchen, da müssen Sie auch lange warten.« Sie schüttelte den Kopf. »Heute abend warten und warten alle hier. – Wenn Schnittchen, was für Brot dann? Muß ich nämlich wissen.«

»Zwei Kaffee. Einen mit Milch«, sagte Eugene. Er nickte ihr zu.

Als die Serviererin den Kaffee brachte, Tassen, die in den Untertassen schwammen, marschierte sie ab, ohne Zucker zu bringen. Eugene, der sich an die drei Stücke erinnerte, die der Spanier genommen hatte, sah ihn an.

Der Spanier begegnete seinem Blick, und seine großen schwarzen Brauen hoben sich, und seine Hundeaugen klagten. Er nahm die Brille mit dem Hornrand, sandig und verschmiert, herunter und hielt sie einen Moment in der Hand, dann setzte er sie wieder auf. Er warf ihm einen weiteren klagenden Blick zu. Doch Eugene saß einfach nur da. Der Spanier versuchte, die Bedienung mit seinem Spanisch zurückzuholen, dann mit einem Schwenken seines Armes. Und zuerst sah sie ihn nur träumerisch an, ohne sich zu rühren, mit dem Arm hinten gegen den Vorhang gelehnt. Aber dann, mit gewichtig schwingenden Hüften, kam sie. Er hatte die Hände zusammengeschlagen; es weckte sie regelrecht auf, wie Applaus. Sie brachte ein Zuckerglas mit einer Tülle.

»War doch Zucker, was Sie wollten«, sagte sie zum Spanier, mit kindlichem Tonfall über ihrem Akzent, als wenn es Zucker gewesen wäre, immer und ewig Zucker. Sie tätschelte ihm den Kopf. »Zur Hölle mit Ihnen«, sagte sie klangvoll zu Eugene. »In meinem Land hab ich'n Ehemann. Der is auch so'n Kleiner und sitzt da so klein wie Sie. Wenn der schlihimm ist, dann heb ich ihn hoch, stell ihn auf den Kamin.« Sie streckte ihnen ihre Handfläche entgegen; Eugene konnte nicht anders, als verstohlen hinzugucken. Er bezahlte – mit seinem letzten Penny; er hatte noch einen Straßenbahnfahrschein – einen.

»Das war's dann«, sagte Eugene, zu niemandem.

Der Spanier war voller Krümel und Asche und Zucker. Draußen, wieder an der Ecke, wandten sich die beiden Männer beinahe formell einander zu. Eugene konnte nur denken, im Augenblick der Trennung: Angenommen, es wäre noch Gebäck dagewesen, ob sich der

Spanier schließlich doch dazu herabgelassen hätte zu bezahlen? Dann sauste er los, um eine Straßenbahn zu erwischen.

Der Spanier blieb wartend zurück, auf etwas, von dem man nie erfahren würde, allein in der Nacht an einer dunklen Ecke am Stadtrand. Jetzt war er wohl nicht so stolz! Bei dem letzten Blick schien er in den Himmel zu schauen, auf den kleinen Mond.

Eugene rannte die Treppen zur Wohnung hinauf und öffnete die Tür. Es roch nach einer kräftigen, scharfen Fischsuppe. Emma war in der Küche, aber man hörte Frauengeplapper – ihre dicke Freundin, Mrs. Herring von nebenan, war anscheinend gekommen, um zum Abendessen zu bleiben. Sofort dachte er, er könnte ihnen ebensogut nichts erzählen.

»Du hast irgendwo deinen Hut liegengelassen«, teilte ihm Emma mit. »Ich werd dich noch mal mit einer Lungenentzündung begraben.« Mit einem Aufstampfen ihres Fußes zeigte sie ihm dann – und auch Mrs. Herring, die das offenbar zum zweiten- oder drittenmal sah –, wo ihr heute heißes Fett auf die Hand gespritzt war.

Mr. Bertsinger hat wohl keinen Piep von sich gegeben, schoß es Eugene durch den Kopf, während er seinen Regenmantel von sich warf. Vielleicht war er gestorben!

Sie blieben nach der ausgiebigen Mahlzeit am Tisch sitzen. Eugene säbelte träge am Käse, und um Mrs. Herring zu unterbrechen (Mrs. Herring zu Ehren, die heimgekehrt war von einer Reise, gab es sogar etwas Wein), fühlte er sich aufgefordert, eine Bemerkung zu machen.

»Hab Langhaar gesehen, den Gitarrenspieler, heute, hab ihn die Straße entlanggehen sehen, ganz wie du und ich. Wie hieß der doch noch?« fragte er, als würde er sich das in diesem Augenblick zum erstenmal fragen.

»Bartolome Montalbano«, sagte Emma und warf eine Traube auf ihre vorgestreckte Zunge. Sie fügte hinzu: »Ich hab das Gefühl, der leidet an Verdauungsstörungen«, und trommelte sich auf die Brust, während sie schluckte. »... Der ist Spanier.«

»Spanier? Heute morgen im Frühgottesdienst, da war ein Spanier«, steuerte Mrs. Herring bei, »der hätte einen Haarschnitt nötig gehabt. Saß neben einer Frau und hat laut mit ihr gelacht – schlechter Geschmack, fanden *wir.* Der Gottesdienst hatte noch nicht angefangen, das stimmt. Erst hat er laut gelacht und ihr dann aufs Bein geklatscht, direkt vor mir, zum erstenmal wieder in Peter und Paul nach meiner Reise.«

Eugene lehnte sich in seinem Stuhl nach hinten und sah Emma zu, die sich die Trauben einwarf.

»Das würde ganz zu ihm passen«, sagte Emma.

DIE WANDERER

»Wieso warst du gestern nicht hier?« fragte die alte Mrs. Stark ihr Mädchen und sah von ihrem Solitärbrett auf – eingelegtes Holz, das beim Mischen unter den Schlägen ihrer Karten knallte wie Pistolenschüsse. Es war September, und sie bildete sich ein, sie könnte hier in der Halle den Oktober im Rücken spüren.

»War aufm Land, meine Schwester besuchen, da kommt man nie weg.«

»Und die arme Miss Katie Rainey tot. Was gab's da so Wichtiges zu tun?«

»Nett gucken.«

Mrs. Stark hob die Stimme. »Das einzige, was ich für die Leute noch tun kann, in Freud oder Leid, ist, dich zu ihnen zu schicken. Du weißt, daß Miss Jinny und Mr. Ran mich im Stich lassen, und dann gehst du weg. Jetzt haben wir schon den zweiten Tag. Mach mir das Frühstück und dir, und dann arbeite drüben weiter. Sieh zu, daß du in die Küche kommst, und putze sie für Miss Virgie, kümmre dich gar nicht um sie. Nimm den Schinken mit, den wir noch nicht angeschnitten haben. Fang schon mal an, für die Beerdigung zu kochen, wenn das gestern nicht andere vor dir getan haben.«

»Ja'm.«

»Na, du wirst deine gute Küche noch schätzen lernen, wenn du den ganzen Tag an einem Holzofen stehst.«

»War schon so gut wie unterwegs. Aber meine Schwester, wenn man da mal is – da kommt man nich weg.«

Mrs. Stark schnippte mit den Fingern. »Du und deine ganzen Schwestern!« Sie stand auf und ging mit dem Gang eines jungen Mädchens zur Haustür und sah hinunter über den Hang, über das verbrannte, fleckige Gras, das nicht besser war als das bei Katie Rainey, und die durstigen Büsche; doch bei den Morgans stand der duftende Osmanthus, so alt wie ihre Großmutter, der Baum ihrer Großmutter, in voller Blüte. Sie murmelte über die Schulter: »Ich hatte mein Lebtag keine Veranlassung, meinen Fuß länger als fünf Minuten ins Rainey-Haus zu setzen. Und ich nehme nicht an, daß sie mich jetzt brauchen. Aber ich hoffe doch, ich weiß, was eine alte Frau der andern schuldet. Es spielt keine Rolle, daß es zu spät ist. Hörst du? Geh zurück und binde dir eine saubere Schürze um.«

Die Raineys, Miss Katie und ihre Tochter Virgie, wohnten immer noch in dem Haus an der MacLain Road, dort, wo die Straße nicht mehr gepflastert war. Vom Blechdach auf dem Kamm strömte das Licht unter den Indischen Flieder und den Liguster, die, mittlerweile baumhoch, die Veranda einfaßten. Die Cannas mit ihren versengten Rändern bildeten mit dem Brunnen zusammen die drei vertrauten Inseln im vergilbten Gras des Gartens. Mühsam, doch wie abgespult, war Miss Katie hin- und hergelaufen, Mrs. Fate Rainey, in ihrem Kleid von hartem Windenblau.

Im hohen Alter ließ Miss Katie erkennen, welch elegante Kopfform sie besaß unter ihrem Haar, das nun nicht mehr wirr und störrisch in die Höhe stand. Wenn sie aus dem Haus kam, wirkte ihr sorgsam frisierter und sorgsam gehaltener Kopf silbern wie ein neuer Briefkasten. Seit ihrem Schlaganfall war sie herrschsüchtig – sie hatte vor fünf Jahren »einen leichten Schlaganfall« erlitten, »wie ich grade meine Kühe von den Kälbern trenn«, so drückte sie es aus – und bestand darauf, daß alles zu bestimmten Zeiten erledigt werden sollte. Um die Zeit, wenn Virgie am Nachmittag von der Arbeit nach Hause kommen mußte, wurde sie aufgeregt vor Sorge, sie könnte nicht rechtzeitig zurück sein, um vor Einbruch der Dunkelheit zu melken. Sie besaß immer noch ihre beiden Lieblingskühe, die Jerseys, die in der Nähe weideten. Sie stand draußen im Vorgarten oder ging, so gut sie konnte, hin und her und wartete auf Virgie.

Ein feuriger Streifen Salbei, der seitlich ums Haus lief, wurde dunkler im abnehmenden Licht. Obwohl die Schatten sich ausbreiteten, blieb Katie Rainey auf ihrem schmalen Pfad, ließ sich nicht einmal von milder Sonne verlocken. Sie hielt sich nur mühsam gerade, auf einen alten dornigen Stock gestützt. Unten am Straßenrand stand ein verblichener Stuhl, ein alter Stuhl, von dem aus sie früher unterm geborgten Schatten des alten Seifenbaums auf der andern Straßenseite ihre Waren verkauft hatte; aber sie wollte sich offenbar nicht mehr setzen oder sich so dicht am Verkehr aufhalten. Genau dort oben, wo sie war, fühlte sie die Welt erzittern; Tag und Nacht kamen die Holzfäller vorbei, zum Morganwald hin und wieder zurück. Das erschöpfte sie ebenfalls. Solange sie lebte, würde sie warten – und sie wartete, im Stehen –, bis Virgie, ihre Tochter, mittlerweile über vierzig und allzu aufgetakelt, nach Hause kam, um Bossy und Juliette zu melken, wie sie es sollte. Virgie arbeitete ausgerechnet für die Leute, die da draußen die Wälder leerräumten, Mr. Nesbitts Firma.

Miss Katie konnte ihrer gesunden Hand nicht ersparen, sich zu heben und die Augen zu beschatten; selbst wenn man schon vorbei war, sah man sie noch in dieser Haltung, in der Vorstellung, nicht vor Augen. Außerdem wirkte sie so, als wollte sie von vornherein jedes Mitleid abwiegeln, in ihrer zusammengewürfelten Altfrauenkleidung, manchmal mit einem alten, haubenförmigen Sonntagshut. Das ist ja die alte Dame, die die Kurve bewacht, dachten die alten Bauern, die Sissums und Sojourners und Holifields, wenn sie samstags auf dem Heimweg mit ihren Lastwagen oder Fuhrwerken vorbeikamen, und lüfteten den Hut. Junge Pärchen, wie die Clique von Little Sister Spights, kicherten über sie, aber kleine Kinder und Neger nicht; für die war sie selbstverständlich wie die Dame auf der Old Dutch Putzmitteldose.

Die Alten in Morgana fühlten sich durch sie an Snowdie MacLain erinnert, ihre frühere Nachbarin, die so lange Ausschau gehalten und auf ihren Mann gewartet hatte. Sie wurden auch unbestimmt an sich selbst erinnert, jetzt, da sie alt genug waren, es wahrzunehmen, daß sie immer noch Ausschau hielten und auf etwas warteten, über das sie eigentlich nichts mehr wußten, das sie nicht erkennen würden, und wenn es die Straße entlangkäme.

Wenn Miss Katie Ausschau hielt auf ihrem Hügel im wandernden Schatten, hätte sie es vielleicht gerne gehabt, daß man mit ihr gezankt und sie dazu bewegt hätte, wieder ins Haus zu gehen; zuletzt hätte sie vielleicht Widerspruch geduldet, aber von wem? Nicht von Virgie.

»Wo ist meine Tochter? Haben Sie meine Tochter gesehen?«

Miss Katie dachte, sie riefe es der Straße zu, aber sie tat es nicht; Scham beugte ihren Kopf, denn eins konnte sie immer noch spüren, wenn auch sonst wenig zu ihr drang von der Welt draußen: Mangel an Ritterlichkeit.

Während sie wartete, hörte sie Geschwätz über Liebende um ihre Ohren kreisen wie die Schwalben, die damit angefangen hatten. Kreis um Kreis zwitscherte es, Kirchengeschwätz, Geschwätz im Laden und im Postamt, möglicherweise vulgäres Männergeschwätz beim Friseur. Nun kam das Geschwätz, dem sie jetzt nicht mehr nahekommen konnte, zu ihr.

»So lange die alte Dame am Leben ist, passiert alles hinter ihrem Rücken.«

»Die Tochter läuft schon nicht weg und läßt sie im Stich, sie ist doch alt und verkrüppelt.«

»Wer einmal wegläuft, läuft wieder weg.«

»Dieser Bursche Mabry hat sein Gewehr mit rausgenommen und Virgie jeden zweiten Tag einen Sack Wachteln dagelassen. Jeder kann sehen, wie er durch die Hintertür kommt.«

»Sag bloß!«

»Er hat ihr gesagt, an dem Tag, an dem sie die Wachteln leid ist, dann soll sie ihn das wissen lassen und er hört damit auf und verschwindet, jedenfalls hab ich das so gehört.«

»Was du nicht sagst!«

»Außerdem, ich vermute, daß ein Mensch, eine Frau, bis ans Ende ihrer Tage üppig von den Vögeln leben könnte. Ihre Ma kann ihr ja beim Aufessen helfen. Ihre Ma hat doch nicht den Appetit verloren?«

»Pst.«

»Schätze, es wär nicht anständig von ihr oder ihm, keinem von beiden, mit den Wachteln aufzuhören. Selbst wenn sie ihm das sagen würde. Er muß jetzt weitermachen.«

»Aber sicher. Fate Rainey ist auch ein sauberer Schütze.«

»Hat man dem denn nichts gesagt?«

Gar nicht Fate Rainey; sondern Mr. Mabry. Es war eben so, daß es die Stimmen ihrer Jugend waren, die Miss Katie schwatzen hörte, und die vertaten sich manchmal.

Dann, in einer merkwürdig gesetzten Art, denn sie log schlecht, log sie Virgie an, wenn sie kam. »Ich hab die Leute auf der Straße gefragt. Und nicht einer konnte mir sagen, wo du gewesen bist, was dich so lange in der Stadt aufgehalten hat.«

Es ist doch mein letzter Sommer, und sie sollte kommen und pünktlich melken, dachte die alte Dame, halsstarrig, aber auch mitleidig, was sie beides war.

»Nun guck mal, wo die Sonne steht«, rief sie, wenn Virgie dann mit dem alten Coupé in den Hof einfuhr, von dem Miss Katie nie behalten konnte, daß sie es besaß, das zerbeulte, das sie für das arme kleine Kalb in Zahlung genommen hatte.

»Ich seh's, Mama.«

Virgies langes, dunkles, zu schweres Haar schwang hin und her, wenn sie in ihrem geblümten Voilekleid herankam, auf ihren hohen Absätzen durchs wildwuchernde Gras.

»Du mußt vor Einbruch der Dunkelheit melken, wenn du sie nach Hause getrieben hast, und dann mußt du vier kleine Wachteln voll Schrot fertigmachen, die bei mir auf dem Küchentisch liegen.«

»Komm mit ins Haus, Mama. Komm mit mir rein.«

»Den ganzen Tag war ich alleine.«

Virgie bückte sich und gab ihrer Mutter den Gutenabendkuß.

Miss Katie wußte dann, Virgie würde die Kühe nach Hause treiben und sie melken und füttern und die Milch an der Straße abliefern und zurückkommen und die kleinen Wachteln zubereiten.

»Und es ist trotzdem ein Wunder«, dachte sie. »Ein himmlisches Wunder, wenn man sieht, wie sich das Kind kümmert.«

An dem Tag, an dem Miss Katie starb, kniete Virgie in ihrem Schlafzimmer auf dem Boden und schnitt aus kariertem Stoff ein Kleid zu. Sonntags nähte sie.

»Es gibt nichts, was Virgie Rainey lieber macht, als mit einem richtig harten Karostoff kämpfen«, dachte Miss Katie bei einem unerwarteten stechenden Schmerz von irgendwoher. Allerdings ging jetzt einfach eine Linie von oben nach unten durch ihren Körper und halbierte ihn; so eine sollte es bei jeder Frau im Körper geben – es müßte die Längslinie sein, nicht die quer durch, das wäre zu leicht – sie machte die Seiten zu einer, die man fühlte und von der man wußte, und zu einer Seite, die nichts mehr spürte und schließlich bedient werden mußte.

Aber sie wollte auf die Knie fallen, dort, wo Virgies Stoff sich wie ein hübscher Läufer vor ihr ausbreitete. Ihre letzte klare Empfindung, während sie sich stehend aufrecht hielt, war, daß sie sich hinlegen und unbedingt von Virgies widerspenstigem Stoff zugedeckt sein wollte. Aber in einem Kraftakt, der sie innerlich zerriß, drehte sie sich um und lief, mit dem Stock aufschlagend, durch die Weite des Flures und zwei Zimmer und legte sich auf ihr Bett.

»Hör mal auf und fächle mich für eine Minute«, rief sie laut. Sie dachte allerdings noch schnell, daß Virgie gesagt hatte: »Ich hab vor, mit meinem Gesparten zu heiraten.«

Virgie, die im Morgenmantel gearbeitet hatte, kam ins Zimmer mit Stecknadeln im Mund und einem Daumen, auf dem die Schere ein grünes Mal hinterlassen hatte, und stand über ihr. Sie schwenkte überm Gesicht ihrer Mutter eine Zeitung auf und ab. Sie fächelte sie mit dem *Market Bulletin.*

Sterbend ging Miss Katie rasch die Liste darin durch, ihre Liste. Als ob ihr ungeduldiger Fuß bei jedem Posten aufstampfen wollte, zählte sie sie durch, verbesserte sie und war doch schon im Begriff, die Jahreszeiten zu vergessen und die Stellen, wo etwas wuchs. Purpurne Stockrosen, echter Buchsbaum, Cannas in vier Farben für 15 Cent, Samen von weißen Prachtwinden teelöffelweise, grüner und purpurner Pedilanthus. Rosen: große weiße Rosen, kleine Dornenrosen, die »Beauty Red Sister«, rosafarbene Monatsröschen, altmodische rote Sommerrosen, stark duftend, Babyrosen. Verbenen in fünf Farben, Kandelaberblumen, rotweiße Hakenlilien, Leopardenblumen, zitronengelbe Taglilien, Engelslilien, Apostellilien. Samen von Engelstrompeten. Rote Amaryllis.

Schneller und schneller dachte Mrs. Rainey: Roter Salbei, Wunderblumen, rosa Jakobsleiter, Ableger von Duftgeranien, Schwertfarn und Glücksgras, Zenturien, Flaschenbäume, Indischer Flieder in Melonenrot und Weiß, Weihnachtskakteen, Forsythien. Weißer Sternjasmin. Schneeball. Hyazinthen. Rosa Feenlilien. Weiß. Das Feenweiß.

»Fächle mich. Wenn du aufhörst zu fächeln, dann ist das schlimmer, als wenn du nie angefangen hättest.«

Und wenn Mama gestorben ist, fast schon gestorben ist, überlegte sie, kann ich an meine Anzeige noch anhängen: die Patchworksteppdecken! Zu verkaufen: Doppelrebenmuster, Straße nach Dublin, Sternenhimmel, Seltsames Spinnweb, Kranz von Händen, Doppelter Ehering. Mama hat reichlich Patchworkdecken, Kind.

Miss Katie lag sorglos auf der Tagesdecke und dachte: Häkeltischdecke, Sonnenradmuster, stark durchbrochen. Sie wußte, Virgie stand über ihr und fächelte sie in rhythmischen Schwüngen. Dann schlossen sich Miss Katies Lippen fest.

Sie dachte: Falsch. Nie und nimmer Virgie. Das war ich doch, die Braut – mit mehr, als man gedacht hatte. Na also, Virgie, geh weg, ich war das.

Sie hob die Hand und erfuhr nie, was damit geschah, mit ihrem Protest.

Virgie kniete, zusammengekauert. Sie hielt sich den Kopf, ihr Mund öffnete sich, und die Stecknadeln fielen eine nach der anderen heraus auf den Boden. Sie fürchtete sich nicht besonders vorm Tod, weder vor dem Verfall, noch vor der Überraschung. Bis jetzt kam ihr statt der Furcht nichts in den Sinn; nur etwas über ihr Kleid.

Das Bett mit dem Kopfende, das dunkel und blind war wie ein alter Wandspiegel, für sie als Kind ein riesiger König-Arthur-Schild, hinter dem sich ein Motto hätte verbergen können, warf seinen Nachmittagsschatten, dunkel wie Muskatellertrauben, bis zur Taille ihrer Mutter. Der alte Schatten, ein Leben lang vertraut wie Schlaf, fiel um diese Jahreszeit immer über die Nackenrolle, auf die warmen und knotigen Medaillons der vertrauten Tagesdecke – das überladene, geerbte und persönliche Muster –, von der die schwarzen Schuhe ihrer Mutter nach oben ragten.

Hinterm Bett das Fenster war im schweren Licht voll wolkiger, drängender Blumen und Blätter, wie ein in die Höhe gehaltenes Glas voller Sirup-Feigen. Ein Kolibri schoß heran, fraß, schoß davon. Jeden Tag kam er. Er hatte eine rubinrote Kehle. Die Uhr bimmelte schwach wie Zimbeln, die man unter Wasser spielt, schlug aber nicht, sie konnte nicht. Doch ein Sturzbach von Reichtümern schien sich über den Raum zu ergießen, ihn zu überfluten, ihn anzufüllen mit Übersüßem.

Virgie rannte zur vorderen Veranda. Sie begrüßte einen vorbeikommenden Neger und rief dann: »Lauf und hol mir Dr. Loomis aus der Kirche!« Der Neger in seinen Sonntagskleidern sauste los.

Gegen Nachmittag begann sich das Haus mit Besuchern und Helfern zu füllen. Jeder Neuankömmling schien von dem enormen toten Buchsbaum, der wie ein gelber Schwamm neben den Stufen stand, aufgehalten zu werden; man mußte um ihn herumgehen. Kaffee war auf dem Ofen und im Flur ein Krug Eistee. Virgie hatte sich angezogen, das Kleid, das sie morgens für Montag gebügelt hatte, und stand vorne im Haus. Eine Dame bewegte sich um sie herum, goß die Farne und zog die Blenden im Wohnzimmer gerade, dann goß und begradigte sie erneut, als würden irgendwelche dunklen Rechnungen ausgeglichen und geprüft. Jede Sitzgelegenheit im Wohnzimmer und in Virgies Zimmer war besetzt, die Veranda und die Stufen knarrten unter den Männern, die draußen standen.

Cassie Morrison kam durchs Wohnzimmer, als würde sie mit ihren schwarzbestrumpften Beinen zwischen den hängenden Beinen der andern Frauen hindurchwaten, dorthin, wo Virgie auf dem Stuhl an der geschlossenen Nähmaschine saß. Cassie hatte sich die einzige dünne Kaffeetasse mit Goldrand ausgesucht und balancierte sie heiter.

»Papa läßt dir sein Beileid ausrichten. Darf ich mich zu dir setzen, Virgie?« Sie küßte sie. »Du weißt ja, ich weiß, wie das ist.«

»Entschuldige mich«, sagte Virgie. Ganz plötzlich schlief sie ein, aufrecht im Rohrstuhl. Als sie die Augen öffnete, schaute und lauschte sie auf das noch dichtere Gedränge im Raum so sorgsam und so sorglos, so unschlüssig, als wäre sie im Aufbruch begriffen. Durch das Gemurmel hörte sie sich selbst durch den Raum kreisen, um mit ihnen zu sprechen und sich küssen zu lassen. Sie lief vor ihren Augen her, Kopf, Brüste und Hüften in hilfloser Bewegung wie ein Glockenstrang, den sie in den Ohren der andern in Bewegung setzte.

»Sie kann nichts dafür«, sagte Cassie Morrison im sanften Tonfall eines Urteils zu der Person neben ihr. »Sie begreift noch nicht ganz, was passiert ist, und sie weiß nicht so recht, wer wir sind.«

Die unnatürlich geschlossene Tür führte von Miss Katies Zimmer zum Wohnzimmer. Dahinter, das wußten alle – denn alle warteten darauf, daß man hineinkonnte –, machte Miss Snowdie MacLain Miss Katie zurecht. Sie wusch und bekleidete sie eigenhändig und gestattete nur Loomis' beiden alten Negern, ihr zu helfen, und Miss Snowdie war ebenfalls schon fast siebzig und war sieben Meilen weit aus MacLain hergekommen. Daran war etwas, das keiner mochte, vielleicht der Bruch der Gewohnheit. Miss Lizzie Stark, deren Sache es gewesen wäre, so empfand man, die Aufsicht übers Haus zu übernehmen, während die alte Miss Emmy Holifield die Tote zurechtmachte, hatte sich heute zu schwach gefühlt und eine Nachricht geschickt, daß sie sich hinlegen müsse. Und die alte Emmy, die war selbst gestorben.

Es traf schon zu, daß seit Mr. Fate Raineys Beerdigung keiner der Besucher, bis auf Miss Snowdie, je im Innern des Rainey-Hauses gewesen war. Kein Wunder, daß Virgie sie jetzt so ansah, starr, zeitweilig.

Immer werden in einem Sterbehaus, dachte Virgie gerade, alle Geschichten offenbar, man sieht sie den Leuten an, sie werden öffentlich. Nicht die Geschichten der Toten, die der Lebenden.

Sie konnte Ran MacLain an der Tür stehen sehen, der den gerade eintreffenden Mr. Nesbitt mit Handschlag begrüßte. Und merkte man Ran nicht an, daß er einmal ein Mädchen vom Lande mißbraucht hatte, das sich daraufhin das Leben nahm? Man sah es ihm an zu Wahlzeiten, wie man es ihm jetzt ansah, und er gewann die Wahl zum Bürgermeister vor Mr. Carmichael, weil man sich an all das erinnerte, wenn er, ein Mann im besten Alter, da auf dem Podium stand. Ran lächelte – hielt sich jetzt an einem Mann vom Lande fest. Sie hatten deshalb für ihn gestimmt – wegen seiner Ausstrahlung und seiner Geschichte, weil er ein MacLain und der schlimme Zwilling war, weil er eine Stark geheiratet hatte und außerdem, weil er ein Mädchen ruiniert hatte, und wegen der Sache, die sie dann getan hatte. Der alte Moody fand sie damals auf dem Boden seines Ladens – wo sie gearbeitet hatte – und ging mit ihr auf den Armen auf die Straße hinaus. Sie stimmten für die Enthüllung; sie hatte ihre Herzen schmelzen lassen, und sie würden wieder dafür eintreten. Ran wußte es in jeder Sekunde, dort in der Tür ertrug er es.

»Kopf hoch, kommen Sie, Kopf hoch«, sagte Mr. Nesbitt gerade zu ihr und schien ihr auf die Beine zu helfen, indem er ihr mit dem Finger unters Kinn fuhr. Seine Augen – so gewollt bei ihm, dachte sie – ließen Tränen strömen und trockneten wieder. »Kommen Sie her«, rief er über die Schulter.

»Virgie, erzählen Sie Mr. Thisbee, wer Ihr bester Freund in dieser Stadt ist.« Er hatte den neuen Mann in die Firma geholt.

»Sie, Mr. Bitts«, sagte Virgie.

»In Morgana nennen mich alle Mr. Bitts, Thisbee; Sie dürfen das auch. Jetzt warten Sie. Sagen Sie, wer Sie angestellt hat, als sonst keiner die Neigung verspürte, jemanden einzustellen, Virgie. Sagen Sie's ihm. Und immer nett zu Ihnen und hab mich für Sie eingesetzt.«

Sie drehte sich nie um, bevor es zuende war; heute kam ihr das hier irgendwie kurz und einfach vor, eine Erleichterung.

»Machen Sie schon, Virgie. Muß noch meine Tochter aufheitern.«

Nina Carmichael, Mrs. Junior Nesbitt, schwanger, hatte dort Platz genommen, wo er sie sehen konnte, mit ihrem feinen, gleichgültigen Kopf, den einen bauschigen weißen Ärmel ausgestreckt über der Nähmaschine. Er zwinkerte ihr durch den Raum zu.

»Sie, Mr. Bitts.«

»Sagen Sie ihm, wie lange Sie schon für den alten Mr. Bitts arbeiten.«

»Lange.«

»Nein, sagen Sie ihm, wie lange – los, los, los, sagen Sie's ihm. Ich war in drei verschiedenen Branchen, Thisbee. Wie lange?«

»Seit 1920, Mr. Bitts.«

»Und wenn Sie mal Fehler bei Ihren Briefen und Zahlen gemacht haben, wer hat sich dann hinter Sie gestellt bei der Firma?«

»Herzliches Beileid zu Ihrem Kummer«, sagte Mr. Thisbee plötzlich und ließ ihre Hand los. Virgie fiel beinahe hin.

»Na wer? Wer hat dann hinter Ihnen gestanden?«

Mr. Nesbitt breitete seine Arme allzu weit aus, wie er es tat, wenn er sie aufforderte, mit ihm in Vicksburg tanzen zu gehen. Unvermittelt wirbelte er herum und ging davon; er war verletzt, zum hundertsten Male von ihr enttäuscht. Sie sah hinter Mr. Nesbitt her mit seinem fetten gekränkten Rücken, wie er umherwanderte, als hätte er sich verlaufen, und wie er lange sinnend dastand und wie er Nina Carmichael aufmunterte.

Essen – zwei Bananenkuchen und ein gebackener Schinken, eine Platte mit Eiern in Teufelssauce, frische Brötchen – und Blumen trafen ununterbrochen hinten ein, und die Küche füllte sich mit Frauen, so wie das Wohnzimmer sich mit Männern füllte, die jetzt weiter hereinkamen. Virgie ging noch einmal zurück in die Küche, doch wieder unterbrachen die Frauen das, was sie gerade taten, und sahen sie an, als ob etwas – nicht nur heute – sie daran hindern sollte, je zu erfahren, wie man kocht – was sie konnten. Virgie ging zum Herd, nahm eine Gabel, drehte ein oder zwei Hühnerstücke um und merkte dabei, wie Missie Spights sie irgendwie verwundert und kriegerisch mit weit geöffneten Augen ansah.

Dann lief sie zwischen ihnen durch auf die stille hintere Veranda und blieb dort stehen, um den leichten Südwind zu spüren. Der vollgepackte Eiskasten, mit einem Leinensack umwickelt, während der alte goldene Stopfen aus Zeitung versteckt auf morgen wartete, stand in der Waschschüssel. Die Schnittblumen waren mit den Stielen nach unten und hängenden Köpfen in schattige Wassereimer getaucht. Virgie mußte plötzlich an den Konzertabend bei Miss Eckhart denken – an den Augenblick, als sie herausgerufen wurde. Sie war dreizehn, wartete draußen, wachsam bei einem gewaltigen Spektakel, das sich langsam beruhigte, und rettete den Abend. Es gab einen kleinen Wermutstropfen dabei, sie erinnerte sich jetzt, eine Sorge, von der ihr beinahe übel wurde: daß sie da hinten über den Hut ihrer Mutter lachten.

Sie ging zurück ins Wohnzimmer. Wie ein Murmeln im Wald erfüllte die Unterhaltung der Wartenden den Raum.

Die Tür ging auf. Miss Snowdie stellte sich davor, seitlich, sah weder rechts noch links.

Sofort erhoben sich die Damen und füllten den Durchgang; einige von ihnen gingen hinein. Nur das Ende des Bettes und Miss Katies Füße waren vom Wohnzimmer aus zu sehen. Man schrie leise auf. »Snowdie!« – »Miss Snowdie! Sie sieht wunderbar aus!« Dann traten die übrigen Damen auf Zehenspitzen vor, und man konnte sehen, wie sie sich über das Bett beugten, als beugten sie sich über eine Wiege mit einem kleinen strampelnden Baby. Sie kamen wieder heraus.

»Kommen Sie, schauen Sie sich Ihre Mutter an.«

Sie zogen gebieterisch an Virgies Arm, mit hellen Stimmen.

»Fassen Sie mich nicht an.«

Sie zogen fester, immer noch lächelnd, aber stumm, und Virgie zog zurück. Das Haar fiel ihr über die Augen. Sie schüttelte es zurück. »Fassen Sie mich nicht an.«

»Liebes, Sie wissen eben nicht, was Sie verloren haben, das ist alles.«

Es waren alles Leute, die sie noch nie angefaßt hatten, die jetzt versuchten, mit ihr zu kämpfen, mit verletzten Gesichtern. Sie verletzte sie alle, schockierte sie. Sie beugten sich über sie, gequält, flehten mit dem Zerren ihrer Hände. Am heftigsten zerrte eine Mrs. Flewellyn, die den letzten Atem ihres Mannes in einem Spielzeugballon aufgefangen hatte, auf seinen Wunsch hin, und ihn immer noch zu Hause hatte – das meiste davon, bis ein Neger ihn dann später stahl.

Miss Perdita Mayos rotes Gesicht sah über die Mauer aus Damen. »Ihre Mama war zu fein für Sie, Virgie, zu fein. Das war immer das Problem bei Ihnen.«

Bei dieser Wahrheit sah Virgie benommen zu ihnen auf, und sie stellten sie auf die Füße und zerrten sie ins Schlafzimmer und zeigten ihr ihre Mutter.

Sie lag da in schwarzem Satin. Man hatte es, schwer wie ein Kind, aus ihrem Koffer gehoben, das Kleid, in dem Virgies ganzes Leben lang geschrumpfte, erbsengroße Mottenkugeln geschimmert hatten und beim Warten herumgerollt waren wie Kristalle, das man zweimal herausgenommen hatte und das nun zum vollen Dreieck ausgebreitet war. Ihr Kopf befand sich in der Mitte der Nackenrolle, auf dem Platz der Witwe, auf den sie selbst ihn gebettet hatte. Miss Snowdie hatte ihr Rouge auf die Wangen gelegt.

Sie beobachteten Virgie, aber Virgie ließ sich jetzt nichts anmerken. Sie fühlte, wie die Hände der Frauen hier glätteten und da losließen, sich von ihrem Körper zurückzogen und ihm dann einen kleinen Stoß vorwärts gaben, und sogar die Hände bekundeten Kummer über einen Körper, der nicht fiel, der Händen zurückgeben sollte, was beschädigt war, damit sie es nahmen, wieder glätteten. Denn die Berührung der Leute nahm das Fallen des Körpers vorweg, des eigenen, des einzelnen und wachsamen Körpers.

Später, wieder im Wohnzimmer, weinte sie. Sie sagten: »Da drüben hat sie immer ihren Stand gehabt mit dem Muskateller, sehen Sie, da draußen? Da hat sie ihre ganzen Pflaumen verkauft, die frühen und die späten, Steinbeeren und die kleinen Erdnüsse zum Kochen. Jetzt läuft die Straße falsch.« Auch wenn das wie ein trauriges Lied klang, es stimmte nicht: die Straße verlief immer noch genauso, von Morgana nach MacLain, von Morgana nach Vicksburg und Jackson natürlich. Nur kamen jetzt die falschen Leute darauf vorbei. Sie fuhren alle mit Lastwagen, sehr schnell und schwer beladen, und transportierten Sägeblätter und Ketten, um die großen Bäume umzuhacken und zur Sägemühle wegzuschleppen. Die aßen keine Weintrauben, die hielten nicht an, um ein Wort über die Jahreszeit zu wechseln und was gerade wuchs. Und die Reben waren verdorrt. Virgie weinte, weil die Frauen es nicht richtig erzählen konnten und nicht in sie drangen wegen ihrer Gründe.

»Ruft Mr. Mabry. Es löst sich jetzt bei ihr.«

Mr. Mabry, frisch rasiert vom Friseur, nahm Virgies Hände und schwenkte sie, dann ließ er sie fallen. Ihre Augen wurden sofort trocken, während sie sich ihm entzog und ihm die Erlaubnis gab, in das andere Zimmer zu gehen. Sie fragte sich, wann sie schon früher einmal gesehen hatte, daß er auf Zehenspitzen von ihr weggegangen war. Alte Burschen vom Land fingen jetzt an, von ihm zu sprechen, respektvoll, während er auf die Tote hinuntersah mit seinem rubinroten Gesicht, für das er vor derartig kurzer Zeit noch Komplimente bekommen hatte, daß es im nächsten Augenblick einen bemühten Ausdruck annehmen würde.

»Er hat vor, mehr in die Nähe von Ives zu kommen. Wo nicht

Schreieulen als Hähne und Füchse als Hofhunde herhalten müssen, so hat er es mal ausgedrückt.«

»Warum um Himmelswillen kommt er dann nicht nach Morgana? Ist doch nirgends schöner als gerade hier, finde ich, wenn ich in der Nähe sein wollte.«

»Er findet Ives besser.«

»Aha.«

Aber im Wohnzimmer hielt man es jetzt allgemein für höflich, Miss Katie zum Mittelpunkt der Unterhaltung zu machen, da die Tür jetzt offenstand.

»Virgie bekommt jetzt wohl ein kleines bißchen von den Ersparnissen aus den Molkereiprodukten, wette, sie wird es nicht für irgendwas im Haus ausgeben, hm?« Eine Dame, die Virgie nicht einordnen konnte, sagte es halbwegs in ihre Richtung, wobei sie sich hin und wieder mit ihrem vollen Gewicht gegen sie lehnte, wie sie es schon vorher getan hatte. »Ihre hübschen Patchworkdecken, die kann sie jetzt nicht mehr zum Markt bringen. Was soll Virgie mit Haushalt und Porzellantellern ohne Ehemann, hm? Frage mich, was Virgie mit den Hühnern machen wird, Katie hatte immer gern einen gemischten Hof. Frage mich, wem Virgie das Rotwild überlassen wird, wenn sie es nicht will. Das Bild mit dem Hirsch, das Miss Katies Mutter in Tishomingo aufgetrieben hat, mit der Krone aus Mistelzweigen auf dem Geweih und den Eichenblättern, das war für Miss Katie das Hübscheste von der Welt. Die Stoffpuppe mit dem Porzellankopf und den Porzellanhänden, mit der alle und jeder spielen durften bei ihr –«

»Guinevere! Oh, ich wünschte ich hätte sie jetzt!« Cassie Morrison streckte ihre beiden behandschuhten Hände aus.

»Ihr Blumenständer. Virgie wird nicht hierbleiben und sich um die Farne kümmern, wette ich. Ihre Begonie, fünfunddreißig Jahre alt. Nicht viel älter als Virgie, nicht wahr, Virgie? Ihre Rezepte hat sie der Methodistenkirche hinterlassen – hoffe ich.«

»Sie war eine leibhaftige Heilige«, antwortete eine andere Dame, als wäre das eine Bestätigung für alles.

»Seht mal meinen Diamanten.«

Jinny MacLain, Rans Frau, kam gerade herein. Mit vorgestreckter

Hand zeigte sie einen Ring im Zimmer herum auf ihrem Weg zu Virgie. »Ich habe mir einen Diamanten verdient«, sagte sie dann zu Cassie Morrison und drehte dabei ihre Hand auf dem Handgelenk. »Das habe ich Ran klargemacht.«

Sanft, unvermittelt, wandte sie sich um, küßte Virgie auf die Wange und flüsterte: »Ich muß sie doch nicht sehen – oder, Virgie?«

Dann standen alle auf, als Miss Snowdie hereinkam.

»Ich muß überhaupt niemanden sehen!« flüsterte Jinny heftig.

Virgie, die immer noch eine Tasse Kaffee in der Hand hielt, ging nach draußen und wartete auf der Terrasse, denn sie wußte, Miss Snowdie würde herauskommen. Sie konnte sie jetzt im Wohnzimmer hören, wo sie anhielt, um ein gewisses Maß an Lob entgegenzunehmen. Dann kam Miss Snowdie heraus, jetzt wie zu allen Zeiten eine freundliche Dame, das weiße Gesicht in anmutigen Falten, freundlich besorgt, aber mehr nicht. Sie stand da und sah hinüber, mit beschatteten Augen, zum Haus auf der anderen Straßenseite, in dem sie einmal gewohnt hatte. Dann küßte sie Virgie, beinahe träge.

»Ich glaube, sie sieht ordentlich aus, Virgie.«

Ihre Albinohände waren grausam gerötet. Aber sie schien die Röte nicht mehr wirklich zu fühlen. Ihr glattes, schwarz-weiß gepunktetes Kleid roch wie immer frisch nach Verbena.

»Ich habe mir mit ihr soviel Mühe gegeben, wie ich konnte. Wenn Emily Holifield noch am Leben wäre, hätte sie vielleicht an Dinge gedacht, an die ich nicht gedacht habe.«

Doch ihre Augen gingen an Virgie vorbei über die Straße, wo das alte Haus jetzt eine Ruine war. Zwischen der Stelle, wo die beiden Frauen standen, und dem Anblick des alten Hauses, im Raineyhof, standen ruhig die Kinder, die auf ihre Eltern warteten, wurden in diesem Augenblick still, und weil sie plötzlich nicht wußten, wo sie hingucken sollten, lauschten sie – lauschten auf die Heuschrecken, gezwungenermaßen, die für sie klangen wie das Geräusch der sich drehenden Welt, so daß sie plötzlich die hohlen Hände über die Ohren schlugen.

»Virgie? Sie wissen, daß Lizzie Stark und ich uns vor langer Zeit ausgesöhnt haben. Wegen Rans und Jinnys Streit; das ist vorbei, alles vorbei. Aber glauben Sie, daß in dieser Situation die alten Gefühle wieder hochgekommen sind und Miss Lizzie ferngehalten haben?«

Miss Snowdie seufzte, als hätte sie ihre Frage beim Fragen vergessen, als würde eine Antwort sie stören. Da drüben war ein Ort, an dem sie lange Zeit gelebt hatte, in der alten Zeit des Verlassenseins, als Virgie noch mit Ran und Eugene unter ihren Bäumen gespielt hatte, auf ihrer Veranda, unter ihrem Haus, am Flußufer, und im Morganwald. Da waren die hochstämmigen Zedern, die immer noch ihr Grundstück umsäumten, mit Stämmen, weiß und knotig wie Hühnerknochen. Das ehemalige Sommerhaus stand immer noch da hinten, mit nach innen kippenden Gittern, die an den Verbindungsstellen nicht paßten, im Schatten ein Ort, wo man vor langer Zeit etwas gehalten hatte, das jetzt herausspähen konnte; in der Sonne ein kleiner Tempel, der zu ihr aufragte. Den großen Seifenbaum hatte man mit den anderen Wiesenbäumen gefällt, als das Haus brannte, aber seine vielen Ausläufer schossen vom Stumpf aus in die Höhe wie ein Springbrunnen. Neger hatten das meiste, was vom Haus übriggeblieben war, an den Seiten und vom Dach weggetragen, den Kamin jedoch kaum angetastet, erstaunlich genug; er stand immer noch in voller Höhe da, von hier aus sichtbar, blaßrosa von Staub und Bewuchs. Kleine Heuschrecken und mannsgroße Rizinusbäume waren überall hinaufgekommen, die Hibisken waren zurückgekehrt und zu Bäumen geworden, zottig wie alte Riesen, die hoch oben büschelige, zarte Blüten hielten. Reben hatten den Garten erobert und den Weg, das Ziegelkreuz des Fundaments und die Bäume und alles.

Virgie löste sich aus Miss Snowdies Arm, der sich um ihre Taille gelegt hatte. Die beiden Frauen standen ruhig im Nachmittagslicht.

»Ich habe immer gesagt, ich hätte gern, daß *sie mich* einmal zurechtmacht«, sagte die alte Dame. Sie zitterte ganz leicht, ging aber nicht zurück.

Hinter dem großem Buchsbaum her kam Mr. King MacLain hervor und mit so leichten Schritten die Treppe hoch, daß sie ihn nicht hörten.

»Du kennst ja Virgie«, murmelte Miss Snowdie, immer noch reglos.

»Und Katie Blazes, so haben wir Ihre Mutter immer genannt«, nickte Mr. King Virgie zu. Der kleine Flecken Haar unter seiner Lippe – nicht seidig, rauh, von einem rosigen Weiß – bebte, als würde er wiederkäuen. Viola, ihre Negerin, hatte ihn hergefahren, nachdem sie ihm sein Essen gegeben hatte; man konnte sehen, wie sie nach hinten lief, um in die Küche zu gehen.

»Sir?«

»Ich nehm den Kaffee da, wenn er heiß ist und Sie ihn nicht trinken. Katie Blazes. Hat Ihnen Ihre Mutter je erzählt, daß sie nie davor zurückgeschreckt ist, sich ein Streichholz an die Strümpfe zu halten, Mädchen? Wusch! Hoch gingen die Flammen, hoch bis zum Knie! Manchmal beide Beine. Die Mädchen trugen immer Baumwollstrümpfe – die waren vielleicht kraus, weiß Gott. Kein anderes Mädchen hätte seine Beine in Brand gesteckt. Die Nachbarschaft hatte Angst, sie würde in jungen Jahren in Flammen aufgehen.«

»Hast du dein Essen aufgegessen?« wandte sich Miss Snowdie an ihn.

Virgie sah zu, wie der schwarze Kaffee in der kleinen Tasse zu zittern begann. Es war etwas Furchterregendes um den alten Mann – er war zu alt.

»In Flammen!«

Er ließ sie stehen und ging in den Flur voller Männer.

»Ich weiß nicht, was ich mit ihm machen soll«, sagte Miss Snowdie, mit einem Murmeln, so leise, wie jetzt die Welt um sie herum. Sie wußte nicht, daß sie gesprochen hatte. Als ihr flatterhafter Ehemann vor einigen Jahren nach Hause gekommen war, mit sechzig Jahren und… und dablieb, sagte man, sie wäre nie darüber hinweggekommen – zuerst über sein Weglaufen, dann über seine Rückkehr. »Er wollte gar nicht kommen. Jetzt hat er sie mit Miss Nelly Loomis verwechselt.«

»Virgie, wir haben genug fertig, um eine Armee zu füttern«, rief Missie Spights durch den Flur. Sie kam und band mit leuchtend roten Armen Miss Katies Schürze ab, die sie über dem Kleid getragen hatte. »Schinken, Huhn, Kartoffelsalat, Eier in Teufelssauce und Kuchen und der ganze Schnickschnack, den die Leute außerdem geschickt haben.«

»Muß es so viel geben?« fragte Virgie und ging zu ihr in die Küche.

»Paß auf. Die Verwandten von außerhalb sind immer hungrig!«

Ihre Pflichten verliehen Missie eine Ausstrahlung vollkommen unerschütterlicher Hingabe. Parnell Moody stand hinter ihr und trocknete jeden Kreis des Kartoffelstampfers sorgfältig ab. Die anderen klapperten mit Geschirr, stapelten es und redeten dabei.

»Mein Mann hat eine Stunde auf mich gewartet.«

»Mr. King MacLain hat sich, bitte schön, ein nettes Nickerchen gegönnt. Viola mußte ihm in die Ohren kreischen, damit er aufstand.«

»Wir werden früh wieder da sein zur Beerdigung, Virgie – ich wünschte, du würdest uns erlauben hierzubleiben.« Cassie zog die feinen Brauen zusammen, während sie die Küche überwachte, in die sie nie hineingekommen war. »Ich habe jedem, der wollte, erlaubt, bei mir zu bleiben.«

»Es wär gut, wir würden alle unsere Blumen schneiden«, rief Missie und richtete hinter der Tür ihr Korsett. »Virgie, du hast ja keine einzige.«

Sie sah zu, wie sie alle, bis auf Miss Snowdie, die dablieb, auf dem Hof in ihre Autos stiegen oder den Weg zur Straße hinunterliefen. Als sie gingen, war ihr so, als würde man mythische Tore und Mauern vor ihrer Aussicht fortziehen. Sie sah in die erhellte Weite, den letzten kleinen Halbkreis von Hügeln vor dem Land am Fluß und den Feldern. Die Welt schimmerte. Baumwollfelder sahen selbst am Sonntag fleißig aus; wenn sie nicht gepflückt werden, stoßen sie ihre Blüte in gleicher Weise ab. Die zarten Gitter aufrechter Bäume maßen, unterbrachen, trennten immer noch – Stark von Loomis von Spights von Holifield und den Sommer vom Regen. Jeder Baum, einem einzelnen Blatt vergleichbar, halb haarfeines Skelett, halb Gaze und Grün, ließ den ersten verdächtigen Wind durch seine alte, wie gepreßte Form, sein Sommergeäst. Die Luft kam heran mit einem Duft nach was es war, Ende September.

Durch den sinkenden Staub der Straße kam ein altertümliches

Auto. Es würde hier einbiegen. Old Plez hatte bis zu seinem Tod hier angehalten, um auf seinem Weg zu und von den Starks für Miss Katie Rainey zu melken und die Hühner zu füttern. Seine Enkel, die immer noch auf dem Lande lebten, würden heute kommen. Der Wagen ratterte den Hügel zu ihr hoch. Er war rissig wie ein zusammengesetztes Puzzle der Weltkugel. Die Risse auf beiden Seiten trafen nicht aufeinander, und für heute war er überall mit glattgezogenem Ballendraht zusammengehalten. Bald schon, im nächsten Jahr, würde er als Dekoration im Vorgarten stehen, auf seinen Achsen, ohne die vier Räder, und die Reifen wären zwischen Frauen und Kindern aufgeteilt: zwei für Blumen und zwei zum Schaukeln.

Sie hatten die Blumen aus ihrem Vorgarten mitgebracht, Purpuramarant und Hornkraut. Sie brauchten lange, um zu wenden und für den Heimweg in Gang zu kommen. Ein kleiner Junge kam mit einer Pfanne schwarzer Bohnen und Okraschoten zurückgerannt.

»Kommt alle zur Beerdigung, wenn ihr könnt!« rief sie hinter ihnen her, zu spät.

Virgie lief ebenfalls den Hügel hinunter, überquerte die Straße und bahnte sich ihren Weg durchs ehemalige MacLain-Grundstück und die Weide bis hinunter an den Fluß. Sie stand am Ufer mit den Weiden. Auf dem offenen Wasser war es hell wie mitten am Nachmittag, ruhig und friedlich. Sie zog ihre Kleider aus und ließ sich in den Fluß hinunter.

Sie sah, wie ihre Taille im trüben Wasser verschwand; es war, als würde sie in irgendwelche Himmel hineinlaufen, schmutzige Himmel. Alles hatte ein und dieselbe Wärme; Luft, Wasser und ihr eigener Körper. Alles schien ein Gewicht zu haben, eins zu sein – bis sie dann, als sie den Kopf senkte und die Augen schloß und das Licht ihr unter die Lider glitt, dieses Eine als durchscheinend empfand, den Fluß, sich selbst, den Himmel, alles Gefäße, die die Sonne füllte. Sie begann, im Fluß zu schwimmen, drang so sanft auf ihn ein, wie sie sich Sanftheit ihrem Körper gegenüber wünschen würde. Ihre Brüste, um die sie das Wasser streifen fühlte, waren in diesem Moment so empfindlich, wie sich Flügelspitzen für Vögel anfühlen mußten oder

Fühler für Insekten. Sie spürte den Sand, Strukturen, kompliziert wie kleine Zahnräder, winzige Schalen ehemaliger Meere, und die vielen dunklen Bänder von Gras und Schlamm, die sie berührten und sie verließen wie das Anbieten und Zurücknehmen einer Fessel, die ihr teuer gewesen sein könnte und sich nun auflöste und verlor. Sie bewegte sich nur wie eine Wolke am Himmel, aufmerksam nur für die nebelhaften Ränder ihres Gefühls und die schwindende Undurchlässigkeit ihres Willens, die Gleichgültigkeit dem Wasser des Flusses gegenüber, durch das ihr Körper bereits hindurchgegangen war, wie gegenüber dem, was vor ihr lag. Das Ufer, wo sich aus der verblaßten Septemberwelt die kleinen reifenden Pflaumen aufmachten, war überall einförmig. Erinnerung sprenkelte Virgie nur noch wie ein bleicheres Licht, das bei leichter Bewegung durch das Laub dringt und sie nicht länger als einen Augenblick verdunkelte. Trotzdem kam ihr der Eisengeschmack des alten Flusses köstlich vor. Wenn sie die Augen öffnete, erblickte sie Schmeißfliegen und Wasserläufer. Falls sie zitterte, geschah das, weil die Glätte eines Fisches oder einer Schlange ihre Knie überquerte.

In der Mitte des Flusses, dessen Stromauf oder Stromab nicht an der Strömung zu erkennen war, lag sie auf ihrem ausgestreckten Arm, atmete nicht, ließ sich treiben. Virgie hatte den Punkt erreicht, wo sie sich im nächsten Moment in etwas verwandeln könnte, ohne es als Schock zu empfinden. Sie hing aufgehängt im Big Black, wie sie in Glückseligkeit hängen würde, wie sie wußte. Eine Wolke weit im Westen, die wie ein Finger über die Sonne strich, veranlaßte sie, mit dem Wasser zu spritzen. Sie stellte sich hin, lief über den weichen Schlamm des Flußbetts und zog sich aus dem Wasser an einem Weidenast, der mit seinen Blättern ihren Rücken bürstete wie ein warmer Regen.

Aus einiger Entfernung sahen zwei kleine Jungen, die im roten Licht auf der Sandbank lagen, ihr zu, wie sie im Laub verschwand. Sie bewegten sich nicht und sprachen nicht.

Der Mond gewann, während sie in den hohen Himmel sah, von einem Augenblick zum andern sein Licht. Eine Walddrossel, die zu singen begonnen hatte, verstummte für einen langen Augenblick und begann aufs neue. Virgie zog sich wieder an. Sie hätte viel um eine Zigarette gegeben, denn sie wünschte sich immer ein bißchen mehr von dem, was gerade gewesen war.

Sie lief zurück zur Wiese, wo die riesigen Ameisenhügel leuchteten, mit langen Schatten wie Pyramiden am anderen Ende der Welt, und trieb die Kühe heim.

Der Indische Flieder hatte eine letzte, früher weiße, jetzt schwach muskatfarbene Blütenkrone auf der Spitze. Der Boden darunter war übersät mit seiner abgeworfenen Rinde, und die Äste leuchteten wie menschliche Glieder, geschmeidig und warm, rosig.

Sie ging zum Melken und kehrte zum Haus zurück.

Vom Flur aus blickte sie ins Zimmer ihrer Mutter. Das Fenster und das Zimmer lagen im Blau der ersten Dunkelheit. Nur das schwarze Kleid, die Dichte des Rockes, war ihm aufgestempelt wie eine dunkle Scheibe, die nun in der Luft auf blauen Seen ritt.

Miss Snowdie MacLain hatte sich entschieden, in den ersten Nachtstunden zu wachen. Sie schlief im Schlafzimmerschaukelstuhl, im leuchtenden Schleier ihres Kleides, darüber hing der Kokon ihres Kopfes, und der Fächer war ihr aus der Hand gefallen.

II

Virgie wachte auf und sah den Morgenstern über den Feldern hängen. Was hatte sie so früh tun wollen? Sie machte sich Kaffee und trank ihn, molk, trieb die Kühe durch Dunst, gefälltes Holz auf die Weide, und zuletzt nahm sie das Gras auf dem Hof in Angriff. Gestern hatte man es für ein so unmögliches Unterfangen gehalten, das Gras bei den Raineys rechtzeitig zur Beerdigung zu mähen, daß der Erfolg, auch wenn man Männer hätte erübrigen und mit Sensen versehen können, keinesfalls garantiert gewesen wäre. Virgie nahm ihre Schneiderschere vom kleinen Ballen Karostoff in ihrem Zimmer und ging nach draußen. Sie kauerte im rosigen Frühlicht nieder, schnitt und sägte dem Gras die Köpfe ab – es hätte alles Samen tragen können –, jedesmal eine Handvoll. Die erstickten Rosen kratzten, überraschten sie, riefen Blutstropfen auf ihren Beinen hervor. Sie mußte ins Haus, als Miss Snowdie, deren Anwesenheit sie vergessen hatte, auf die Veranda herauskam und sie rief. Als wenn sie für lange Zeit äußerst ärgerlich gewesen wäre und viele Tränen geweint hätte, erlaubte sie Miss Snowdie, sie hineinzuscheuchen und ihr das Frühstück zu machen.

Dann traf Miss Lizzie Starks Juba ein, gefolgt von einer kleinen Schar Negerkinder wie Orgelpfeifen, mit Spanngestellen für die Vorhänge, und Miss Snowdie und Juba begannen damit, alle Vorhänge abzunehmen. Eine halbe Stunde später befanden die sich auf dem Hinterhof, ausgebreitet und aufgestellt wie die Zelte in der Wüste von Kades in der großen Bibel. Die Damen waren von der Küche aus bald wieder überallhin ausgeschwärmt.

»Also erst einmal«, erklärte Missie Spights Virgie, »du hast mich gestern Missie Spights genannt. Ich bin verheiratet.«

»Oh. Ja, ich weiß.«

»Ich heiße Missie Spights Littlejohn, und ich habe drei Kinder. Ich habe nach auswärts geheiratet.«

»Ich weiß, Missie.«

Ein paar von Miss Katies Verwandten kamen gegen Mittag, rechtzeitig zur Beerdigung – große dunkle Leute, die Mayhew hießen, Männer wie Frauen mit dem gleichen kantigen, gekerbten Kinn und blauen Augen. Eine kleine Schlange flachsköpfiger Kinder lärmte dahinter und aß ein paar Bananen auf. Virgie erinnerte sich nicht an alle Mayhews so gut, daß sie sie auseinanderhalten konnte; sie überfielen sie alle gleichzeitig: nachdem sie angeklopft hatten, um sie auf die Veranda zu holen, küßten sie sie alle der Reihe nach eifrig und baten, bevor sie durch die Tür kamen, um Eiswasser oder Eistee oder beides. Sie waren aus Stockstill und Lastingwell an der Strecke nach Tennessee mit mehreren, jetzt neben der Veranda aufgestellten Lastwagen hergefahren. Das erste, was der größte Mayhew tat, als er einmal im Haus war, war, sich eins von Missie Spights Kleinen zu schnappen, das gerade Fliegen totschlug, es heftig zu kitzeln und bei seinem Geschrei nüchtern zu sagen: »Na warte doch: du kennst mich ja gar nicht.«

Nur der gleiche alte Rainey aus Louisiana hatte sich eingefunden, der vor Jahren zu Fates Beerdigung gekommen war und seitdem kein Wort von sich hatte hören lassen. Wieder brachte er seinen eigenen Kaffee mit. Wieder bot er an, die vordere Veranda zu reparieren und zwar sofort, und wieder wurde er daran gehindert. Er war der einzige Rainey, der die Reise auf sich genommen hatte. Die Raineys waren beinahe alle verstorben oder konnten die Felder nicht im Stich lassen oder lebten zu weit weg, um eine Fahrkarte zu kaufen. Der alte Mann erklärte das alles noch einmal und erzählte, was in all den Jahren mit dem französischen Namen passiert war.

»Ja, es fehlen ein paar«, erklärte Miss Perdita Mayo Virgie, als sie ankam und die aufgereihte Verwandtschaft sah. »Aber Sie haben sich in Verbindung gesetzt, oder ich hab das für Sie getan. Wenn die Beerdigung klein ist, müssen wir uns keine Vorwürfe machen.«

Gekreisch umgab das Haus. Die kleinen MacLains und ihr Kindermädchen waren der alten Miss Lizzie entwischt, ihrer Großmutter, und tauchten auf, um im Hof der Raineys zu spielen. Nach und nach spielten auch andere Kinder dort, Loomis' und Maloneys, angezogen von den magnetischen MacLains, alle trunken von den Attraktionen eines unerprobten Ortes, und eines Ortes, der heute unheimlich war. Die kleinen Mayhews weinten jedesmal, wenn sie alle von den Großen ins Haus gerufen wurden. Blauhäher schimpften den ganzen Morgen überm Dach, und die Holzlaster donnerten vorbei, rasselten mit ihren Ketten und gefährdeten die sauberen Vorhänge.

Miss Perdita Mayo, die ins Schlafzimmer gegangen war und einen Kreis gebildet hatte, erzählte eine Geschichte. »Sister bekam nach dieser Beerdigung ihre neuen Schuhe nicht wieder an, weil sie auf dem Friedhof –« Plötzlich sah man Miss Perdita rückwärts das Zimmer verlassen, irrtümlich der Meinung, sie würde immer noch ihre Geschichte erzählen. Sie hatte den Sarg kommen hören und eilte ihm entgegen. Mr. Holifield aus dem Haushalts- und Eisenwarenladen hatte seine Enkel damit geschickt, Hughie und Dewie Holifield, mit dem Firmenlieferwagen. Die Jungen kamen ins Haus und stellten ihn auf, während die Mayhews zuguckten.

»Wo sollen die Mayhews alle schlafen?« fragte der alte Mr. Rainey, der nichts zu tun hatte, Virgie und zeigte mit einem Daumen, der violett war wie eine Feige, auf die Mayhews.

»Die bleiben nicht. Sie machen sich nach der Beerdigung auf nach Stockstill, Sir«, sagte Virgie. »Sobald sie was zu essen eingepackt haben.« Und sie nahmen das Bett mit, Katies Bett; sie könnten es auf dem Lastwagen richtig aufstellen, sagten sie und betrachteten es, losgelöst von seiner Besitzerin, die darauf lag; und die Kinder könnten darauf nach Hause fahren, statt zu stehen.

Mr. Rainey schüttelte den Kopf. »Schade. Nie eine Gelegenheit, sie kennenzulernen.« Er hob einen kleinen hornigen Finger hoch und berührte eine Saite auf dem alten Banjo ihres Vaters, das an seinem Nagel im Flur hing, und der Kopf des Alten leuchtete schwach im Morgenlicht. Aber er spielte keinen Ton. »*Der* ist ein bißchen rumgereist«, sagte er schließlich. »Und hat sich aus Abenteuerlust hier niedergelassen.«

Die selbstgezogenen Blumen kamen früh und die Blumen aus dem Blumenladen spät. Mr. Nesbitt ließ durch den Hausmeister aus dem Friseurgeschäft, der eine Brille mit Goldrand trug, ausrichten, daß er während der Beerdigung nicht in der Stadt wäre, und der Neger holte dann ein großes Kreuz aus Farn und Gladiolen auf einem Ständer hinter seinem Rücken hervor, offensichtlich aus Vicksburg, mit Mr. Nesbitts Karte daran. Die Mayhews gingen hin und stellten es vor all die andern Blumen – die gerade auf der hinteren Veranda nach und nach zu Kränzen gemacht wurden –, so daß sie es alle während des Gottesdienstes ansehen konnten, zur Erinnerung. Die Stühle aus der Sonntagsschule kamen mit dem Fuhrwerk, und die Mayhews nahmen sie an der Tür entgegen und stellten sie in diagonalen Reihen auf. Hätte Miss Lizzie Stark kommen können, wäre es wohl nicht ganz so abgelaufen.

Der alte Mr. King MacLain sah nicht so aus, als wäre er glücklich darüber, daß er heute wieder im Rainey-Haus erscheinen mußte. Er rauchte und ging nach hinten, um der Küche einen Besuch abzustatten. »Nicht gerade häufig mit Ihrer Mutter unterhalten so um das

Jahr achtzehn herum«, sagte er zu Virgie, die dabei war, Servietten mit dem Stark-›S‹ darauf zu falten. »Sie wissen ja, damals bin ich noch imstande gewesen, beachtliche Reisen zu unternehmen, und habe die Leute hier nur flüchtig zu Gesicht bekommen.«

Miss Snowdie war gekommen, stellte sich dazu und faltete gleichfalls Servietten.

»Ich bin gekommen und bin wieder gegangen, nur bin ich am falschen Ende gelandet, finden Sie nicht?« Er lächelte plötzlich, recht grimmig, aber keine der Frauen an. Er trug den steifsten gestärkten weißen Anzug, den Virgie je an einem alten Herrn gesehen hatte; der sah ebenfalls grimmig aus – die Aufschläge gespitzt wie Ohren. »Hab Ihre Mutter in einer rosa Sonnenhaube gesehen. Rosenwangen. ›Hallo!‹ – ›Ich sag Ihnen, King MacLain, Sie sehn für mich aus wie immer, wie Sie hier auf der Straße rumspaziern. Sie Schurke.‹ – ›Nur soviel, was hätten Sie denn lieber als alles andere? Ich frage deshalb, weil ich das für Sie besorgen werde.‹ – ›'n Drehstuhl. Dann kann ich da im Freien sitzen und Häkelarbeiten und Pfirsiche verkaufen, wenn mein nichtsnutziger Mann mich läßt.‹ Ah, wir kannten alle den guten alten Fate, das war ein Netter hier. ›Quatsch, das ist zu einfach. Nennen Sie etwas anderes. Ich besorge Ihnen alles, was Ihr Herz begehrt.‹ – ›Na, ich hab's Ihnen doch gesagt. Und Sie führn was im Schilde, das nehm ich bei Ihnen an.‹

Drei Neger mit dem Fuhrwerk zum Haus hoch, auf die Sekunde genau am nächsten Mittag. Zur Tür hoch, hämmern dagegen.

›Oh, King MacLain! So schnell bringen Sie das an!‹

Aber ich! Ich war inzwischen ich weiß nicht wo. Für sie hat es bestimmt so ausgesehen, als hätte ich nicht abwarten können, zu hören, wie sie sich gefreut hat. So versessen, so versessen war ich auf alles, was ich tun mußte, auf das, was vor mir lag. Sie hat mir erzählt, wie sie um den Hof geflogen ist. ›He, paßt auf, setzt ihn keine Sekunde ab, bis ich euch sag, wo er hinsoll!‹ Ließ die Nigger hin- und herschleppen. Dann stellte sie ihn bums an die Straße, so nah wie möglich.

Und ihr Stuhl war immer zu groß für sie, die kleinen Fersen kamen nicht bis auf den Boden. Er war groß genug für einen Mann, groß genug für Drewsie Carmichael, es war nämlich seiner. Ich hatte die Witwe dazu veranlaßt. Oh, Katie Rainey war ein Anblick, ich hab oft gesehen, wie sie ihren Stuhl herumschwang, um zu hören, wie ich die Straße entlangkam oder aufbrach, und mir mit der Hand zuwinkte. Und hat mehr Eier verkauft, als Sie sich träumen lassen. Oh, dann konnte sie sehen, wo Fate Rainey gestürzt war, und ein netter Mann auch; hat ihr nie besorgt, was sie wollte. Ich habe sie auf einen Thron gesetzt!«

»Mr. King, ich hab nie gewußt, daß der Stuhl von Ihnen stammt«, sagte Virgie und lächelte.

Er sah ganz plötzlich untröstlich aus, aber Miss Snowdie schüttelte den Kopf.

»Holen Sie sich eine kleine Stärkung, Sir. Es gibt Schinken und Kartoffelsalat –«

»Oh, Schinken?«

Virgie führte ihn hinunter in den Flur. Die Neger standen mit Fliegenpatschen neben dem Tisch. Sie gab King MacLain zum Schinken etwas Piccalilli auf den Teller, den er ihr so lange hinhielt, wie sie ihm auftat.

Als Virgie ins Wohnzimmer zurückkam, trat Jinny MacLain vor, um sie zu begrüßen; als hätten sich ihre Positionen verkehrt.

Jinny, die als Kind altklug gewirkt hatte, war in ihren Dreißigern merkwürdig kindlich; war es die alte Widersetzlichkeit oder noch eine andere Taktik? Sie kam ebenfalls ganz nah, sah auf die Brandwunden und Narben auf Virgies Händen, wie Missie Spights es getan hatte, und ließ sie zu Malen werden von etwas, das nicht zu ihrem Frausein paßte.

»Hör zu. Du solltest jetzt heiraten, Virgie. Schieb es nicht länger auf«, sagte sie und zog ein Gesicht, irgendein Gesicht bei ihren eigenen Worten. Sie grimmassierte aus der ehernen Maske einer verheirateten Dame heraus. Es war ihr offenbar ein dringendes Anliegen, jeden, selbst Virgie, um die sie nichts gab, ebenfalls in den Stand der Ehe zu treiben. Nur dann konnte sie sich weiter als Jinny Stark fühlen, als ihr wahres Selbst. Sie warf Blicke im Zimmer umher, als wollte sie Virgie hier und jetzt einen Ehemann aussuchen; und ihr

Blick ruhte über Virgies Kopf hinweg auf – Virgie wußte es – Ran MacLain. Virgie lächelte leise; jetzt spürte sie, ohne Vorwarnung, daß zwei leidenschaftliche Menschen in diesem vollen Zimmer standen, ihre gleichgültigen Rücken zueinandergekehrt.

Sehr viele waren mittlerweile zusammengekommen. Leute saßen drinnen und draußen und hörten zu oder auch nicht. Junge Leute hielten Händchen und nahmen alle früh Platz, um sich die hintere Reihe zu reservieren. Dann trugen ein paar Mayhews den Sarg ins Wohnzimmer und bauten ihn über dem Herd auf den vier Stühlen auf, die sonst um den Tisch standen. Die Kränze wurden hochkant gestellt, um die Stuhlbeine zu verdecken.

»Was haben meine Kinder vor?« flüsterte Jinny rasch und wischte einen Vorhang zur Seite, um den Vorgarten freizulegen. »Ausgerechnet heute muß meine Tochter Eidechsen fangen. Sie hat Ohrringe aus kleinen Eidechsen! Wie hält sie nur diese kleinen Zähne in sich aus!« Jinny lachte entzückt, während sie am Fenster Platz nahm.

»Setz dich zu mir, Virgie«, sagte Cassie Morrison und führte ihr Taschentuch an die Augen. »Das ist jetzt das schlimmste, oder beinahe.«

Es gab einen Neuankömmling unmittelbar vor dem Gottesdienst. Bruder Dampeer aus Goodnight, dessen Vater in Mrs. Raineys Jugend Prediger gewesen war und sie als Kind in Cold Creek, in Nord-Mississippi, getauft hatte, konnte sie, wie er sagte, nicht gehen lassen ohne einen letzten kurzen Blick. Virgie hatte Bruder Dampeer nie gesehen; er blickte sie abschätzend an und küßte sie. In seiner Hemdtasche steckte eine Stimmgabel, die hervorsah, als er seitwärts vom Sarg zurücktrat und sich voll von vorne darüberlehnte, um den Leichnam zu mustern.

»Kommen Sie an einem schönen Sonntag zu mir in die Kirche an der Kreuzung, Sie alle«, sagte er nur, als er sich aufrichtete, und wandte sich an die Lebenden. Das wirkte bei ihm, als fände er die Tote nicht bemerkenswert genug, um irgend etwas Schmeichelhaftes zu sagen. »Ich garantiere Ihnen, es wird Sie auch niemand beißen, wenn Sie etwas in die Kollekte fürs Klavier werfen«, fügte er hinzu und schaukelte seitwärts davon.

»Wo sind seine Manieren geblieben! Aber man kann ihn natürlich nicht hinauswerfen«, flüsterte Miss Snowdie, hinter Virgie. »Er hatte ein Recht zu kommen.«

Sie führte ihren Fächer weit vor und zurück, mit einem Druck auf die Luft wie von einem schweren Schwanz. »Ein völlig Fremder, und er hat da draußen Fächer von Katies Rehgeweih verteilt, weil er Prediger ist; hat jedem einen gegeben.«

»Der letzte Blick ist erst später dran«, sagte Parnell Moody mit ihrer normalen Schulstimme. Aber die kleinen Mayhews mußten gleich hinter Bruder Dampeer her. Da ertönte Mrs. Junie Mayhews mahnende Stimme: »Kinner? Wollt ihr eure Cousine Kate sehen? Geht reingucken, ganz schnell. Sie hat euren Onkel Berry großgezogen. Faßt euch an der Hand und geht jetzt, solange niemand anders da ist; ihr müßt sie so in Erinnerung behalten.« Und sie kamen ins Zimmer, tunkten ihre Köpfe hinein und zogen sich gegenseitig. Der älteste Junge kam hüpfend; man erinnerte sich, daß er sich irgendwann im Laufe des Tages einen Nagel in den Fuß getreten hatte.

»Brüder und Schwestern.« Dr. Williams stand vorne.

Virgie erhob sich einfach. Jemand hatte den alten Stock ihrer Mutter in die rosafarbene Porzellanvase auf dem Kaminsims gestellt – wie einen Pfirsichzweig, als sollte er Blüten treiben. Bruder Dampeer räusperte sich: sein Werk. Vor seinen Augen und vor aller Augen marschierte sie hin, nahm den Stock aus der Vase und trug ihn in den Flur hinaus, wo sie ihn in den Ring am Garderobenständer stellte. Als sie wieder auf ihrem Stuhl saß, schlug Dr. Williams das Buch auf und hielt den Gottesdienst.

Immer wieder ging Mr. King, den zarten alten Kopf zur Seite geneigt, die Fersen angehoben, mit der rechten Hand die Luft durchbohrend, auf Zehenspitzen über den Flur zum Tisch, um am Schinken herumzustochern – als wenn niemand ihn sehen könnte. Während Mamie C. Loomis, ein Kind in Pfirsichrosa, sang: »Oh Liebe, die mich nicht verläßt«, nuckelte Mr. King an einem Markknöchelchen und hob den zittrigen Kopf und sah Virgie durch die beiden offenen Türen zum Schlafzimmer ihrer Mutter überheblich an. Selbst Weaver Loomis und

Little Sister Spights, die in der letzten Reihe Händchen hielten, weinten inzwischen, während sie der Musik lauschten, aber Mr. King schob seine befleckte Lippe vor. Dann zog er Virgie ein scheußliches Gesicht, wie ein stummer Schrei. Es war ein Schrei über alles – den Tod eingeschlossen, der ihn nicht übergehen würde –, und es war ihm gleichgültig, daß er seine augenblickliche Feindseligkeit an Virgie Rainey ausließ; im Grunde erwählte er sie. Dann zerknackte er das Knöchelchen zwischen den Zähnen. Sie fühlte sich ganz plötzlich erfrischt durch das winzige, aber scharfe Geräusch.

Sie saß aufrecht und betastete ihr Haar, das ihr in die Finger federte wie immer. Als sie den Kopf wandte und aus dem einen hellen Fenster sah, durch das die Schreie der kleinen MacLains drangen, die im Hof spielten, war ihr eine andere Form der Verbundenheit bewußt. War es eigentlich Ran oder King selbst, mit dem sie sie empfand? Möglicherweise war es eben diese Verwirrung bei ihnen allen, die die große Wunde in Rans Herz darstellte, dachte sie gleichzeitig. Aber sie erkannte diese Verwandtschaft, auf wen auch immer sie sich bezog, als das, was sie war, als etwas Unablösbares, das ohne Freundschaft oder eine gar zu frühe Identität in Erscheinung treten konnte, vielleicht sogar mit Verachtung, mit Grobheit, und sich mitten im Kummer aufdrängte. Außer in einer Form, die zu empfindlich war für sie, gab es dafür weder eine Zukunft noch eine Vergangenheit; aber sie wußte, wann selbst Empfindliches zu einer Angelegenheit von Loyalität und Verbundenheit geworden war.

»Kind, Sie wissen einfach nicht, was Sie verloren haben«, sagte Miss Hattie Mayo in die Worte des Gottesdienstes hinein. Es war das einzige, das Virgie, soweit sie sich erinnerte, Miss Hattie je hatte sagen hören; und außerdem war es etwas, das andere schon vor ihr gesagt hatten.

Miss Lizzie Stark – sie war dann nämlich doch noch in der Lage gewesen, zur Beerdigung zu erscheinen – schwenkte ihren eigenen kleinen Fächer – schwarzer Chiffon – an einer Kette aus Jet neben Virgies Wangen. Miss Lizzie sah sehr ausgeruht aus, und es war ihr gelungen, mit Cassie Morrison den Platz zu tauschen. Sie hatte eine Hand plump auf Virgies Oberschenkel fallen lassen und nahm sie nicht wieder fort.

Hinten im Flur, den blauen Himmel im Rücken, schickte Mr. MacLain nach Kaffee, probierte ihn und streckte seine Zunge zum Abkühlen in die Luft, eine leuchtend rosafarbene Zunge, die zappelte wie die eines Kindes, während man sang: »Näher, mein Gott, zu dir.«

»Gehen Sie noch einmal hinein«, sagten sie zu Virgie, als alle das Wohnzimmer verließen. »Bleiben Sie mit ihr allein, bevor Sie mitkommen.«

»Du bist jetzt die einzigste«, sagte ein Mayhew. Die Mayhews hatten Katie zur Lastingwell-Kirche bringen wollen, um sie zu Hause zu beerdigen, hatten aber eingesehen, daß Mr. Fate, den die Raineys ebenfalls wieder mit an ihren Heimatort nehmen wollten, in Morganaerde lag, und Victor – »Und du wirst das auch«, hatten sie abschließend zu Virgie gesagt.

Virgie zog sich zurück, während sie auf der Stelle traten, und dann war sie nicht allein im Wohnzimmer. Die kleine Jinny MacLain war da, die sich, Schuhe und Socken in der Hand, ruhig über den Sarg beugte und kühn hineinschaute. Sie hatte das Fliegengitter aufgebrochen und war zum Fenster hereingeklettert. Grüne Eidechsen hingen ihr wie winzige Federn an den Ohren, mit emsigen Augen und Kiefern. In jedem andern Haus, das war Virgie klar, hätten alle heute mehr achtgegeben; hier konnte ein Kind durchschlüpfen.

Jinny sah zu Virgie auf; ihr Gesicht drückte Enttäuschung aus.

»Hallo, Jinny.«

»Für mich sieht das hier gar nicht wie ein Sarg aus. Habt ihr nur eine Büroschublade gehabt?«

»Es ist nur noch nicht der Deckel drauf.«

»Tust du dann den Deckel für mich drauf?«

»Los, verschwinde. Nimm den gleichen Weg zurück«, sagte Virgie. »Moment – wie bringst du denn Eidechsen dazu, sich an deinen Ohren festzuhalten?«

»Auf den Kopf drücken«, sagte Jinny lässig über die Schulter. Sie ging hinaus und klopfte dabei ihre Schuhe mit den Händen leicht gegeneinander.

Virgie ging zum eingebrochenen Fliegengitter und preßte ihre

Stirn dagegen. Sie sah in die Weite, über die Felder, hinunter auf die entfernten, niedrigen Bäume – die alte Aussicht, die zu diesem Fenster gehörte. Es war die Papierschlange mit den Laternenlichtern, durch deren Inneres der Big Black floß.

»Hier sind Sie also«, sagte Miss Perdita Mayo.

Die Prozession – der Sarg bewegte sich durch ihre Reihen und dann vorneweg – marschierte beladen und unbeholfen den Weg entlang. Sie waren wie Leute, die man mitten in der Nacht aufgeweckt hat, am strahlenden Nachmittag.

Das war die Erlösung für die Kinder: das, worauf sie gewartet hatten. Die kleine Jinny stand mit leuchtendem und wichtigem Gesicht neben dem kleinen King, der – er gab das exakte Zeitmaß für die Beerdigung an – an einer Wunderblume lutschte, an einer »Vier-Uhr-Blume«. »Los, Clara«, sagte sie gerade zum Kindermädchen. Hinter flatternden Schürzen und schwarzen schützenden Armen (nur daß Clara im Augenblick gerade rauchte) liebten sie es über alles, wenn sie zugucken konnten, wie Erwachsene Tränen vergossen und aufrecht gehalten werden mußten. Sie mochten es, wenn Särge hinausgetragen wurden, weil sie dann vielleicht miterleben konnten, daß Särge fallengelassen und die Toten einfach ausgeschüttet wurden. Aber mit dem heutigen Tag verringerte sich die Möglichkeit wohl wieder ein bißchen. Kein Toter war je ausgekippt worden, wenn jemand von ihnen zugeguckt hatte, so wie kein Güterzug je entgleist war, wenn sie darum gebetet hatten, damit sie die Bananen kriegen konnten.

»Aber vor allem, Mr. MacLain, sollten Sie darauf achten, nichts Fettes zu essen«, sagte Miss Snowdie und führte ihren Mann auf einen Weg, der abbog. Sie gingen nicht mit den andern zum Friedhof; niemand erwartete das von ihnen. Ihr Negermädchen, das chauffierte und mit dem Auto gewartet hatte, steuerte in die andere Richtung. »Zu Hause haben wir diesen leckeren Moody-Fisch aus dem Moon Lake.«

Virgie betrachtete den geheimnisvollen, verletzlichen Rücken des alten Mannes. Selbst als Miss Snowdie, unmysteriös, ihn fortführte, aß er noch. Irgendwann einmal hatte sie heute gesagt: »Virgie, ich hab das ganze Geld, das Mama und Papa besaßen, ausgegeben, um hinter ihm her zu spionieren. Für die Jupiter Detektiv-Agentur in Jackson. Ich habe darüber nie gesprochen. Sie haben nie den richtigen gefunden oder sind nie hinter dem richtigen hergewesen. Aber ich werde mir nie verzeihen, daß ich hinter ihm herspioniert habe.«

Virgie hatte sagen wollen: »Doch, verzeihen Sie sich das«, brachte die Worte aber nicht heraus. Und sie hätten Miss Snowdie auch nicht viel bedeutet.

»Großpapa ist fast hundert«, sagte der kleine King mit heller Stimme. »Wenn man hundert wird, dann platzt man.«

Die alten Leute dachten nicht daran, sich zu verabschieden. Mr. MacLain drängelte, ein paar Zentimeter weißes Nackenhaar kringelte sich im leichten Wind über seinem Revers.

Man faßte Virgie wieder an beiden Armen, als ob sie draußen versuchen würde wegzurennen. Ihr Körper tat ihr weh von der festen Hand von – hauptsächlich – Miss Lizzie Stark. Sie wurde zum Stark-Automobil geleitet, das auf der Straße parkte, wo Ran jetzt auf dem Fahrersitz wartete. Die Kolonne der Wagen und Lastwagen hatte sich in Bewegung gesetzt.

»Armer Mr. Mabry, er hat sich nicht sehen lassen.« Miss Perdita Mayos gerötetes Gesicht tauchte für einen Augenblick am Fenster auf. »Er hat sich mit 'ner Erkältung hingelegt. Die hat er sich gestern geholt: Ich hab's kommen sehn.«

Zum Friedhof mußten sie durch ganz Morgana. Es war weitläufig und still darin, nachdem sie über das Viehgitter gefahren waren; doch wo immer Virgie aus dem Fenster des Stark-Autos auch hinsah, es kam ihr vor, als sähe sie immer wieder dieselben Grabsteine, den von Mr. Comus Stark, vom alten Mr. Tim Carmichael, von Mr. Tertius Morgan, wie die gleichförmigen Türme im Vicksburg-Park.

Zweimal dachte sie, sie sähe Mr. Sissums Grab, denselben Stein von denselben Reben heruntergezogen – das Grab, in das Miss Eckhart, ihre verhaßte ehemalige Klavierlehrerin, sich am Tag seiner Beerdigung beinah hineingestürzt hätte. Und mehr als einmal suchte sie nach dem gedrungenen dunklen Stein, der Miss Eckharts eigenes Grab kennzeichnete; er würde sich beim Näherkurven und Vorbeifahren von ihnen wegdrehen, wie sie das früher gesehen hatte. Und später tauchte an der Seite, in größerer Entfernung, ein sitzender Engel auf, zuerst von hinten sichtbar, das Steinhaar ausgebreitet auf den Schultern, und zeigte seine steilen Schwingen.

»Magst du ihn leiden?« fragte Cassie vom Beifahrersitz neben Ran (Jinny hatte mit den Kindern nach Hause gemußt).

Es war also Mrs. Morrisons Engel. Nachdem sie immer so heiter und flatterhaft gewesen war, hatte Cassies Mutter eines Morgens das Zimmer verlassen und sich umgebracht. »Ich war stolz darauf«, sagte Cassie. »Es hat mir alles genommen, was ich hatte.«

»Wo ist Loch zur Zeit?« fragte Ran.

»Ran, weißt du denn nicht mehr, daß er in New York City ist? Ist gern da. Er schreibt uns.«

Loch war zu jung, als daß ihn Virgie in Morgana je hätte näher kennenlernen können – immer höflich, »zu gut«, »zu jung«, sagten die Leute, als er in den Krieg zog, und sie erinnerte sich an ihn nur, wie er die hölzerne Treppe zum Druckereibüro seines Vater hinaufging. Er hatte sich mit einem leichten, gemessenen Kopfnicken verbeugt, zu jung und schon zu fern. – Aber er ist nicht tot! dachte sie – es ist etwas anderes.

»Was hast du gesagt, Virgie?«

»Nichts, Cassie.« Aber sie hatte Cassie offenbar irgendwie gekränkt, und wenn nur durch die Vorstellung in dem Augenblick, daß das, was jung war, alles fort war – vollkommen verschwunden.

Virgie lehnte sich hinaus, um nach einem bestimmten geschwärzten Lamm auf einem kleinen Erdhügel Ausschau zu halten, das zu ihrer Kindheit gehörte. Es war das Grab des totgeborenen Kindes irgendeiner Dame (inzwischen wußte sie, daß es wahrscheinlich die kleine Schwester von Miss Nell Loomis war), das Lamm vom Regen zu einem kleinen Feentisch flachgewaschen. In ihrer Phantasie hatte sie daran eine große Gesellschaft mit Eicheltassen bewirtet, dann war sie auf dem Tisch davongeritten.

»Sie bleiben in Morgana?« hörte sie Miss Nells gedämpfte Stimme. Sie redete immer noch – im fahrenden Wagen dieselbe wie im Wohnzimmer.

»Ich geh weg. In der Frühe«, sagte Virgie.

»Und lassen alles versteigern?«

Virgie sagte nichts mehr; sie hatte zu gehen beschlossen, während sie sich das sagen hörte – nach Gehör entschlossen.

»Rechts abbiegen und anhalten, Ran.«

Das war Miss Lizzies erste Äußerung; vielleicht war ihr der eigene Wagen zu voll vorgekommen, um das Schweigen zu brechen.

Ran hielt an und half den Damen heraus. Die Gruppe der drei Dicken – Ran mit Miss Lizzie und Miss Nell am Arm – bewegte sich hinkend vorneweg. Die Rainey-Kolonne war weit hinten unter den Bäumen. Cassie legte ihre Finger in Virgies. Die Yuccas überall hingen voller Glocken, die Engel dahinter bäumten sich auf und waren gescheckt wie Pferde. Die flammenden Kegel der Magnolien und ihr brauner Abfall schwelten im Augenwinkel. Und ebenfalls im Augenwinkel war Miss Billy Texas Spights zu sehen: Man hatte sie kommen lassen. Sie trug Purpur – das Kostüm, das sie am Wahltag getragen hatte.

»Gottseidank ist Snowdie nicht in der Nähe und sieht das«, bemerkte vor ihnen Miss Perdita Mayo zu Miss Hattie. »Ran ist hier, aber Ran stört sich an nichts.«

Virgie wußte, als hätte man ihrem Gedächtnis nachgeholfen, sie mußten ungefähr an der Stelle sein, wo sich das Grab dieses armen kleinen Landmädchens befand, mit den Worten »Dein Wille geschehe« auf dem Stein. Man hatte sie hier bei den Sojourners beerdigt.

Ich hasse sie, dachte Virgie ruhig, ohne den Kopf zu wenden. Hasse ihr Grab.

Mr. Holifield, der das Gras mähte, kam vorbei und hob bedeutsam den Hut. Virgie sah den vertrauten Stein auf dem Grab ihres Vaters mit dem ausgeschriebenen Namen Lafayette darauf und dem aufgerissenen roten Loch daneben. Trotz der wartenden Blumen roch der Platz immer noch nach dem Schweiß der schwarzen Totengräber und der großen Zedernwurzel, die durchgetrennt worden war und feucht am Grund des Grabes glimmerte. Victor hatte man auf der andern Seite beerdigt. Vielleicht war da überhaupt nichts. Die Kiste, die aus dem anderen Krieg wiedergekommen war – wer wußte, was man den Raineys darin geschickt hatte? Irgendwo hinter sich konnte Virgie das hohle, aber entschuldigende Hüsteln Mr. Mabrys hören. Nur daß es seins natürlich nicht sein konnte; er war schließlich nicht imstande gewesen zu kommen.

Bruder Dampeer befand sich immer noch bei ihnen; das Gewicht auf eine Hüfte verlagert, stand er vor ihnen allen, vor der Reihe der Mayhews, und sah zu, wie der Sarg immer tiefer hinabgelassen wurde und das Grab sich füllte.

Nach Dr. Williams' Gebet rieselten kleine Krümel und Klumpen den Hügel hinunter, kreuz und quer; die Erde wurde sofort munter und ungestüm wie ein Lebewesen. Virgie rührte sich nicht. Die Leute kamen der Reihe nach heran und verteilten die Kränze rundherum und spießten langsam blumengefüllte Füllhörner aus Papier mit Nadeln zum Befestigen daran in die Klumpen. Die Füllhörner standen alle nicht ordentlich aufrecht, sondern neigten sich hierhin und dahin, rund um den geschwollenen, rosafarbenen Hügel, der breiter war als lang, bis er sich später »gesetzt« haben würde.

Als die Gesellschaft sich entfernte, fiel eins der Füllhörner um und verschüttete seine Last roter Zinnien. Niemand kehrte zurück, um es aufzurichten. Ein Gespür für die stürzende Aktivität und Promptheit der Elemente hatte die Leute befallen und, vor allem andern, ihre Würde in ihnen geweckt; sie konnten jetzt nicht zurückgehen.

Sie verließen den Friedhof, ohne sich weiter umzusehen, und einige trennten sich am Tor von der Gesellschaft. Ihre Weisheit war Zermürbung. Der Regen des nächsten Tages bombardierte das Grab bereits mit Lärm und ließ eilige Rinnsale an den Seiten hinabfließen wie an einem Berg, der rot von Flüssen ist, und ruinierte bereits ihrer aller geduldige Arbeit; nicht ein kleiner »verunglückter« Blumenhalter, sondern alle würden umfallen; und waren bereits gefallen oder könnten noch fallen; es war schon Vergangenheit.

Bruder Dampeer verabschiedete sich und bestieg sein Reittier: Dafür war er nun zwanzig Meilen auf einem Maultier hergeritten; er ließ sich jetzt nicht anmerken, ob es sich gelohnt hatte.

Die Abendfelder waren immer noch in Bewegung, die Leute fleißig, auch als die Sonne verschwunden war noch fleißig, wo ihr unebenes Baumwolland sich neigte und zum Fluß hin abfiel nach Westen. Von der Trauergesellschaft waren die meisten zu den Raineys zurückgekehrt, um sich zu stärken. Virgie, die sogar Miss Lizzies Arm entglitt, der müde war, war noch nicht hineingegangen.

Vier kleine Mayhews warteten auf sie, hockten wie Vögel auf dem alten Drehstuhl. Sie hüpften herunter, legten die Arme um ihre Knie und bettelten, sie solle jetzt ins Haus kommen. Von der Straße aus hatte das Dach des erleuchteten Hauses so scharfe Konturen wie ein Scherenschnitt. Die festgeschlossenen Blätter des Seifenbaumes erzitterten über der Straße, an Ästen, die sich wie Schwingen ausbreiteten in einem Luftzug, der Veränderung bedeutete. Es war der letzte der Monate mit den wunderschönen Abendhimmeln, mit dem lieblichen Osten hinterm dunklen Doppelblinken der Schwalben.

Gerüche nach Schinken, Bananenkuchen und Tuberosen drangen aus dem Haus, und die Kinder liefen ihnen sehnsüchtig entgegen. In den frühen Nischen des Zwielichts schienen die Farne zu kriechen oder plötzlich hinabzustürzen wie Wasserfälle zwischen die verlassenen Verandastühle und über den alten Rainey, der mit baumelnden Beinen an der Verandakante saß. Juba kam angerannt und sagte, Miss Lizzie hätte gesagt, Miss Virgie solle kommen und mit ihr essen.

Virgie hatte sich häufig für Augenblicke so gefühlt, als würde sie sich mit Hornhaut überziehen, undurchsichtig werden; sie hatte gewußt, daß das mit anderen geschah; nicht nur, als sich ihre Mutter auf dem Bett veränderte, während sie sie fächelte. Virgie hatte in ihrem Leben einen Augenblick erlebt, nach dem niemand mehr durch sie hindurch sehen konnte, in sie hinein, erlebte ihn neu. Mr. King MacLain aber, ein alter Mann, war wie eine Ziege gegen die Mauer angerannt, die er weder vor sich eingestehen noch anerkennen wollte. Welche Burg würde jemals fallen, wenn nicht vor harten kleinen Hörnern, vor dem Drängen und dem wilden Ansturm des reinen Wunsches zu leben?

Von dem Augenblick an, als sie nach Hause gekommen war, hatte sie stark empfunden, daß sie einen Augenblick zuvor gelebt hatte; es war ein Augenblick, den Virgie zu heikel fand. Sie hatte etwas Zeit gebraucht, sie brauchte sie jetzt. Unterwegs mit der Trauergesellschaft, die erst hinter ihr her, dann um sie herum und an ihr vorbei gelaufen war und sich jetzt ohne sie an ihren Tisch setzte, sträubte sie sich gegen das Gefühl doppelten Zurückkommens.

»Laß dir Zeit, Virgie!« sagte der alte Rainey sanft. Er stand auf und ging ins Haus, ohne auf sie zu warten.

Um siebzehn Uhr, bei ihrer Rückkehr, war sie von der hohen Stufe des Zuges gesprungen. Sie war auf dem Boden gelandet, im ersten Augenblick geblendet von der ungeschaukelten Ruhe. Gras, verstrubbelt wie der Rücken eines Hundes, der sich vor einer Minute herumgerollt hatte, leuchtete braun unterm nackten, sich ausbreitenden Licht einer still daliegenden äußeren Welt. Sie hörte nichts als das Seufzen des verschwundenen Zuges und den einzelnen Paukenschlag eines Donners an einem strahlenden Julitag. Hinter dem Bahnhof befand sich Morgana, die wohlbekannten Eichen wie die gezählten Kontinente vor dem großen Blau. Da sie gerade aus dem endlosen, knirschenden Innern des Bummelzuges aus Memphis gesprungen war, war sie zu etwas zurückgekommen – und sie begann darauf zuzurennen mit ihrem Koffer, der leicht war wie ein Schuhkarton, so wenig besaß sie, um damit fortzugehen und es jetzt wiederzubringen – die Leichtheit machte es einfacher.

»Du bist grade rechtzeitig zurück, daß du für mich melken kannst«, sagte ihre Mutter, als sie ankam, band ihre Haube ab, schleuderte sie auf den Boden zwischen ihnen und sah zu ihrer Tochter auf. Niemand durfte in ihrem Haus über Kränkungen weinen, es sei denn zuerst Mrs. Rainey selbst, weil Sohn und Gatte, ihre beiden Männer, dahingegangen waren.

Für Virgie sollte es gleich nach ihrer Heimkehr praktische Veränderungen geben – keine Musik, keine Arbeit im Kino mehr, kein Klavier.

Doch in dieser Zwischenwelt zwischen Zug und Zuhause lief und rannte sie über den hinteren Weg und blickte irgendwie stolz um sich.

Virgie hatte es nie anders gesehen, nie daran gezweifelt, daß alle Gegensätze der Welt dicht beieinanderlagen, Liebe dicht bei Haß, Leben bei Sterben; aber Hoffnung und Verzweiflung waren von allen die engsten Blutsverwandten – das eine war manchmal nicht vom andern zu unterscheiden, Augenblicke verdoppelten sich in ihnen und wurden in der Verdoppelung noch einmal verdoppelt, ergänzten sich, hoben einander jedoch nie auf.

Bei dieser Reise war es später Nachmittag, und überall war dieses Licht um sie, in dem die Erde zu sich selbst zu kommen scheint, als würde es keine Tage mehr geben, nur diesen Tag – wenn Felder wie tiefe Teiche glühen und die aufragenden Bäume sich an ihren Rändern beinahe wie Lilien zu öffnen scheinen, golden oder dunkel. Sie hatte diese Tageszeit immer geliebt, aber jetzt, allein, unangerührt jetzt, war ihr nach Tanzen zumute; ohne sich selbst in ihrem Wesen wirklich zu kennen, jedoch verletzt; und so glücklich. Der Chor der Grillen war gleichförmig und zeitlos wie das Blinken eines Sterns.

Ihre Finger wurden fest, nach der Rückkehr, wurden halbgeschlossen fest; die Kraft in ihren Händen, die sie aufbrauchte, um im Büro zu tippen, aber am bewußtesten, um an den Eutern der aufeinanderfolgenden Kühe zu ziehen, als würde sie täglich jagen, jagen, jagen nach der Blindheit, die im Innern des Tieres lag, innen, wo sie eine wahrhafte und lebendige Wand haben konnte, um darauf zu schlagen, ein festes Gefängnis, um da heraus zu kommen, die höchst reale Dummheit des Fleisches, eines bewußtlosen und sorglosen und rufenden Körpers, um Fleisch auf Fleisch zu antworten, Angst auf Angst. Und wenn sich, wie sie das in einer Winternacht träumte, ein neues Klavier, das sie berührte, nach dem einen ursprünglichen Augenblick in eine brüllende Kuh verwandelte, so geschah das durch ihr eigenes Wünschen.

Nachdem sie hineingegangen war und ihre Gesellschaft bedient hatte und den Mayhews (»Du solltest wirklich lieber mit uns kommen und bei uns wohnen. Wenn du dann nicht so ein hübsches Haus verlassen müßtest«, murmelten sie ihr zu) den richtigen Weg gezeigt hatte (sie hatten auf der Hinfahrt offensichtlich einen Umweg über Greenwood gemacht), und nachdem der alte Rainey zu Bett gegangen war in dem ehemaligen Schlafzimmer oben unter dem Dach, setzte sich Virgie in der unaufgeräumten Küche hin und aß selbst, während Juba dabeisaß – erst etwas Huhn, dann Schinken, dann Speck und Ei. Sie trank ihre Milch. Dann schickte sie Juba nach Hause und schaltete eine sagenhafte Anzahl von Lichtern aus.

Als sie im Bett war und auch ihr Licht gelöscht hatte, ertönte ein gebieterisches Klopfen an der Verandatür.

Sie lief im Nachthemd, das im feuchten Nachtwind um sie herumflatterte, an die offene Haustür. Sie zitterte und zündete eine Lampe im Flur an.

In dem Schimmer, der über den Balken hinter ihr fiel, konnte sie eine alte Dame in einem weiten Kleid und lehmigen Stiefeln erkennen, die ihr etwas dunkel eingewickeltes Weißes entgegenhielt.

»Sie sind es«, sagte die alte Dame unvermittelt. »Kind, Sie kennen mich nicht, aber ich kenn Sie und hab Ihnen was mitgebracht. Ziemlich spät, was? Mein nachtblühender Säulenkaktus hat heut nacht ne Blüte gekriegt, und die mußte ich Ihnen unbedingt bringen. Nehmen Sie sie – wickeln Sie sie aus.«

Virgie sah auf die nackte, leuchtende, komplizierte Blume, groß und bleich wie ein Gesicht auf der dunklen Veranda. Für einen Augenblick fürchtete sie sich mehr als vorher auf dem Weg zur Tür.

»Die is für Sie. Nehmen Sie sie – die Toten haben nichts mehr davon. Und morgen sieht sie aus wie ’n umgedrehter Hühnerhals. Sie müssen sie sich heute nacht angucken.«

Ein Pferd stampfte und wieherte von der dunklen Straße her. Die alte Frau weigerte sich hereinzukommen.

»Nein, oh nein. Sie haben früher mal im Kino Klavier gespielt, als Sie klein warn, und ich war jung und in der Stadt, meine Liebe«, rief sie und wandte sich in der Dunkelheit ab. »Tut mir leid wegen Ihrer Mutter: hätte nicht gedacht, daß jemand, der so schöne Musik macht wie Sie, *jemals* Kummer hätte. – Ich fand, Sie warn das hübscheste Ding, das es je gab.«

Virgie zitterte immer noch. Die Blume machte ihr Angst; sie warf sie ins Unkraut.

Sie wußte, daß jetzt am Fluß, wo sie früher in mondhellen Herbstnächten gewesen war, trunken und schlaflos, Dunst auf dem Wasser lag und die Bäume ausfüllte, und ein Kegel sich von den Augen zum

Mond erstrecken würde, ein langes, stilles Horn aus weißem Licht. Es war eine Verbindung sichtbar, wie es das Haar in der Luft ist, zwischen dem Selbst und dem Mond, so daß das Selbst sich wieder als Kind, als Tochter fühlte wie vor langer, langer Zeit. Dann nahm das Wasser, wärmer als die Nachtluft oder das Selbst, das plötzlich erkalten konnte wie jeder andere Arm, den Körper ebenfalls in sich auf und lief unsichtbar in den Mund. Wenn sie in den Fluß glitt, zu lebhaft, zu unverschämt im Herzen damals, wurde der Dunst manchmal für Augenblicke dünn, und funkelnde Juwelenaugen spähten von der Wasseroberfläche und vom Ufer her. Manchmal flammte ein Leuchtkäfer im Unkraut auf, an und aus, an und aus, so lange sie in der Nacht da war, zu schauen.

Draußen im Coupé auf dem Hof, in der ausgefransten Samttasche neben der Pistole, war ihr Zigarettenversteck. Sie stieg ein, und das Streichholz aus Gewohnheit abschirmend fing sie an, Zigaretten zu rauchen. Überall um sie herum bellten die Hunde.

III

»Die Kühe verkauf ich an den Erstbesten, den ich auf der Straße treff«, dachte Virgie beim Aufwachen.

Als sie sie gemolken und auf die Weide getrieben hatte und zurückkam, sah sie Mrs. Starks Juba an der Küchentür.

»Sie gehn weg? Bloß, ich hab Ihre Ma schon als Geist gesehn«, sagte Juba. Sie nahm einen Teller in die Hand. Während sie anfing, das Porzellan in Zeitungspapier einzuwickeln, erklärte sie, Virgies Sachen müßten in Papier verpackt und in Koffer eingeschlossen werden, bevor Virgie wegginge, sonst fände Mrs. Stark das nicht richtig vor den Toten oder auch nicht zum Abschied. Virgie sollte zum Haus kommen und sich von Mrs. Stark verabschieden – vor Mittag.

»Is noch im Haus drin«, sagte Juba, »der Geist.«

»Also, ich will nichts von Geistern hören«, sagte Virgie. Sie hockten nun gemeinsam über einem Bord des Geschirrschranks.

»Nich?«

Juba überhörte höflich, daß Virgie zwei Teller gegeneinanderknallte. Sachen? Miss Virgie behandelte Sachen offensichtlich schlechter als die einfachsten Leute, schlechter als irgendwelche Poltergeister.

»Nein. Ich kann Geister nicht leiden.«

»Na bitte!« sagte Juba, wie bestätigend. »Trotzdem, Ihre Ma da, die is noch nich zweigeteilt oder schwebt kopfüber oder sowas. Liegt auf 'nem Sofa groß wie'n Schaufenster, und drei, vier von *uns* fächeln.«

»Ich will trotzdem nichts davon hören«, sagte Virgie. »Wickel einfach schnell alles ein für Mrs. Stark und stell es weg, dann kannst du gehen.«

»Ja, Ma'am. Der Geist, der ruht sich aus. Nich unruhig wie manche. Ich seh Geister, die gehn um und machen Theater. Aber Ihre Ma.« Um den Geist zu verkörpern, hielt Juba die Hand an ihre Brust und legte den Kopf auf die Seite, flatterte leicht mit den Lidern und hielt den Atem an. »Ja'm. Da hinten die Wand hoch, da war sie. Ich sag, Juba, sag das Miss Virgie, die will das bestimmt wissen.«

»Bist du hergekommen, damit ich hier die Sachen einwickle und du mir dabei im Weg sein kannst?« sagte Virgie. »Du weißt, ich hab es eilig, das Haus hier zuzumachen.«

»Weggehn und die sauberen Vorhänge hängenlassen?«

»Juba, als ich meine schlimmsten Probleme hatte, da hab ich jeden abgeschreckt, hast du das gewußt? Jetzt schreck ich niemanden mehr ab. Wie Ran MacLain; der auch nicht«, sagte Virgie abwesend beim gemeinsamen Packen.

Juba lachte mit finsterer Schadenfreude. »Sie wern die noch erschrecken, als Geist.«

»Beeil dich.«

»Hab mehr Geister gesehn hier als lebende Leute. Schwarze und weiße. Miss Virgie, manche sehn, manche wolln, aber sehn nich. Ich hab Mrs. Morrison gesehn, im Nachthemd und kein Kopf nich, Samstag da drüben vorm Haus. Hat Arme voll Sommersprossen, deshalb erkenn ich sie. Ham Sie sie gesehn? Ich hab sie gesehn hier. Mit Schmerzen gestorben?«

Juba senkte scheinheilig die Lider.

»Mit vielen Schmerzen, und ich will sie auch nie sehen.« Virgie stand auf. »Los, geh wieder zu Mrs. Stark. Sag ihr, daß ich besser ohne dich packen kann. Muß ich denn alles einpacken?«

»Ja, Ma'am. Sie meint«, sagte Juba, »fest einpacken, bis wer kommt zum Auspacken. Und ich hab mich krummgemacht, so gut ich kann. Die ganzen schnörkeligen Teller gehalten, und keiner is mir hingefallen.«

»Tu's für Mrs. Stark.«

Juba stand ebenfalls auf. Sie schüttelte den Kopf zum offenen Schrank hin mit dem geschrumpften und seit langem zuckrigen Gelee, der rostigen Dose mit dem Weinstein, dem Einmachglas mit den Lorbeerblättern, der schlanken und nachgedunkelten Vanilleflasche, dem ganzen alten Krimskrams. Ihre Augen blieben auf der zwanzig Jahre alten Dose mit Zahnstochern hängen, und als Virgie das merkte, holte sie sie ihr.

»Juba, nimm das alles«, sagte sie dann. »Teller, Messer und Gabeln, die Pflanzen auf der Veranda, was du auch willst, nimm es. Und was in den Koffern ist. Du und Minerva, ihr teilt euch das.« Dann platzte es aus ihr heraus, und sie mußte Juba etwas sagen. »Und ich hab Minerva beobachtet! Ich habe beobachtet, wie sie Mamas falschen Zopf genommen hat – ihr gelbes Jugendhaar, und ich hab nie gesehen, wie er noch paßte, und sie konnte ihn nur noch im Koffer aufbewahren, und ich hab gesehen, wie er in die Papiertüte gepackt wurde. Und die Babysachen von meinem Bruder und meine eigenen, gelb und ganz aus Spitze – ich hab gesehen, wie alles gestohlen und zu Minervas Schirm gepackt wurde, um es mit nach Hause zu nehmen, und ich hab sie gehen lassen. Das erzählst du der Negerin. Sag ihr, ich wüßte, daß man mich bestohlen hat und daß mir das nichts ausmacht.«

Juba nickte und wechselte das Thema. »Danke, Miss Virgie, für die Männersachen. Die Tweedsachen vom armen Mr. Rainey.«

»Mam hat immer alles aufgehoben«, sagte Virgie nach einer Weile.

»Ein Glück!«

»Du kannst jetzt gehen.«

»Regnet doch grade. Kann Regen nich leiden.«

Juba ging. Aber sie kam zurück.

»Gut«, sagte sie sanft, als sie in ihrem Filzhut noch einmal an der Küchentür auftauchte. »Gut. Einfach weinen. Weinen. Weinen.«

»Machst du einen Ausflug? Denke, ich könnte mitkommen«, sagte der alte Rainey. »Wollte schon immer mal die Welt sehen.« Er sah sie prüfend an.

»Bitte, Sir, kommen Sie nicht mit! Ja – ich gehe vielleicht weit weg –«

Er umarmte sie, bevor er sich seinem Kaffee zuwandte.

»Wolln Sie nicht unsre Kühe auf Ihren Lastwagen laden und mitnehmen?« Sie übergab ihm alles, woran sie denken konnte, in der Hoffnung, er würde etwas annehmen, wenigstens etwas.

Virgie lief hinaus in den regnerischen Morgen und stieg in ihr Auto. Sie fuhr rumpelnd bergab. Auf der Straße schrubbte ihr der alte Seifenbaum der MacLains, der den Regen genoß wie ein Vogel, das Fenster.

Als sie durch Morgana fuhr, hörte sie die Hupe eines anderen Autos; es war Cassie Morrison. Cassie rief und fuhr auf gleiche Höhe heran.

»Ich möchte, daß du dir Mamas Namen im Frühling ansehen kommst. Heute morgen, bevor es geregnet hat, hab ich alle Zwiebeln noch mal geteilt, und es müßte jetzt eigentlich hübscher sein als jemals zuvor!«

»Seh ich immer, wenn ich an eurem Garten vorbeikomm«, rief Virgie zurück.

»Virgie! Ich weiß, wie du dich fühlst. Du wirst nie darüber hinwegkommen, nie!«

Sie fuhren parallel die Straße entlang und riefen von Auto zu Auto, wobei der lose Schotter auf dem ungepflasterten Abschnitt laut knallend von einem Auto zum andern geprellt wurde.

»Also. Du kommst.«

»Ich nehme an, man braucht eine Menge Narzissen, um Catherine zu schreiben!« rief Virgie, als Cassie immer noch nicht an ihr vorbeifuhr.

»Zweihundertzweiunddreißig Zwiebeln! Und drumherum dann Miss Katies Hyazinthen, und ich hab sie mit Veilchen eingefaßt, weißt du, damit ich im Sommer weiß, wo es ist!« Cassies Stimme wurde lauter und gleichzeitig ängstlicher und ehrfürchtiger. Sie war nicht verletzt, nicht mißtrauisch, nur ängstlich. Aber es war wegen Cassie, daß Virgie ihren Wagen in Richtung Stadt gelenkt hatte, weil sie nichts mitbekommen sollte. »Komm doch. Wir waren Freundinnen damals im Sommer –« (Virgie erinnerte sich, wie Cassie und sie sich im Wiederbelebungszelt gegenseitig Leuchtkäfer von den Schultern gezupft und dabei gesungen hatten »Wirf die Rettungsleine aus.«) »Du könntest bei mir Klavier spielen kommen, das macht sonst niemand außer meinen Schülern.«

Virgie, und auch Cassie, umkreisten den Friedhof und fuhren zurück durch ganz Morgana. Dann: »Wohin fährst du? Fährst du irgendwohin, Virgie?«

Virgie wurde für einen Augenblick langsamer, als Cassie beim eigenen Haus einbog. Das Haus der Morrisons sah aus wie immer, nur hatte es inzwischen, wie das MacLain-Haus davor – als Miss Eckhart dort lebte – einen Haufen schlitzförmiger Briefkästen an der Tür; man hatte es für Straßenarbeiter und Zimmerleute aufgeteilt. Im oberen Eckzimmer, wo sie den armen Mr. Morrison zu halten versuchten, war die Jalousie immer noch unten, aber sie spürte, daß er durch sein Fernrohr nach draußen guckte. Über den Vorgarten hinweg erstreckte sich, bis der Frühling kam, die Veilcheneinfassung, in die Mamas Name hineingepflanzt war.

Virgie hob die Hand, und die Frauen winkten.

»Du gehst weg wie Loch«, rief Cassie von der Treppe her. »Ein eigenes Leben, woanders – ich bin so froh für Leute wie dich und Loch, wirklich.«

Virgie fuhr weiter, die sieben kurvenreichen Meilen nach MacLain, und hielt den Wagen vor dem Herrenhaus an.

Sie hatte das schon oft getan, und sei es nur, um zu wenden und gleich wieder zurückzufahren nach ein paar Augenblicken Pause und einer Coca-Cola im Stehen in Billy Hudsons Drugstore. MacLain gefiel ihr – der einsame Wassertank, der das erste und letzte Licht einfing; die alte Eisenglocke auf dem Kirchhof, die schwer aussah wie ein gefallener Meteor. Das Herrenhaus gefiel ihr – Raum an sich, mit den Säulen vor den vier Fassaden und den erbsengrünen Blenden flach an der Wand und den Stufen, die mitten aus der Kresse über den eisernen Zaun hinweg zu ihm hinaufführten, und einer Wachtel, die gerade über den Hof rannte; und den immergrünen Eichen – Stämme, jetzt flockig schwarz und weiß, als wäre einmal Ruß, nicht Regen, vom Himmel auf sie gefallen, und darauf nasse Augen von abgeschnittenen Ästen; und hoch oben das ganze regenhelle, riesige Dach aus grünen Blättern, die sich bewegten wie plappernde Kinderlippen.

Virgie stieg aus dem Wagen aus, rannte durch die leichten Tropfen zur Treppe über den Zaun und setzte sich unter das offene Schutzdach aus Bäumen. Sie berührte die Stufen, die nicht so sehr durch Füße abgenutzt waren, sondern eher durch ihre Geschichte als warme, hingebreitete Sitze. Aus dieser Entfernung wirkte der Soldat der Konföderation auf dem Pfeiler wie eine Kerze, an der man herumgekaut hatte, als hätten ihn alte, knirschende Zähne geformt. Noch weiter hinter ihm, fahl wie ein Regenbogen, klammerten sich die alten Zirkusplakate an ihre Unterstände, nicht länger die Verunstaltenden, sondern die Verunstalteten.

Kein Mensch war draußen im Regen. Auf dem Land gegenüber vom Herrenhaus hatte Mr. Virgil MacLain seinen Park gehabt. Er war der Vater vom alten Mr. King MacLain; er hatte Rotwild gehalten. Die Linie aus Ladenfronten und dem Kino, dem MacLain Bijou, und dem Friedhof, der auf dem Zedernhügel zu sehen war, wirkte jetzt wie eine Verhornung, ein Augenkatarakt über dem, was einst durchsichtig und hell gewesen war – denn der von Rehen und Hirschen wimmelnde Park besaß in Virgies Vorstellung eine merkwürdige Transparenz.

Hier hatten die MacLains ihre Gräber und Miss Snowdies Leute, die Hudsons. Hier lag Eugene, der, so lange sie denken konnte, der einzige verstorbene MacLain-Mann nach dem alten Virgil selbst war. Eugene hatte lange Zeit in einem andern Teil der Welt gelebt und während seiner Abwesenheit gelernt, daß man Leuten nicht antworten muß, nur weil sie etwas wissen wollen. Man erfuhr nie, wer seine Frau war, und er klärte nie, ob er irgendwo Kinder hatte oder kinderlos geblieben war. Seine Frau kam nicht einmal zur Beerdigung, obwohl man ihr ein Telegramm geschickt hatte. Eine Fremde? »Also, sie könnte sogar aus einer Dagofamilie stammen, und wir wüßten es nicht.« Sein leichter, tuberkulöser Körper schien in Morgana auf der Straße zu zögern, sich in Erwartung von Fragen abgewandt zu halten. Manchmal blickte er auf in der Stadt, in der er jung gewesen war, und sagte etwas merkwürdig Gehässiges oder Zweideutiges (er hätte sich nie mit seinem Vater versöhnt, hieß es, wäre dem alten Mann gegenüber sarkastisch gewesen – er liebte nur Miss Snowdie und Blumen), aber er störte niemanden.

»Er hat nie eine Menschenseele gestört«, sagte man damals an seinem Grab und dachte nicht an seine Kindheit. Und Mr. Kings ganze Familie lag dort drüben, Cedar Hill war größer als das Anwesen; sein Vater Virgil bei den Konföderierten, und seine Mutter, sein Großvater – wer erinnerte sich noch an dessen Namen und was er getan hatte? Der Name stand auf dem Stein.

Hatte er nicht einen Mann getötet, oder mußte es tun, und was war wohl die lange Geschichte dahinter, das Loblied und das Weglaufen davor?

Und Miss Eckhart lag dort drüben. Als Miss Eckhart gestorben war, oben in Jackson, hatte Miss Snowdie sie herbringen und in ihrer Grabstelle beerdigen lassen. Ihr Grab lag neben Eugenes. Da war der dunkle gedrungene Stein, den Virgie gestern in ihrer Verwirrung über ihre Toten vergeblich gesucht hatte.

Vor ihr erstreckte sich regengefärbtes Blech und roter Ziegel, Türen, die soweit verwittert waren, daß sie an die Wirbel und Farben von Flußwasser erinnerten. Die Reben überm Gefängnis waren tief wie ein Bett aus braunen Blättern. Im MacLain Bijou, direkt gegenüber von Virgie auf ihrer Treppe, lag runzliger blauer Regenglanz über den beiden Plakaten, und weiter innen hing das Quadrat aus gelbem Karton (»Dazwischenreden wird mit einer Geldbuße bestraft«), das immer wie ein Fenster in den Trübsinn des Reisenden leuchtete. Sie war manchmal allein ins MacLain Bijou gegangen, wenn Mr. Nesbitt sie nachmittags weggelassen hatte.

Fußtritte erklangen auf dem Gehweg, die eines weißen Mannes. Sie dachte zuerst, es wäre Mr. Nesbitt, dann sah sie, daß es ein anderer Mann war, fast wie er – eilig, mit irgend etwas beschäftigt, wütend darüber, durch den Regen zu müssen, sprachlos. Er war ganz allein hier draußen. Sein rundes Gesicht, nicht vorgereckt jetzt, fern von anderen Gesichtern, sah merkwürdig hintergründig aus, fraulich, hingebungsvoll. Mr. Nesbitts Zwilling ging dicht an ihr vorbei, und weiter unten auf der Straße änderte er schwungvoll die Richtung und betrat, was vermutlich seine eigene Tür war, wobei er verzweifelt durch eine Pfütze planschte.

Virgie, die gerade die unwiderstehliche Kresse pflückte, sah auch Mr. Mabry. Er war es wirklich, der da unter seinem Schirm nach jemandem Ausschau hielt. Wie erbärmlich würdevoll und eigentlich noch nicht beunruhigt er wirkte, und wie hartnäckig seine Erkältung war! Mr. Mabry bildete sich ein, er käme schließlich zu ihr, aber war sie es nicht, die zu ihm gekommen war, rückwärts dem Beschützer entgegen? Sie hätte rückwärts kommen müssen, nicht einfach stillstehen, um dem wilden Geist Bucky Moffits zu entfliehen (und wo war er? Nie und nimmer unter der Erde! Sie lächelte, biß auf die Samen in der Kresse), rückwärts am betrunkenen Simon Sojourner vorbei, der sie nicht wollte, und weiter zum verlegenen Mr. Mabry, hinter dem, laut, harmlos, schrecklich, Mr. Nesbitt wartete, der für sie eintreten wollte. Sie war bei Mr. Mabry angelangt, doch war sie an ihm vorbeigegangen, und es hatte für ihre Richtung keine Rolle gespielt, denn hier war sie nun. Sie saß groß auf den Stufen und spürte, daß er genau durch sie hindurchsehen würde – Virgie Rainey auf einer Treppe, beraubt, hutlos, nicht mehr verborgen jetzt, im Regen –, und er tat es. Sie beobachtete ihn, wie er vorbeimarschierte. Dann war sie ganz allein.

War sie das? Könnte sie es je sein, würde sie es sein, dort, wo sie hinging? Miss Eckhart hatte unter den Bildern aus Europa an ihren Wänden ein bestimmtes bedrohliches besessen. Es hatte über dem Lexikon gehangen, dunkel wie das Buch. Es zeigte Perseus mit dem Haupt der Medusa. »Genau wie Siegfried und der Drachen«, hatte Miss Eckhart gelegentlich gesagt, als würde sie Zweitbestes erläutern. Um das Bild – das manchmal in seiner Dunkelheit blind das Fenster widerspiegelte – war ein geblümter Emaillerahmen, immer ganz unverhohlen Miss Eckharts Stolz. Virgie hatte es damals aus dem Rahmen geschnitten.

Der Triumph war das, woran sie sich erinnerte, der erhobene Arm.

Medusas Haupt abzuschlagen war vielleicht die heroische Tat, die etwas Schreckliches im Leben offenbarte, das einmal das Schreckliche in der Liebe gewesen war, dachte Virgie – das Getrenntsein. Sie hätte Heldentum vielleicht prophetisch erkennen können, als sie jung war und Angst vor Miss Eckhart hatte. Möglicherweise war sie auch fähig, es jetzt prophetisch zu sehen, aber sie war nie ein Prophet. Denn Virgie sah alles zu seiner Zeit, als ob sie es hören würde – und vielleicht, weil sie, wenn sie an Perseus glaubte, gleichzeitig an Medusa glauben mußte –, sie sah den Schwertstreich in drei Augenblicken, nicht in einem. In den dreien lag die Verdammnis – nein, nur das Geheimnis, das selbst nicht verletzte, weil es nicht liebevoll war –, hinter der Schönheit und dem Schwertstreich und dem Schrecklichen lag deren Existenz in der Zeit – weit und endlos, eine Konstellation, über die das Herz so manche Nacht nachdenken konnte.

Miss Eckhart, der gegenüber Virgie immerhin keinen Haß empfunden hatte – Virgie war drauf und dran gewesen, sie zu lieben, denn sie hatte Miss Eckharts Haß genommen und dann ihre Liebe, sie beide herausgezogen, den Stachel und dann den Überfluß – Miss Eckhart hatte das Bild für sich an die Wand gehängt. Sie hatte den Helden und das Opfer in sich aufgenommen und konnte sich nun, beherzt, ans Klavier setzen mit all dem Beethoven vor sich. Mit ihrem Haß, mit ihrer Liebe und mit den kleinen nagenden Gefühlen, die daran fraßen, bot sie Virgie ihren Beethoven dar. Sie bot dar, bot dar, bot dar – und als Virgie jung war, in der merkwürdigen Weisheit der Jugend, die darin besteht, daß man mehr empfängt, als gegeben ist, hatte sie *den* Beethoven empfangen wie mit Drachenblut. Das war die

Gabe, die sie mit ihren Fingern berührt hatte, die ihr entglitten war und sie verlassen hatte.

In den Randzonen ihres Gedächtnisses stieg eine sanfte Melodie auf, stieg auf aus sich selbst. Jedesmal, wenn Perseus das Haupt der Medusa abschlug, war das ein Takt und die Melodie. Endlos Medusa und Perseus endlos.

Eine alte eingemummte Negerfrau mit einer roten Henne unterm Arm kam und setzte sich auf die Stufe unter Virgie.

»Morn.«

Vereinzelte Regentropfen fielen auf Virgies Haar und ihre Wange oder rollten an ihrem Arm herunter wie ein kühler Finger; nur war es kein Finger, so als hätte es nie einen gegeben, es war der Regen aus dem Himmel. Oktoberregen auf Mississippifelder. Der Regen des Herbstes, vielleicht auf den ganzen Süden, soweit sie wußte aufs Überall. Sie starrte in seine Größe. Er war nicht nur etwas, das Mr. Bitts' Schatten ins Freie trieb und den armen Mr. Mabry dazu drängte, die Straße abzusuchen – er war dampfender Atem der Luft und der Erde, er konnte kommen und gehen. Als ob auch ihre Bescheidenheit jetzt auf sie herunterfallen könnte, frei und kühl, außerhalb ihrer selbst und aufs Überall, blieb sie noch ein bißchen auf den Stufen sitzen.

Sie lächelte einmal, denn sie sah wie auf einer Leinwand das scheußliche und köstliche Gesicht vor sich, das Mr. King MacLain auf der Beerdigung gezogen hatte, als sie alle gewußt hatten, er würde der nächste sein – selbst er. Dann saßen sie und die alte Bettlerin, die alte schwarze Diebin, dort allein und zusammen im Schutze des großen öffentlichen Baumes und lauschten auf das magische Schlagzeug, die Welt, die in ihren Ohren trommelte. Sie hörten durch den fallenden Regen das Rennen des Pferdes und des Bären, das Streichen des Leoparden, des Drachen knisterndes Gleiten und das Glimmern und Trompeten des Schwanes.

Verlag Klett-Cotta
Die Originalausgabe erschien 1949
unter dem Titel »The Golden Apples«
und 1980 bei Harcourt Brace Jovanovich als Teil der
»Collected Stories of Eudora Welty«

Printed in Germany
Schutzumschlag: Klett-Cotta Design
Gesetzt aus der 10 Punkt Baskerville
von Peter & Partner, Höchberg bei Würzburg
Auf säure- und holzfreiem Werkdruckpapier gedruckt
und in Fadenheftung gebunden von Franz Spiegel Buch GmbH, Ulm
Einbandstoff: Iris-Leinen

Die Deutsche Bibliothek – CIP-Einheitsaufnahme
Welty, Eudora:
Die goldnen Äpfel : Roman / Eudora Welty. Aus dem Amerikan.
übers. von Tamara Willman. – Stuttgart : Klett-Cotta, 1992
Einheitssacht.: The golden apples <dt.>
ISBN 3-608-95366-3

Alice Munro

Katherine Anne Porter

»Die Vielschichtigkeit der Realitätswahrnehmung, die Übergänge zwischen Traum und Wirklichkeit, die Wechsel zwischen fabuliertem Lügengeflatter und den harten Gegenschlägen des Realen kennzeichnen die Prosa von Katherine Anne Porter. Ihre Figuren sind handfeste Alltagsmenschen und Luftkutscher zugleich. Wohlanständige Bürger, deren Sprache die Gesetze der gültigen Tadellosigkeit fixiert, deren Träume aber an die Grenzen der Norm stoßen. Durchbrüche probieren. Das soziale und lokale Umfeld der Personen, komplexe Milieustudien, entwirft Katherine Porter mit geringstem sprachlichem Aufwand. Gesellschaftliche Zusammenhänge und persönliches Ausgeliefertsein fügt sie pointilistisch zu einem Gesamtbild.«

(Frankfurter Allgemeine Zeitung)